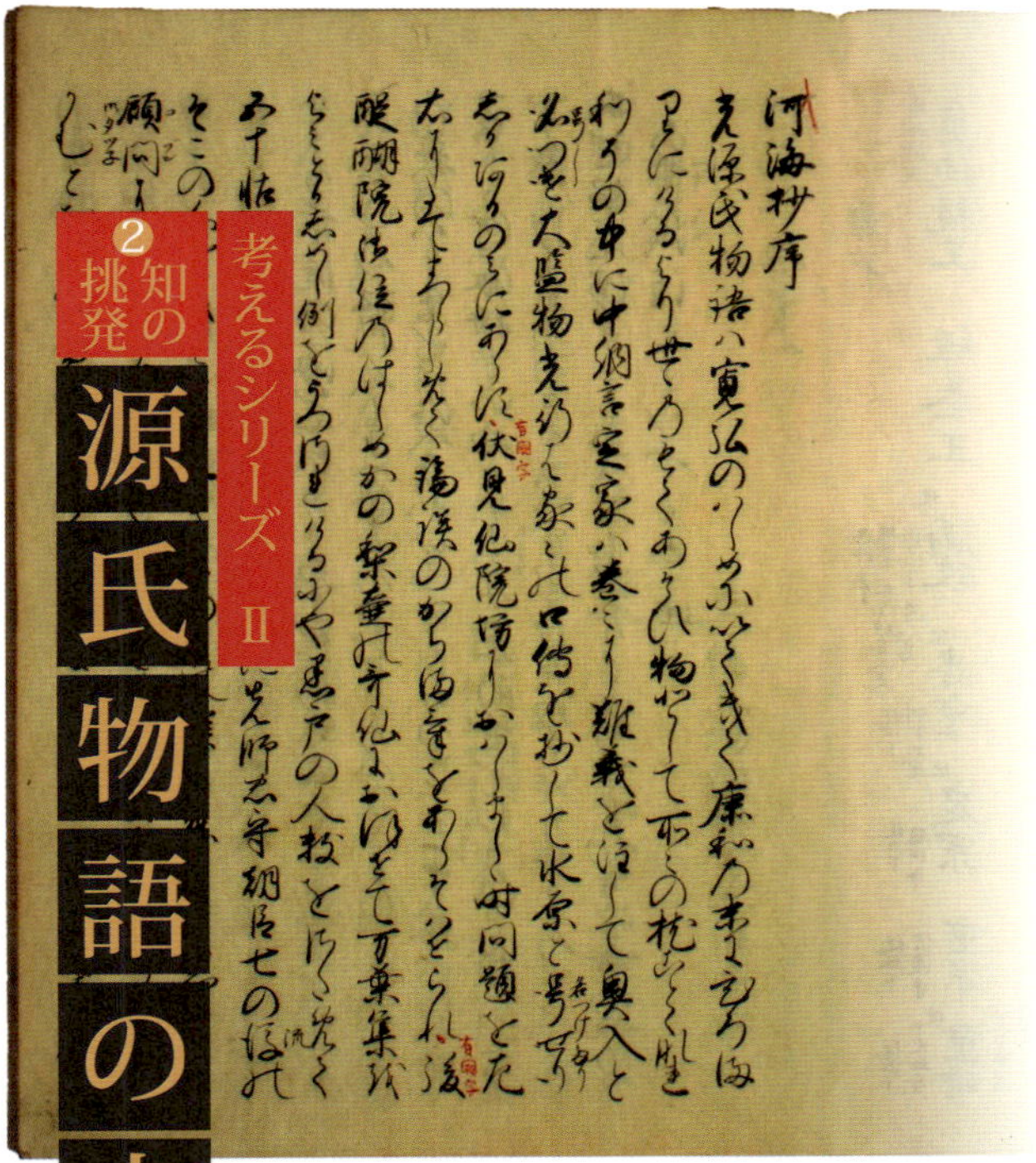

知の挑発 ②

考えるシリーズ II

源氏物語の方法を考える

——史実の回路

Tasaka Kenji
田坂憲二
久下裕利
Kuge Hirotoshi
編

武蔵野書院

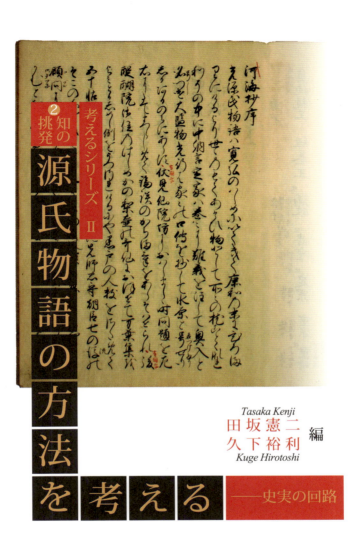

目次

考えるシリーズII

②知の挑発

源氏物語の方法を考える——史実の回路

『源氏物語』前史
――登場人物年齢一覧作成の可能性――

田坂憲二

一　はじめに

『源氏物語』研究のごく初期の段階から作成されてきたものに、系図と年立がある。系図は室町期の源氏学者三条西実隆が大成させるが、それ以前のものを古系図といい、書写年代を鎌倉時代初期と推定されるものが現存しており、注(1)『源氏物語大成』は古系図の発生を後三条・白河両朝の頃かと推測する。注(2)年立は一条兼良が旧年立と言われるものを作成するが、その萌芽は『奥入』の記載や『水原抄』かと思われる『葵巻古注』にも見られる。注(3)古系図の淵源を院政期と見る池田亀鑑は「更級日記においては見られなかった研究志向」と述べたが、その後発掘された『更級日記』の逸文には、「源氏物語五十四帖に譜くして」の本文があり、「譜」とは系譜か目録類かと考えられ、菅原孝標女の入手した『源氏物語』には既にこうしたものが付属していたとも考えられるのである。注(4)すなわち、系図的把握、年立的把握こそ、この物語の構造の秘密に迫る最適な道と早くから気づかれていたのである。

翻って史書の記述方法を考えてみると、紀伝体と編年体の二種類があるが、紀伝体とは歴史の系図的把握であり、編年体とは歴史の年立的把握であると言えよう。すなわち『源氏物語』の描き出したものが歴史的時間そのものであるからこそ、系図・年立という補助線を引くことが作品理解につながるわけである。そうした立場から、稿者は、「『源氏物語』の列伝的考察——頭中将の前半生——」注(5)「『源氏物語』の編年体的考察——光源氏誕生前後——」注(6)で、この作品の構造の秘密を分析してみた。本稿では編年体的分析に登場人物単位での考察を加味するために、桐壺巻以前の〈登場人物年齢一覧〉を作成してみて、いかにこの物語が精緻な構造を持っているかを確認してみたい。また、桐壺巻以前の描かれていない世界まで延長線をのばすことによって、描かれている『源氏物語』の世界のいっそう正確な把握を目指すことができると思われる。

二　登場人物年齢一覧表に向けて

本稿は二つの部分から成り立っている。

第一段階とも言うべき部分が、物語内の記述から光源氏誕生以前の物語を復元してみることである。光源氏より年長の人物たちが、それまでどのような人生を辿っていたのかを素描するものである。物語が登場人物の生涯から成り立つ織物ならば、一本一本の糸にまで還元して織り始めの段階まで遡り個々の人物の生涯を辿ることによって、物語世界の原風景が自ずから見通せることになると思われる。

『源氏物語』を光源氏誕生（及びその直前の桐壺更衣が寵愛を受けた時期）以降の時代の歴史であると考えれば、光源氏誕生までの時間は有史以前という言い方ができるかもしれない。有史以前を検討すると言うことは、具体的には、光源氏と同世代で年長である葵の上、頭中将、朱雀院、六条御息所の誕生の時期を探ること、一つ上の世代に属する桐壺院や桐壺更衣、弘徽殿大后、左大臣、明石入道、明石尼君、先帝らの動静を探ること、さらにもう一つ上の世代である光源氏の祖父按察使大納言や、桐壺院の父一院、弘徽殿の父右大臣らの生涯を復元することである。もちろんすべての人物を単純に世代分けができるわけでもなく、厳密に言えば先帝は、光源氏の父の世代と祖父の世代の中間に位置することになろうか。光源氏の両親の世代では先帝を除いて現実の物語世界まで生き続けている人物がほとんどであるが、祖父の世代においては直叙される人物が少なくなってくる。こうした人物の誕生や結婚、場合によっては逝去の時期までを可能な限り絞り込んでいく作業である。

それらを基にして、〈登場人物年齢一覧〉の表として作成することが第二段階である。虚構の物語世界では個々人の年齢などはいくらでも恣意的な推測が可能であるが、現実世界ではすべての人間の上に流れる時間は共通している。したがって『源氏物語』が歴史そのものを描いていると言うことができるかどうか、現実世界と同様の時間構造を持っていると言うことができるかどうかは、すべての登場人物の年齢の変化を一覧できる表を矛盾なく作成できるか否かによって確定できるのである。

〈登場人物年齢一覧〉のモデルとしたものは、池田亀鑑編『源氏物語事典』（東京堂、一九六〇年）の下巻、五一五ページ以下の〈登場人物官位・身分・年齢一覧〉である。稲賀敬二の作成にかかり、横軸に登場人物名、縦軸一列目に巻名、二列目に光源氏の年齢を立てたものである。二列目の光源氏の年齢とは物語内の年紀である。つまり、この表を横に見れば同一年の出来事の共時的把握、すなわち編年体的考察が可能となるものであり、特定の人物を縦に見れば同一人物の通時的把握、すなわち紀伝体的考察を可能とするものとなるのである。さらに関連する人物を纏めて縦に見れば、『大鏡』のように家単位の把握が可能となるのである。研究史初期からの系図的把握と年立的把握を合体させた画期的な作業であったと言える。

本稿ではこれにならい、〈登場人物年齢一覧〉を作成してみた。物語内から年齢が明確である人物は、物語発生以前、桐壺巻冒頭以前の年齢も正確に換算することができるからこれを基準とする。一方物語の登場人物のうち、年齢が不明なものについても、両親との関係、兄弟との関係、子供たちとの関係などから、年齢の幅を絞ることができる。これらを可能な限り適切なものに絞り込み誕生年を推測する。物語で存在は示されているものの直接描写されていない人物（六条御息所の父大臣、明石入道の父大臣など）についても遡って年齢を推測する。さらにごく一部ではあるが、物語には見えないが想定すべき人物（桐壺院の父である一院の父親）などについても考えてみる。こうして、『源氏物語』の桐壺巻以前の世界を〈登場人物年齢一覧〉の表として復元したものが巻末の表である。官位・身分については推測の度合いが一層強くなるために最小限の記載とし、正確に推定できる年齢を中心に記述をしてみた。

基準となる年数表記は、光源氏誕生の年を一年とし、その前年をマイナス一年として、マイナス四〇年から記載した。また印刷の都合上、〈表1〉から〈表4〉までの十年単位の表として作成している。

三　有史以前の大臣たち

まず資料が豊富である臣下の部分から見てみよう。いわば大臣列伝の考察である。

大中納言や参議と異なって、同一官職には同時に複数名は存在しない大臣を物語内に登場させる場合、作者は細心の注意を払ったに違いない。ある大臣を新たに登場させたとき、既出の大臣と齟齬が生じないようにしなければならない。光源氏と頭中将の大臣位を内大臣と太政大臣に固定したのは、左右の大臣が存在できる余地を残す意味もあったのである。そうした作者の意向を考えれば、第三部の橋姫巻において初めてその存在が語られる八宮の母方の祖父大臣をそれ以前の物語との関連において捉えようとした柳町時敏の試み注(7)などがきわめて有益であることが理解できよう。

さて、同一時期に複数の人物が存在しない大臣を考える場合、年齢が明確な人物を座標の中心に据えることが必要であろう。

基準となるのは、葵の上の父左大臣、古系図などでは摂政太政大臣と呼ばれる人物である。本稿では最もなじみ深い左大臣という呼称に、他と区別するために三条の邸名を冠して三条左大臣と呼ぶこととする。

三条左大臣の誕生年は明確に規定することが出来る。光源氏が内大臣となった二十九歳の年に、左大臣は「太政大臣になりたまふ。御年も六十三にぞなりたまふ」(澪標二八三)注(8)と記されていることから逆算すれば、前三四年の誕生となる。その娘の葵の上は光源氏より四歳年長であるので、前四年の誕生、三条左大臣三十一歳の時の誕生と確定できる。頭中将の年齢は推測を交えなければならないが、葵の上の兄で二歳年長と仮定する。とすれば、前六年の誕生、左大臣二十九歳の時の子供となる。これらの年齢と矛盾なく北の方の大宮の年齢を推測すれば、十五歳から二十五歳ぐらいの間に二人の子供に恵まれたと考えれば良かろう。そこで、左大臣より一回り年下で、前二二年の誕生と仮定する。そうすれば十七歳で頭中将を産み、十九歳で葵の上を産んだことになる。大宮の逝去は藤裏葉巻から確定でき、注(9)三七年三月のことである。前二二年の誕生なら、六十六歳の夫と死別したときが五十四歳、その後五年の間三条邸を守り、孫の夕霧と雲居の雁の将来を気にしながら五十九歳でなくなったこととなる。大宮の年齢については不確定要素が多いかもしれないが、後述する桐壺院など兄弟たちの年齢との関係も考えれば、このあたりに落ち着くのではなかろうか。

次に弘徽殿大后や朧月夜の父右大臣である。この人物もやはり住まいである二条の屋敷にちなんで、二条右大臣と呼ぶこととする。二条右大臣は明石巻の薨去の折に「ことわりの年齢」と言われ、孫の朱雀院が東宮であったころに、左大臣の娘の葵の上の参内を慫慂したことがあった、しかも朱雀院と葵の上とはほぼ同年齢(一歳違い)であるから、左大臣より遙かに年長である。

それ以上の手がかりがないので、そこでまず娘たちの年齢を推測することとする。弘徽殿大后の産んだ朱雀院は光源氏より三歳年長、前三年の誕生である。弘徽殿が朱雀院を産んだのが十八歳であると仮定すれば、前二〇年の誕生となる。桐壺更衣逝去後に傍若無人に振る舞う弘徽殿の様子などを勘案するとあまり若く考えるよりも、物語三年のこの頃二十五歳ぐらいと考えたいのである。

右大臣家の四の君は頭中将の北の方で、三の君が蛍宮の北の方である。注(10)三の君の夫の蛍宮が光源氏の弟であり、四の君の夫の頭中将が光源氏より年上であることを考えれば、この姉妹の年齢は自ずから定まってくる。前三年に三の君誕生、前二年に四の君誕生、このあたりに仮定せざるを得ない。従前の仮定と組み合わせれば、頭中将が四の君より四歳年長となり、著しい不均衡とはならない。さらに蛍宮も光源氏の一歳年下と考えれば、こちらは三の君が四歳年長となり、光源氏と葵の上と同じ年齢差となる、これも妥当な年齢の範囲内となる。右大臣家にしてみれば、第一皇子朱雀院の立坊から即位というのが既定の路線であるが、相容れない存在である第二皇子の光源氏は除外して、すぐ下の皇子である蛍宮を女婿として囲い込んでおくことは無意味ではなかった。そこで蛍宮を三の君の婿として迎えたのである。その蛍宮が成人後兄の光源氏と紐帯を深めていくことは計算外であっただろうが。それでも蛍宮と三の君との夫婦仲は良かったらしく、三三年の逝去後も宮は数年間独身を守っている（「この三年ばかり一人住みにて」胡蝶一七〇）。先の仮定に従えば三の君の逝去は三十六歳のこととなる。六の君である朧月夜は花宴巻で入内を予定されている段階を十六歳と仮定すれば、物語五年の誕生となる。

これらを総合して右大臣の年齢を左大臣より十歳年長で前四四年の誕生と仮定してみる。弘徽殿大后は二十五歳の時の娘となる。右大臣の年齢はもう少し引き下げる考えもあろうが、賢木巻に登場する頭弁や麗景殿女御の父である藤大納言は弘徽殿の兄と考えた方が良いから、このあたりが妥当と考える。

次に問題となるのは、明石入道の父大臣（以下明石大臣とする）と六条御息所の父大臣（以下六条大臣とする）である。

明石入道は物語二七年に「年は六十ばかりになりにたれど、いときよげに」（明石二二八）とあるから、この時六十一歳と仮定すれば、前三四年の生まれとなる。これは先に仮定した三条左大臣の生年と同年である。明石の上は同じく二七年の「住吉の神を頼みはじめたてまつりて、この十八年になりはべりぬ」の記事を年齢と考えれば、物語一〇年の生まれ、入道四十四歳の時の娘となる。明石尼君は、物語四一年に「六十五、六のほどなり、尼姿いとかはらかに、あてなるさまして」（若菜上九八）とあるから、前二五、二四年の誕生となる。明石尼君の生誕時期をぎりぎりまで引き下げても、一粒種の明石の上を出産したのは三十四歳の時となる。明石夫妻の年齢から考えても、この娘が異常なまでの期待を背負わされたことも納得できるのである。さて問題とすべき明石大臣の年齢は他に狭める条件がないから概数として二十歳の時に明石入道が生まれたと考えて前五三年の生まれ、弟に桐壺更衣の父按察使大納言がいるからこれも概数で十歳年下と考え前四三年の生まれと仮定しておきたい。

六条大臣については、明石大臣以上に手がかりが少ない。唯一の手がかりは二三年記載の六条御息所の年齢である（「三十にてぞ、今日また九重を見たまひける」賢木九三）。六条御息所は前七年の生まれであるから、三十歳の時の子供と考えると六条大臣は前三六年の誕生となる。やや晩年の子供という感があるかもしれないが、物語始発の段階で、六条大臣の姿は見えず、既に薨去していると考えねばならないから、このあたりが妥当であろう。

かくして有史以前の大臣の誕生を推測すれば、明石大臣が前五三年生、二条右大臣が前四四年生、六条大臣が前三六年生、三条左大臣が前三四年生となる。明石大臣の世代、二条右大臣の世代、六条大臣と三条左大臣の世代が、ほぼ十年おきとなる。大臣ではないが按察使大納言が前四三年生だから、二条右大臣と同世代となる。このように仮定してみると、この大臣たちの子供たちの年齢とも矛盾せず、しかも二条右大臣と按察使大納言、三条左大臣と六条大臣が同世代故に競い合っていたことを考えれば、後の弘徽殿大后と桐壺更衣、葵の上と六条御息所との因縁まで見事に繋がってくるのである。

猶、以上の四人の大臣の時代を大まかに考えれば、明石左大臣・六条右大臣時代、六条左大臣・二条右大臣時代、三条左大臣・二条右大臣時代となろうか。二条右大臣は年下の六条大臣に先行され、同じく年下の三条左大臣に追い越されたことになる。この人物の性格形成ともかかわってこよう。

四　天皇家をめぐる状況

続いて本紀にあたる部分の検討に移る。

物語の始発時の天皇は言うまでもなく桐壺帝である。その父と思われる一院は健在で朱雀院に住んでいることは紅葉賀巻で明らかにされる。しかし、桐壺帝の前の天皇は一院ではなく、藤壺宮の父君である先帝と考えるべきであろう。本節では、先帝系の人々、桐壺系の人々について考察する。

物語では直叙されることのない先帝であるが、年齢の幅は以外に狭めやすいのである。それは子供たちの年齢が明記されていたり、ほぼ確実に推定できたりするからである。

まず、紫の上の父の式部卿宮であるが、この人物は、物語三五年が五十賀と予定されているから（「式部卿宮、明けむ年ぞ五十になりたまひける」少女七〇）、前一五年の誕生となる。一方藤壺宮は薄雲巻三二年の崩御の年に「三十七にぞおはしましける」と記されていることから、前五年の誕生となる。式部卿宮は藤壺より十歳年長、桐壺帝への入内に際しては、亡父・亡母に変わって最終決断を下すだけの年齢であり立場であった。藤壺は「先帝の四の宮」（桐壺四一）であったから、式部卿宮と藤壺との間に、三人の内親王がいたと考えるのが自然である。これらの兄弟をすべて同腹（后腹）と考える必要はないが、藤壺入内の決断、後の王女御を通しての皇権への執着などから、式部卿宮は先帝の第一皇子であったと考えて良かろう。

さて、物語の始発の段階で既に桐壺朝となっているから、先帝はこれまでに崩御していなければならない。崩御の時期は有史以前であれば問題はないが、実は物語始発にぎりぎりまで引きつけなければならない。といっても諒闇そのほかの記述は物語に影を落としていないから、前二年の崩御と考えるのが妥当である。前三年以前でも良いのであるが、それを妨げるのが藤壺女御の存在である。

朱雀院の女三宮の母である藤壺女御は先帝の末子と考えられる。その女御が産んだ女三宮は、物語三九年で一三、四歳、従って、物語二六、七年の誕生。その母の藤壺女御はどんなに繰り下げても、先帝の崩御の年かその翌年の誕生のはずであるから、先帝の崩御が早くなりすぎると、藤壺女御が高齢となってしまうのである。

そこで、両者の妥協点を探ると、前二年先帝崩御、前一年藤壺女御誕生、二七、八歳で藤壺女御が女三宮を出産となるのである。この推測は極めて蓋然性が高いと思われる。

以上のように考えれば、先帝の子供たちは前一五年誕生の式部卿宮から前一年誕生の藤壺女御までとなる。そこで先帝を前三五年の誕生と仮定すれば、式部卿宮が二十一歳の時の子供、藤壺宮が三十一歳の時の子供、前二年に三十四歳で急逝、翌年遺児の藤壺女御の誕生となる。後述する皇位継承の問題を考えると、働き盛りの急逝という条件は是非とも必要なものであると思われる。

次に桐壺系の人々の年齢について考えてみよう。

物語内で直接間接に言及される桐壺院の兄弟は、桃園式部卿宮、大宮（女三宮）、女五宮、前坊である。大宮と女五宮の長幼は明確であるが、他の人物もその子供たちの年齢から考えて、この順番であるかと思われる。猶、桃園式部卿宮と大宮は年齢が近いと思われ、この二人だけは上下入れ替わる可能性がある。

大宮は前節で前二二年の誕生と仮定したから、桃園式部卿宮は二歳年下で前二〇年の誕生と仮定する。その娘の朝顔姫君は、光源氏十七歳の時には既に噂の対照であり（式部卿宮の姫君に朝顔奉りたまひし歌などを、すこしほほゆがめて語るも聞こゆ」帚木九五）、かつ斎院退下後の三二年に改めて光源氏に求愛されているから、光源氏とほぼ同い年か数歳の年少と考えるべきであろう。朝顔姫君が光源氏と同年なら、二十三歳の時の娘となる。桃園式部卿宮は三二年の薨去時は五十二歳であったことになる。桃園宮に同居している女五宮は式部卿宮よりさらに二歳年少と考えればその時五十歳となる。「いと古めきたる御けはひ、しはぶきがちにおはす」（朝顔四七〇）と記されているのは多少気の毒な感じがするが、「年長におはすれど、故大殿の宮は、あらまほしく古りがたき御ありさまなる」（同）と比べて老耄の程が強調されているのであろう。

重要なのは桐壺帝の末弟と思われる前坊の誕生時期である。女五宮より更に二歳年下と考えれば、前一六年の誕生となる。この仮定を、賢木巻二三年の六条御息所の年齢表記に関するあまりに有名な記事「十六にて故宮に参りたまひて、二十にて後れたてまつりたまふ。三十にてぞ、今日また九重を見たまひける」と重ねても矛盾しないであろうか。賢木巻の記事によれば、六条御息所の参内が前坊二十五歳の時となり、薨去したのは二十九歳であったこととなる。あと数年引き下げることは不可能ではなかろうが、取り敢えずこのように考えておく。

さて残る桐壺院その人の誕生時期であるが、前二二年大宮、前二〇年桃園式部卿宮、前一八年女五宮、前一六年前坊誕生という推測は、それ以後の物語と齟齬することはないから、これらを基準として考えることが出来る。そこで大宮より一歳年長と考えれば、前二三年の誕生となる。[注11] 第一皇子朱雀院が誕生したのが前三年二一歳の時、先帝在位時代のこととなり、桐壺院は当時は春宮であった。その翌年先帝の崩御に遭遇し、二二歳で即位したと考えるべきであろう。猶、前坊の立坊は桐壺院即位とほぼ同時期と考えてこの年に行われたこととする。[注12] 桐壺院が桐壺更衣を寵愛して、世間の耳目を集めたのは即位の翌年二十三歳頃、光源氏の誕生時には二十四歳であったと考える。与謝野晶子が『新訳源氏物語』の口語訳で「二十歳になるやならずや」「三十歳になるやならずや」と物語始発部で桐壺院の年齢について二通りの訳文を作っているが、[注13] 本稿の推定は晶子の「二十歳」「三十歳」の二説のほぼ中間となる。

ちなみに桐壺院の年齢を物語の記述とつきあわせてみれば、紅葉賀での朱雀院行幸時は四十一歳、賢木巻で崩御したのが四十六歳となる。延喜準拠説に拘泥するわけではないが[注14]見事に醍醐天皇の享年と同じ年となる。

五　両統迭立の問題

前節までの検討で、『源氏物語』の世界の開闢以前の状況が多少見えてきたようだ。前二年までは先帝時代（春宮は後の桐壺院）、前二年からは桐壺帝時代（春宮は前坊）と考えることができる。先帝崩御に際して、当時十四歳と仮定した先帝皇子（式部卿宮）が立坊するのではなく、前春宮であった桐壺新帝の弟（前坊）が立坊したことを考えれば、先帝系と桐壺系の一種の緊張関係が見て取れる。桐壺新帝の父一院は一八年紅葉賀巻の朱雀院行幸時まで健在であるから、この立坊は一院の強い意志であったと思われる。とすれば、一院と先帝とは親子関係と考えるよりは、兄弟と考える方が自然であろう。すなわち先帝時代の一つ前の王朝は、帝（一院）春宮（先帝）の兄弟の時代であったのではなかろうか。一院は退位するに当たって直系の皇子（後の桐壺院）を春宮に据えたが、そのために一院系、先帝系の両統迭立の形となったのである。前二年の先帝崩御時に健在であった一院はこの形の解消を目指すべく、桐壺新帝の弟（一院の末子か）を春宮に据えることとしたのであろう。一院の年齢は不詳であるが、一八年の朱雀院行幸が算賀の年の出来事であるから、前五二年、前四二年、前三二年の誕生ならば、七十賀、六十賀、五十賀となり、このいずれかの年であろう。先帝の誕生を前三七年と仮定したし、先帝より先に即位している一院を兄と考えるべきであるから、前四二年の誕生がもっとも自然である。奇しくも、一院と先帝の年齢差は七歳、これは桐壺院と前坊と同じ年の差となる。

このように考えてくれば、当然、一院と先帝の父である天皇を措定しなければならない。これを仮に本院と命名すれば、本院、一院、先帝、桐壺院の順に王朝が継続したことになる。前三四年誕生の三条左大臣の元服の年を、夕霧・薫・匂宮あたりを平均して十四歳ぐらいと仮定して、二年ぐらい本院に仕えたと考えれば本院の譲位は前一九年ぐらいとなる。三条左大臣が花宴巻二〇年の五十四才当時に「明王の御代、四代をなむ見はべりぬ」と述べていることとも合致する。そして、本院譲位以降、天皇の皇子が春宮となる王朝はしばらく姿を消すのである。

つまり、本院（父帝）一院（子春宮）時代の後は、一院（兄帝）先帝（弟春宮）、先帝（叔父帝）桐壺院（甥春宮）、と両統迭立であったことが改めて確認できるのである。これは正しく嵯峨流・淳和流との両統迭立、冷泉流・円融流の両統迭立などの、平安時代の史実そのものを背景としていると考えるべきである。つまり『源氏物語』の隠された史実への回路として両統迭立の問題が浮き彫りになってくるのである。

こうした中で、一院にとっては願ってもない好機がやってきた。弟であり、自らの帝位を継いだ先帝の急逝である。この好機を捕らえ、一院系先帝系の両統迭立の状況を打開しようとしたのである。このとき自らの血筋に皇統を固定化しようとした一院は、我が子桐壺院即位に際して、その弟の前坊（弟春宮）を立坊させたのである。前坊と同世代の先帝の皇子（式部卿宮）を抑えて立坊させるには、誕生して間もない桐壺院の第一皇子（朱雀院）では不十分と考えたのであろうか。あるいは、二条右大臣家の力が強くなりすぎることを嫌ったのであろうか。あるいは自身の皇子たちで帝位・春宮位を独占したかったのであろうか。最後の考えをとれば、一院の父権への執念のようなものが感じられる。ただ、先帝系を皇統から排除したものの、春宮に皇太弟である前坊を据えたことは、新たな両統迭立の可能性を胚胎したことになるのである。

ここでどうしても前坊の問題に触れなければならない。

賢木巻二三年の六条御息所の心内語に「十六にて故宮に参りたまひて、二十にて後れたてまつりたまふ。三十にてぞ、今日また九重を見たまひける」とあるように、御息所が前坊と死別したのは物語一三年のこと、御息所が前坊のもとに参ったのが九年のこととなる。これをごく自然に春宮参りと捉えるのが通常の見方である。

ところが、その一方で、物語三年の桐壺更衣の逝去を受けて「明くる年の春、坊定まりたまふ」と記されているのである。この時点、物語四年で桐壺院第一皇子（朱雀院）が立坊するから、ここにもう一人の春宮が存在することになる。もし前坊が逝去するまで春宮位にあったとすれば、一三年まで約十年間二人の春宮がいたことになる。こうしたことを避けるためには、賢木巻の六条御息所の年齢表記に何らかの錯誤があるとするのが一般的な解釈である。その代表格が十年単位構想説を唱えた藤村潔で、注(15)これらを修正継承した森一郎の説を初め、注(16)年齢表記に何らかの錯誤や作為を読み取って、この問題から『源氏物語』の作品構造を解明しようとした好論が多い。注(17)こうした中で異彩を放っているのが多屋頼俊の説である。時期的には藤村・森らの考察に先行するものである。多屋頼俊は桐壺院即位と共に前坊が立坊、朱雀院の立坊時に春宮位を辞したとの説を提出した。「この弟宮は、桐壺御門が即位せられた頃に春宮に立たれたのであろう。そして何かの事情（春宮御自身には責任のない事情）によって春宮を辞せられたのであろう」注(18)と述べたのである。もちろん多屋説以後に藤村説・森説などが輩出したことは、春宮位を辞した後に六条御息所が参内するということに不自然さによる。しかし、年齢表記の誤記と、春宮返上後の前坊参りと、どちらにも弱点がある以上、多屋説は顧みられる余地があるのではないだろうか。

そこで、多屋説を補強するために、改めて、一院（帝）先帝（春宮）時代、先帝（帝）桐壺院（春宮）時代と二代続いた両統迭立時代の問題を考慮に入れたいと思う。一院の政治力によって、先帝・桐壺の両統迭立は回避されたが、前坊は、自分が春宮位にいる限り新たな両統迭立の可能性が生じると考え、兄帝に春宮位の返上を申し入れたのではないか。それぐらいこの問題は根の深いものであったと思われる。そういえば『源氏物語』の桐壺朝と重ね合わせられることの多い醍醐朝の初期では、春宮は不在であった。その時皇太弟の可能性があったのが斉世親王であることに思いを致せば、皇太弟の存在の危険性が理解できよう。前坊の春宮位返上ということは、回避された政変として、延喜準拠説へのもう一つの回路ではなかろうか。

また、時代は下るが、甥の花山院に娘の婉子女王を入内させて「御みづからも常に参り」「さらでもありぬべけれ」（『大鏡』師輔伝一六九）と人々からそしられた為平親王を、王女御を入内させた式部卿宮に重ねてみる考えがあるが、当然そこにも桐壺系・先帝系の摘み取られた両統迭立の問題が色濃く影を落としていると言えよう。さらに、二条右大臣側が朱雀朝において常に皇太弟冷泉を廃する動きをしていたことは言うまでもない。この動きは前坊薨去後のことであるが、『源氏物語』において、桐壺朝以前から朱雀・冷泉朝に至るまで一貫してこうした問題が伏流していたことは見逃してはならない。

そうした状況にあったからこそ、前坊は自らの意志で春宮位を返上したのではないだろうか。前坊は自ら身を引くことによって、こうした流れを絶とうとしたのではないか。前坊の春宮位返上の意思が内々に示されていたからこそ、桐壺系に皇統を統一することを前坊が望んだからこそ、桐壺直系の後継者は誰か、第二皇子光源氏の誕生後、次の春宮の地位をめぐる思惑が激しく渦巻いたのであろう。

ところで古注釈の世界でも、前坊と朱雀帝の春宮位の重複の問題は議論されていたのである。そこでは前坊春宮位返上と朱雀の立坊という考えは妥当か否かと議論されていた。意外な感に打たれるが、実は『源氏物語』に近い時代の注釈書においては、前坊春宮位返上後の朱雀立坊と解釈されていたのである。

古くは、有職故実に通暁しかつ源氏学の大家でもあった一条禅閤兼良の『花鳥余情』に「朱雀院の立坊は源氏四歳のことなりそれより先の東宮にてましく〵しによりて前坊とは申侍り[注(17)]」と記されていた。『弄花抄』もこれを受けるような形で「前坊は朱雀院の立坊よりさきの東宮にておはせし成へし[注(18)]」と述べており、『孟津抄』『岷江入楚』『万水一露』など主要な注釈書は、こぞって「花」「弄」としてこれらの説を引用するのである。これに対して林宗二の『林逸抄』では「坊を辞しましく〵て巳後御息所まいり給へるかといふ儀あれともそれならハ御息所と号しかたきにや[注(19)]」と反論しているのである。『林逸抄』は岡嶌偉久子が喝破したように、『一葉抄』『尋流抄』『休聞抄』など非主流とも言うべき連歌師の所説を注釈の根幹として利用しているが[注(20)]、ほぼ同文を『一葉抄』に既に見ることができる。ただし『尋流抄』は『花鳥余情』『弄花抄』寄りの解釈であり、『休聞抄』はこの件には言及しない。『一葉抄』『林逸抄』などに見られる説は『湖月抄』などに引用されたことが大きかったのか、今日の主流の意見となっている。ただし『湖月抄』がどこからこの意見を採用したのかは実は不明なのである。『湖月抄』の当該箇所を引用してみよう[注(21)]。

十六にて古宮にまゐり細年紀ノ事花鳥に詳也花御息所は十六にて故宮にまゐり給十七才にてやかて秋好中宮をまうけ給廿才にて前坊にはなれ給へり源十二の年の事也朱雀院の立坊は源氏四才の時也、其より前に東宮たりし故に前坊と申也、保明太子小一条院などの例也、牡丹花の説ニ云十六にて故宮にまゐり廿にてをくれ奉り卅にて又こゝのへを見給といへり。故宮坊にまし〳〵し時まゐり給へるならば年記大に相違也。其故は朱雀院の立坊は源氏四歳の時也。今源氏廿二歳に成給、しかるに朱の立坊は今十九年になるを以て思に、宮す所の年相違せり、かやうの事不審の輩あればのがれがたき物也、又坊を辞しまし〳〵て已後御息所まゐり給へるかといふ儀あれども、それならば御息所と号しがたきにや所詮つくり物なれはかやうの所をは此巻のことくになしてことをきはめさらんや可然侍らん紫ノ上ノ年を末の巻にてわかくいひなしたる事もある也師同

「又坊を辞しまし〳〵て已後御息所まゐり給へるかといふ儀あれども、それならば御息所と号しがたきにや」の部分は「牡丹花の説」のように見えるが、上述したように『弄花抄』は『花鳥余情』同様に、前坊が朱雀院と交代して春宮を辞したという立場であり、後代の注釈書も「弄」の説を引用している。これは季吟が『一葉抄』などの説を肖柏説と混同したのであろう。「師同」と記されていることから、箕形如庵がそのように述べていたのかもしれない。『一葉抄』は肖柏の講釈聞書が重要な部分を占めているから、季吟が「牡丹花の説」と考えても無理からぬ事ではある。肖柏自身が春宮交代の自説を後年になって改めたという可能性もあろうが、それならば三条西家以降の説にも多少は影響を与えていそうなものである。ともあれ、前坊朱雀院交代説に対する『湖月抄』の反証の淵源は不分明であると云わざるを得ない。

出所不明にしても御息所の呼称の問題はやはり避けては通れない。取りあえずは後代のように春宮以外の親王の場合でも御息所と号することが可能であったか、あるいは「前坊」ということで例外的に御息所の称号を使用したかと考えておきたい。

六　おわりに

以上、現行の『源氏物語』に登場する人物、またその名前だけが挙げられている人物について、光源氏誕生以前の世界ではどのような状況であったかについて推測してみた。仮定に仮定を重ねた感がないでもないが、しかし、これだけ多数の人物が矛盾なく共存していると言うことは、その仮定が高い蓋然性を保っていると言えるのではないだろうか。それは稿者の仮定の正確さと言うことではなく、この物語の作者の、たぐいまれな時間を見通す力によるものであるのだが。そのことを附載した表によって改めて確認していただきたいと思う。

注

（1）『源氏物語大成』の掲出する九条家本古系図、伝為家筆本古系図、伝良経筆本古系図など。
（2）『源氏物語大成　研究篇』第二部第六章第二節。
（3）寺本直彦『源氏物語論考　古注釈・受容』第六章「源氏物語年立の発生と形成」（風間書房、一九八八年）、田坂『源氏物語享受史論考』第三章七「『水源抄（葵巻古注）』について」（風間書房、二〇〇九年）などに指摘がある。
（4）島原松平文庫蔵『歌書集』所引「光源氏物語本事」。この資料については今井源衛「了悟『光源氏物語本事』翻刻と解題」『源氏物語の研究』（未来社、一九六二年）、稲賀敬二『源氏物語の研究―成立と伝流―』第一章第一節「源氏物語梗概書の諸相と周辺」（笠間書院、一九六六年）などの分析が有益。
（5）『国語と国文学』二〇〇八年十月号。
（6）『源氏物語の展望』第四輯、二〇〇八年九月。

（7）柳町時敏「『源氏物語』の「大臣」八宮物語の系譜」『ことばが拓く古代文学史』（笠間書院、一九九九年）

（8）『源氏物語』からの引用は小学館新編日本古典文学全集により、適宜巻名とページ数を付す。なお一部私に表記を改めた箇所がある。

（9）「三月二十日大殿の大宮の御忌日にて」（藤裏葉四三二）

（10）この問題については田坂「蛍兵部卿宮をめぐって」『源氏物語の人物と構想』（和泉書院、一九九二年）参照。

（11）本稿の年齢推定は、注（5）（6）拙稿とほぼ重なる。ただし桐壺院の生誕時期は注（6）論文より一年繰り上げて、前二三年としている。なお、大臣の序列や薨去やそれにともなう諸事情などの推測も、注（5）（6）論文を参照されたい。

（12）あえてこのように断ったのは、受禅・践祚・即位と立坊がほぼ同時期の例は意外に少ないのである。『源氏物語』執筆以前では、桓武天皇・早良春宮、嵯峨天皇・高丘春宮、淳和天皇・正良春宮、仁明天皇・恒貞春宮、円融天皇・師貞春宮、花山天皇・懐仁春宮の例しかない。しかも早良、高丘、正良、恒貞の四人のうちただの一人として即位できず、師貞春宮（花山）は約二年で帝位を追われ、帝位が安泰であったのは懐仁春宮（一条）ただ一人であった。陽成・光孝の春宮不在の時期は別にしても、それ以外でも春宮が決定するまでに時間を要している。文徳天皇・惟仁春宮の二か月後、冷泉天皇・守平春宮の三か月後は早いほうで、後継の皇子がいなかった場合もあるが、清和即位から貞明立坊まで十一年、宇多即位から敦仁立坊まで六年、醍醐即位から保明立坊まで七年、朱雀即位から成明立坊まで十四年、村上即位から憲平立坊まで四年を費やしている。これら春宮位の不安定さが『源氏物語』にも影を落としていよう。

（13）田坂「桐壺院の年齢―与謝野晶子の「二十歳」「三十歳」説をめぐって―」『源氏物語の愉しみ』（笠間書院、二〇〇九年）

(14) 仁平道明「『源氏物語』の世界と歴史的時間—延喜天暦准拠説との訣別—」『源氏物語　重層する歴史の諸相』竹林舎、二〇〇六年）が、この問題を詳細に検討する。
(15) 藤村潔『源氏物語の構造　第二』（赤尾照文堂、一九七一年）
(16) 森一郎『源氏物語作中人物論』（笠間書院、一九七九年）
(17) 七〇年代以降各年代の代表的なものを掲出すれば、吉岡曠『源氏物語論』（笠間書院、一九七二年）、坂本共展（舁）『源氏物語構想論』（明治書院、一九八一）、久下裕利『変容する物語　物語文学史への一視角』（新典社、一九九〇年）となろうか。
(18)「もののけの力　六条御息所を中心に」の付記「六条御息所と故前坊」の項目『源氏物語の思想』（法蔵館、一九五二年）。ただし仮名遣いを改めた多屋頼俊著作集第五巻『源氏物語の研究』（法蔵館、一九九二年）に拠った。
(19) 源氏物語古注集成第一巻『松永本花鳥余情』（桜楓社、一九七八年）
(20) 源氏物語古注集成第八巻『弄花抄』（桜楓社、一九八三年）
(21) 源氏物語古注集成第二三巻『林逸抄』（おうふう、二〇一二年）
(22) 注（21）書解説。
(23)『湖月抄』の本文は『北村季吟古註釈集成』第九巻（新典社、一九七八年）の影印による。

〈表1〉

人名	略注	前四〇年	前三九	前三八	前三七	前三六	前三五	前三四	前三三	前三二	前三一
本院		既に春宮	24	即位	26	27	28	29	30	31	32
一院	本院の子	3	4	立坊	6	7	8	9	10	11	12
桐壺院	一院の子										
朱雀院	桐壺院の子										
大宮	一院の子										
桃園式部卿宮	一院の子										
女五宮	一院の子										
前坊	一院の子										
先帝	本院の子						誕生	2	3	4	5
式部卿宮	先帝の子										
藤壺宮	先帝の子										
藤壺女御	先帝の子										
明石大臣	明石入道の父	14	15	16	17	18	19	20	21	22	23
明石入道	明石大臣の子							誕生	2	3	4
明石尼君											
按察使大納言	明石大臣の弟	4	5	6	7	8	9	10	11	12	13
大納言北の方			誕生	2	3	4	5	6	7	8	9
雲林院律師	大納言の子										
桐壺更衣	大納言の子										
二条右大臣		5	6	7	8	9	10	11	12	13	14
弘徽殿大后	右大臣の子										
三の君	右大臣の子										
四の君	右大臣の子										
三条左大臣								誕生	2	3	4
頭中将	左大臣の子										
葵の上	左大臣の子										
六条大臣						誕生	2	3	4	5	6
六条御息所	六条大臣の子										

〈表2〉

人名	略注	前三〇年	前二九	前二八	前二七	前２６	前二五	前二四	前二三	前二二	前二一
本院		33	34	35	36	37	38	39	40	41	42
一院	本院の子	13	14	15	16	17	18	19	20	21	22
桐壺院	一院の子								誕生	2	3
朱雀院	桐壺院の子										
大宮	一院の子									誕生	2
桃園式部卿宮	一院の子										
女五宮	一院の子										
前坊	一院の子										
先帝	本院の子	6	7	8	9	10	11	12	13	14	15
式部卿宮	先帝の子										
藤壺宮	先帝の子										
藤壺女御	先帝の子										
明石大臣	明石入道の父	24	25	26	27	28	29	30	31	32	33
明石入道	明石大臣の子	5	6	7	8	9	10	11	12	13	14
明石尼君								誕生	2	3	4
按察使大納言	明石大臣の弟	14	15	16	17	18	19	20	21	22	23
大納言北の方		10	11	12	13	14	15	16	17	18	19
雲林院律師	大納言の子									誕生	2
桐壺更衣	大納言の子										
二条右大臣		15	16	17	18	19	20	21	22	23	24
弘徽殿大后	右大臣の子										
三の君	右大臣の子										
四の君	右大臣の子										
三条左大臣		5	6	7	8	9	10	11	12	13	14
頭中将	左大臣の子										
葵の上	左大臣の子										
六条大臣		7	8	9	10	11	12	13	14	15	16
六条御息所	六条大臣の子										

〈表3〉

人名	略注	前二〇年	前一九	前一八	前一七	前一六	前一五	前一四	前一三	前一二	前一一
本院		43	譲位	45	46	47	48	49	崩御		
一院	本院の子	23	即位	25	26	27	28	29	30	31	32
桐壺院	一院の子	4	5	6	7	8	9	10	11	12	13
朱雀院	桐壺院の子										
大宮	一院の子	3	4	5	6	7	8	9	10	11	12
桃園式部卿宮	一院の子	誕生	2	3	4	5	6	7	8	9	10
女五宮	一院の子			誕生	2	3	4	5	6	7	8
前坊	一院の子					誕生	2	3	4	5	6
先帝	本院の子	16	立坊	18	19	20	21	22	23	24	25
式部卿宮	先帝の子						誕生	2	3	4	5
藤壺宮	先帝の子										
藤壺女御	先帝の子										
明石大臣	明石入道の父	34	35	36	37	38	39	40	41	42	43
明石入道	明石大臣の子	15	16	17	18	19	20	21	22	23	24
明石尼君		5	6	7	8	9	10	11	12	13	14
按察使大納言	明石大臣の弟	24	25	26	27	28	29	30	31	32	33
大納言北の方		20	21	22	23	24	25	26	27	28	29
雲林院律師	大納言の子	3	4	5	6	7	8	9	10	11	12
桐壺更衣	大納言の子				誕生	2	3	4	5	6	7
二条右大臣		25	26	27	28	29	30	31	32	33	34
弘徽殿大后	右大臣の子	誕生	2	3	4	5	6	7	8	9	10
三の君	右大臣の子										
四の君	右大臣の子										
三条左大臣		15	16	17	18	19	20	21	22	23	24
頭中将	左大臣の子										
葵の上	左大臣の子										
六条大臣		17	18	19	20	21	22	23	24	25	26
六条御息所	六条大臣の子										

〈表4〉

人名	略注	前一〇年	前九	前八	前七	前六	前五	前四	前三	前二	前一
本院											
一院	本院の子	譲位	34	35	36	37	38	39	40	41	42
桐壺院	一院の子	立坊	15	16	17	18	19	20	21	即位	23
朱雀院	母弘徽殿								誕生	2	3
大宮	一院の子	13	14	結婚	16	17	18	19	20	21	22
桃園式部卿宮	一院の子	11	12	13	14	15	16	17	18	19	20
女五宮	一院の子	9	10	11	12	13	14	15	16	17	18
前坊	一院の子	7	8	9	10	11	12	13	14	立坊	16
先帝	一院の弟	即位	27	28	29	30	31	32	33	崩御	
式部卿宮	先帝の子	6	7	8	9	10	11	12	13	14	15
藤壺宮	先帝の子						誕生	2	3	4	5
藤壺女御	女三宮の母										誕生
明石大臣	明石入道の父	44	45	46	47	48	左大臣	50	没		
明石入道	明石大臣の子	25	26	27	28	29	30	31	32	33	34
明石尼君		15	16	17	18	19	20	21	22	23	24
按察使大納言	明石大臣の弟	34	35	36	37	38	39	没			
大納言北の方		30	31	32	33	34	35	36	37	38	39
雲林院律師	大納言の子	13	14	15	16	17	18	19	出家	21	22
桐壺更衣	大納言の子	8	9	10	11	12	13	14	15	16	17
二条右大臣		35	36	37	38	39	内大臣	41	右大臣	43	44
弘徽殿皇太后		11	12	13	14	15	入内	17	18	19	20
三の君	蛍宮北の方								誕生	2	3
四の君	頭中将北の方									誕生	2
三条左大臣		25	26	結婚	28	29	大納言	31	32	33	左大臣
頭中将	左大臣の子					誕生	2	3	4	5	6
葵の上	左大臣の子							誕生	2	3	4
六条大臣		27	28	29	30	31	右大臣	33	左大臣	35	没
六条御息所	六条大臣の子				誕生	2	3	4	5	6	7

『源氏物語』の時代構造

秋澤　亙

一　はじめに

古注釈[注(1)]以来の、いわゆる延喜天暦准拠説は、現代においても、『源氏物語』の少なからぬ読者から一定の共感や支持を得ているように思われる。すなわち、桐壺帝を醍醐天皇（以下、醍醐）[注(2)]、朱雀帝を朱雀天皇、冷泉帝を村上天皇（以下、村上）になぞらえながら読む便法であり、その奥には光源氏を醍醐皇子の源高明に重ねる発想が底流しているものと考えられる。むろん、『源氏物語』が範を取る時代は、広く嵯峨朝[注(3)]から執筆当時の一条朝[注(4)]にまで及ぶものと考えられ、狭苦しい一時代に押し込めて鑑賞する方法が賢明だとはとうてい思われない。とは言うものの、実際にこの作品が延喜天暦時代との連想を誘おうと狙っている節がないこともなく、これらの見方は著しく不当だとは断じきれないだろう。

特に作品の時代設定に限定して考えれば、後述するように桐壺巻の初頭を醍醐朝の初期に比定しているのは明らかであり、それについては異論の余地のないことであった。桐壺巻が醍醐朝の時代になぞらえられて、この物語は始発する。それはそれで疑いなく正当な読解なのであるが、翻って延喜天暦准拠説のように、朱雀帝の御代が歴史上の朱雀朝、冷泉帝それが史実の村上朝の時間に正しく置かれているかを尋ねてみれば、それは甚だ異なっているのである。このことは延喜天暦史観という、この作品の享受を長く支えてきた読解思想を根底から揺さぶるものでさえあったに違いない。この物語の時間の特質は、作品のいかなる性格を示唆しているのか。当論は、この物語における時代設定を、史実と睨み合せる形で詳細に探り、作品に内在する時代構造の意味を考えようとするものである。

二　光源氏誕生の年

石田穣二、清水好子両氏の手になる『源氏物語〈新潮日本古典集成〉』（新潮社、以下『集成』）の第一巻（昭五一）の解説に以下のようにある。少し長いが、煩を厭わず引用してみよう。

桐壺の巻は「いづれの御時にか」――何と申す天皇の御代であったか――と書き出すが、『竹取物語』や『伊勢物語』の「今は昔」「昔」と同様、過去の事件を語ろうとする姿勢は寸分も違わない。けれども、桐壺の巻を少し読み進めば、物語の時代はおのずと明らかになり、けっして漠然とした過去ではないことが分ってくる。史上実在の宇多天皇の名が二度も現れ、その上、主人公が三歳で母の喪に服する事実は延喜七年（九〇七）以前の宮中の慣例に基づくものとして書かれているからである。これによって、桐壺の巻の帝は宇多天皇の次の醍醐天皇に相当し、物語の時代は延喜の御代だということが決定される。『源氏物語』は発端の巻において、物語の時代を暗にではあるが、歴史上特定の時期に定め、何天皇の御代であるかを指し示しているのである。

引き続き、絵合の巻では、物語の朱雀院が醍醐天皇の次の帝であることを明かしているが、これは史上の朱雀院と呼称においても皇位継承の順においてもまったく一致する。さらに、物語の冷泉院は朱雀院の後を承けて即位し、宮中で絵合の行事をするのは、歴史上の村上天皇の天徳内裏歌合の構成次第をすっかり模したものであり、史上村上天皇は史上の朱雀院の後を襲って皇位を践《ふ》んだ帝である。冷泉院もまた即位の順といい、行跡といい、史上実在の村上天皇と符合する。

同書の共同校注者である両氏の追究してきた古注釈ばりの准拠論[注(5)]に立脚する高説だが、一般の読者にも分かりやすいように書いてあるせいか、物言いが率直すぎて、正直なところ、誤解を生みかねない表現もそれなりに含まれているように思われる。平安文学研究の世界に籍を置く者で、右の解説をそのまま鵜呑みにする人間はさほど多くあるまいが、とりあえず、その理非の所在を確認しておこう。後述の都合もあるので、『集成』の主張を多少正確な数値に置き換えながらなぞっておきたい。

桐壺巻には「亭子院」(三三頁)[注(6)]、「宇多帝」(三九頁)と宇多天皇(以下、宇多)の名が二度見えるため、桐壺帝の即位年次はその退位した寛平九年(八九七)以降という設定になっていることが分かる。同時に、皇太子時代は一般に自分の少数の妃を後宮の一角に間借りさせる形になるので、「女御、更衣あまた」(一七頁)という状況は設けにくい。桐壺更衣のごとき二等級以下の后妃は、帝の即位後に入内した者たちと見られ、その懐妊、出産にはさらに最低一年、もしくはそれ以上の時間を要したことだろう。だから、光源氏の誕生が寛平一〇年(昌泰元年・八九八)以前に遡ることはない。

また、光源氏は三歳の時に母更衣を亡くして喪に服している(桐壺巻・二四頁)。『源語秘訣』によって、延喜七年(九〇七)以降は七歳以下の小児の服喪が免ぜられたことが知られるので、光源氏三歳の年はそれ以前の設定であると了解される。この「三歳」は数え年だから、誕生は二年前の延喜五年(九〇五)以前となるだろう。すなわち、光源氏の出生は八九八年から九〇五年の足かけ八年間のいずれかの時点に限定される。

前掲『集成』の主張の前半部に自分なりの咀嚼や蛇足を加えながら敷衍してみると、ざっと以上のような内容になるものと思われる。それにしても、この時代設定はかなり厳密に絞られた数値と言えるだろう。光源氏の出生年の時代設定の誤差は、わずかに足かけ八年。「いづれの御時にか」などと朦朧とした不分明な過去を漠として物語るふりを装いながら、この作品の裏では実在の時間軸との周到な擦り合わせが図られていたのである。

八九八年から九〇五年の間は醍醐朝（八九七～九三〇）の最初期に当たる。だから、『集成』が「桐壺の巻の帝は宇多天皇の次の醍醐天皇に相当し、物語の時代は延喜の御代だということが決定される」と説くのである。ただし、「桐壺の巻の帝は…醍醐天皇に相当し」などと述べてはいるものの、さすがに『集成』も桐壺帝を醍醐本人と見ているわけではなかろう。ここではあくまでも時代設定の話を言っているものと思われる。桐壺帝の御代は醍醐朝、朱雀帝のそれは朱雀朝、そして冷泉帝は村上朝、という古注釈書以来の伝統的な延喜天暦史観であるが、果たしてこの作品の時代構造はそのような枠組みになっているのであろうか。

その当否を検証する上で、欠かせないのは光源氏の生誕年の確定であった。右で算出したそれには、八九八年から九〇五年の間という足かけ八年の幅がある。わずか八年とは言え、幅があっては作業上都合が悪い。そこでさらに絞り込んで光源氏の誕生年を特定する必要があった。もっとも、そのために何か決定的な証拠を握っているわけではない。だが、高麗人の観相（桐壺巻・三九～四一頁）は、ある程度有望な徴証ではないか。高麗人は「渤海使」を指す。[注(7)]これは聖武朝の神亀四年（七二七）に国王大武芸から使者がもたらされて以来、交易中心に目途を変容させつつも、醍醐朝末期までに計三十三回の入貢を数えた。[注(8)]途絶えるのは、延長四年（九二六）に同国が契丹に滅ぼされたためである。後継の契丹と我が国は間歇的な交流に留まり、渤海のごとき公式な入朝はなかった。[注(9)]つまり、高麗の相人という存在じたい、醍醐朝以前という桐壺巻の時代を示唆していたのである。

平安期の渤海使は秩序ある使節であった。朝貢形式なので、入覲のたびに与える莫大な下賜品が日本側の国庫を圧迫し、承和九年（八四二）に「年満一紀、後許入覲」[注(10)]と間隔を定めて、来貢の抑制を図った。「一紀」は十二年[注(11)]で、協定に基づき、醍醐朝には延喜八年（九〇八）、同一九年（九一九）、延長七年（九二九）[注(12)]の三度の入貢があった（全て『日本紀略』）。上記三度の間隔は、「一紀」に満たないが、許容の範囲内だったのであろう。このように渤海使は決まった間隔でやって来る使節であり、不意に出没する類ではない。となれば、桐壺巻の高麗人も気紛れに登場させたのではなく、実際の史実の来貢周期を念頭に描かれたものと思われる。上記の三度で桐壺巻の描く醍醐朝初期に合致するのは延喜八年の事例であろう。[注(13)]大使裴璆に率いられて百名前後の渤海人が来日したと見られるが[注(14)]、その百名前後のうちの一名が光源氏の将来を占った例の相人だった、という設定なのだと思われる。

残念ながら、時の光源氏の年齢は不明である。が、記事は「七つ」の「読書始」（三八頁）に続いて、「そのころ、高麗人の参れる中に」云々と切り出される。「そのころ」は、読書始と同年の可能性も否定していない[注(15)]。しかし、相人との漢詩句のやり取りは、「皇子もいとあはれなる句を作りたまへる」（四〇頁）と記され、「読書始」直後の初学者には見えない。「七つ」よりも後の時期だろう。次には、藤壺の登場、桐壺帝の藤壺の入内要請、母后の薨御、藤壺の入内、朱雀帝の元服、光源氏十二歳の元服、と記事が続く。どう見積もっても、これら一連の話題には一定の年月が割り当てられよう。となると、観相は「読書始」からそう後年の話ではない。せいぜい翌年、光源氏八歳の頃という線が最も強いのではないか。観相が延喜八年の渤海使入朝の折のことで、光源氏が八歳とすれば、生年は延喜元年（昌泰四年・九〇一）となる。それを前提に、以下考証を試みる。

三　作品の御代と史実の歴代

光源氏の生年を延喜元年（九〇一）に見立てて制作したのが、次頁の年表である。あくまでも実験的な試みの年表であり、特に何かの論拠として使えるような代物ではないが、それなりに興味深い点も認められよう。ただし、年表の上端には、桐壺巻以前の帝が掲げられており、この点については、後述において別に論じる。今は年表上に示された桐壺・朱雀・冷泉・今上四帝の位置関係に限定して注目を乞う。

すなわち、桐壺帝の御代は醍醐朝、冷泉帝のそれは朱雀朝、今上帝が村上朝に、概ね相当する点に最も注意が引かれる。特に、澪標巻の朱雀帝から冷泉帝への譲位の時期は、史実の醍醐から朱雀天皇へのそれと誤差一年で近接しており【⑨⑼】、若菜下巻の冷泉帝から今上帝への禅譲は、歴史上の朱雀天皇から村上へのそれと同年で合致する【⑬⑽】。冒頭に掲げた『集成』も説いていたように、通常、物語の朱雀帝は歴史上の朱雀天皇、同じく冷泉帝は村上に擬されがちであるが、こと時間軸に関する限り、それは著しく違っている。特に冷泉帝と今上帝の御代は、史実の朱雀朝、村上朝をそのまま念頭にしているのではないかと疑われるほど、精緻に対応している。

これは実際の歴代の治世の時間軸を律儀に模していたことになるように思われる。上記のうちで、冷泉帝と朱雀天皇の符号は、即位と禅譲の年代程度に留まるが、今上帝と村上に関しては、誕生と元服までもが、ともに一年の誤差で描かれており【⑧⑻、⑫⑿】、強く意識されていた形跡が窺える。また、今上帝の明石中宮と村上の安子中宮も、誕生年が二年【⑩⑽】、入内が一年の誤差となり【⑫⑿】、これらは一連の符号として注意されてよいものと思われる。

上記のように、桐壺帝の御代が醍醐朝で、冷泉帝が朱雀朝、今上帝が村上朝だとすると、物語の朱雀帝は史実のどの天皇とつながるのであろうか。実を言えば、朱雀帝の御代は自立した特定の治世と唯一対応していないのである。

西暦	源氏齢	薫齢	巻名	帝	物語の事件（関連事項のみ、一部推定も含む）	天皇	歴史上の関連事項
896	前5			先帝	藤壺中宮誕生　妹女御誕生はこの年か翌年	宇多	
897	前4				①先帝崩御・新院即位・桐壺立坊・弘徽殿入内		（1）宇多譲位・醍醐即位
898	前3		（前史）	新院	朱雀帝誕生		
899	前2						時平左大臣　道真右大臣
900	前1				新院譲位・桐壺帝即位　桐壺更衣入内		外祖父高藤内大臣
901	1				②源氏誕生		右大臣道真左遷　藤原穏子入内
903	3				桐壺更衣死去、源氏服喪		②崇象（保明）誕生
904	4				③朱雀帝立坊		（3）崇象（保明）立坊
907	7		桐壺		源氏読書始		崇象（保明）の無服
908	8				高麗相人の予言		渤海使入観
909	9				先帝の后薨御		
910	10			桐壺	藤壺中宮入内		
911	11				朱雀帝元服		崇象が保明に改名
912	12				④源氏元服・葵の上添臥		
916	16					醍醐	（4）保明元服・仁善子添臥　（5）宇多五十賀
917	17		帚木・空蝉・夕顔				宮中で花の宴
918	18		若紫～紅葉賀		⑤一院の紅葉賀		
919	19		（紅葉賀）		冷泉帝誕生　藤壺立后		
920	20		花宴		宮中で花の宴		
921	21				桐壺帝譲位・朱雀帝即位　⑥冷泉帝立太子		（7）保明の王子慶頼王誕生
922	22		葵		⑦夕霧誕生　葵死去		
923	23		賢木		桐壺院崩御		保明薨御・穏子立后　（6）慶頼立坊・朱雀誕生
924	24			朱雀			慶頼太子薨御
926	26		須磨		源氏須磨謫居		（8）村上誕生
927	27		（須磨）・明石		右大臣薨去　⑧今上帝誕生		（10）安子誕生
928	28		（明石）・澪標		源氏復帰、権大納言		
929	29		（澪標）		⑨朱雀譲位・冷泉即位・今上立坊・⑩姫君誕生		
930	30						（9）醍醐譲位、崩御　朱雀即位
931	31		絵合・松風・薄雲				宇多崩御
932	32		薄雲・朝顔		摂政薨去　藤壺薨御		
933	33		少女		源氏太政大臣　頭中将内大臣　秋好立后		
935	35		少女・玉鬘	冷泉	六条院落成　⑪大夫監登場		（11）平将門の乱
936	36		初音～真木柱			朱雀	
939	39		梅枝～若菜上		⑫今上元服・姫君入内　源氏准太上天皇		
940	40		（若菜上）		女三宮降嫁		（12）村上元服・安子入内
941	41		（若菜上・下）		明石姫君、一宮〈後の春宮〉出産		
944	44						村上立坊
946	46		若菜下		⑬冷泉譲位・今上即位・春宮立坊		（13）朱雀譲位・村上即位
947	47				匂宮誕生		
948	48	1	柏木		薫誕生　女三宮出家　柏木薨去		
949	49	2	横笛		⑭陽成院御笛出現		（14）陽成院崩御
950	50	3	鈴虫・夕霧		⑮明石姫君立后、この頃	村上	冷泉誕生、立坊　天暦内裏歌合
951	51	4	御法		紫上死去		
952	52	5	幻				
956	56	9	（雲隠か）		この年か翌年に源氏薨御		
957	57	10					（15）安子立后
959	59	12					円融誕生
961	61	14			薫四位侍従	（村上）	
964	64	17	匂宮・竹河	今上			中宮安子薨御
966	66	19			薫三位宰相		
967	67	20	（匂宮・竹河）・橋姫				村上崩御・冷泉即位
968	68	21				冷泉	花山誕生
969	69	22	（竹河・橋姫）		薫中納言　八宮薨去		冷泉譲位・円融即位
970	70	23					
971	71	24	紅梅・椎本～宿木		匂宮中君と結婚　大君死去		
972	72	25	早蕨・宿木				
973	73	26	（宿木）・東屋		薫権大納言兼右大将　匂宮に王子誕生	円融	
974	74	27	浮舟・蜻蛉・手習		浮舟救出		
975	75	28	（手習）・夢浮橋				
976							三条誕生

※表を１頁に収める都合上、記載事項のない年を一部抜いてある。

具体的には、桐壺帝の御代が主体になる醍醐朝の晩期が割かれ、そこに朱雀帝の御代が充てられる形となっている。悪く言えば、桐壺帝の御代の片隅に居候をしているとも見え、良く言えば、二人の帝で醍醐朝の時間軸を分け合っているとも解釈できる。ともあれ、常に関連が取り沙汰される史実上の朱雀朝と物語の朱雀帝の御代とが、時間的な接点をほとんど持たずに描かれている点には留意すべきだろう。このことは「朱雀帝＝朱雀天皇」の図式に懐疑的な思いを抱かせかねない一つの材料ともなるに相違ない。そして同時に、代わりの相方として朱雀帝の前に新たに浮上してくるのが、朱雀天皇の同母兄である保明親王（文献彦太子）[注16]の存在であった。

保明は延喜四年（九〇四）に醍醐の皇太子に立ったが、朱雀帝の立坊の年がそれと一致するのは、単に偶然ではないだろう【③⑶】。保明は醍醐の第二皇子で、弘徽殿女御と呼ばれた[注17]関白太政大臣藤原基経の六女穏子の所生であった。桐壺帝の第一皇子で、同じく弘徽殿女御である右大臣女を母とする朱雀帝と符号の度合いは極めて高い。わずか二歳で皇太子に立った保明は、醍醐の次の第六十一代天皇になるべく成長し、正妃藤原仁善子（時平女）との間に慶頼王なる嗣子まで儲けていた。が、登極目前の二十一歳で急逝。保明の薨御直後に、仁明朝以来の立后の儀が挙行され、穏子がその座に即く。恐らく、保明の系譜に皇嗣としての正統性を付与する緊急措置だったに違いない[注18]。果たして、三日後、他の女御所生の錚々たる醍醐皇子たちを差し置いて、保明の遺児の慶頼が皇嫡孫として太子に立つが、これが朱雀帝の春宮である冷泉帝の立坊と二年の誤差で描かれる【⑥⑹】。

時に慶頼は三歳だったが、一方でそれは朱雀帝の「承香殿の皇子」（今上帝）が同じ三歳で立坊する設定（澪標巻・二八二頁）にも影を落としていたろう。しかし、慶頼は立太子の翌年に夭折し、父子二代で「幻の六十一代」となった。作品はこの悲運を哀れみ、父子を朱雀帝に重ねることによって、せめて物語の虚構の中でだけでも、即位を実現させてやりたかったのではないか[注19]。また、同時にこの措置は、保明・慶頼父子の面影を上塗られた春宮時代の朱雀帝や今上帝に、立坊しながら登極できない危険な可能性を付着せしめる底意地の悪い一面も併せ持っていたように思われる。物語は本来一致させるべき桐壺帝と醍醐の退位時期をあえてずらし、そこで捻出した時間を活用して、「幻の六十一代」を現出せしめたのである。そして、その奇策によって、物語の桐壺帝、冷泉帝、今上帝の御代に、それぞれ醍醐、朱雀、村上朝を、整然と当てはめる演出が可能になった。

このように見てみると、実際に作品上に描かれる四代の帝においては、歴史上の天皇の治世の輪郭をなぞるかのごとく、それぞれの御代の外枠が象られている。細部にも様々な符号が構えられているのは、むろん偶然とは思われない。意識的に符号を駆使した作品形成の方法であったに相違ない。前章冒頭に掲出した『集成』は、作品内の御代と史実の天皇の治世とのシンメトリックな対応関係を説いていたが、原則としてその見方は外れていなかったのである。だが、右の検証を通じてみれば、その『集成』の見解には若干の補訂が必要になるだろう。物語の時間軸は、『集成』の説くように、桐壺帝が醍醐、朱雀帝が朱雀天皇、冷泉帝が村上とはなっていなかった。桐壺帝の御代は歴史上の醍醐朝、朱雀帝のそれは幻の「保明朝」、同じく冷泉帝は朱雀朝、そして今上帝は村上朝。時間軸という観点から見る限り、物語の各帝の御代は、確かに史実の流れを意識している形跡が窺えるが、その組み合わせは通説と異なっていたわけである。

四　歴史との同化と異化

もっとも、今のことには不徹底な一面もあった。桐壺帝の御代初めが醍醐の即位と重ならないのは、上記の数々の符号に照らせば、やや物足りない感じがする。同じく今上帝の御代が村上朝を突き抜けて冷泉朝や円融朝にまで達し、さらにそれでもまだ禅譲に至らないのは、しまりのない印象を拭えなかったであろう。史実参照という観点においては、こうした作品の始発と掉尾の双方に大きな綻びが認められるのは、庇いようのない弱点であった。この点については、さらに後章に委ねるが、そうした瑕疵は瑕疵として、以上のごとき脆い一面を抱えつつも、この物語では作品の主要部分の時間軸において、史実との意識的な擦り合わせが図られている点を、ここで改めて確認しておきたいのである。

しかし、それにしても、このような史実の時間軸の参酌は、何を狙って導入された方法だったのであろうか。『集成』は、第一章に掲出した引用文に続けて、

このように、歴代天皇と即位の順序が実在の歴史と重ね合せられることによって、主人公と藤壺の恋の意味は重くなるし、皇位の継承が不義の子によって枉《ま》げられていることの重大さが迫力を持つ。

と解説している。

藤壺の宮との間に冷泉帝が生じ、それを踏まえて、光源氏は准太上天皇へと飛躍を果たす。『集成』は、右の引用文と一連の別の箇所でも、その光源氏の未曾有の栄華の意味するところを、この物語と歴史とを重ね合わせる手法が、「もっとも効果的に訴え」ている、と力説していた。恐らく、虚構を史実で裏打ちすることによって、単なる絵空事に迫真の重みを添えたと言いたいのであろう。だが、考えてみると、この場合に限っては、まるで逆だったのではなかろうか。

しつこく繰り返すようで恐縮であるが、先に検証したのは、この作品が史実の時間軸を参照している点であり、それと人物造型との関わりを見たわけではなかった。つまり、桐壺帝の御代は醍醐朝であっても、桐壺帝その人が醍醐本人であったわけではないのである。そのことは桐壺帝と醍醐とが、作品内でこれ見よがしに呼び分けられている点からも理解されるだろう。すなわち、須磨巻の醍醐は「延喜」（二四二頁）で、桐壺帝は「父帝」（二三三頁）、絵合巻

では醍醐が「延喜」(三八三頁)、桐壺帝が「院」(三九〇頁)、梅枝巻では醍醐が「延喜帝」(四二一頁)、桐壺帝は「故院」(四〇三頁)と呼ばれている。この使い分けは、両者が別人であることを、我々に強く印象づけるものであった。桐壺帝と醍醐の名が三度も同じ巻に出て来るのは、むろん偶然とは思えない。桐壺帝と醍醐をわざと同じ巻々で呼び分けて、二人は同一人物でないと、再三再四読者に念を押す趣向らしい。

先に符号を確認した朱雀帝と保明親王についても、恐らく同じことが言えただろう。光源氏の誕生の場面で、朱雀帝は「一の皇子」と呼ばれ、「右大臣の女御の御腹にて、寄せ重く、疑ひなきまうけの君」とされている(一八頁)。一方、醍醐の第一皇子は将順(克明)親王であったが、その母は「女御」ならざる更衣源封子、彼女の父も「右大臣」には程遠い大蔵卿旧鑑なる人物であった。「疑ひなきまうけの君」などには遠く及ばない。

むしろ、外伯父に左大臣藤原時平、母に弘徽殿女御穏子を擁する第二皇子保明(崇象)親王の境遇の方が、物語の「一の宮」と遥かに似ていることは前述した。朱雀帝を成りすまさせるには、うってつけの人物だったと言えるだろう。成りすますためには、「一の皇子」の「一」を「二」に変えるだけでよい。そこが一致すれば、当時の多くの知識人は保明と朱雀帝とを、難なく同一視して読んでいったに相違ない。その場合、第二皇子の光源氏は第三皇子に繰り下がる。だが、もともと光源氏の長幼の序列には作品の関心が薄く、常識のように言われている「第二皇子」についても、実際に物語内での言及はなかった。だから、展開への影響は皆無である。同様に朱雀帝も、光源氏の兄でさえあれば、一でも二でも構わなかったはずであろう。なのに、物語はその道を選ばなかった。朱雀帝を保明に成りすまさせる意志がこの作品になかったからだと思われる。

もちろん、これだけ設定が似通っていれば、「一の皇子」であろうと、「二の皇子」であろうと、物語の朱雀帝は歴史上の保明と一定程度重なって見えてしまうだろう。そして、実際にその重なりを十分に計算に入れて朱雀帝が描かれている節も見受けられる。だが、かと言って、「一の宮」と保明とが同一人物だと間違われることを物語が狙っているわけではない。恐らく、先の桐壺帝と醍醐の上にも、これと同様の力学が働いているだろう。つまり、この物語には、これら帝たちを含めて、作中の人物と歴史上に実在したそれとを同化させる意図まではないのである。ところが、そうでありながら、桐壺巻は醍醐朝の時代とぴたりと重ね合わせ、露骨に同化を狙ってくる。つまり、時代設定は醍醐朝の時間に便乗しようとしているのに、同様の意図が作中人物の上には及んでいないわけである。このちぐはぐな対応を、我々はどのように理解したらよいのだろうか。

先の『集成』にも指摘があったように、古い時代の物語の多くは、「昔」「今は昔」などと切り出される。物語を始発させる際には、いつのことかを最初に断るのが古来の慣わしだったからである。むろん、この桐壺巻の「いづれの御時にか」というおぼめかした冒頭も、確実にその条件を満たした例になるだろう。ただし、それは「昔」「今は昔」のごとく朧げな過去を漠然と紹介するだけで十分だった。その伝統からすれば、桐壺巻における「御時」が、実は醍醐朝の初期に相当する時代だなどということを、微に入り細に入り説明する必要は全くなかったと言ってよいのである。ところが、この作品はそのことを百も承知の上で、物語の長い伝統に抗うかのように、優れて厳密な時代設定を、多少暗示的な形を取りながらも、読者の前に堂々と開示してきた。

実在の歴史の時間軸の上に、作品固有の仮構された人物を動かせば、史実との間に齟齬が生じるのは当たり前であろう。実在した過去の時空に、見知らぬ人間が居座っているのだから、読者の違和感は避けられないのである。醍醐朝のはずなのに、時平や道真がおらず、得体の知れない左大臣や右大臣が大きな顔をしている。いきおい、読者がそれらを「偽者」と見て、これは単なる作り話なのだと理解するのは、自然の成り行きに違いあるまい。まかり間違っても、桐壺巻の左右大臣が「本者」で、醍醐朝の時平や道真が「偽者」だと取り違えることなど、あるはずはないのである。

物語は「事実の語り」を原則とする。「作り物語」などと称しても、建て前上は「事実の語り」であり、読む側もそう受け取るのが作法なのである。その意味で、蛍巻の玉鬘が、「住吉の姫君のさし当たりけむをりはさるものにて、今の世のおぼえもなほ心ことなめるに」（二一〇頁）と、時間の流れを認識している点は、注意すべきだったかも知れない。ここでは『住吉物語』に描かれる「さし当たりけむをり」と現実の「今の世」とが、一続きの時間軸の上に把握されている。物語の読者にとって、作品が綴るのは現実の今と直結する過去の時空に他ならない。

すなわち、通常の物語が描いているのは、現実の今と次元を異にした別世界ではないのである。「昔」「今は昔」といった茫洋たる過去を舞台にとる手法は、その原則の中で育まれた英邁なる物語の知恵であった。いつの時代の話なのかが鮮明でないからこそ、実在の歴史と衝突しない。だから、『竹取物語』の帝は何天皇か、などという無意味な詮索を誰一人としてしないのである。桐壺巻が醍醐朝の時代を明確に措定したのは、その伝統からの逸脱であり、作り物語が古来避けてきた禁忌でもあった。この作品はそのタブーに挑み、実在の歴史と真正面からぶつかった。むろん、その正閏争いに勝ち目はない。当然のごとく敗れて、これは実話でなく、作り話なのだと開き直る以外に術はなかったはずである。

虚構の「作り物語」の内部に、融通の利かないガチガチの時間軸を仕込んでしまったら、そうした末路をたどる以外に道がないのは必定だろう。『源氏物語』桐壺巻は、厳密な時代設定を施すことで、おのずから虚構であることを露呈させてしまったのである。と言うよりは、むしろ進んでその道を選択したと見るべきだろう。その意味で、『源氏物語』は、「事実の語り」であるべき建て前を放棄して、純粋な虚構であることをみずから標榜した本邦初の「作り物語」だったと言える。史実の時間軸を抱え込んで浮上したのは、実在性とは対極にある虚構性の方だった。したがって、桐壺巻が目指したことが、『集成』の述べるような醍醐朝そのものとの同化であったとは、とうてい考えられないのである。時間軸においては、醍醐朝との同化が目論まれているものの、歴史から借り受けたその時空の上には、史実において存在しなかった架空の主人公たちの活躍が企図されていたことになる。

しかるに、『源氏物語』においては、現実の歴史との一体化が志された時間軸とは裏腹に、作中人物たちにおいては歴史上に実在したそれとの異化が目指されていた。ある意味で、これは歴史からの乖離であろう。実在の歴史へ近づくことを通じて、逆に実在の歴史と袂を分かつ。そうした歴史に対する相矛盾した二つの方向のベクトルが、桐壺巻には同時に立ち働いていたわけである。

五　時代に准拠する意味

むろん、建て前はどうであれ、まともな成人の読者であれば、こうした物語を実話だと信じ込むお人好しはおるまい。しかし、誰もが作り話だと知悉していても、一応事実とされているからこそ、物語は読まれる価値があり、語り継がれ、書き継がれる意味が認められてきたのである。この作品がそこを居直って、虚構であることを勇躍宣言した事実は右にも述べた。だが、そうはしたものの、実は今述べた道理のことも、この作品はそれなりに気にしていたのである。だから、せっかく事実を異化して作り上げた虚構なのに、時に反転させて、事実の方向へ揺り戻そうともする。いわゆる「事実めかし」である。注(20) 虚構でありながら、事実であるかのように錯覚を誘う。言い換えれば、虚構のようにも、史実のようにも見せかける紛らわしい描き方なのであり、歴史を参照して特定の過去の事件や人物への連想に読者を導く「准拠」の手法として、広く世に知られるところでもある。

史実と即かず離れず、巧みにそれとの離合を繰り返す。准拠の手法のそうした原理原則は、先の時間軸の問題においても、先鋭的な形で示されていた。例えば、前述のように、冷泉帝の御代は歴史上の朱雀朝と重ねられているのに、冷泉帝の人物造型には朱雀天皇の面影が必ずしも宿っていない。先の『集成』の指摘する絵合巻の例を持ち出すまでもなく、冷泉帝の御代には盛儀豊かなりし村上朝の華やかな印象が踏まえられていよう。また、物語の冷泉帝の後宮には斎宮女御がいた。前代朱雀帝の御代に下向した伊勢斎宮である秋好が、乞われて入内したものである。実在の村上朝にも斎宮女御がいる。これも前代朱雀天皇の治世に伊勢へ旅立った斎宮徽子女王が、帰洛後に同じく乞われて村上の掖庭に入った。当然、これも意識的に史実が参照された末の符号であろう。冷泉帝の御代は朱雀天皇の治世期に当たるが、内容は少なからず村上朝の印象に依拠していた。

時間軸においては朱雀天皇の治世との同化を志しながら、冷泉帝の人物造型ではその裏をかき、朱雀天皇ではなく、村上に照準を定める。史実に背くかと見せて、次には別の歴史に忍び寄り、再び軸足を戻すのである。実に自在な史実と虚構との往還であろう。このことが奏功し、「この物語は架空の話だが、本当は歴史上のあの人物の事件を暗に伝えるものではないか」などと読者が時に誤解して、そんな錯覚に囚われることもあるに違いない。つまり、作り話を語ることに狙いがあるのでなく、あたかも引用した史実それじたいを伝えることに真の標的があったかのように、読者の誤った斟酌を誘うのである。直接にそれと切り出すのでなく、もじり、和らげて昔の事実を語る。史実に範を取った時間軸は、そのような手の込んだ「事実の語り」を装うには、欠くことのできない小道具であったように思われる。

ところで、今触れた冷泉帝と村上との相関は、実を言うと、もう少し複雑であった。確かに、物語の冷泉帝の人物造型の輪郭が村上になぞらえられているのは事実であろう。しかし、歴史上の村上は冷泉、円融両天皇の父帝であり、血脈を後世に伝えていた。いわゆる皇祖である。ところが、物語の冷泉帝は一代限りの傍系の天皇であった。これは

「天皇」の属性として決定的な差異と見るべきではなかったろうか。つまり、冷泉帝は村上に似せて描かれていながら、肝心の点において、看過できない相違を抱えているのである。史実の醍醐皇統で、物語の冷泉帝と同じく傍系に終わったのは、朱雀天皇であった。歴史上の朱雀天皇は男皇子を持たず、弟の村上に皇祖の座を譲らざるをえなかった。物語の冷泉帝も自分の血筋を大統譜に残せず、まさに朱雀天皇と同じ位相にあったのである。冷泉帝の御代が朱雀天皇の治世になぞらえられるのは、専ら故がないわけではなかったことになる。

代わりに、物語で皇祖の役目を担うのは今上帝であった。今上帝は、明石中宮腹に春宮以下、式部卿宮、匂宮、五の宮を儲け、第三皇子の匂宮までを順繰りに皇嗣に立てる心算を抱いていた（匂兵部卿巻・一八頁、総角巻・二七六、二九〇、三〇三頁、なお注21参照）。村上は中宮安子腹の皇子のうち、安和の変で割を食った為平を除く、憲平（冷泉天皇）、守平（円融）の即位を実現させている。冷泉、円融両皇統の祖となったその村上の印象が、作品の今上帝の上に重ねられているのは、ほぼ間違いなかろう。時間軸の観点では、今上帝の御代は史実の村上朝の位置にあったが、それは妥当な比定でもあったのである。こう見ると、今上帝が村上に擬されるのは単に時間軸の問題だけではなかったし、冷泉帝が朱雀天皇に見立てられるのも十分に道理があったことになる。ただし、朱雀天皇と冷泉帝との間には、皇后を欠いた前者に対し、後者には秋好中宮が立てられるなど、看過できない相違点も抱き合わせにされていた。歴史離れの方にも抜かりはなかったのである。

六　作品後半の不首尾

右に説いてきた通り、この物語は実在の時間軸を律儀に参照しつつも、その裏返しに虚構の時空を成立させ、以って何囚われることのない自由な作品展開を可能ならしめた。しかし、先にも少し触れたように、作品内に敷設された時間軸の上端と下端、すなわち桐壺帝の御代以前と今上帝のそれの後半部は、ともにその歩調が乱れ、歴史の時間の流れとの間に一定の不整合が生じている。前章で述べた経緯に従えば、史実の時間軸の参酌は自由な作品展開を保証する基盤となっていたはずであろう。つまり、その擦り合わせが厳密であればあるほど、作品にとってより好ましい作品形成の下地が整うはずなのである。なのに、なぜこの物語はそのような作品の前後の時間において、歴史参照の態度を翻すのか。所詮、この物語は虚構であり、その手法の徹底化を図ろうと思えば、いくらでも可能だったはずであろう。こうした不首尾が起こるのは、いかにも不思議な話なのである。

この問題を考えるにあたり、論述の都合で、まずは物語の掉尾、つまり今上帝の御代の後半部の乱れの方から先に見てゆきたい。述べてきた通り、今上帝の御代の時間軸は村上朝に擬されているとおぼしいが、それは前半に限られ、後半に当たる第三部世界においては、史実の冷泉朝の時代を呑み込み、さらにそれを突き抜けて、最後は円融朝の半ばくらいにまで及んでいる。第三部世界は、それまで作品進捗の目安となってきた「史実」という道標を見失い、緊張感に欠けたしまりのない時間が、だらだらと迷走しているかのような印象さえ受ける。今上帝の在位を村上のそれに合わせて区切り、それ以前と同様、史実になぞらえた節度ある時間の流れを維持してゆくのは、理論上容易だったに違いない。だが、物語はその方向性を採択しなかった。史実の時間の枠組みを睨み合せる従来の方針を、ここで意識的に転換したためかと思われる。

なぜ、物語は方針を変えたのか。一つには作品展開との絡みがあったものと推測される。今上帝の御代は手習・夢浮橋巻で三十年近くにも及び、平安中期の天皇という設定にしては、不自然なほど長期の在位になっている。それには物語展開からの皺寄せという面もあった。従来と同じく今上帝の御代が史実の治世と歩調を合わせたらどうなったかを考えれば、一目瞭然であろう。康保四年（九六七）の村上の崩御に見合う形で、今上帝が崩御か退位すると仮定する。それは物語の匂宮三帖（薫二十歳の年）の頃である。史実では、村上の崩御に伴い、皇太子憲平親王が冷泉天皇として即位している。これに合わせるなら、物語では匂宮の長兄である春宮の受禅が実現する運びとなるだろう。そして、新たに立つ春宮は、匂宮の次兄二の宮ということで、当座問題ない。注(21)

ただし、冷泉天皇に見立てられた以上、新帝（いわゆる春宮）の御代は短命にならざるをえず、宇治十帖に入った直後の橋姫巻付近で、円融に擬された二の宮に対し、何らかの理由で譲位が敢行される。その際に立坊するのが匂宮であるのは疑いない。皇太子となった匂宮は、窮屈な立場を強いられ、恋の物語の主人公が務まらなくなる。つまり、そうなった時点で、橋姫巻以降の宇治十帖の話が成り立たず、行き詰まってしまうのである。今上帝が崩御や譲位に至ると、連動して作品展開が大きく歪められる。今上帝の御代の後半部は、恙ない話柄進展の環境を担保する意味で、史実と歩調を合わせるわけにはゆかなかったものと思われる。

もう一つ考えられるのは、執筆上の問題だろう。年表でも分かる通り、第三部は西暦九七〇年代の前後に相当する。当初昔話だったはずの作品の時間が、今や読者たちの生きている現実の間近まで迫っているのである。実際に一条朝で右大臣を務めている藤原顕光は天慶七年（九四四）の生まれであり、天慶十年前後の誕生という設定の薫や匂宮よりも年長であった。道長こそ一回り程度下の世代であるものの、兄の道隆は浮舟とほぼ同い歳である。こう見ると、物語の時間は既に現実と衝突しかかっている。桐壺巻で用意した凡そ百年に及ぶ時間軸を、いつの間にか、作品が使い果たしてしまったのである。うっかり実在の出来事に絡めて書くと誤解や語弊が生じかねない。「歴史」の扱いだった実在の時空が、「生の現実」に変じ、以前の手法が使い物にならなくなった。それは七十五年以上にも及ぶ長い時空を描いた空前絶後の大作ならではの予期せぬ「不手際」だったと言えるだろう。

むろん、右の事柄が全てとは限らないが、このように複数にわたる理由から、第三部世界において史実上の時間軸の参照が有効でなくなっていた経緯は了解されるに違いない。さらに言えば、第二部までの五十数年間を描き継いできた作品の実績により、第三部の時期には既にその手法に頼らずとも十分な事実性が保証できるようになった、という事情もあったであろう。いずれにせよ、今上帝の御代の後半から方法の転換が図られる点については、上記のような理屈で多少なりとも説明がつく。

七　光源氏前史の俯瞰

次に年表の上端部分の不首尾を見てゆくが、そのためには、暫く後回しにしてきた、いわゆる「光源氏前史」の問題に触れねばならない。桐壺巻以前には、作品に描かれざる一院（紅葉賀巻・三二四頁）や先帝（桐壺巻・四一頁）などの過去の治世の存在が想定されており、これを「光源氏前史」「物語前史」（以下、前史）などと通称していることは、既に述べてきた。これら前史の時間軸と実在の歴史との相関はどうなっているか。前史の内容については、諸説紛々で定見がないため、注(22)この章では独自に考証を興すが、その結果を踏まえ、次章においてそれと実在の歴史との相関を考える。

前史の内容を見るに当たって、まず初めに、桐壺帝以前の帝の一人に「新院」がいたことを確認しておかなくてはならないだろう。注(23)大半の人は、この「新院」に首をかしげるかも知れない。物語に姿も名も見せない帝なので、多くの論者の認識の埒外にあるのもしかたがないが、紅葉賀巻に「一院」がいる以上、存在は確実であった。「一院」が新院に対する尊称であり、注(24)新院がいなければ、一院は単に「院」と呼ばれるはずだからである。一院がいるなら、当然「新院」も存在する。つまり、桐壺帝以前には、先帝、一院、新院という三人の帝を想定しなくてはならないわけである。注(25)

桐壺帝を含めたこれら四人の天皇の即位順については、藤壺中宮を桐壺帝に紹介した典侍が、「先帝の御時」の人で、「三代の宮仕に伝はりぬる」（桐壺巻・四一〜二頁）とみずから述べていることが参考になる。典侍が先帝の御代以来三人の天皇に仕えたという意味であろうから、「三代」は「先帝→X帝→桐壺帝」と見られるが、この空白の一代「X帝」とは誰であろうか。これが一院であった場合、新院の居場所がなくなる。となると、必然的にその一代は新院でなくてはならず、玉突きで一院が先帝の前に置かれることになる。すなわち、この四帝の即位は、一院→先帝→新院→桐壺帝の順である。一般には、作品の前史に醍醐以前の史実を重ねがちで、「一院」には醍醐の先代宇多、「先帝」にはさらに一代前の光孝を当てる向きが少なくない。注(26) その場合、先帝が一院よりも先の即位順になるが、右の検証による限り、その観測は成り立ちにくい。

一院が先帝に譲位した年時は判断材料に乏しいため、明確にできない。ただ、花宴巻で五十四歳だった左大臣が、「ここらの齢にて、明王の御代、四代をなむ見はべりぬれど」云々（三六一頁）と述べている。その「四代」は右の四帝を指すものと思われるが、この言動から、左大臣が初めて任官したのは一院の御代であったことが分かる。恐らく、その初任官の頃に当今だった一院の目にとまり、夫人としてその皇女を賜わったのが大宮だったのではないか。当然のことながら、先帝の即位はその左大臣の初任官以降ということになろう。左大臣は光源氏の誕生年には三十四歳で、初任官の時期はさらにその時よりも二十年程前になるに違いない。光源氏の誕生に遡ること二十年前までのある時点で、一院から先帝への禅譲があったことになるらしい。そして、その際に先帝の御代の春宮として新院が擁立されたものと思われる。その事情からすれば、新院は一院の皇子だった可能性が高い。

先帝から新院への継承時期はある程度特定できる。「先帝」とは在位中に亡くなった天皇の謂であり、注(27) その崩御で新院が受禅したことになる。しかし、先帝も人の子人の親だから、末子誕生の約一年前までは生きていたはずであろう。末の方の子には、藤壺中宮と異母妹の藤壺女御（女三宮母）が知られている。藤壺宮は光源氏より五歳年長だが、異母妹の女御は姉よりも一歳程度年少であったろうか。かりに光源氏の四つ上だとすると、その女御が受胎したのは中宮が誕生した年になる。つまり、中宮誕生の頃までは、先帝が次の子をなせるほど、元気だったが、突如体調を崩したようだ。中宮や女御の成長を見守るほどの命が保てなかったのは、次に述べる通りである。

先に確認した通り、先帝の崩御を受けて、新院が即位した。新院の御代で立った春宮が桐壺帝だったらしい。弘徽殿は帝の春宮時代に真っ先に入内した女御であり（若菜上・四一頁）、朱雀帝の誕生は最短でもその約一年後となる。朱雀帝は光源氏より三歳年長であった。したがって、朱雀帝は光源氏誕生の四年前に受胎したのであり、その際に桐壺帝は春宮だった。同時にそれは、先帝の崩御後のことである。つまり、これらを総合すると、光源氏誕生の五年前に藤壺中宮誕生、四年前に先帝崩御・女御誕生・新院即位・桐壺帝立坊・弘徽殿入内、三年前に朱雀帝誕生という、かなり窮屈な年次が想定される。さらに、光源氏誕生の一年以上前には桐壺更衣が入内していたはずなので、前述のごとく、その時には桐壺帝の即位が実現していた。こう考えると、新院は光源氏誕生の四年前頃に受禅し、最低誕生の一年前には退位したことになる。ほんの二、三年足らずの短命の御代だったわけである。

物語に徴する限り、桐壺帝と先帝とが親近な関係には見えないが、それは両帝が別系の血筋であることに由来するものだったのだろう。注(28)が、かりにそうであれ、諸氏が説くように先帝が桐壺帝の一代前の天皇だったとすれば、注(29)桐壺帝はその御代の春宮として、内裏後宮部分の一角に曹司を賜わっていたはずである。同じ宮中の一隅に居を得ているのに、当帝の后腹の皇女四の宮の存在も知らないなど、桐壺帝は先帝との疎隔があまりにも甚だしいのではないか。短命の御代にせよ、両帝の間に新院が置かれているのなら、その事情もうなずける。先帝の春宮は新院だったわけであり、桐壺帝との直截の接点はなかったことになるからである。

さらに臆測を逞しくすれば、生前の先帝は退位した暁に、自分の皇子を次の御代の春宮に立てようと、新院への禅譲の時期を模索していたのではなかろうか。ところが、皇子の成長を待っているうちに、突如自分の身に不慮の死が訪れ、思いは水泡に帰す。そして、受禅した新院の春宮には先帝の存念とは違う異系統の血筋の人間が立てられた。それが桐壺帝であり、先帝の立てそこなった皇子が紫の上の父親の兵部卿宮だったと考えれば、一連の事柄は当座辻褄が合う。注(30)

八　前史の役割と時間軸

右の観測に従えば、前史の御歴々は、史実上の醍醐朝以前の皇統、すなわち陽成・光孝・宇多・醍醐四代と、ある程度符号させられている。醍醐朝の初期で言えば、陽成は「一院」と呼ばれるべき存在であり、光孝は在位中に崩じた「先帝」であった。また、宇多は一院である陽成に対して、「新院」と称されておかしくない人物である。一院→先帝→新院→当帝（桐壺帝・醍醐）という皇統の流れは、史実と物語とで、しっかりと一致している。このことから、「前史」における時間軸の枠組みは、実在の歴史の流れと歩調が合わせられていると、一応判断してよいものと思われる。

ただし、問題なのはその枠組みの中身であった。先に見たごとく、物語の描く桐壺・朱雀・冷泉・今上各帝の四代においては、系図的な位置づけこそ一致しないものの、即位順や御代の長さにおいては、物語がまるで史実をなぞったかのごとく丹念に歴代が意識されていた。しかし、この前史では呼称や即位順にこそ史実に倣った形跡が窺えるものの、御代の長さなどには、かなり大きな齟齬が発生している。これはなぜであろうか。

注意したいのは、第一章にも名を挙げた宇多の存在である。前述したように、桐壺巻には宇多の名が二ヶ所見え、注(31)

一つは、

このごろ、明け暮れ御覧ずる長恨歌の御絵、亭子院の描かせたまひて、伊勢、貫之に詠ませたまへる、大和言の葉をも、唐土の詩をも、ただその筋をぞ枕言にせさせたまふ。（桐壺巻・三三頁）

という靫負命婦の訪問記事の後半。亡き更衣を偲び、宇多（亭子院）の制作による長恨歌屛風によって慰藉する桐壺帝の日々が描かれている。もう一ヶ所が、

そのころ、高麗人の参れる中に、かしこき相人ありけるを聞こしめして、宮の内に召さむことは、宇多帝の御誡あれば、いみじう忍びてこの皇子を鴻臚館に遣はしたり。（同・三九頁）

とする高麗人の観相の場面である。

前者の「長恨歌の御絵」は、『伊勢集』にも見える実在した屛風であり、それを受け継いでいる桐壺帝が、宇多皇統の直系の印象を持たれるのは、まず間違いのないことであったろう。また、後者の「宇多帝の御誡」は、宇多が醍醐に譲位するにあたって施した庭訓、いわゆる『寛平御遺誡』を指し、注(32)桐壺帝があたかも宇多から直接訓諭を受けた醍醐その人であるかのような錯覚さえ誘う記述である。宇多は醍醐の一代前の父帝であった。となると、宇多は前掲の年表にある「新院」に相当することになるのだろうか。

しかし、この作品の原則に鑑みれば、新院が宇多であるという理屈は少しおかしかった。と言うのは、桐壺帝以下の物語の帝たちは、御代の時間軸こそ史実に依拠していたものの、特に歴代の誰かと同一人物というわけではなかったからである。その鉄則については、先にも繰り返し述べてきた。このことを踏まえれば、宇多は前史を担った物語の帝の誰とも同一人物ではなかったことになる。

同じことが醍醐にも言えるだろう。先に触れたように、この天皇は「延喜」「延喜帝」という呼称で須磨・絵合・

梅枝巻で三度名が見えるが、その全ての巻に桐壺帝が登場し、両者が別人であることを念押しするかのように、「故院」「院」と呼ばれていた。この三度のうちで最も参考になるのは、次に掲げる絵合巻の記事である。朱雀帝秘蔵の行事絵を持ち出すくだりに、

年の内の節会どものおもしろく興あるを、昔の上手どものとりどりに描けるに、延喜の御手づから事の心書かせたまへるに、またわが御世のことも描かせたまへる巻に、かの斎宮の下りたまひし日の大極殿の儀式、御心にしみて思しければ、描くべきやうくはしく仰せられて、公茂が仕うまつれるがいといみじきを奉らせたまへり。（三八三〜四頁）

とある。

延喜時代の行事絵に醍醐自身が宸筆の詞書を添えた一帖に引き続き、斎宮女御（秋好）の下向の場面を中核とする朱雀帝の「わが御世」の盛儀を描いた図巻が、名工巨勢公茂の手によってなされた、という。ここでは「延喜」に後続する時代として、朱雀帝の「わが御世」が明確に定位されている。ところが、同じ絵合巻において、「延喜」は朱雀帝の先代の「（桐壺）院」とは別人と認識されていた。物語の筋立てから見て、朱雀帝が桐壺帝の次代を担った天皇であることは疑いない。ところが、一方で、朱雀帝は「延喜（醍醐）」にも連接する帝であるかのように描かれているのである。朱雀帝は、「延喜（醍醐）」からも、「院（桐壺帝）」からも、直近の血脈を引く天皇と見える。なのに、「延喜」と「院」は別人だという。読者の困惑は避けられないだろう。

思えば、作品は桐壺帝が宇多の次の天皇だとは、一度も口にしていなかった。同じく、この「延喜」と呼ばれる醍醐が、朱雀帝から何代前に当たるのかも、明らかにはされていなかったのである。そこがこの物語の老獪なところであろう。作品は虚構の舞台に実在の天皇を引っ張り出しては、時代を韜晦し、読者を煙に巻こうという腹なのである。

むろん、物理的に考えれば、宇多も醍醐も、前史を含めた物語の帝のうちの誰かに相当しなくては話が合わないに違いない。しかし、この作品の鉄則から言えば、物語の帝が史実の天皇と同一人物であることなど、ありえない現象なのである。これら二つの道理を総合して考えれば、この作品上には本来並存すべくもない二人の天皇が同時に存在している、と見なければならない。

歴史上の時間と物語のそれとを一連のものと理解する常識的な読者にとって、それはとうてい受け入れがたい状況であり、宇多なり醍醐なりを、物語のどこかの時代に位置づけようと模索するのは、半ば本能に近い行動だったに相違ない。その際に受け皿になってくれるのが、前史の時空だったように思われる。

宇多なり醍醐なりを前史の帝の一人と見なすことによって、二人の天皇が同時に存在しているという矛盾は一応回避できる。つまり、桐壺帝との併存が理解できなければ、醍醐を前史にいる新院か誰かと考えておけば、当座それで片づくのである。むろん、この作品の論理で言えば、それはとんだ誤解であろう。だが、読者が納得するのなら、それはそれでよい。作品の前史は、常識的な判断において理解不能に陥った読み手が、不可解を解消するために逃げ込める安息の場所であった。さらに言えば、察しの悪い読者の不器用な想像力を豊潤に吸収してくれる無限の時空だと見ることも可能であったろう。したがって、これらの前史は、いつの御代、誰の治世かを判然とさせないところに意味がある。そういう曖昧模糊とした帝たちの御代が、無造作に投げ出されてあることによって、物語としてはあり得べくもない虚構の論理に弄ばれた読者が、作品上に期せずして発生する不合理のはけ口を、そこに見出すことができるはずなのである。

このように物語の帝と実在の天皇とを真正面からかち合わせるのは、作品の虚構たることを見せつける、一種悪趣味な示威行為であったろう。南北朝のごとき特殊な事例を除けば、二人の天皇が同時に存在する時空など、実際にありえない。現実と時空を共有している建て前の一般の物語作品も、その事情は全く同じなのである。しかし、のっけから虚構であることを標榜したこの物語には、理論上それが可能だった。現実の話でないからこそ、実在の天皇と物語の帝とが同じ時間を共有できる。桐壺巻における虚構の宣言を逆手に取り、そうした荒事を見せつけて、読者の困惑を楽しむのである。むろん、史実の時間軸の参照は、空疎な物語の時間の流れに一本の筋を通すための極めて高度な手法だったであろう。だが、そうした先進的な挑戦のかたわら、この作品はそのようなあられもない遊び心を、さりげなく発揮してみせるわけである。

注

(1) 現存の文献としては、源具顕『弘安源氏論議』(一二八〇年成立)に見える所説が古いが、鎌倉期の河内方(源光行・親行・義行・知行ら)においては、それ以前から共有されていた基幹的な学説と思われ、四辻善成『河海抄』(一三六二年以降)などに発展的に受け継がれている。

(2) 以下、適宜宇多天皇を「宇多」、醍醐天皇を「醍醐」、村上天皇を「村上」などと略称するが、朱雀天皇と冷泉天皇に関しては、作中人物の「朱雀帝」「冷泉帝」と紛らわしいので、略称とせずに「朱雀天皇」「冷泉天皇」と呼ぶ。なお、物語の帝は「桐壺帝」などと基本的に「帝」を付けて呼び、混乱を避けるために院の号は用いない。

(3) 浅尾広良『源氏物語の准拠と系譜』(翰林書房・平成一六年)

(4) 山中裕『平安朝文学の史的研究』(吉川弘文館・昭和四九年)、同『源氏物語の史的研究』(思文閣出版・平成九年)

(5) 石田『源氏物語論集』(桜楓社・昭和四六年)、清水『源氏物語論』(塙書房・昭和四一年)、同「源氏物語の源泉Ⅴ 準拠論」『源氏物語講座』(有精堂出版・昭和四七年)、同『源氏物語の文体と方法』(東京大学出版会・昭和五五年)

（6）当論の『源氏物語』の本文・頁数は、『新編 日本古典文学全集』（小学館・平成六～一〇年）による。

（7）本居宣長『玉の小櫛』、奥村恆哉「桐壺の巻『高麗人』の解釈 付、準拠の問題」（「文学」昭和五三年四月）、『新潮日本古典集成』（新潮社・昭和五一年）の頭注。

（8）酒寄雅志『渤海と古代の日本』（校倉書房・平成一三年）

（9）『平安時代史事典』（角川書店・平成六年）の「契丹」（愛宕松男氏執筆）

（10）『類聚国史』巻一九四・殊俗・渤海下　同年三月六日条。

（11）『日本国語大辞典 第二版』（ジャパンナレッジによる）

（12）延長七年には、既に渤海は滅ぼされているが、これは旧渤海の故地の上に契丹が建国した属領「東契国」が「渤海」を名乗って来貢してきたもの。

（13）梅枝巻にも、「故院の御世のはじめつ方、高麗人の奉れりける綾、緋金錦どもなど」（四〇三頁）と、桐壺巻の高麗人来朝を念頭にしたとおぼしき一節があった。

（14）注（8）の酒寄の書の付表1によれば、渤海使の人数は一定していないが、嵯峨朝の弘仁一四年（八二三）以降は、百名前後でほぼ定着している。ただし、そうした中にあって、たまたま延喜八年の事例は人数が分からない。

（15）現行の主要テキスト、『源氏物語』専門の事典、辞典、便覧などの類に付された「年立」では、高麗人の観相から光源氏の元服までを一括した年代で処理しているが、観相の記事に七歳の可能性を考慮して、明確に「七～十二歳」としているものは、管見の限り、中野幸一編『常用 源氏物語要覧』（武蔵野書院・平成七年）のみであり、池田亀鑑編『源氏物語事典 下巻』（東京堂出版・昭和三五年）、北山谿太編『源氏物語辞典』（平凡社・昭和三二年）がやや微妙な書き方で、七歳の可能性に含みを持たせている。玉上琢彌『角川ソフィア文庫』（角川書店）は、一連の記事を七歳と十二歳の間に置いて、「不明」とする。他のほとんどの書は、「八～十二歳」と注記。

(16) この親王は、延喜一一年（九一一）に初名崇象から保明に改名するが、当論では保明の名前で通す。なお、薨御の後に文献彦太子と諡号。

(17)『醍醐天皇御記』延喜十三年（九一三）正月十四日条（『河海抄』所引）に、男踏歌の記事として、「自瀧口至東宮息所（＝穏子）曹司踏舞弘徽殿」とある。

(18) 今井源衛「たぐへやるわが魂を〈大和物語評釈・十五〉」（『国文学〈学燈社〉』昭和三八年四月）

(19) 保明に関しては、朱雀帝以上に光源氏との符号も気になるが【②(2)・④(4)・⑦(7)】、今回は御代の重なりを注意する点に主眼があるため、指摘に留める。

(20) 清水好子『源氏物語論』（注（5）参照）に述べられた「事実めかし」の概念は、必ずしも当論の用語と一致しないが、煎じ詰めれば、同じことを言っているようにも思われる。

(21)『新編全集』総角巻三〇三頁の頭注二〇に「二の宮は『次の坊がね』とあったが、その後東宮に立たず、帝・后は内心匂宮（三の宮）を次の東宮にと考えていたらしい」とし、補足して、「東宮→二の宮→匂宮の順に、立坊を予定していたと解する説もある」としている。二の宮の式部卿宮任官を、二の宮擁立の断念と捉え、これを飛ばして匂宮が即位する構想を読み取る見解は、藤本勝義『源氏物語の想像力』（笠間書院・平成六年）以来、春日美穂『源氏物語の帝』（おうふう・平成二一年）、久下裕利「宇治十帖の表現位相―作者の時代との交差」（『学苑』平成二二年十一月）、有馬義貴『源氏物語続編の人間関係』（新典社・平成二六年）などにあるが、近年、桜井宏徳「宇治十帖の中務宮―今上帝の皇子たちの任官をめぐって」（『中古文学』平成二六年五月）に反論があった。源高明との姻戚関係によって皇位から遠ざけられた為平親王と、その種の事情が一切なく、春宮と同様に最高権力者夕霧を義父、及び外舅に擁する二の宮とが、同一次元で語れるかどうかは定かでない。だが、万が一、そうした状況になった場合、第三部の話柄の破綻は、当論で想定する橋姫巻よりもさらに前倒しされて、早くも匂宮三帖の段階で訪れることになる。

(22)この件の諸説の整理は、日向一雅『源氏物語の準拠と話型』(至文堂・平成一一年)の第二章「桐壺帝と大臣家の物語」、袴田光康『源氏物語の史的回路』(おうふう・平成二一年)の第七章「桐壺更衣と藤壺宮」などを参照のこと。

(23)坂本共展『源氏物語構成論』(笠間書院・平成七年)第二章「明石姫君構想とその主題」が「新院」の存在を読んでいて、その限りでは妥当であるが、先帝の前に位置づけられており、その点に関しては、後述のごとき理由で従えない。

(24)注(11)の辞典の「一院」の項目に、「一時に院がふたり以上ある時の、第一の院。中院、新院と区別される。いちいん。本院」とある。また、『新編全集』紅葉賀巻の頭注(三二四頁)も、「上皇が二人存在する場合、先に上皇になった方を『一院』、後の方を『新院』という」と解説している。一方、原田芳起『平安時代文学語彙の研究 続編』(風間書房・昭和四八年)の第一章「『一院』名義弁証」は、物語などの和文用例の検討によって右のごとき通説(『大言海』以来らしい)を否定しているが、今回扱った『源氏物語』の用例において光孝、宇多の史実と合わないことが否定の根拠にされていたり、論旨に都合の悪い女院の存在を安易に度外視したりするなど、考証の手順に疑問があるので、用いない。

(25)ことによっては、桐壺帝の御代に、「一院」「中院」「新院」という三人の院(上皇)が存在していた可能性もありうる。万が一そうだった場合には、当論の一部の記述に若干の修正が必要になるものの、即位の順序は一院→中院→先帝→新院→桐壺帝となり、先帝→新院→桐壺帝という後半三帝の流れは変わらないため、論旨じたいは大きく損なわれない。

(26)『新潮日本古典集成』(注(7)に同じ)の三三頁の頭注一四。

(27) 注(24)の原田氏の書の第二章「『先帝』名義弁証 付『先坊』」。

(28) 日向一雅氏の注(22)の論。

(29) 『新編全集』紅葉賀巻・三二四頁の頭注四に「桐壺帝の一代前の先帝は兵部卿宮や藤壺の宮の父で」云々などと解説がある。また、右の注(22)の書の諸説整理を参照。

(30) 先帝崩御の際には、元服前の十一歳だった公算が高い。この元服を待って、新院へ禅譲、兵部卿宮立坊という青写真を描いていた矢先に、先帝が急逝したと考えれば無理はない。

(31) 梅枝巻(四〇九頁)に登場する「前の朱雀院」も宇多とするのが通説である(『新編全集』頭注)。しかし、藤河家利昭「梅枝の巻の『前の朱雀院』について―史実と物語の関係―」(「広島女学院大学大学院言語文化論叢」平成一二年三月)は、この通説に反論し、古注釈の説くように「朱雀天皇」であると主張した。しかし、当論の観点で言えば、梅枝巻は天慶二年(九三九)頃に比定され、朱雀天皇が「前の朱雀院」などと呼ばれるはずのない時期の出来事ということになる。

(32) この件については、旧稿「読解の演出としての准拠」『源氏物語の礎』(日向一雅編・青簡舎・平成二四年)も参照のこと。

※ 当論においては、『源氏物語』の時系列上、最大級の瑕疵と目される「前坊」の存在を、当座埒外に置いて処理したので、大方のご了承を乞う。

桐壺帝をめぐる「風景」

――『源氏物語』ひとつの状況として――

横井　孝

一　はじめに――「作品と一体になりながらも外在する状況（時間と空間）」

『源氏物語』と歴史との距離感をどう測るか。古くさく見える問題意識ではあるが、なかなか一筋縄ではゆかない深さがある。その開明のひとつの方法に準拠論というものがあった。

清水好子は、早く一九六六年の『源氏物語論』のなかで、次のように語っている。

> 鎌倉の半ばころは京方でも河内方でも、……歴史上の人物や事件になぞらえ拠る、おもかげをよそう《ママ》、といった意味だけでなく、引歌出典、古典の体裁等もふくめてかなり広範囲に物語に書かれてあることや状態の由緒を求める場合に「準拠」ということが考えられていた様子である。引歌出典の豊富多様な使い方もたしかに源氏物語の独壇場であり、うつほはおろか文集詩経書経を引きたくなるような点が源氏にはある。今までの物語の形式を集大成した点うつほその他を考えるべきだし、執筆時の作者の想念には中国のまめまめしき書の構成法がしば

しば浮んだこともあろう。が、これらと、素材が史実と密接にかゝわること、およびそのかゝわり方とは自然別の問題であって、これらが混りあったまゝ同じ概念でくゝられている間は、まだ源氏物語の特性は分析的に捉えられたとはいえないであろう。注(1)

その後の「準拠論」と称するもののなかには「準拠」＝モデルのような短絡のとらえ方がなくもなかったようだが、注(2)ここに言表される内容は明白である。「素材が史実と密接にかゝわる」とする方法と「歴史上の人物や事件になぞらえ拠る、おもかげをよそう」とは異なる、史実における儀礼・儀式と物語の相似からその箇所の成立時期を探る、といったような方法とは異なるものだといっているのである（清水著には撞着する表現が見られなくはないが）。準拠論とは、後述するように、いうなれば『源氏物語』の受容の問題として扱うべきなのだろう。

しかし、歴史との向かい方は、準拠をめぐる右のごとき二つの方法しかないのだろうか。『源氏物語』と歴史の関係をいう場合、どうしても一対一のような「対比」「対照」として論じやすい。そのために準拠のような概念があり、また、モデル論のような、あるいは中世以来の準拠説のような異なる方法が混在してしまうということなのだ。

ここでは準拠論を掘り起こそうというのではない。むしろ準拠とは関わりなく、作者が生きた時間や空間が物語のなかにも同時に存することを見てみたい、ということなのである。「時間や空間」とは、もはや文学研究において古びた表現ではあるが、より古い「時代」の語では位相が異なるようではあり、適当な用語が見あたらない。「状況」——あるいは、稿者が自著のなかで否定的にもちいた保存修景というのに近いのかも知れない。注(3)あるいは、曖昧すぎることを承知のうえで使わせていただくならば、書名に使った「風景」というしかないのかも知れない。

ともあれ、作者にとっての「歴史」の探索もさることながら、作者あるいは作品またはそれらの周縁と一体になりながらも外在する――俗に「時代」という語で認識される――その時間や空間をどう剔出するか、立体化するか、というところに問題を置き換えてみたいのである。

その一歩として、『源氏物語』劈頭の巻における桐壺帝のおかれた状況を、歴史的視野から眺めてみようとする試みが本稿である。

二 「陛下は二十になるやならずの青年である」

その、「桐壺帝のおかれた状況」を探る便宜として、やや迂遠かも知れないが、脇道から眺めてみたい。与謝野晶子による『源氏物語』の初訳本、『新譯源氏物語』初版では、冒頭こう書かれていた（図1・2参照）。

何時の時代であつたか、帝の後宮に多くの妃嬪達があつた。この中に一人陛下の勝れた寵を受けて居る人がある。この人は極めて権門の出身と云ふのでもなく、また今の地位が後宮においてさまで高いものでもなかつた。多くの女性の嫉妬がこの人の身辺に集るのは云ふまでもない。この人よりも位置の高い人はもとより、それ以下の人の嫉妬は甚しいものであつたから、この人は苦しい、悲しい日を宮中で送つて居た。その上くよくよと物思ひばかりをする結果病身にさへなつた。陛下は二十になるやならずの青年である。恋のためには百官の批難も意に介せられない。いよいよ寵愛はこの人一人に集るさまである。この人も百方嫉視の中に陛下の愛一つをたよりにして生きて居る。この人の父は大納言であつたが、もう死んで居ない。残つて居る母親はものの分つたえらい人で、この女のために肩身の狭いことのないようにと、常に心がけて居たが、時には後家の悲しさ、両親の揃つた家の女にくらべて心細い場合がないでもなかつた。この時の妃嬪の位は女御と云ひ、更衣と云ふのであつた。

この人は更衣であるが、住んで居る御殿の名によつて呼ばれるので、その時の桐壺の更衣と云ふのはこの人の呼名である。陛下と桐壺の更衣の間に一男子が生れた。美くしい玉のやうな皇子である。陛下の第一男は右大臣の女の女御の腹で、将来の儲君たることに誰も疑ひを持つて居ない。臣下から多くの尊敬を払はれて居るが、更衣の腹の若宮の美貌には及びもつかない。陛下はその母を思ふごとく、第二皇子を愛し給ふことは非常なものであつた。それを知つた右大臣の女の弘徽殿の女御は、我子の上に不安を感ぜずには居られない。第二の皇子が皇太子となるのではあるまいかと思はずには居られない。この女御は陛下が十二三で即位された時、最も初めに妃に上つた人であるから、陛下が重んぜらるる事も他の妃嬪とは同一のものではない。桐壺の更衣については社会の批難も百官の諷諫も何とも思はれぬ陛下も弘徽殿の女御にばかりはお憚りにならずには居られないのである。この女御との間には皇女などもあつた。注(4)

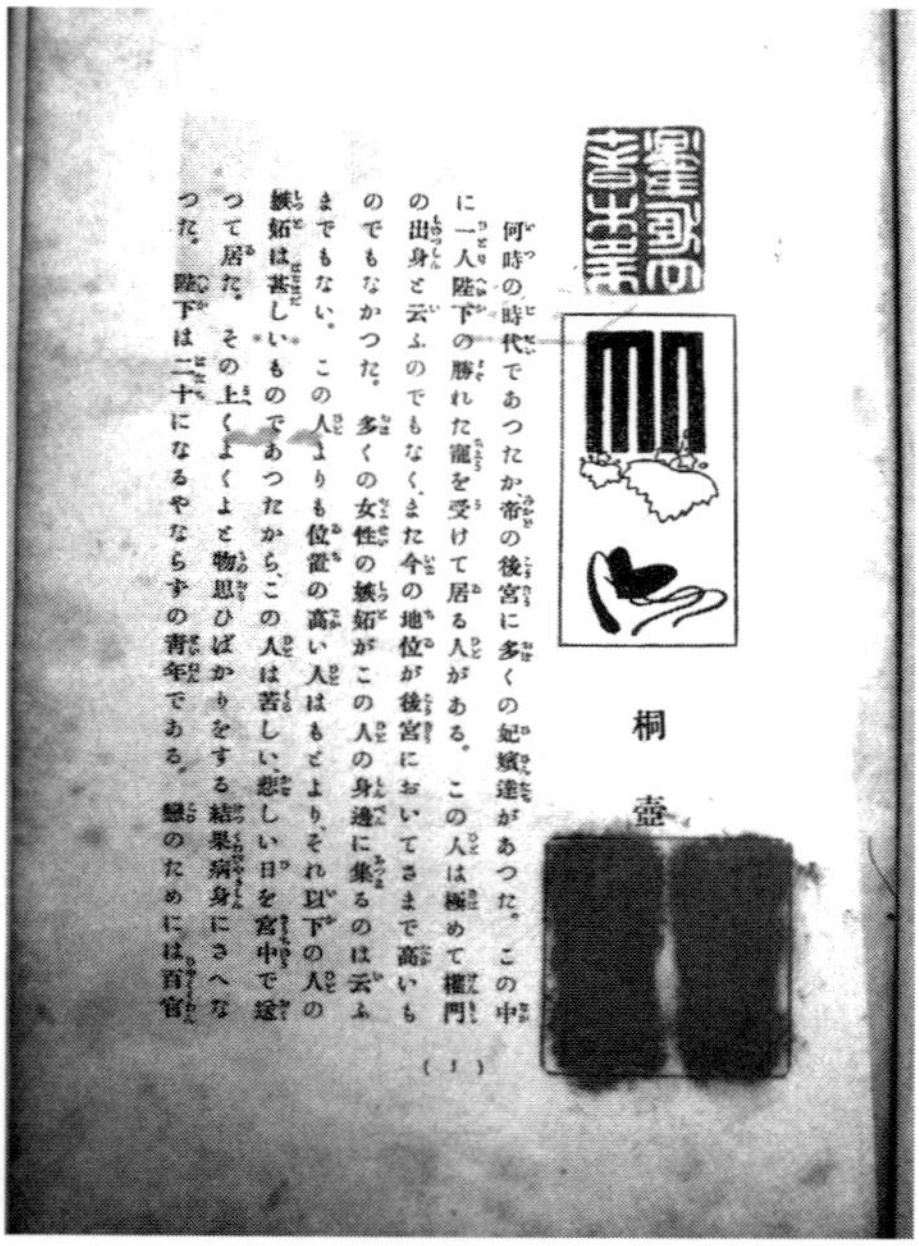
桐壺

何時《いつ》の時代《じだい》であつたか、帝《みかど》の後宮《こうきう》に多《おほ》くの妃嬪達《ひひんたち》があつた。この中《なか》に一人《ひとり》陛下《へいか》の勝《まさ》れた寵《ちやう》を受《う》けて居《ゐ》る人《ひと》がある。この人《ひと》は極《きは》めて権門《けんもん》の出身《しゆつしん》と云《い》ふのでもなく、また今《いま》の地位《ちゐ》が後宮《こうきう》においてさまで高《たか》いものでもなかつた。多《おほ》くの女性《ぢよせい》の嫉妬《しつと》がこの人《ひと》の身邊《しんぺん》に集《あつま》るのは云《い》ふまでもない。この人《ひと》よりも位置《ゐち》の高《たか》い人《ひと》はもとより、それ以下《いか》の人《ひと》の嫉妬《しつと》は甚《はなは》しいものであつたから、この人《ひと》は苦《くる》しい、悲《かな》しい日《ひ》を宮中《きうちう》で送《おく》つて居《ゐ》た。その上《うへ》くよくよと物思《ものおも》ひばかりをする結果《けつくわ》病身《びやうしん》にさへなつた。陛下《へいか》は二十《にじふ》になるやならずの青年《せいねん》である。戀《こひ》のためには百官《ひやくかん》

（1）

図1：与謝野晶子『新譯源氏物語』上巻冒頭1頁
（右下の汚損は旧蔵印を朱墨で塗抹したもの）

晶子自身、同書下巻の二の後語「新譯源氏物語の後に」のなかで、自分の訳出の方法を「画壇の新しい人人が前代の傑作を臨摹するのに自由模写を敢てする如く」「原著の精神を我物として訳者の自由訳を敢てした」というように注(5)、冒頭一行目

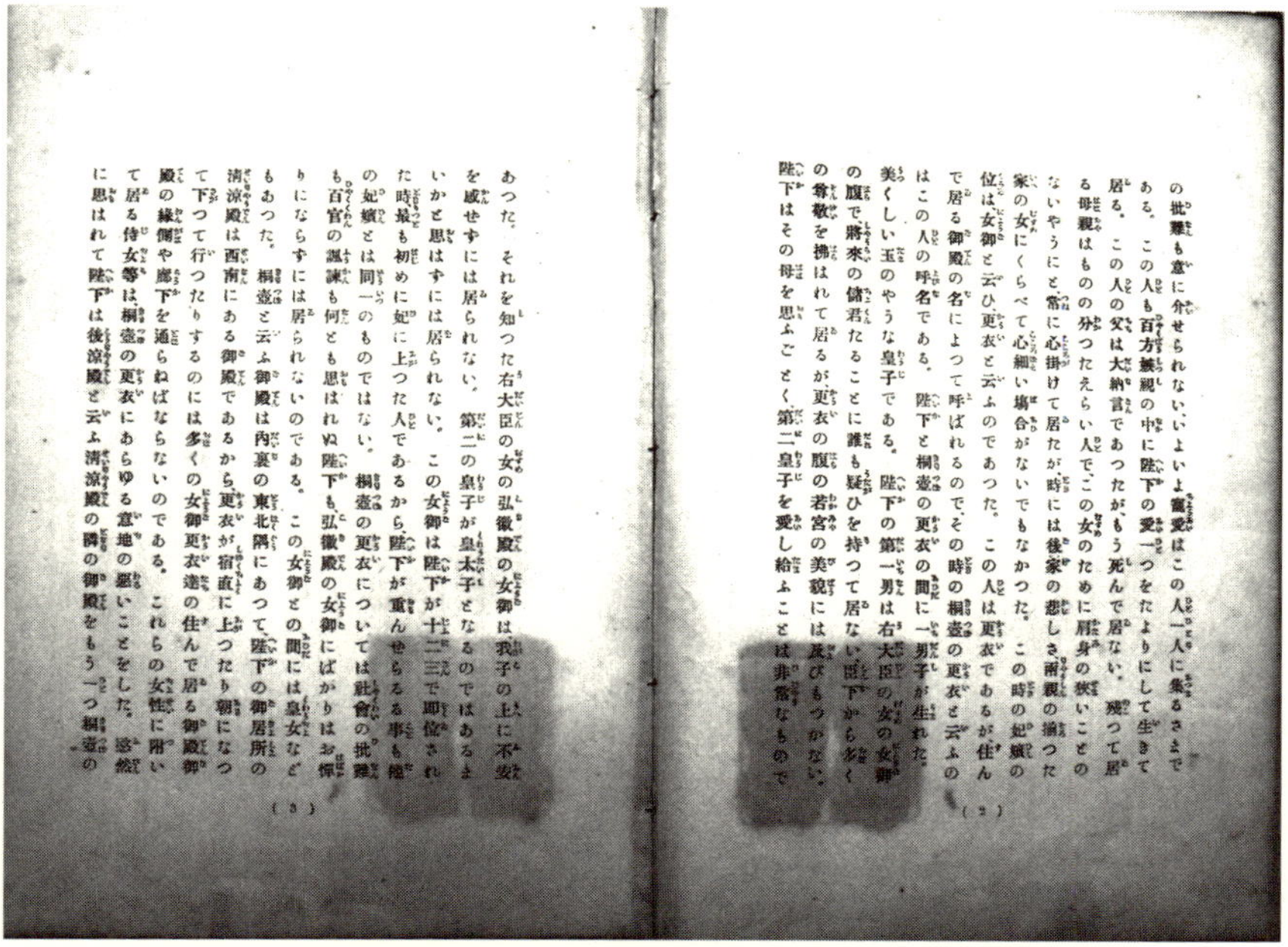

の批難も意に介せられないいよいよ寵愛はこの人一人に集るさまである。この人も百方親戚の中に陛下の愛一つをたよりにして生きて居る。この人の父は大納言であつたが、もう死んで居ない。残つて居る母親はものの分つたえらい人で、この女のために肩身の狭いことのないやうにと、常に心掛けて居たが、時には後家の悲しさ、両親の揃つた家の女にくらべて心細い場合がないでもなかつた。この時の妃嬪の位は、女御と云ひ、更衣と云ふのであつた。この人は更衣であるが、住んで居る御殿の名によつて呼ばれるので、その時の桐壺の更衣と云ふのはこの人の呼名である。陛下と桐壺の更衣の間に一男子が生れた。美くしい玉のやうな皇子である。陛下の第一男は右大臣の女の女御の腹で、將來の儲君たることに誰も疑ひを持つて居ない。臣下から多くの尊敬を拂はれて居るが、更衣の腹の若宮の美貌には及びもつかない。陛下はその母を思ふごとく、第二皇子を愛し給ふことは非常なもので

（2）

あつた。それを知つた右大臣の女の弘徽殿の女御は、我子の上に不安を感ぜずには居られない。第二の皇子が皇太子となるのではあるまいかと思はずには居られない。この女御は陛下が十二三で即位された時、最も初めに妃に上つた人であるから、陛下が重んぜらるる事も他の妃嬪とは同一のものではない。桐壺の更衣については社會の批難も百官の諷諫も何とも思はれぬ陛下も、弘徽殿の女御にばかりはお憚りにならずには居られないのである。この女御との間には皇女などもあつた。桐壺と云ふ御殿は内裏の東北隅にあつて、陛下の御居所の清涼殿は西南にある御殿であるから、更衣が宿直に上つたり朝になつて下つて行つたりするのには多くの女御更衣達の住んで居る御殿御殿の縁側や廊下を通らねばならないのである。これらの女性に附いて居る侍女等は、桐壺の更衣にあらゆる意地の悪いことをした。憫然に思はれて陛下は後涼殿と云ふ清涼殿の隣の御殿をもう一つ桐壺の

（3）

図2：与謝野晶子『新譯源氏物語』上巻冒頭2-3頁

から「帝の後宮に多くの妃嬪達があつた」「寵を受けて居る人」「極めて権門の出身と云ふのでもなく」とあるように逐語訳というわけではない。

そうした訳出法の極め付きが「陛下は二十になるやならずの青年である。恋のためには百官の批難も意に介せられない」（傍点―横井）の一節である。さらに「陛下が十二三で即位された」とまで踏み込んでいう。桐壺帝の年齢が記載されるくだりは、現存の『源氏物語』のどこにも見えない。晶子の愛玩した『源氏』テキストでも、右の一節の前後の本文はつぎのようになっていたはずである〔写真3参照〕。

……あさゆふのミやつかへにつけても。人のこゝろをうごかし。うらみをおふつもりにやありけむ。いとあつしくなりゆき。もの心ぼそげにさとがちなるを。いよ〱あかずあはれなるものにおほゝして。人のそしりをもえはゞからせ給はず。世のためしにもなりぬへ

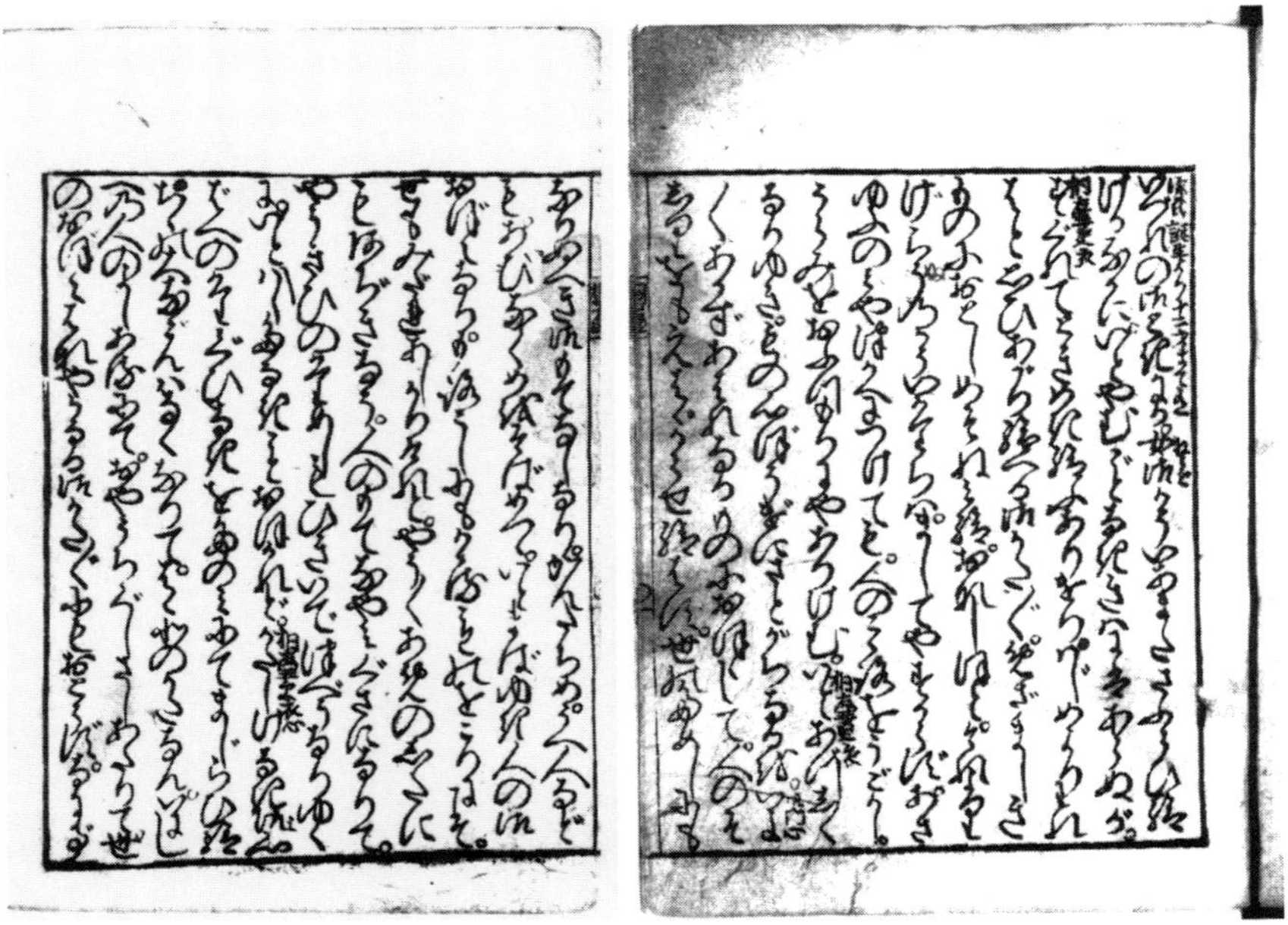

図3：寛文頃刊無刊記版『絵入源氏』

き御もてなしなり。注(6)

なんのことはない、現行の活字テキストとほとんど同一の本文に過ぎない。そこからなぜ「陛下は二十になるやならずの青年」という一文が生まれるのか。

この晶子の一文には、玉上琢彌が商業雑誌の「源氏物語における人間」なる特集に依頼された短編で論ずるまでは言及する論はなく、本稿を草するにあたって得た田坂憲二の示教によれば、ようやく近年に至って、藤本勝義と田坂とによって詳細に検討されるようになったという。その諸氏の論とは、次の三編である。

[1] 玉上琢彌「帝王」（学燈社『国文学』第一六巻七号、一九六八年九月）。

[2] 藤本勝義「源氏物語における先帝」（『源氏物語の想像力─史実と虚構』笠間書院、一九九四年四月刊、所収）。

[3] 田坂憲二「桐壺院の年齢――与謝野晶子の

「二十歳」「三十歳」説をめぐって」（佐藤泰正編『源氏物語の愉しみ』笠間書院、二〇〇九年六月刊、所収）。晶子の「二十になるやならず」が唐突で興をそそる問題提起であることもさることながら、各氏の論も興味深く、いずれも紹介するに足るものだと思う。

玉上の論①は、梅枝の巻頭に「故院（桐壺院）の御世のはじめつかた、こまうどのたてまつれりける、あや（綾）・ひごんき（緋金錦）どもなど」（九七五頁）とあるのと、桐壺の巻の七歳の光と高麗人の対面の場に「みこ（光）もいとあはれなる句をつくりたまへるを、かぎりなうめでたてまつりて、いみじきをくり物どもをさゝげたてまつる」（二一頁）との対応を前提に考え、源氏二一歳で譲位があることを基準として桐壺治世を二一年前後と仮設する。そのうえで周辺の人物の年齢を推算して、つぎのように考えている。注(7)

……弘徽殿女御は「人よりさきに参り給ひて……御子たちなどもおはしませば」と、光る源氏の生まれた所にあるから、源氏より三歳年上の第一皇子（のちの朱雀院）のほか、少なくとも一人は、すでに生んでいるのだが……桐壺院はこの弘徽殿より年下かもしれない。「人よりさきに参り給ひて」が元服の「そひぶし」と考えられるからだ。

かたく見て同年としよう。源氏が生まれたとき、朱雀院は四歳、桐壺院を20歳とすれば、弘徽殿も20歳、すなわち両親は17歳で朱雀院を生んだことになる。

すると、賢木の巻で桐壺院が崩じたのが42歳、弘徽殿は源氏三十九歳の年の九月に薨じたかと思われる（若菜上下の巻）が、そのとき58歳だったことになる。

すると、源氏須磨退居のとき弘徽殿45歳、朱雀院譲位のとき48歳。そういってみれば、それぞれふさわしい年齢のような気もする。

さらに、平安中期歴代の帝のうち第一子誕生のときの年齢の判明する例を表示し、桐壺帝周辺の人物と関連させてつぎのように指摘する。


冷泉天皇十五歳のとき宗子内親王誕生。母は藤原皇后懐子、ときに二十歳。

一条天皇十六歳のとき修子内親王誕生。母は藤原皇后定子、ときに十九歳。

仁明天皇十八歳のとき文徳天皇誕生。母は藤原皇后順子。

平城天皇十九歳のとき阿保親王誕生。

清和天皇十九歳のとき陽成天皇誕生。母は藤原皇后高子二十七歳。

醍醐天皇の最初の皇太子、文献太子保明親王は第二子だが、天皇十九歳のとき誕生、母は藤原穏子二十一歳。

なお太子の子慶頼王も太子十九歳のときの子である。


この表を参考にすると、桐壺院のほうはよいが、弘徽殿のほうは、も少し年上と考えるほうがよいようだ。桐壺院も12歳で元服し、そのとき弘徽殿16歳と結婚したとして、朱雀院誕生が桐壺帝17歳、弘徽殿21歳、源氏誕生のとき桐壺帝20歳、弘徽殿24歳というふうにである。この計算では偶然、弘徽殿は帝より四歳年長となった。源氏と葵の上との間と同じことになったが。注(8)

——このような仮定と推算を経て、与謝野晶子が「人のそしりをもえはゞからせ給はず」という本文に「年の若さを直感したのであろう」と見て、玉上は「この直感には敬意を表してよいと思う」と結論づける。やや予定調和の結論の気がしないでもないが、『新譯源氏物語』の「この女御は陛下が十二三で即位された時、最も初めに妃に上つた人」とも合致する。否定する材料のないままこれを視野に入れれば、まさに、「原著の精神を我物として訳者の自由訳を敢てした」という晶子の面目躍如というべきか。

藤本勝義[2]は、史上歴代の天皇が十代で子をもうける例から、光源氏誕生を「桐壺帝はやはり十八、九」と想定し、玉上説よりわずかに引き下げたかたちで継承する。

先帝の皇子の兵部卿宮（紫上の父）は、少女巻源氏34歳の時、翌年の五十賀の算賀が予定されているので、源氏より十五歳年長であることがわかる。すると、紫上10歳と見られる若紫巻では、兵部卿宮は33歳となり、紫上は23歳か24歳の時の子ということになる。しかも、紫上の母の前に、宮には「もとの北の方」（若紫287）が存在していることが知れるので、宮が20歳すぎに紫上の母に通うのは自然といえる。すると、桐壺巻源氏出生の時、つまり桐壺帝18歳の時、宮は16歳ということになる。注(9)

この年齢関係から、「先帝は桐壺帝の叔父とみるのが妥当」であり、「先帝は一院の弟にあたると想定するのが穏当」といい、桐壺―朱雀―今上と、傍系の桐壺―冷泉を加えてその人物配置は、52代嵯峨から54代仁明に皇位が継承されるかたち、あるいは63代冷泉から65代花山という歴代と同型であることを指摘し、準拠の問題と近接した見解をしめしている。これまで物語中の歴代の順序は確定しなかったが、史上の歴代の風景と不即不離の関係を示して、服膺するに足る理解となっている。

一方、田坂憲二③は、桐壺帝の同母兄妹とされている大宮（桐壺の巻には単に「宮」と称す）の年齢推定を手がかりにし、「二十になるやならず」よりもやや引き上げるべきだと考える。

大宮が、たとえ桐壺院と一歳しか違わなくとも（光源氏誕生時点で十九歳と考えても）、葵の上を生んだのが十五歳の時（葵の上は光源氏よりも四歳年長）となり、頭中将は葵の上の兄であろうから、当然その誕生はさらにさかのぼることとなる。また、大宮の夫の左大臣は、澪標の巻の冷泉朝始発時点で六十三歳と明記されているから、光源氏誕生の年には三十五歳であり、大宮をあまり遅い生まれと考えると、二人の年齢も開きすぎる憾みがある。そうしたことを考慮して稿者（注―田坂）は、賢木巻で桐壺院が崩御した時を、醍醐天皇と同い年の四十六歳ぐらいと考える。そうすると、光源氏誕生の時は二十四歳で、玉上説より四歳年上、藤本説より六歳年上となる。注(10)

藤本論②と田坂論③とは桐壺帝の上限と下限をなし、「与謝野晶子の考えは、その中間に位置することになり、慧眼であったといえようか」とまで田坂はいう。醍醐天皇の名が出てくるところに準拠とも関連するかのごとくだが、紅葉賀の巻の桐壺帝による朱雀院行幸は、藤本論によれば父の「一院」は時に五〇歳相当であり、史上の宇多法皇五〇賀と符合するともいい、準拠論にはさらに都合がよさそうだが、物語の情景が秋季であるのに対して史実では春というふうに完全に重なりはしない、と田坂はいう。

右の推測は、本文の語っていないところに仮定に仮定を重ねたものであるから、いちいち当否をあげつらうのは夢のない、無粋なことであろう。作者がどれほど周到な計算のうえで桐壺の巻を執筆しているか、その保証もない。田坂も「数年の誤差を論じるのはあまり意味がないであろう」と言い添えている。

――ところが、右のような議論を誘発した与謝野晶子自身が、すぐ後に台無しにしている事実をも田坂は指摘する。前に『新譯源氏物語』初版（金尾文淵堂、一九一二年二月刊）の本文をあげたのだが、『新譯』の数ある異版のなかの縮刷版のうち、《四冊、三六変型判、金尾文淵堂、一九一四年二月刊》《二冊、四六判、金尾文淵堂、一九二六年四月刊》の二種には、

……陛下は三十になるやならずの青年である。……（傍線―横井）

と改変されている、という。注(11)田坂はこの改変の理由を検討しているが、ここでは引用を省略しよう。「三十」で「青年」とは矛盾でもあり、晶子がいったん「二十になるやならずの青年」と記したことに後悔していたとしても、姑息な改変であり、改悪であった。

――永らく本題から離れて寄り道をしてきたが、ともあれ、多少修正の要はあるとしても、いったんは晶子の「慧眼」にひっかかった帝の若さ、「恋のためには百官の批難も意に介せられない」とは、「二十になるやならずの青年」らしい一途な所行とだけで片づけられるものなのだろうか。準拠とはまた別の局面で論じうる歴史的場面――「風景」は考慮の外におきっぱなしでよいものなのかどうか。物語冒頭（以下は明融本本文による）の一節、

かむだちめ・うへ人なども、あいなくめをそばめつゝ、いとまばゆき人の御おぼえなり。「もろこしにも、かゝることのおこりにこそ、世もみだれあしかりけれ」と、やう〳〵あめのしたにもあぢきなう、人のもてなやみぐさになりて、楊貴妃のためしもひきいでつべくなりゆくに……（桐壺、五頁）

とは、文字面だけ済ませられることなのだろうか。もしこれが、ある「風景」を描き出しているとすれば、ひとつの歴史的状況が見えてくるのではないか。

三 「桐壷帝の反秩序的振る舞いは政治的大問題である」

桐壺の巻冒頭部に描かれる「風景」は、「二十になるやならず」(あるいはその前後)の若さのせいかどうかは別として、「人のそしりをもえはゞからせ給はず」と描かれてあるから、帝がみずから作り出した「状況」であることはまちがいない。

物語は、当の更衣の出自が略述されたあと、一気に皇子・光の誕生へと続き、転じて「一のみこ」と対比してみせる。「右大臣の女御の御はらにて、よせをもく、うたがひなきまうけの君と世にもてかしづき、こゆ……」と。ただし、この一文の末尾、「かしづき、こゆれど」と逆接で、ふたたび光の「御にほひにはならび給べくもあらざりけれ」「この君をばわたくし物におもほしかしづき給事かぎりなし」によって相対化されてゆく。それゆえ、

(帝は更衣を)あながちにおまへさらずもてなさせ給しほどに、をのづからかろき方にも見えしを、このみこうまれ給てのちは、いと心ことにおもほしをきてたれば、「坊にも、ようせずは、このみこのゐ給べきなめり」と、一のみこの女御はおぼしうたがへり。(桐壺、六頁)

と女御に緊張を強いているのである。この間のできごとの意味を、後藤祥子はつぎのように解いている。

……桐壺巻の書き出しによれば、この時、帝にはまだ皇后が定まっていない。出仕の早い遅い、皇子のいるいない、そして何にもまして、実家の格の高低によって、やがて皇后が決まるのだが、それがまだ留保されているのである。いやがうえにも緊張が高まるのはいうまでもない。歴史的に見ても、『源氏物語』が範をとっている醍醐朝や村上朝も、皇后冊立は即位後かなり経ってからのことである（醍醐朝の穏子立后は二十六年後、村上朝の安子の場合は十三年後）。いずれも所生の皇子が立坊してからでもそれぞれ二十一年、八年を経ている。桐壺帝の場合が格別不安定であったわけではない。ただ、困ったことに桐壺帝は、皇后の最有力候補であるはずの一の女御より、女御でさえない中﨟の更衣を寵愛された。一の女御すなわち弘徽殿女御は、右大臣女で入内も早く、すでに第一親王の母であるのに対して、寵愛の更衣は一階下の大納言女、しかも父亡き後の出仕という設定である。後宮のみならず、政治世界に及ぼす悪影響も一通りではない。天皇の外戚が実権を握る平安中期の摂関体制からすれば、桐壺帝の反秩序的振る舞いはまさしく、政治的大問題という事になる。注(12)

「緊張」の具体的なありようを示した論である。後藤がここで醍醐天皇の穏子と村上天皇の安子をあげたのは、『河海抄』以来の準拠説にもとづくものであることはいうまでもないが、さらにこれに敷衍して平安中期の歴代の立后の状況を、『平安時代史事典』から摘記してみよう。注(13)なお、立后の確認できない陽成・花山などの天皇はカラ項目になっている。また各項の末尾は、「入内から立后までの年数／即位後の年数」を示す（年をまたぐ場合、月日に関わらず「一年」と表記した）。

清和天皇	中宮　藤原　高子	貞観八年（八六六）入内、元慶元年（八七七）皇太夫人（中宮）——一一年／二一年
陽成天皇		
光孝天皇	中宮　班子女王	元慶八年（八八四）女御、仁和三年（八八六）皇太夫人——二年／二年
宇多天皇	中宮　藤原　温子	仁和四年（八八五）入内、寛平九年（八九七）皇太夫人（中宮）——一二年／一一年
醍醐天皇	中宮　藤原　穏子	延喜元年（九〇一）女御、延長元年（九二三）中宮——二三年／二六年
朱雀天皇		
村上天皇	中宮　藤原　安子	天慶三年（九四〇）東宮妃、天慶九年（九四六）女御、天徳二年（九五八）中宮——一二年／一二年
冷泉天皇	皇后　昌子内親王	応和三年（九六三）東宮妃、康保四年（九六七）皇后——天皇即位同年
円融天皇	皇后　藤原　媓子	天延元年（九七三）二月入内、同年七月皇后——同年／四年
	中宮　藤原　遵子	天元元年（九七八）入内、天元五年（九八二）中宮——四年／一二年
花山天皇		
一条天皇	中宮／皇后　藤原　定子	正暦元年（九九〇）入内、同年中宮、長保二年（一〇〇〇）皇后——同年／四年
	中宮　藤原　彰子	長保元年（九九九）入内、長保二年（一〇〇〇）中宮——一年／一四年
三条天皇	皇后　藤原　娍子	正暦二年（九九一）東宮入侍、寛弘八年（一〇一一）女御、長和元年（一〇一二）皇后。——一年／一年
	中宮　藤原　妍子	寛弘七年（一〇一〇）東宮入侍、寛弘八年（一〇一一）女御、長和元年（一〇一二）中宮。——一年／一年
後一条天皇	中宮　藤原　威子	寛仁二年（一〇一八）三月入内、同年一〇月中宮——同年／二年
後朱雀天皇	中宮／皇后　禎子内親王	万寿四年（一〇二七）東宮妃、長暦元年（一〇三七）中宮——天皇即位同年
	中宮　藤原　嫄子	長暦元年（一〇三七）正月入内、同年三月中宮——同年／一年

後冷泉天皇	中宮　章子内親王	長暦元年（一〇三七）東宮妃、永承元年（一〇四六）中宮――一年／一年
	皇后　藤原　寛子	永承五年（一〇五〇）入内、永承六年（一〇五一）皇后、治暦四年（一〇六八）中宮。同年出家。――一年／六年
	皇后　藤原　歓子	永承二年（一〇四七）入内、治暦四年（一〇六八）皇后――二一年／二三年
後三条天皇	中宮　馨子内親王	永承六年（一〇五一）東宮妃、延久元年（一〇六九）中宮――天皇即位同年

これを通覧すると、権門の男性官人の昇進状況が家格の固定化がすすむ一条天皇以降とほとんどパラレルの関係にあるようだ。権門を出自とする女子たちをとりまく状況も、一条天皇以後は加速し、ほとんど即位と同年か翌年に立后しているのに対して、それ以前の立后が比較的遅い傾向にあることは看取できる。光孝天皇の皇太夫人（高子・温子も同様だが「中宮」を称す）班子女王、冷泉天皇皇后の昌子内親王はほぼ即位と同時だが、これは臣族の女性と異なるためであろう。しかし、それでも即位後二〇年にわたるのは、右の表示では清和天皇の高子、醍醐天皇の穏子、下って後冷泉天皇の歓子くらいしかあげられない。高子は『伊勢物語』をめぐる在原業平伝説との関係があり、歓子は『小野雪見御幸絵巻』『古今著聞集』『今鏡』の逸話で知られる小野皇太后であり、歓子の三年後に入内した藤原頼通女の寛子に立后を先んじられたため、里第や洛北小野に籠もりきりになった。この二人を外せば、穏子がとび抜けて永年女御に据え置かれたことになる。

『源氏物語』の場合、弘徽殿女御もまた第一皇子を生みながら「廿よ年」を経過したという。紅葉賀の巻末、桐壺帝は退位を意識しはじめ、それを前提に藤壺立后を決断、実行する。

七月にぞきさきゐ給めりし。源氏の君、宰相になり給ぬ。みかどおりゐさせ給はんの御心づかひちかうなりて、このわか君（藤壺所生皇子＝冷泉）を坊に、と思ひ聞えさせ給に、御うしろみし給べき人おはせず、御はゝかたの、みなみこ（親王）たちにて、源氏のおほやけごとしり給すぢならねば、はゝ宮（藤壺）をだにうごきなきさまにしをきたてまつりて、つよりにとおぼすになん有ける。こうきでん（弘徽殿女御）のいとゞ御心うごき給、ことはり也。されど、「東宮の御世いとちかうなりぬれば、うたがひなき御くらゐ也。おもほしのどめよ」とぞ聞えさせ給ける。げに、春宮の御母にて、廿よ年になり給へる女御を、をきたてまつりては、ひきこしたてまつり給ひがたき事なりかし、とれいの、やすからず世の人も聞えけり。

（紅葉賀、二六二頁）

桐壺更衣の生前は「二十になるやならずの青年」の勢いでなりふり構わなかった帝ですら、弘徽殿女御に対しては、「この御方の御いさめをのみぞ、猶わづらはしう心ぐるしう」という遠慮があった。それから「廿よ年」を経て、以前と同様に女御に配慮する態度を見せてはいるものの、「……とおぼすになん有ける」、――つまり帝の強い意志がそこにあるとのことである。結局、後宮対策は終始桐壺帝の独断でことが進められていたことを確認しておきたい。だからこそ、桐壺の巻にも「人のそしり」があったように、紅葉賀の巻でも「やすからず世の人も聞え」た、のである。語り手ですら、「こうきでんのいとゞ御心うごき給、ことはり也」といわざるをえない。つまり、後藤のいうところの「桐壷帝の反秩序的振る舞い」なのであり、それはとりもなおさず「政治的大問題」だった。後藤は、右引の一節につづけて、

それでは天皇自身にどのような外戚があったかということになると、描かれる限りではそれらしいものは見当たらない。有力貴族でないか、早死にしたのであろうか。帝は身内の束縛から自由であるだけ、孤立無援の不安も

はらんでいることになる。注(14)

と指摘する。それでも桐壺帝は、「かむだちめ・うへ人」「世の人」の顰蹙や誹りを受けながらも、政治的緊張のなか、おそらく「廿よ年」に及ぶ治世をまっとうした。弘徽殿女御が「いまきさき(今后)」(一八三頁④)と呼ばれるのは葵の巻頭、桐壺院の崩後、朱雀の即位してのち新帝の母后となってからのことである。それは光源氏二二歳の年のことであり、紅葉賀の巻に「廿よ年」とあるのと比較すれば、女御が皇太后になるのは、まさに醍醐天皇の穏子の中宮冊立までの年数と近似することになる。

四 「大后(穏子)、幾程も経ずして男皇子(保明親王)を産す」

藤原穏子(八八五~九五四)は藤原基経と人康親王女との間の末子。『伊勢集』冒頭にいう「大宮すどころ」温子は腹違いの姉妹である。穏子あるいはその周辺についての歴史学の研究は、角田文衞・藤木邦彦のそれを双璧とすべく、注(15)以下は両者の論によることとする。

穏子は、当時としてはめずらしく齢七〇を数えるまで在世し、朱雀・村上両天皇の国母として多大な発言力を行使した。ただし、その前半生、宇多天皇は仁和四年(八八八)の基経による阿衡事件以来、藤原氏の専横を快からず思うようになり、その勢力抑制にうごくことすくなくなかった。穏子が中宮に冊立されるまでに年を重ねたのも、敦仁親王(醍醐天皇)に譲位した後の宇多上皇の意志が反映されている。

角田・藤木両者のあげる『九暦』逸文(『御産部類記』所引「九条殿記」)天暦四年(九五〇)六月一五日条に見える挿話は、そのころの宇多・醍醐・穏子ら舞台の主要人物たち(略系図参照)をとりまく、あざやかな風景を描き出している。村上天皇が「儲宮」の「往代の例」について師輔に諮問した際、師輔は「左右はただ聖断に在り」といいつつさまざまな先例をあげる中に、つぎのように説いている。

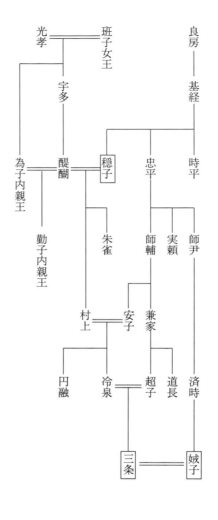

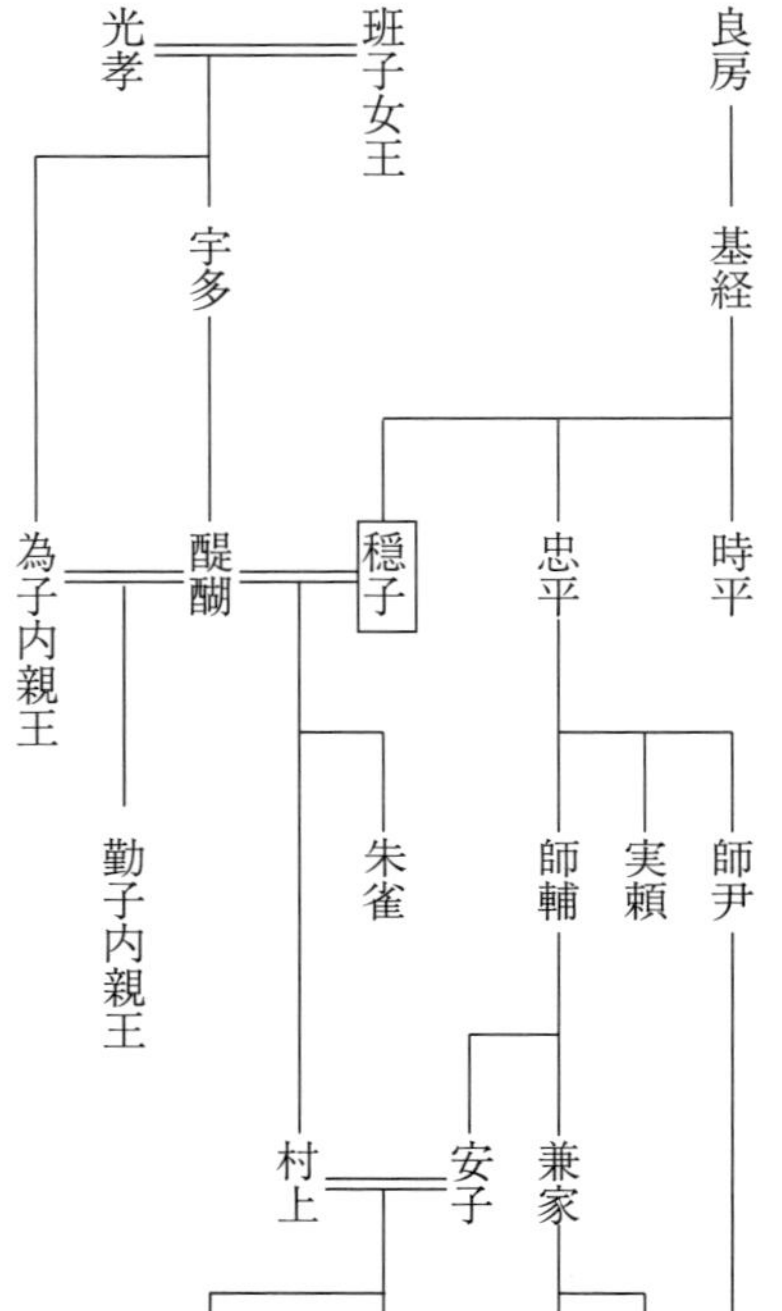

……延喜天皇（醍醐）始めて元服を加ふるの夜、東院の后（班子女王）御女・妃内親王（為子）幷びに今の太皇太后（穏子）ともに参入せんとす。しかるに法皇（宇多）母后（班子）の命を承り、中宮の参入を停めらる。その後、かの妃内親王いくばくもなくして産によつて薨ず。その時、かの東院の后宮（班子）、浮説を聞きて云はく、「『中宮母氏（人康親王女）の冤霊に依つて、この妖ひ有り』と云々。これに因つて、重ねて中宮の参入を停めらるべし」と云々。しかるに故贈太政大臣（藤原）時平、左右《さう》をめぐらして参入せしむ。法皇怒気ありといへども、事已《すで》に成りしなり。遏《とど》め給ふあたはず。大后（穏子）、幾程も経ずして男皇子（保明親王）を産す……

……延喜天皇始加元服之夜、東院后御女妃内親王幷今太皇太后共欲参入、而法皇承母后之命、被停中宮参入也、其後彼妃内親王不幾而依産而薨、其時彼東院后宮聞浮説云、依中宮母氏之寃霊、有此妖云々、因之重可被停中宮之参入云々、而故贈太政大臣時平左右廻令参入也、法皇雖有怒気、事已成也、不能遏給、大后不経幾程産男皇子……注(16)

敦仁親王は寛平九年（八九七）七月三日、清涼殿の御簾前にて元服の儀をおこない、即日受禅（『皇年代略記』）。その夜、添臥として為子内親王が参入する際、穏子もともに参入しようとした。為子の母・班子女王がこれを嫌って、宇多に命じて参入をとどめた。その後まもなく為子は勤子内親王を出産して亡くなり、折も折、穏子の母・人康《さねやす》親王女の怨霊の所為とする噂があって、班子はふたたび（宇多に命じて）穏子の参入をとめようとした。ところが、時平は謀計（どのような計略であったか不明ではあるが）をもって穏子の参入を実現させた。宇多は怒ったが、すでに後の祭りであった。いくばくもなくして穏子は保明親王（延喜四年立太子）を出産した。……

宇多上皇が藤原氏の勢力を殺ぐため、時平に対抗して菅原道真を重用したことはよく知られている。右の記録に見られる上皇の行動は一貫している。その一方で、醍醐天皇は時平と親昵しており、延喜元年（九〇一）二月に道真が左降されると、同三月には穏子を女御としてしまう（『日本紀略』）。延喜三年に穏子は保明（幼名・崇象）を出産、翌年には保明を立坊させる。延喜二〇年（九二〇）康子内親王を出産。延長元年（九二三）中宮冊立の年には、皇太子保明が薨じたのと入れ代わりに寛明親王（のち朱雀天皇）を出産。同年に保明の子・慶頼王を皇太孫に立てるが、延長三年（九二五）に慶頼王が薨じ、寛明が立太子する。翌延長四年には成明親王（のち村上天皇）を出産、というぐあいに穏子の周辺はめまぐるしい動きがあるが（以上『日本紀略』『皇年代略記』等）、延長八年（九三〇）醍醐天皇が崩御、ついで翌承平元年（九三一）宇多法皇も追うように崩御し、寛明親王が即位すると、穏子は皇太后となるにおよび、その地位は盤石となった。

それ以後の彼女を知るてだてとして、『大鏡』道長伝のいわゆる「雑々物語」に、

さて又、朱雀院も優におはしますとこそはいはれさせたまひしかども、将門が乱などいできて、おそれすごさせおはしまし〻ほどに、やがてかはらせ給にしぞかし。そのほどの事こそ、いとあやしう侍りけれ。母ぎさき《皇太后宮穏子》の御もとに行幸せさせ給へりしを、（穏子）「か〻る御ありさまの、思やうにめでたくうれしき事」など奏せさせ給て、「いまは東宮《村上》ぞかくて見きこえまほしき」と申させ給けるを、心もとなくいそぎおぼしめしける事にこそありけれとて、ほどもなくゆづりきこえさせたまひけるに、きさいのみやは、「さもおもひて申さゞりしことを。たゞゆくすゑの事をこそおもひしか」とていみじうなげかせ給ひけり。注(17)

というエピソードが描かれている。「きさいのみやは……いみじうなげかせ給ひけり」は本音ではなかろう。朱雀は母后の真意をまさしく汲み取って行動したに過ぎない。藤木邦彦が指摘するように、「中宮……密かに仰せられて云はく、近ごろ内裏の御消息あり。これ儲弐を立つべきの旨なり（中宮……密仰云、近曽有御消息、是可立儲弐之旨也）」（『御産部類記』）と師輔に村上天皇の女御安子所生の憲平親王（のち冷泉天皇）の立太子についての指示をあたえている場面もあった。このように穏子は、皇位継承に口を挟んだということである。

さて、長々と藤原穏子の身辺について概観してきたが、もちろん后妃のモデルを推測して『源氏物語』と直接に切り結ぶわけではない。醍醐・村上両天皇の名が出てくれば、『源氏物語』を読む立場においては、必然として中世古

注釈以来の準拠説と向かい合わねばならないのではあるが、そもそも「準拠」なるものが、作者の内部に入り込んでモデルを推測する体のものではなかったはずなのだ。

準拠論の初期をかたちづくった清水好子は、当初から「物語の人物や事件を史上実際のそれにあてはめて考えうる場合、古注は史実のそれらを準拠と呼んだ」[注(18)]という認識をしめしており、さらに後年においても、つぎのような文章で簡潔にまとめている。

準拠とは、従い拠るという意味であるが、源氏物語の場合、たとえば桐壺帝は醍醐天皇、光源氏須磨流謫は西宮左大臣源高明の左遷に相当するといったふうに、物語の人物や事件が歴史上実在のそれをもとに、あてはめなずらえて書いていると解するとき、それらの史実を物語の準拠というのである。そのような読み方をやかましく言ったのは、文献の上では弘安源氏論義などが早く、注釈書では河海抄にとくに強く見られる傾向である。[注(19)]

(傍線―横井)

仮に傍線をほどこしたように、物語作者がそのように「書いている」という創作上の指摘なのではなく、そのように「書いていると解する」という見立て、批評の用語だというのである。以前に、私にもふれたことがあるように、世尊寺伊行『源氏釈』や定家『奥入』などが示した「引歌」なるものが、紫式部が実際に当該歌を本説として引いたという事実確認なのではなくて、「物語作者がその歌を本説として引いた、と『釈』『奥入』が認定した」「伊行・定家が『源氏物語』をそのように読んだ」というのを証しているに過ぎない、ということと「準拠」とはほぼ同様、軌を一にするのである。むしろ清水好子の指摘するごとく、「源氏物語では……当時の歴史的情勢を正確に認識している事を示し」（『源氏物語論』二七四頁）という立場から、穏子の例などを見てゆく必要があるのだということである。

五　「公卿社会の常識を逸脱した娍子立后」

さて、ここで桐壺帝の立場を考えるためのロール・モデル（Rool Model）がある。

――それは、三条天皇（九七六～一〇一七）の事績である。

紫式部の晩年あたりには相当するだろうが、もちろん『源氏物語』成立よりのち、彼女とは直接関係のない話である。もとより、これも「準拠」にかかわる史実ではない。さらにいえば、若くして即位したはずの桐壺帝に対して、三条天皇は二五年間にもわたる東宮時代を過ごしたこと、桐壺帝の血脈が不明瞭なのに対して、三条天皇はむしろ嫡流であったこと、桐壺帝の治世が没後「聖代」に見なされたのに対して、三条天皇は前代（一条院）がそう称されるのにコンプレックスを抱いていたらしく、なおかつ文事を停滞させたことなど、数え上げてゆけば『源氏物語』の設定とは大きな径庭があることが目立つ。

しかし、同母兄弟の為尊・敦道両親王すでに亡く、寛弘八年（一〇一一）三条即位の二ヶ月後には父冷泉院も崩じ、天皇の係累がきわめてすくないことなど、どこか桐壺帝と通うところを感じさせるし、さらに、後見の弱い娍子を立后させるなど、人事面での恣意が際立っていて、人心の離反をまねいたことなど、倉本一宏によれば、「宮廷社会の常識を逸脱した娍《ママ》子の立后には、道長のみならず、ほとんどの貴族層の支持を得られなかった」し、やがては「ほとんどの貴族層からも離反された」という。[注20] もちろん、桐壺帝の場合、治世を全うしただけでなく、鍾愛する桐壺の更衣の死後、葬送の儀に際して、内より御つかひあり。三位のくらひをくり給よし、勅使きて、その宣命よむなん、かなしきことなりける。「女御とだにいはせずなりぬるが、あかずくちおしうおぼさるれば、いまひときざみの位をだに」と、をく（贈）らせ給なりけり。（桐壺、一〇頁）

というのが精一杯の誠意であり、大納言女である娍子を即位と同時に女御とし、さらに立后させた三条天皇よりはよほど抑制が効いていたというべきであろう。

とはいえ、だからこそ、もし桐壺帝が更衣の女御昇格を強行した場合の世情がどうなったかが、三条の周辺から逆に読み取れるのではなかろうか。先に後藤祥子の論を引いたように、桐壺帝の「人のそしりをもえはゞからせ給はず」――「恋のためには百官の批難も意に介せられない」（晶子）という「反秩序的振る舞いはまさしく、政治的大問題」であり、係累のすくない帝は「身内の束縛から自由であるだけ、孤立無援の不安もはらんでいることになる」のである。

三条天皇は二五年の雌伏ののち、ようやく三六歳にして登極した。彰子所生の敦成親王の即位を待ちわびる藤原道長との対立が在位期間五年の特筆すべきこととして知られているが、その対立の直接のきっかけとなったのが娍子の皇后冊立であった。

娍子は「いとやむごとなきゝはにはあらぬ」大納言兼左大将藤原済時女で、居貞（三条）の東宮時代、正暦二年（九九一）に入侍して以来、最も古いツマであり、三条天皇との間に四男二女をもうけている。即位時には済時はすでに「ち、大納言はなくなりて」という状況であったことなどは、『源氏物語』の冒頭部にやや似ている。しかし、時の施政者道長の女・妍子の中宮冊立はやむをえぬとしても、糟糠の妻に天皇としては報いてやりたかったのだろう、

『御堂関白記』長和元年（一〇一二）三月七日条にこういう記事がある。

> 内より右大弁来たる。「今日、宣耀殿女御（娍子）を以て、皇后に立つるべき宣旨下すは如何」てへり。奏せしめて云はく、「先日承仰事をうけたまはる。左右は仰せに随ふべし」と云へり。宣旨下ると云々。
>
> 従内右大弁来、今日以宣耀殿女御（娍子）、可立皇后宣旨下如何者、令奏云、先日承仰事、可随左右仰云、宣旨下云々、

一帝二后はすでに前代一条天皇の定子・彰子の例が記憶にあたらしいところであった。が、娍子は「後ろ盾のない身」であり、「父済時の不在や生前の官位からみると、当時の貴族の通念では娍《ママ》子は立后できる立場にはなかった……通念に反した立后の強行は、やはり天皇の権力意志の表明と理解すべきであろう」（中込律子）[注(21)]と評されてもしょうがない立場だった。しかし、道長は「左右は仰せに随ふべし」と答えるのみ。天皇の強い意志を知っているためでもあろうか。あるいはまた、必ずしも絶対的権力者でない道長の立場では、応諾するほかなかったのだろうか。

そのしっぺ返しともいう見なされるべき出来事が、同年四月二七日、娍子立后の当日、すでに中宮となっていた、道長女・妍子の内裏参入をぶつけたことであったと見られている。中宮の内裏参入とその後の饗宴に貴族たちが参加するため、立后の儀式に参列する卿相が激減するのを見越した、嫌がらせだというのが通説であった。

ところが、中込律子によれば、「内裏からの立后儀への参入を促す使に対して……嘲弄して憚らなかった」のは、貴族たちの「道長への追従だけではなく、娍《ママ》子立后への反発からくる悪意」が感じられるという。また、記録類を精査した服部一隆は、

道長は娍《ママ》子立后について協力的ではなかったが、積極的に妨害工作をしたわけではない。むしろ道長は妍子入内に専念しており、娍《ママ》子立后に関与しない姿勢をみせていた。いやがらせといわれている宣命草の内覧の部分は、道長自身が考える中宮・皇后像にしたがって中宮妍子との差別化を図ったというのが真意であると想定できる。注(22)

と指摘する。こうした見解をうけて、倉本一宏は、三条天皇と道長の軋轢が皇位をめぐる角逐であったとする通説に対して、つぎのような指摘をする。

考えてみれば、これまで三条と道長の関係は、多少の意見の齟齬はあったにせよ、決定的な衝突にまでは至っていなかった。三条の方から言いだした、そして公卿社会の常識を逸脱した娍《ママ》子立后こそが、二人の関係を決定的に悪化させる引き金となったのである。そしてこれ以降、両者の関係はけっして元に戻ることはなかった。

（注20書、一一七頁）

こうして諸氏の意見はほぼ一致しており、二者の対立、軋轢、確執は、必ずしも外孫・敦成の即位を急ぐ道長の恣意とばかりは限定できず（もちろん道長本人にはそれを待望する意識は強くあったろうが）、三条天皇の側にこそ公家社会のバランスを失した我意があり、それはまさしく「反秩序的振る舞い」であり、「政治的大問題」だったというわけである。

このようにして論じきたれば、『源氏物語』とは本来縁のない後代の事件——三条天皇の事績を長々と検討してきた理由が理解していただけるであろう。桐壺帝は三条天皇の危殆をはらみつつも、はるかに抑制のきいた態度をとりつづけていた、ということなのだ。しかし、「二十（三十?）になるやならずの青年」桐壺帝は、いま一歩で三条天皇の末路をあゆみかねないところにあったと評することができるのではないか。

弘徽殿女御が、帝の更衣寵愛ぶりを見て、若宮・光に対して抱いた「坊にも、ようせずは、このみこの為給べきなめり」という危惧は、のちの展開を知る読者にとっては素通りする箇所ではあるが、女御にとっては実感のこもった苛立ちなのであり、光の臣籍降下はもちろん、更衣を「女御とだにいはせずなりぬる」という判断をしたのも、ほかならぬ桐壺帝自身であり、せいぜい「いまひときざみの位をだに」というところで、三条天皇たる将来を回避したのも帝自身の選択であった。その代わり、そうした判断による「回避」は、桐壺自身の帝位をまっとうすることと光源氏の将来を、逆に保証したことになるのではないか。これについては、まだ言を尽くす必要があると思われる。

右は、桐壺の巻の後景として遠望しうる「風景」である。さきに「作品と一体になりながらも外在する状況（時間と空間）」といったのは、こうした「風景」を視野に入れての提言であった。注(23)

注

（1）清水好子『源氏物語論』（塙書房、一九六六年一月刊）一一〇頁。
（2）仁平道明「源氏物語の准拠」（學燈社『国文学』第四〇巻三号、一九九五年二月）に諸説が要領よく整理されている。
（3）適語が見あたらない。いま仮にこう言っておく。横井孝『源氏物語の風景』（武蔵野書院、二〇一三年五月刊）、「序」を参照されたい。

（4）与謝野晶子『新譯源氏物語・上巻』（金尾文淵堂、一九一二年二月刊）、一～二頁。本文は総ルビだが、引用に際してここでは省略した。図1・2を参照されたい。
（5）与謝野晶子「新譯源氏物語の後に」（『新譯源氏物語』下巻の二、金尾文淵堂、一九一三年一一月刊）。
（6）寛文頃刊無刊記小本の絵入り版本『源氏物語』（いわゆる『絵入源氏』の異版のひとつ）、文芸資料研究所蔵本による。一丁オモテ～ウラ。当該版本は、承応三年（一六五四）版八尾勘兵衛版の大本の本文・挿絵をもとに、小型に新刻したもの。与謝野晶子が現代語訳をするにあたって底本にしたのは後印本である。清水婦久子『源氏物語版本の研究』（和泉書院、二〇〇三年三月刊）序章（一～二頁）、神野藤昭夫「与謝野晶子の読んだ『源氏物語』」（永井和子編『源氏物語へ 源氏物語から――中古文学研究24の証言』笠間書院、二〇〇七年九月刊、所収）。
（7）『源氏物語』本文は東海大学・実践女子大学所蔵の明融本により、『源氏物語大成』の頁数で所在を示した。
（8）玉上琢彌「帝王」（学燈社『国文学』第一六巻七号、一九六八年九月）。
（9）藤本勝義「源氏物語における先帝」（『源氏物語の想像力――史実と虚構』笠間書院、一九九四年四月刊、所収、初出『太田善麿先生退官記念文集』同刊行会、一九八〇年一一月刊、所収原題「源氏物語に於ける先帝をめぐって」）、四頁。
（10）田坂憲二「桐壺院の年齢――与謝野晶子の「二十歳」「三十歳」説をめぐって」（佐藤泰正編『源氏物語の愉しみ』笠間書院、二〇〇九年六月刊、所収）、六〇頁。
（11）田坂、前掲注（10）論、六二～六八頁。
（12）後藤祥子「宮廷と後宮」（山中裕編『源氏物語を読む』吉川弘文館、一九九三年三月刊、所収）、一一九～一二〇頁。
（13）『平安時代史事典　資料・索引編』（角川書店、一九九四年四月刊）「歴代皇妃表」、『本朝皇胤紹運録』『皇代記』等による。

(14)後藤、前掲注(12)論、一二〇頁。
(15)角田文衞「太皇太后穏子」「太皇太后藤原穏子年譜」(『紫式部とその時代』角川書店、一九六六年五月刊、所収)、藤木邦彦「藤原穏子とその時代」(『平安王朝の政治と制度』吉川弘文館、一九九一年三月刊)。文学の側にも穏子の周辺をあつかったものを散見するが、評伝の形態をなしていないのでここではすべて省略する。
(16)『九暦』は、大日本古記録『九暦』(岩波書店、一九五八年三月刊)一九二頁により、便宜のため私訓を付した。
(17)『大鏡』本文は、新編日本古典文学全集(小学館、一九九六年六月刊)によるが、表記は私意による。
(18)清水、前掲注(1)著、八四頁。
(19)清水好子「源氏物語における準拠」(『源氏物語の文体と方法』東京大学出版会、一九八〇年六月刊、所収)、二七六頁。
(20)倉本一宏『三条天皇――心にもあらでうき世に長らへば』(日本評伝選・ミネルヴァ書房、二〇一〇年七月刊)、一五〇～一五一頁。以下、倉本の論は、特にことわらないかぎりすべて同書による。
(21)中込律子「三条天皇――藤原道長との対立」(元木泰雄編『王朝の変容と武者』古代の人物⑥、清文堂出版、二〇〇五年六月刊、所収)、一〇七頁。以下、中込の見解は、同論文による。
(22)服部一隆「娍子立后に対する藤原道長の論理」(『日本歴史』第六九五号、二〇〇六年四月)、一三頁。
(23)廣田收は『帝位・見果てぬ夢の物語――皇位継承伝説』(平安書院、二〇一三年一〇月刊)において、『源氏物語』の作品構造を「重層性」という概念で説く。「重層性」は比喩としてではなく、「textにおける枠組みの重なりをいう」のであり、「本文textを引用論で分析するだけでは……平面的……基礎となる枠組みの上に新たな主題が加えられるというふうに捉えた方が立体的に見える」(二二五頁)という。本稿で述べようとすることも、廣田の立論と並行する。

一世源氏としての光源氏の結婚

――『河海抄』の注記から見えてくるもの――

栗山元子

一　はじめに

『源氏物語』の主人公・光源氏が史上の源高明に准えられているとする考え方は、清水好子氏に拠れば早く平安後期の『後拾遺集』成立の頃には広く共有されていたようで、注(1)鎌倉期の『弘安源氏論義』・『紫明抄』を経て『河海抄』へと継承されたものであった。ただ『河海抄』がそれまでの古注釈とは異なっていた点は、「料簡」で特に好色の方面など、高明の事跡が全て光源氏の准拠としてあてはまるわけではないとしながらも、個々の注記の中で光源氏と源高明との接点を強く見出そうとしたところにある。注(2)『河海抄』にとっては、物語の桐壺帝が史上の醍醐天皇に准じる以上光源氏は源高明なのであり、逆に光源氏の先蹤が源高明であるからこそ延喜天暦准拠説を主張する根拠とし得たのであった。

こうした『河海抄』の源高明をめぐる注記については、物語の絵合の場面が『西宮記』の天徳内裏歌合の記事に基づいて書かれていることを評価する清水好子氏の論などがあるものの、注(3)現代においては総じて光源氏像の源泉の一人としては認められていても、一世源氏で左遷の憂き目に遭ったという以上の一致点を見出しがたいとする見方が主流で、その個々の注記についてはあまり顧みられることはないといってよい。というのも、『河海抄』では源高明を光源氏と結びつけようとするあまり、強引であったりこじつけに思えるような注を施している箇所もまま見受けられるからである。

しかしながらそうした一見強引に見える源高明と光源氏の重ね合わせの中にも、その注記内容から物語世界や光源氏像が鋭く照らし出されてくるものもあるように思える。本稿ではそうした見通しの許に、桐壺巻での光源氏の結婚をめぐる『河海抄』の注記を取り上げ、そこから見えてくる光源氏の特殊な位境とはどういったものかということについて考えていきたい。

二　『河海抄』に見える光源氏の結婚に関する注記

桐壺巻巻末で十二歳になった光源氏は元服の儀を終え、葵上との婚儀を挙げて左大臣家の婿となる。この婚姻をめぐっての『河海抄』の注記に、次のようなものが見られる。注(4)

そひふし

Ⓐ横陳《ソヒフシ》 注日在身傍横臥也　遊仙窟

Ⓑ延喜十二年十月廿二日保明親王元服夜故左大臣 時平 女参俗謂副臥乎 李部王記

寛和二年七月十八日三条院 于時親王 御元服同日皇 年十一 太子法興院大相国女尚侍淳子為副臥 見大鏡

Ⓒ光源氏通執政臣女事

新古今
九条右大臣の女にはしめてつかはしける
とし月は我身にそへてすきぬれと思ふ心のゆかすもあるかな　西宮左大臣

便宜上注記の部分を三つに分けたが、まず最初にⒶの部分では『遊仙窟』に見える「横陳」の語を「そひふし」と訓ずることを指摘する注が記され、続いてⒷの部分では「そひふし（副臥）」の語の用例として、醍醐天皇皇子で皇太子であった保明親王が元服した当夜に故左大臣、すなわち藤原時平の娘である仁善子が「副臥」として参内したという『李部王記』の記事と、寛和二年三条院の東宮時代の元服の同夜に三条院の祖父であり時の摂政であった藤原兼家の娘・綏子注(5)（淳子とあるが綏子が正しい）がやはり「副臥」として参内したことを記す『大鏡』の記事が要約されたものが挙げられている。次いでⒸの箇所であるが、「そひふし」の項目に含むにはやや異質なようであるが注(6)、『新古今集』恋一及び『西宮左大臣集』を出典とする源高明が九条右大臣藤原師輔三女に初めて贈った歌が引かれ、光源氏の結婚と源高明の婚儀との関連性を示唆するものとなっている。

これら「そひふし」についての注記のうち、Ⓑは先行する『紫明抄』をそのまま踏襲したものであるが、ⒶとⒸは『河海抄』独自のものとなっている。このうちⒶに関しては、『河海抄』の特徴である和語に漢語をあてる注注(7)として付加されたものと思しいが、Ⓒについては、光源氏が葵上という「執政臣女」と結婚した（Ⓑのような「参」ではなく「通」）という点を重視しての注記となっている。

ただしこのⒸの注記内容については、なぜ源高明の例のみが挙げられているのかという疑問も起こる。『河海抄』が延喜天暦准拠説を掲げ、その裏付けとして光源氏と醍醐源氏である源高明との重なりを強く見出そうとする姿勢があることについては先にも触れたところであるが、ここでの注記も後世の注釈書で批判されるような、そうした高明を光源氏と重ね合わせようとすること自体が目的化しているようなものの一つに過ぎないのであろうか。或は注記者の意図がそこにあったとしても、注記自体が物語の光源氏像を照らし返すような意味を持つことはないのか。その答えを得るために、まずは源高明の婚姻について見ていきたい。

三　源高明の婚姻

源高明の妻としては、藤原実頼女と藤原師輔三女及び五女の愛宮、他に正室ではないが『尊卑分脈』から母・近江更衣源周子の兄弟で叔（伯）父にあたる源泉（極官は正五位下）女などがいたことが知られる。七歳の折に臣籍降下した高明は、延長七（929）年二月一六歳で元服している。実頼の娘とはいつ婚儀を挙げたのかは定かではないが、実頼が高明より十四歳年長で高明の元服当時は三十歳であったことを考えると、実頼二女の誕生時期は不明ながらも高明よりもかなり年少と考えられ、注(8)光源氏の場合のように元服と同時の婚姻ということは可能性としては低そうである。この実頼女とは、天暦元（947）年五月二十一日に死別しているが、二人の間に子はなかったようである。物語の光源氏は左大臣家の葵上亡きあと、右大臣家から打診のあった朧月夜との縁談を断っているが、源高明は左大臣である実頼二女の亡くなった同年のうちに右大臣藤原師輔三女と再婚したらしい。注(9)時に高明三十四歳、師輔三女とは二十歳程年が離れていたようである。源俊賢などはこの三女の子と考えられている。高明と師輔との関係は深く、師輔は高明の同母姉妹である勤子内親王、雅子内親王を相次いで妻としており、また師輔の長女である村上天皇中宮安子所生の為平親王の妃として高明の女が入っているなど、二重三重の縁戚関係で結ばれていた。なお『河海抄』では「執政臣」の娘と結婚したことの共通性を源高明と光源氏の例に見出していたようだが、高明が師輔三女と結婚した天暦元年には師輔の官位は右大臣ではあるものの、「執政」にあたるとすれば天慶年間に既に「一上宣旨」を得ていた左大臣実頼の方がむしろ相応しい。『河海抄』に引かれる高明の恋歌の相手はこの師輔三女だが、高明はこの妻とも死別し、その後『大鏡』にも書かれているように、その妹である師輔五女（母は雅子内親王）の愛宮を継室としている。源経房や藤原道長の次妻となった源明子はこの愛宮の所生とされている。注(10)

このように見てくると大臣の娘との縁組という以外に、婚姻の時期や年齢などといった観点からは高明の婚姻と光源氏の例との共通性は見出しにくい。しかしそのような差異があるにも拘わらず、『河海抄』がここで光源氏の婚姻の例として源高明のことを挙げてくることについて牽強付会のこじつけと一蹴せずに今少し掘り下げて考えてみたい。実頼と師輔兄弟の二人の大臣の娘と結婚した源高明の例は、光源氏の先例となるほど特殊なものであったのか。そもそも大臣家の娘と一世源氏の婚姻というのは頻繁にあったのか、それともまれなものであったのか。一世源氏としての源高明という観点から見て行ったときに、高明とはどのような存在であったのかということが明らかになるはずであり、またそうした高明との比較から光源氏像の造型のあり方について捉え返すことも可能なのではないだろうか。

四　一世源氏の婚姻

源高明と光源氏の結婚について考える場合、一世源氏の婚姻の実態がどうであったかということを見ていく必要がある。嵯峨天皇の時より始まった源姓を与えての臣籍降下は、その後代々の御代に行われたが、村上天皇の皇子・源昭平の例を最後として一世源氏の臣籍降下は行われず、その源昭平も後に円融天皇の代に親王に復しているため、実際には醍醐源氏の例が最後のものとなった。そして『源氏物語』が書かれた一条朝には、既に一世源氏は存在していなかった。

一世源氏の位置づけについては、歴史学では「親王のまま」に見られていたとの指摘がなされている。注(11)ただそれは尊貴性という意味で同列と見なされることがあったということであり、朝廷からの経済的な面での待遇の差があったことや一世源氏となる皇子女の母と皇族として残る皇子女の母とでは出自に大きな違いがあることなども確認されて注(12)

いる[注13]。

では一世源氏の婚姻の実態とはどのようなものであったか。そのことを『尊卑分脈』『公卿補任』『本朝皇胤紹運録』『一代要記』『平安時代史事典』などを参照してまとめたものが以下の表となる。なお平安時代の結婚制度や妻をめぐる呼称のあり方については議論のあるところであるが、本稿では子女の母として名が残る者をすべて「妻」として記載し、正室かどうかという区別はしていない。「不明」とするものは諸書に記載のないものである。なお一世源氏の名の順次は、『尊卑分脈』で名の挙がる順に従う。

【嵯峨源氏】

名前	母	妻	本人の最終官位	付記
①源信	広井弟名女	不明	贈正一位左大臣	第一源氏
②源弘	上毛野氏	阿保親王女	正二位大納言	
③源常	更衣飯高宅刀自	不明	贈正一位左大臣	
④源定	尚侍百済王慶命	不明	贈従二位大納言	淳和帝猶子
⑤源明	更衣飯高宅刀自	右大臣橘氏公女時子	正四位下参議、出家	
⑥源生	笠朝臣継子	不明	正四位下参議	
⑦源寛	安倍氏	不明	正四位下宮内卿	※
⑧源鎮	尚侍百済王慶命	不明	従四位上直叙　出家	

⑨源澄　田中氏　陽成院御乳母安長　※　無官
⑩源安　粟田氏　不明　従四位上備中守
⑪源清　更衣秋篠京（高）子　不明　正四位下直叙　出家
⑫源融　大原全子　贈太政大臣総継女　贈正一位左大臣　仁明帝猶子
⑬源勤　大原全子　不明　従三位参議
⑭源勝　大原全子　不明　従四位下直叙　出家
⑮源賢　長岡朝臣某女　不明　無位
⑯源啓　更衣山田宿禰近子　不明　従四位上兵部卿
⑰源継　不明　不明　従三位

※⑥の源生の母は『本朝皇胤紹運録』では大原全子と記す。⑦源寛については、『尊卑分脈』では大納言とも記すが、『公卿補任』などでは確認できない。⑭源勝の母については『本朝皇胤紹運録』『尊卑分脈』では大原氏とするが、『三代実録』では惟良氏とする。⑨源澄・⑮源賢・⑰源継については経歴不詳で、林陸朗氏は早逝のためかとされる。注(14) ⑨については『三代実録』では陽成の乳母は紀全子とされ、澄の子の蔭の妻とする。

【仁明源氏】

①源多　不明　不明　贈従一位右大臣　第一源氏
②源冷　不明　不明　従三位参議
③源光　不明　不明　贈正一位右大臣

④源覚　山口氏　不明　正四位下宮内卿
④源効　不明　不明　従四位下、出家
⑤源登　更衣三国某女　不明　源姓剥奪※

※⑤源登は母の不行跡により源姓を剥奪され「貞朝臣登」となる。

【文徳源氏】
①源毎有　丹墀氏　不明　従四位下、入道
②源能有　伴氏　藤原基経女　贈正一位右大臣　第一皇子
③源時有　清原氏　不明　賜姓後出家
④源本有　滋野岑子　不明　正四位下治部卿
⑤源定有　菅原（野）氏　不明　正四位下大蔵卿
⑥源行有　布勢氏　不明　従四位上大宰大弐
⑦源載有　滋野岑子　不明　正四位下周防守
⑧源富有　不明　不明　不明　仁和三年卒

【清和源氏】
①源長淵　大原（野）鷹取女　不明　従四位上
②源長猷　賀茂岑雄女或大野鷹取女　不明　従三位刑部卿

③源長鑒	更衣佐伯氏	不明	従三位か
④源長頼	大原（野）鷹取女	不明	正四位下左兵衛督

※④は『三代実録』では母は③と同じく佐伯氏とする。

【陽成源氏】

①源清遠	佐伯氏	不明	従三位刑部卿
②源清蔭	紀氏	藤原忠房女、韶子内親王※	正二（三）位大納言　第一皇子
③源清鑒	伴氏	不明	従三位刑部卿

※②『大和物語』に拠る。藤原忠房は極官が従四位上右京大夫。

【光孝源氏】

①源元長	不明	不明	従四位上下野権守
②源近善	不明	不明	従三位治部卿
③源兼善	不明	不明	従五位上侍従
④源名実	不明	不明	光孝践祚前に没
⑤源旧鑒	更衣讃岐永直女	不明	正四位下大蔵卿
⑥源篤行	不明	不明	無位　父帝践祚前没
⑦源最善	不明	不明	無位　父帝践祚前没

⑧源音恒　不明　不明　無位　父帝践祚前没
⑨源是恒　不明　不明　従四位上美濃権守
⑩源貞恒　不明　不明　正三位大納言
⑪源成蔭　不明　不明　父帝践祚前没
⑫源是茂　藤原門宗朝臣女　不明　従三位中納言
⑬源国紀　不明　不明　正四位下大蔵卿
⑭源香泉　不明　参議藤原忠文女　従四位上伊予権守
⑮源友貞　不明　不明　従四位上伊勢守
⑯滋水清実　布勢氏　不明　従五位下※

※光孝皇子として名が知られる一六人中①、③、④、⑥、⑦、⑧、⑪については父帝の践祚前に早逝している。なお⑫の是茂については『尊卑分脈』頭注には実父は源昇かとしている（光孝猶子か）。⑯の滋水清実は本人の非行で源氏姓を剥奪される。

【醍醐源氏】

①源盛明　更衣源周子　勘解由長官菅原在躬女　親王復帰
②源兼明　更衣藤原淑姫　伊勢守源衆望女　親王復帰
③源高明　更衣源周子　藤原実頼女・同師輔女・源泉女　正二位左大臣　第一源氏
④源自明　更衣藤原淑姫　不明　正四位下参議

⑤源允明　源敏相女　不明　従四位上播磨守
⑥源為明　更衣藤原伊衡女　不明　正四位下刑部卿
※①源盛明と②の源兼明については、それぞれ大蔵卿と左大臣から親王に復籍する。

【村上源氏】
①源昭平　更衣藤原正妃　藤原高光女　親王復帰
※円融帝即位後従四位右兵衛督から親王に復す。

なおここで挙がった以外の淳和、宇多、朱雀、花山、一条帝には皇子が一世源氏となった例はない。

右の例から明らかなように、一世源氏の婚姻相手は多くの場合明らかではない（『尊卑分脈』で見るに藤原氏が中流であっても子女らの母が記されていることが多いのと対照的である）。一世源氏は元服後従四位上に叙されるということが原則だったようだが、注(15)出家或は早世したなどして官歴が短いといったケース以外でも、その後ほとんど昇進のないままに一生を終える場合も散見され、そうした官位停滞したままの一世源氏達は記録にその姿を留めることも少なく、事跡についても婚姻に関しても不明ということが多い。父である醍醐帝の法要に際しての供養料を賄えなかった源允明のように、注(16)尊貴な身ではあっても外戚に恵まれず経済的に困窮する場合もあったのである。

ちなみに親王の場合はどうであったかというと、次の如くである。

【醍醐天皇の親王の婚姻例】
母　妻　品位・任官

①克明親王	左京大夫源旧鑒女	左大臣藤原時平女	三品兵部卿
②保明親王	皇后穏子	左大臣藤原時平女	皇太子
③代明親王	伊予介藤原連永女	右大臣藤原定方女	四品中務卿
④重明親王	大納言源昇女	太政大臣藤原忠平女	三品式部卿
⑤常明親王	女御源和子	左大臣藤原恒佐女	四品或三品刑部卿
⑥式明親王	女御源和子	参議藤原玄上女	三品中務卿
⑦有明親王	女御源和子	左大臣藤原仲平女	二品兵部卿
⑧時明親王	更衣源周子		三品兵部卿
⑨長明親王	更衣藤原淑姫		四品
⑩雅明親王	左大臣藤原時平女※		無品（夭折）
⑪行明親王	左大臣藤原時平女※	右大臣藤原顕忠女	一（四）品上総太守
⑫章明親王	更衣藤原桑子	左近衛少将藤原敦敏女	三品兵部卿

※⑤⑥の源和子は光孝天皇の娘。⑩⑪は実際は宇多院出家後の皇子。

醍醐天皇の皇子の例で言えば、親王宣下のあった十二皇子のうち長明親王は不明、雅明親王（ただし実父は宇多院）は夭折、源高明と同母の出生になる時明親王は十八歳で死去する他は、式明・章明親王を除きすべて大臣家に婿どられている。なお章明親王妃は藤原実頼の嫡男・藤原敦敏女であるが、敦敏は三十ないし三十六歳で亡くなっている。そのため父なき後の結婚の可能性もあるが、それでも小野宮家の当主・実頼の後ろ盾があったであろうことから、他の親王たちの婚姻に比して際立って劣るものとはいえない。総じて婚姻という観点から見ると、親王が一世源氏の場合よりもはるかに厚遇を受ける存在であったことが知られる。

再び一世源氏に話を戻すが、貴顕に婿どられたことが明らかなものとしては、右に挙げた全六十人のうち皇族を妻とするのが嵯峨源氏の②源弘と陽成源氏②の源清蔭の二例、大臣女を妻とするのが嵯峨源氏の⑤源明、⑫源融、文徳源氏の②源能有、醍醐源氏の③源高明の四例となる。嵯峨源氏②の源弘は舅の阿保親王の在世中、陽成源氏②の源清蔭も韶子内親王の父・醍醐帝裁可の婚姻かとされる。弘については、皇族女性の婚姻相手として一世源氏が皇族に准じる扱いを受けていたことを示す例だとされ、注(17)また源清蔭については、光源氏と女三宮の婚姻をめぐる研究の中で論及がなされているように、源氏の年長者が後見を期待されて皇女の降嫁を得たものと解されている。注(18)大臣女を妻とした一世源氏については、嵯峨源氏⑫の源融の場合は、妻の父の藤原総継は生前は従五位下紀伊守に止まり、娘の沢子が光孝天皇の母となったことで死後太政大臣を追贈されたため、正確には大臣家に婿どられたとは言えない。注(19)となると、嵯峨源氏⑤の源明、文徳源氏②の源能有、醍醐源氏の源高明のみが大臣家との婚姻が確認される例ということになる。源明については、「諸子百家ほぼ以て閲覧す」（『文徳天皇実録』仁寿三年十二月辛巳条）とされるほど有能であったが、参議に列した翌年異母兄の仁明天皇の崩御に遭い出家、横川宰相入道と称せられた人物である。文徳源氏の源能有についても、宇多天皇の信任が厚い好学の人であったことが知られており、源高明もまた、後世規範とされた故実書である『西宮記』を編纂し、琵琶など音楽にも通じた才人であった。こうして見ると、他の一世源氏に比して母の出自が高いわけでもない彼らが大臣家に婿どられたのは当人の能力や人物などへの評価あってのことと考えることができよう。そしてまた有力な縁戚を得たことは、昇進などで有利な状況をもたらしたものと考えられる。注(20)右大臣にまで登った源能有は藤原基経女を娶り、その女もまた忠平の妻となって師輔を生んでいるなど藤原氏主流と強い縁戚関係で結ばれていたのであり、源高明の場合も第一源氏であったということを差し引いても、同年の生まれで同じく賜姓された源兼明に比して昇進が早く、大納言への任官は高明が四十歳の時であるのに対して、兼明は五十四歳の折のことであった。

このような一世源氏の婚姻の例を踏まえて『河海抄』の注記に戻ってみると、一世源氏と大臣家との婚姻は、親王が大臣家に婿どられることが多いのに対してほとんど見られない珍しいことであったのであり、更に源高明の場合は、政権の中枢にいる大臣家に相次いで婿どられるといった希有な例を示していたことが確認される。そしてそうした史実に照らして見ると、鍾愛の皇子とはいえ光源氏の場合もまた時の左大臣家との縁組がいかに破格のものであったかということが理解される。まさにそれは桐壺帝の肝入りと左大臣の政治的な判断とがあってこそ実現されるものなのであった。『河海抄』の注記は、そうした希有な一世源氏としての両者の共通性を示唆するものとなっている。

五　『河海抄』が切り捨てたもの

『河海抄』が挙げた源高明の婚姻の例は光源氏の場合との共通性が見出され、その限りでは光源氏が源高明を准拠としているとする『河海抄』の見解を裏付けるもののようである。しかし『河海抄』が切り捨てようとしたものを拾い上げていくと、そうした共通する点以上に、光源氏という存在が史上の一世源氏である高明の例とはまったく異なる次元にある者として形象されていることも浮かび上がってくるのである。

『河海抄』では前掲した「そひふし」の項目ではなく、二つ前の「みこはらに」という項目の中で、次のような収まりの悪い注記を有している。

みこはらに　　葵《アヲヒ》上母桐壺帝姉妹也仍御子腹といふ也致仕大臣をも宮はらの中将といへり

うつほの藤原の君一世の源氏にてみめかたち才能世にすくれたりしかは時の太政大臣のひとりむすめに御かうふりし給ひし夜むこにとりてかきりなくいたはりてすませたてまつり給ふ

問題としたい箇所は傍線部の『うつほ物語』の源正頼の例の引用箇所である。ここでは某帝の一世源氏である源正頼が時の太政大臣に元服した夜に婿どられたことが記されている。源正頼が「一世源氏」であり、「元服の夜に大臣家に婿どられての結婚」をした、という共通点から、光源氏の造型に影響を与えている例として挙げているものと解しうる。しかしながら、この注記が「みこはらに」の項目に入れられていることについては、違和を感じざるを得ない。葵上が桐壺帝の姉妹である大宮腹であることを説明する「みこはらに」の項目の中で、なぜこの源正頼の婚姻の記事が引かれているのか。むしろ第一節で挙げた二つ後の「そひふし」の項目に含むべきではないのかという疑問が起こるのである。ちなみにこの箇所については伝兼良筆本や竜門文庫本でも異同は見られず、「みこはらに」の項目に含まれている。注(21)

このことは『河海抄』が参考にした鎌倉中期の『光源氏物語抄』を見た時に、一層奇異の感を与えるものとなる。『うつほ物語』の源正頼のことを引く『光源氏物語抄』の注記は次のような形で示される。注(22)

十二元服事　付同夜副臥事

尋云十二元服其例如何

答源氏物語以前無其例歟但礼記曰天子ノ子ハ十二而冠又今在此意歟　教隆

うつほの藤原の君十二元服して其夜○時の太政大臣の聟になる一世源氏也容躰閑麗才能超人委可見彼物語　西円釈

このあたりの注記は整然としておらず入り組んでいて分かりにくいが、『光源氏物語抄』では、光源氏の婚姻について「十二での元服」と「元服当夜に副臥があった例」をセットで捉えるといった視点から立項し注を施していることが見て取れる。そして問答の形で「十二元服」は史上には依拠すべき例がないこと、ただし『礼記』に天子の子が十二で元服を成すとの記述があることを指摘する清原教隆の説が挙げられている。そして続いて引かれる「西円釈」は、十二で元服したということ、注(23)一世源氏であるということ、元服の夜に時の太政大臣に婿どられたということ、こうした異例の待遇を受けるにふさわしい人柄や容姿に優れた人物であったということで『うつほ物語』の源正頼像と光源氏像との共通性を見、その影響を示唆する注記となっている。

光源氏の結婚に関して源正頼のことを挙げる注記は『紫明抄』には見られず、『光源氏物語抄』のみに見られるものであるため、『河海抄』はこれを参考にしたものと思しい。注(24)しかし敢えて『光源氏物語抄』にあるように「元服と同夜の副臥」の項目から外して関連のない「みやはらに」の項目内にこの注記を挿入したのは、源正頼の婚姻について『うつほ物語』では「そひふし」の語が使用されていないことと関わる措置であったようにも見えるが、この解釈では同じく「そひふし」の語に関連しない源高明の婚姻の例が「そひふし」の項目内に挙げられていることの理由が説明できない。となると、『河海抄』では源正頼の結婚の記事が光源氏の造型に影響を与えていることについてはこの見解を棄却しえなかったものの、光源氏の結婚の例として挙げるべきは源高明の例の方である、との判断を示したことになる。『河海抄』としては周到に〈光源氏＝源高明〉であるという図式を印象付けるべく敷設してきた営為――光源氏の元服について『奥入』に引かれた延長七年の醍醐一世源氏である源高明の元服の記事を注記として踏襲し、注(25)その儀に則って物語が書かれていることを示唆したり、高麗の相人の予言についてそれまでの注釈では挙げられることのなかった「或記」からの引用として源高明が伴廉平という相人に将来の流謫を占われた話を引いたり、「ひかるきみ」との呼称に関して「日野系図といふ物に左大臣高明を光源氏と書之」との注記を付すなどした――の上に「通執政臣女」という点での共通点を光源氏と高明との間に見出し得たということこそが重要であったのではないか。その際この〈光源氏＝源高明〉とする図式がより光源氏の婚姻に近い形で描かれている『うつほ物語』の源正頼の結婚の記事を引くことによって損なわれてしまうのであれば、敢えて高明の婚姻の注記に並べてこの正頼の例を引く意味は小さい。とはいえ、無視はできない注記であるため収まりの悪い形ながらも「みやはらに」の項目に移し入れたということではないだろうか。

しかしながら、源高明との共通性を重視するあまりに『うつほ物語』の注記を脇に外したことで、『河海抄』の注記は光源氏の結婚の特殊性を減殺するものとなってしまった。というのも、光源氏の結婚が「元服と同夜の婚姻」であったということは、光源氏の造型の問題とも関わって物語の中で大きな意味を持つ設定だったようなのである。服藤早苗氏は、

・元服の夜に参入し、添い臥し共寝をする女性を「副臥」ということ

・元服の夜に副臥女性を参入させた、あるいはさせたと推察される例は、清和天皇・醍醐天皇、朱雀天皇、東宮保明親王、東宮憲定親王（冷泉帝）、東宮居貞親王（三条帝）、東宮尊仁親王（後三条帝）など天皇と東宮、更に元服の時点では東宮ではなかったが、それに準ずる存在であった成明親王（村上帝）、為平親王に限られており、臣下の貴族では元服の夜に副臥が参入、あるいは婿取りされた例は見当たらない

ことを指摘され[注26]、光源氏の場合は「準東宮」的な立場で描こうとしているのではないかという推察をなされている。「そひふし」の語の使用は、一世源氏の枠を超えた、まさに臣下であって臣下ではない、史上には例を見ない光源氏の特異な造型と関わる表現であったということになる。

そして「元服と同夜の婚姻」ということも、天皇・東宮や準東宮にしか見られない現象であったということであるが、東宮であっても勢威や後見に欠ける場合はそれが行われなかったことを示す事例がある。『源氏物語』より後代

の例にはなるが、『帥記』では、後三条天皇の鍾愛の皇子で白河天皇の代に立太子した実仁親王（白河天皇の異母弟、一五歳で死去）が元服したものの、強力な後ろ盾であった父院が亡くなっているためか元服同夜に娘を副臥に参入させようとする貴族がおらず、そのことがゆゆしき事態であると問題視されたとの記事が載る。このことから敷衍して鑑みるに、源正頼や光源氏が「元服同夜の結婚」をしたと敢えて記されているのは、物語として意味を持つことだったのであり、光源氏の場合は外戚の後見がないことを憂えた桐壺帝の思惑といった事情も抱えつつもそれだけ将来を嘱望された逸材であり、更にはその王者性さえも示唆する表現として、平安期には受け止められるものであったことを思わせる。

『河海抄』は光源氏と源高明との重ね合わせを重視していこうとするあまりに、一世源氏という枠に収まらない光源氏の特異な造型を捉えきれていないのではないか―右の例から受けるそうした印象は、先にも少し触れたところではあるが、高麗の相人の予言についての注記を見るとより強い確信を帯びることになる。その注記とは、

さう人おとろきてあまた丶ひかたふきあやしむ

Ⓐ三代実録曰仁明天皇嘉祥二年…〔以下当時親王であった光孝天皇が後の登極を渤海使に予言された記事を引く〕

Ⓑ史記曰韋相賢者魯人也…〔以下韋賢がその子の貴相を占われた記事を載せる〕

Ⓒ又曰老父相呂后曰夫人天下貴人…〔以下呂后がその貴相を占われた記事を載す〕

Ⓓ大鏡勘文云古老伝云延喜御時〔以下異国の相人に醍醐天皇や藤原時平・忠平・菅原道真らが占われた記事を載せる〕

Ⓔ案之古賢皆載此注頗有疑貽保明太子本名崇篤者延喜三年誕生同四年二月十日立太子二才同廿三年三月十日薨廿一聖

廟者昌泰四年正月廿五日遷太宰権帥給然者前坊誕生以前御遠行也列座之条頗以参差伝記之誤歟相者参来条者実事歟

Ⓕ或記曰西宮左大臣行幸供奉し給けるを伴別当廉平といふ相人みて容皃人にすくれ給へりいまたかゝるいみしき人をみすとほめ申けるかうしろをみて背に苦相ありおそらくは赴謫所給へしといひけり

高麗人の詞にも光源氏をいさゝかみたれうれふる事やあらんといへり相似たる歟其成西宮和漢蹤跡一同歟

となる。ここで注目したいのはⒻの『河海抄』の独自注記となる箇所であるが、先行する注釈で挙げられていたⒹの『大鏡』勘文の記事の誤りをⒺにて指摘した上で、より適切な例として源高明が伴廉平という人相見によって優れた相を有していることを讃えられたが、同時に将来流謫に遭うことをも予言されたという「或記」の記事が引かれている。そしてその解釈と関連させて、傍線部にもあるように、有名な相人の予言「国の親となりて、帝王の上なき位にのぼるべき相おはします人の、そなたにて見れば、乱れ憂ふることやあらむ」について、光源氏の「乱れ憂ふること」も高明の場合のように将来の須磨流離を予言したものと読むのである。

この相人の予言については、『花鳥余情』で光源氏の未来における地位の暗示として読む姿勢が示されて以来、現代においても基本的にそうした藤裏葉巻における准太上天皇宣下と関わらせて読む立場が継承されるものとなっているが、『河海抄』においてはそのことに関する言及は見られない。高明の流謫との符合を重視して、「乱れ憂ふること」があるとの物語の表現にもやはり先蹤があったということを指摘することに止まっており、そのため『花鳥余情』のような、「源氏の君はつねに尊号を得給へりしかはおほやけの御かためにはその相たかふといふなり」注(27)といった光源氏の臣下を超えた特殊な位境について触れるところはない。そのことに想到しなかったのかは不明であるが、『河海抄』にとっては、光源氏と源高明との事跡の一致を見ることこそが重要であったのであろう。物語に「例」を求めようとする『河海抄』には史実に多くを拠りつつもそうした「例」を超えようとする物語のあり方は関心の外にあったと言うべきか。

六　おわりに

以上、『河海抄』における源高明をめぐる注記から見えてくる光源氏の位境といった問題について考察を行った。光源氏の婚姻をめぐって源高明の藤原師輔三女への求婚の折の和歌が「光源氏通執政臣女」の例として挙げられてくることについては、史上の一世源氏の例に照らしてみると源高明が大臣娘と縁組をした珍しい事例であったことから先蹤とするにふさわしいものであり、光源氏が左大臣家に婿どられたことが破格の待遇を表わすものであったことが読み取れた。しかし、『河海抄』の注記がこうした〈読み〉を喚起するものとなっている一方、高明との比較に拘るあまりに一世源氏の枠に収まりきらない光源氏の特殊な形象を捉えきれていない傾向も有することについても指摘を行った。

なお吉森佳奈子氏に『河海抄』は光源氏の位地についての問題意識を有しており、「親王」として光源氏を捉えていたのではないかとの指摘がある。注(28) 稿者は『河海抄』を精緻に読み込まれた吉森氏のご見解に異を唱えるものではないが、先行する注釈には見られない独自の高明関連の記事を多く引くことからは、『河海抄』がまずは「一世源氏」という立場から光源氏を見ていたのではないかと考えている。吉森氏が〈河海抄が光源氏の位地を親王として捉えていた〉ことを示す例として挙げられた少女巻の元服した夕霧の叙位に関する注記、

やかて四位になしてんかしとおほし

選叙令曰凡蔭皇親者親王子従四位下（諸親王者不限有品無品皆是一部令内称親王不注品階者皆依此例）

孫王直叙四位事上古定事也見続日本紀等不遑具録
源興基弾正尹人康親王男貞観八年正月七日叙従四位下元無位
源博雅兵部卿克明親王男　承平四年正月七日叙従四位下元無位
親王《子イ》直叙四位雖為流例一世源氏大臣息大略叙爵歟源叶信大臣子同静光大臣子伊渉兼明親王子忠賢高明大臣子　皆是叙従五位下者也
六条院于時大臣也如何因玆四位になしてんかしと思給へとも猶有斟酌歟

については、光源氏が夕霧を「四位」にしようかとも考え世間もそう思った、ということについて、光源氏は時に大臣であり、親王の子であれば四位に叙されるが、二世源氏の場合は五位に叙されるのが普通なのだが…と例を示していぶかっているものと読める。物語が光源氏を「親王」待遇として書こうとしているのだとしても、少なくとも『河海抄』のここでの注記はそうした認識を示しているとまでは言い難いのではないか。

また少女巻での夕霧が朱雀院行幸で優れた詩を作り進士に及第したことに関する注記、

大かくの君その日の文うつくしくつくり給て進士になり給ぬとしおとなひかしこき物ともをえらはせ給しかときうたい《及第》の人わつかに三人なむありける《れはイ》

Ⓐ礼記曰…［礼記の引用（省略）］
Ⓑ聖武天皇神亀五年始進士試帝王在系図
Ⓒ進士及第例
承和六年春五星若連珠詩少輔藤原氏宗下及第三人三月廿日判　孫王茂世王桓武御後仲野親王男　三原永道　文長河
登科記曰式部卿是忠親王二男進士及第式瞻《ノリミノ》王
延喜十六年八月廿八日試行幸朱雀院御題　高風送秋詩以鐘為韵七言六韵　及第四人九月廿八日判

北藤原高樹字―童 近江掾　大江維時字―二　春渕良規字朝二　北藤原春房字―藝　已上四人不作開韻及第

について も、氏は「「進士及第例」として臣下ばかりでなく多くの親王の子の例、王の例を挙げる」として、やはり光源氏の「親王」待遇を示す例とされているが、この注記自体は『紫明抄』『光源氏物語抄』にも細かな異同は含むもののほぼ全文同じ形で記載されており、『河海抄』はそこから孫引きしたことは間違いない。注(29) よってこの注記については光源氏が「親王」待遇であるとの『河海抄』の認識を示すものとは断定しえないであろう。

本稿では『河海抄』の注記から見えてくるものという観点から、『河海抄』の記述を起点として新たな物語の読みを掘り起こすことを目的に考察を行った。光源氏の位地について『河海抄』がどのような認識を有していたのかということについては、本稿で取り上げた例だけでは論じつくせるものではない。他書に「高明のみこ」といった表現があることなども鑑みて今後の課題としたい。

注

（1）清水氏は、『後撰集』『拾遺集』には採歌数が皆無であった源高明の歌が『後拾遺集』では複数入集し、しかもほとんどが恋の歌として採られていることは、『後拾遺集』撰進の頃には〈源高明＝光源氏〉との通念が共有されており、源高明像に光源氏の如き恋の歌人としてのイメージが投影されていたことを表わすものであるとの見解を示されている（「後拾遺集における源高明の歌」『源氏物語論』塙選書、1966年）。

（2）『紫明抄』では桐壺巻冒頭の注記において、光源氏の准拠として源高明を挙げ他説を批判しているが、巻々の個々の注記においては、源高明を光源氏と結び付けようとする姿勢は見られない。

（3）「絵合の巻の考察―附、河海抄の意義―」（『源氏物語の文体と方法』東京大学出版会、1980年）

（4）『河海抄』の本文の引用は、玉上琢彌氏編　山本利達氏・石田穣二氏校訂『紫明抄　河海抄』（角川書店）に拠った。

（5）「綏子」が正しいが、『河海抄』の諸本においては、伝一条兼良筆本・竜門文庫本・肥前松平文庫本では俘子、早稲田大学図書館蔵九曜文庫旧蔵本では「惇子」、早稲田大学図書館蔵本（天正３写）では「俘《フ》子」となっている。なおこの『河海抄』の注記の基となった『紫明抄』では、京大本系等も内閣文庫本系等も「綏子」となっている（内閣文庫本については、田坂憲二氏編『紫明抄』おうふう、２０１４年を参照）。

（6）この©の注記が「そひふし」の項目としてある形態は、角川書店の『河海抄』の依拠する文禄五年本のみでなく、伝一条兼良筆本・竜門文庫本などの諸本においても同じである。

（7）吉森佳奈子氏は「「日本紀」による和語注釈の方法」（『『河海抄』の『源氏物語』』和泉書院、２００３年）などにおいて、こうした注記のあり方を『河海抄』の特徴と位置づけられている。河野貴美子氏「古注釈書を通してみる『源氏物語』の和漢世界―『河海抄』、『花鳥余情』―」（『平安文学の交響―享受・摂取・翻訳―』勉誠出版、２０１２年）「『源氏物語』と漢語、漢詩、漢籍―『河海抄』が読み解く『源氏物語』のことばと心―」（『源氏物語注釈史の世界』青簡舎、２０１４年）も漢語注に注目される。

（8）島田とよ子氏は実頼二女が承平五（935）年に裳着を行っていることから、この折に十四歳と仮定され、高明との婚姻は姉の長女・慶子が朱雀帝に入内した天慶四（941）年より程なくして行われたのではないかと推測されている（「藤原実頼の娘たち」『大谷女子大国文』１９８６年３月）。氏の計算に拠れば、高明二十八歳・実頼二女二十歳頃の婚姻となる。

（9）山口博氏「源高明論　Ⅰ源高明と藤原氏―西宮左大臣集成立の一問題―」（『王朝歌壇の研究　村上冷泉円融朝篇』桜楓社、１９６７年）

（10）源高明の子女の母については、山中裕氏「源高明と師輔」（『平安時代の古記録と貴族文化』思文閣、１９８８年）での理解に拠った。

(11) 赤木志津子氏「賜姓源氏考」(『摂関時代の諸相』近藤出版社、1988年)

(12) 安田政彦氏「醍醐皇子女」(『平安時代皇親の研究』吉川弘文館、1998年)

(13) 林陸朗氏「嵯峨源氏の研究」「賜姓源氏の成立事情」(『上代政治社会の研究』吉川弘文館、1969年)

(14) 注(13)に同じ

(15) 注(13)に同じ

(16) 安田氏注(12)論文、今野鈴代氏「もう一人の源氏─允明の場合─」(『国語国文』2009年12月)

(17) 注(12)同書「延暦十二年詔」

(18) 今井源衛氏「女三宮の降嫁」(『改訂版源氏物語の研究』未来社、1981年)、後藤祥子氏「皇女の結婚─落葉宮の場合」(『源氏物語の史的空間』東京大学出版会、1986年)、今井久代氏「皇女の結婚」(『源氏物語構造論─作中人物の動態をめぐって─』風間書房、2001年)など。

(19) ただし妻の姉妹が沢子と基経室だったということが源融の政界における地位に何がしかの影響を与えたことも考えられる。

(20) 安田政彦氏は「親王や一世源氏は、幼稚の頃は母方の「外戚之便」に頼るところがあり、成人しては妻方の「外戚之便」が大きな意味を有したものと思われる」と指摘される(注(12)と同論)。

(21) その他早稲田大学図書館九曜文庫旧蔵本、早稲田大学図書館天正三年写の写本などにおいても同じである。

(22) 『光源氏物語抄』の引用は『源氏物語古註釈叢刊』第一巻(武蔵野書院)に拠った。

(23) ただし正頼が十二歳で元服したとは『うつほ物語』には書かれていない。三角洋一氏は物語冒頭の「十五歳より生みたまふ」を正頼の子が十五歳からできたと理解された上で、これらの表現が『春秋左氏伝』の「国君は十五にして子を生む」や『礼記正義』の「天子、諸侯は十二して冠す」を踏まえたものと見、正頼が俊蔭と同様十二歳で元服したとの解を採られている（「十二にて御元服したまふ―『異本紫明抄』の注をめぐって―」『源氏物語の始発―桐壺巻論集』竹林舎、2006年）。

(24)『光源氏物語抄』から『河海抄』への影響については、新美哲彦氏「『光源氏物語抄』から『河海抄』へ―注の継承と流通―」（『源氏物語の受容と生成』武蔵野書院、2008年）、李興淑氏「中世源氏物語注釈史における準拠―『光源氏物語抄』から『河海抄』へ―」（『文学研究論集』第37号、2012年9月）における指摘がある。

(25)清水好子氏「準拠」（『源氏物語論』塙選書、1966年）

(26)服藤早苗氏「副臥考―平安王朝社会の婚姻儀礼―」（『王朝人の婚姻と信仰』森話社、2010年5月）。青島麻子氏「『源氏物語』の初妻重視―葵の上の「添臥」をめぐって―」（『国語と国文学』2010年6月）、浅尾広良氏「光源氏の元服―「十二歳」元服を基点とした物語の視界―」（『源氏物語の始発―桐壺巻論集』竹林舎、2006年）においても指摘がある。

(27)『花鳥余情』の本文の引用については『源氏物語古注釈叢刊』第二巻に拠った。ただし「みたれうれふる事」については『花鳥』も須磨流謫のことを指すとする。

(28)吉森佳奈子氏「『河海抄』の光源氏」（『『河海抄』の『源氏物語』』和泉書院、2003年）

(29)なおこの注記に関してはⒷ・Ⓒ部分が室町期の東坊城和長によって著された『儒門継塵事（桂林遺芳抄）』の「寮省之試事」の項目中に「或記云」として引く記事により完全に近い形で一致する。

※『尊卑分脈』『公卿補任』は国史大系、『本朝皇胤紹運録』は早稲田大学古典籍データーベースのもの（請求記号ヌ02 1

954)、『一代要記』は国文学研究資料館データーベースの大和文華館蔵本に拠った。『河海抄』諸本のうち伝兼良筆本は『天理図書館善本叢書』、龍門文庫本は善本電子画像集、早大図書館蔵二本は同館古典籍データーベース、松平文庫本は国文学研究資料館データーベースを参照した。

女御の父の地位
――『源氏物語』の女御観――

松岡智之

一　はじめに

女御、更衣並存時期における、女御になる人の父の地位から『源氏物語』を考える。桐壺巻は、女御、更衣が大勢いる中で、帝が格別身分が高いわけでもない一人の更衣を寵愛していた、と始まる。桐壺の更衣である。女御は男性天皇の妻であり、更衣は女御に次ぐ妻である。原則ただ一人の皇后は別格として、複数いる妻たちの中に地位の上下差がある。歴史上、女御は桓武朝から、更衣は嵯峨朝からみられる令制外の身分である。女御所生の皇子皇女がすべて親王、内親王となるのに対し、更衣所生の皇子女は親王、内親王になる場合と源氏賜姓される場合とがあることに端的な差が表れる。注(1)また、醍醐朝以降、女御から皇后（中宮）になる人が現れる。女御、更衣には歴とした違いがあるが、物語はそれを混乱させるように、桐壺の更衣が寵愛され、格別にすぐれた皇子を産んだと語っていく。一方で、桐壺の更衣は元来の身分は低くないともあり、桐壺の更衣の死後、帝は女御にしたかったと後悔し、三位を追贈してもいる。しかし、桐壺の更衣が女御になっていたら皇子は臣下に降らないはずであり、『源氏物語』が「源氏」の物語として成り立たない。桐壺の更衣は更衣でなければならないが注(2)、女御、更衣の秩序を揺るがすように語るのが『源氏物語』であった。

空蝉、明石の君、若菜巻以降の紫の上、さらに浮舟の物語などに端的にみられるように、身分差を物語形成の軸とすることの多い『源氏物語』の作者にとって、女御、更衣の格差もまた格好の素材であったに違いない。しかし、紫式部が『源氏物語』を書いた一条朝には、すでに更衣はいなかったらしい。女御、更衣の並存、少なくとも「女御、更衣あまた」の状況は、作者にとっても歴史的な事柄であった注(3)。

現在、あるキサキが女御、更衣のどちらになるかは、父親の身分によって決まったと説明されることがあり、また、物語の中で作中人物がそうした認識を示してもいる。女御になる人の父はどのような地位にあるのか。キサキとしての女御、更衣が並存した嵯峨朝から村上朝までの実例を検証して考えたい。

以下、第二節で問題点を整理し、第三～第五節では『平安時代史事典』「歴代后妃表」を手がかりに注(4)、嵯峨朝から村上朝までの女御が女御になった時期およびその時の父親の地位を諸史料で確かめていく。「歴代后妃表」は、キサキの父を最終官歴で示すが、女御になれるか否かと父の地位とを関連づけるために、任女御時の父の地位を調査する。女御になった時期を特定できない人物も多いが、無位から従五位上以上に直叙《じきじょ》された時を目安に考察を進める注(5)。第六節で調査結果をまとめ、『源氏物語』について考える。

二　桐壺巻「女御、更衣」の理解

『新編日本古典文学全集 源氏物語』（小学館、一九九四～一九九八年）から桐壺巻冒頭の文章を引用する。

いづれの御時《おほむとき》にか、女御《にょうご》、更衣《かうい》あまたさぶらひたまひける中《なか》に、いとやむごとなき際《きは》にはあらぬが、すぐれて時めきたまふありけり。

（桐壺①一七）

『新全集』頭注は、「女御」を「中宮に次ぐ天皇の夫人。摂関大臣以下公卿の娘がなる」、「更衣」を「女御に次ぐ夫人。大納言以下殿上人の娘がなる」と説明する。この注はややもすると、女御は大臣の娘、更衣は大納言以下の娘がなる、との早合点を誘発するように思われる。丁寧に読めば、女御は公卿の娘がなるというのだから、参議以上大納言までの人の娘は、女御にも更衣にもなりうるとわかるが、少々読者を誤誘導する説明とも思える。[注(6)] あるいは、「女御はこの物語では親王か大臣の姫がなり、更衣は大納言以下の姫がなる」とも説明される。[注(7)] これも「この物語では」が抜けて読者の記憶に残る可能性のある言葉だと思える。なぜならば、物語の右大臣の娘は弘徽殿の女御であり、故大納言の娘は桐壺の更衣であることと符合するからである。ただし、桐壺巻には左大臣と右大臣との二人の大臣のみが現れ、左大臣の「皇女腹《みこばら》にただ一人かしづきたまふ御《おほむ》むすめ」（桐壺①四六）という一人娘は光源氏の妻になるのだから、「あまた」がどのようなことか、疑問も浮かぶのであるが。

これに関連して、薄雲巻に次のようにある。

母方からこそ、帝の御子《みこ》もきはぎはにおはすめれ。この大臣《おとど》の君の、世に二つなき御ありさまながら世に仕へたまふは、故大納言の、いま一階《ひときざみ》なり劣りたまひて、更衣腹《かういばら》と言はれたまひしけぢめにこそはおはすめれ。

（薄雲②四二九）

姫君を紫の上に託すよう、母尼君が明石の君を説得する発言の中の言葉である。父が大納言どまりであったから、桐壺の更衣は更衣であって女御になれなかった、だから光源氏は臣下に降ったのだと尼君はいう。相手を説得するための発言であるから割り引いて解する必要もあるはずであるが、桐壺巻と対応するだけに、女御は大臣の娘がなる、という認識を強化するように働きそうである。

右の尼君の発言に関して、権中納言（もとの頭中将）の娘新弘徽殿女御は祖父太政大臣の養女として冷泉帝の女御になったと解せる（澪標②三〇一、三二二）としても、物語の朱雀朝で大納言の娘が女御になっているのだから、尼君の認識には錯誤があるのかと問うたのが島田とよ子氏である。朱雀帝の麗景殿女御は、賢木巻に「大宮（＝弘徽殿大后）の御兄弟《せうと》の藤《とう》大納言の子の頭弁《とうのべん》といふが（略）姉妹《いもうと》の麗景殿《れいけいでん》の御方《かた》へ行《ゆ》くに」（②一二五）とあって明確に女御とは語られないが、桐壺帝の「麗景殿」（花散里②一五三）が「女御」（②一五五）であり、今上帝の東宮時代に参入した左大臣の姫君が麗景殿に入り（梅枝③四一四）、後に藤壺に移るが女御となっている（宿木⑤三七三）ことから、朱雀帝の「麗景殿」もやはり女御であったと解してよいと考えられる。

島田氏は、醍醐朝において故大納言藤原定国女の和香子や中納言藤原定方女の能子が女御となる一方、大納言源昇女は更衣である例、村上朝において藤原師輔女の安子が父の大納言時代に、藤原師尹の女芳子が父の中納言時代に女御になった一方、藤原元方女の祐姫や藤原在衡女の正妃は父が大納言に至るものの更衣であった例に注目し、「故大納言の女であろうと、ときに父が中納言であろうと、天皇の外戚、もしくは、准外戚とでもいう親密な関係にあれば、直接に女御に、もしくは更衣から女御に昇格し得るが、そのような関係になければ、上臈の大納言であろうとともかく大納言以下の娘は女御に為れない、と言うことになる。従って、桐壺の更衣の場合、桐壺帝の外戚とは一切語られていないから、女御にはなることが出来ない。あの、明石尼君の認識はやはり正しかったのだ。朱雀帝の麗景殿女御の件は、父の大納言は弘徽殿大后の兄弟であるから、朱雀帝の外戚によって娘を女御にすることが出来たのである」と指摘した。注（8）

島田氏が、醍醐・村上朝の大中納言の娘がキサキとなる際、女御、更衣の両方があり、その違いを広義の外戚か否かによると解いて物語に当てはめたことは慧眼である。外戚を例外とすれば、『源氏物語』の女御の父は、臣下では大臣であることが一貫していて、それは史上の醍醐・村上朝に対応する。ただし、第二皇子（光源氏）が第一皇子をさしおいて立坊する可能性を桐壺巻の弘徽殿女御が危惧したのは、史上の宇多天皇が更衣藤原胤子を女御に昇格させた例などを想起したのだろうが、その時の宇多天皇が我意を通せる状態にあったのとは異なり、物語の桐壺帝には不可能だったと、島田氏が説き進めると、やや混沌としてくる。尼君の主張が成り立つには、姫の父が広義の外戚でなく、帝の力も弱い場合、のようにずいぶん条件が付くことになる。一方、高橋麻織氏は、史上の宇多～一条朝の女御に、父が大納言以下の時に女御となった例がいくつもあることから、尼君の認識は誤っていると指摘する。注(9) 議論は錯綜している。本稿では、女御に着目したより大きな歴史の流れから『源氏物語』をどのように把握できるかを考えたい。次節以降、女御が女御になった時の父の地位について、嵯峨から村上に至る各天皇ごとにたどる。

三　嵯峨・淳和朝の女御の父

【嵯峨天皇の女御】

嵯峨天皇の在位期間は、大同四年（八〇九）四月一日から弘仁十四年（八二三）四月十六日までである。『平安時代史事典』「歴代皇妃表」は、嵯峨天皇の後宮に、皇后一人、夫人《ぶにん》一人、妃《ひ》二人、女御二人、更衣三人を掲げる。また、女官でキサキとなった女性として尚侍《ないしのかみ》、掌侍《ないしのじょう》、女嬬《にょじゅ》各一人を掲げる。さらに「后妃の別」に記載のない人物が十七人ある。女御は百済王貴命《くだらのこにきしきみょう》と大原浄子とである。

百済王貴命は、俊哲女。『文徳実録』仁寿元年（八五一）九月五日条の卒伝に「散事従四位下百済王貴命卒。貴命。従四位下陸奥鎮守将軍兼下野守俊哲之女也。（略）嵯峨太上天皇御宇之時。引為㆓女御㆒。即是二品式部卿大宰帥忠良親王之母也。弘仁十年正月叙㆓従五位上㆒。十月十一日叙㆓従四位下㆒」とある。後述する清和天皇女御平寛子のよう

に女御に任じられてから数年後に無位から五位に直叙された例があり、叙位と女御就任とは必ずしも一致しないが、弘仁十年（八一九）かその前後数年の間に女御になったと考える。父の百済王俊哲は、『続日本紀』延暦十年（七九一）九月二十二日条に「下野守正五位上百済王俊哲為二兼陸奥鎮守将軍一」、『日本紀略』延暦十四年八月七日条に「陸奥鎮守将軍百済王俊哲卒」とある。位階について『続日本後紀』承和元年（八三四）二月十四日条にも「従四位下勲三等俊哲」とある。従四位下に昇った時期が不明だが、百済王貴命の任女御時の父の地位は故従四位下鎮守将軍とする。

大原浄子は、『一代要記』に「女御従三位大原真人浄子〈正六位上家継女〉」とある。管見では他に「女御」であったことを確かめがたいが、これに従う。『日本後紀』弘仁四年（八一三）正月八日条に「従五位上大原真人清子正五位下」、同弘仁六年正月八日条に「正五位下大原真人浄子従四位下」、『続日本後紀』承和八年（八四一）三月二十五日条に「散事従三位大原真人浄子薨」とある。『本朝皇胤紹運録』では秀子内親王、斎宮仁子内親王の母を「大原氏」とする。浄子は、弘仁四年以前に女御となり、従五位上に叙されていたと考える。父大原家継については、未詳。大原浄子が女御になった時の父の地位は不明だが、『要記』の記載は最終の位階を示すであろうから、六位官人とみなす。

【淳和天皇の女御】

淳和天皇の在位期間は、弘仁十四年（八二三）四月二十七日から天長十年（八三三）二月二十八日まで。「歴代皇妃表」は、東宮妃であったが即位前に薨じた高志内親王以下に、皇后一人、女御二人、更衣一人を掲げる。女官でキサキとなった人物に、尚蔵《くらのかみ》一人。「后妃の別」に記載のない女性六名。女御は、橘氏子と永原原姫との二人である。

橘氏子は、奈良麻呂の孫で入居の男である永名の女。『一代要記』に「女御従四位上橘朝臣氏子従三位、永名女」とある。清和天皇時代の貞観五年（八六三）正月八日に「従五位上橘朝臣氏子」が従四位上に叙された（『三代実録』同日条）。淳和天皇代に女御になり、従五位上に叙されていたと考える。『三代実録』貞観八年五月十日条の永名の薨伝に「永名者（略）弘仁之末任二但馬掾一。天長元年任二春宮少進一。二年授二従五位下一。為二大蔵少輔一。未レ幾遷二民部少輔一。明年遷二春宮大進一。兼二丹波権介一。九年授二従五位上一。十年授二正五位下一。同年授二従四位下一。承和初任二播磨守一。…」とある。貞観二年（『公卿補任』は同三年）に非参議の従三位に至る。天長二年に従五位下、同九年従五位上、同十年正五位下という官位の昇進過程により、氏子の任女御時の父永名は五位官人であったとみなせる。

永原原姫は、系譜未詳。『一代要記』に「女御永原氏大納言源定卿養女、所謂亭子女御也」とあるが、割注の「大納言源定卿養女」には混乱がある。『三代実録』貞観五年正月三日条の定の薨伝によれば、嵯峨帝皇子の源定を淳和天皇が養子とした際に、原姫はその養母とされた。その条に「寵姫永原氏、令レ為二之母一、故世称定有二二父二母一焉、原姫所レ謂亭子女御也」とある。増田繁夫氏は「寵姫」とあり、「所謂亭子女御」とされる原姫は正式の女御ではなかっただろうと指摘し、さらに『一代要記』で淳和天皇の「妃」とされる緒継女王と同一人物かと推定する。[注(10)] 本稿では原姫を考慮外とする。

四　仁明～宇多朝の女御の父

【仁明天皇の女御】

仁明天皇の在位期間は、天長十年（八三三）三月六日から嘉祥三年（八五〇）三月二十一日まで。「歴代后妃表」は、女御として、藤原順子、藤原沢子、滋野縄子、藤原貞子、藤原息子の五人を掲げる。更衣は二名、「更衣か」が二名。キサキの女官に女嬬一名。「后妃の別」の記載がない女性四名。仁明天皇には、皇后（中宮）、妃、夫人、嬪が不在であり、以下宇多朝まで同様である（醍醐朝には中宮および妃が存在する）。

藤原順子は冬嗣の女。『尊卑分脈』に「仁明后」（一―四四頁）、『一代要記』に「大皇太后」とあって「女御」であった明証を見出しがたいが、夫人等になった形跡もないので女御として扱う。順子崩御時の伝に「姓藤原氏。諱順子。贈太政大臣正一位冬嗣朝臣之女也。（略）仁明天皇儲貳之日。聘以入レ宮。（略）天長十年仁明天皇践祚之初。授二従四位下一。…」（『三代実録』貞観十三年九月二十八日条）とある。皇太子時代に入侍した順子が、仁明即位に伴い女御となり、四位に叙されたとみなす。嘉祥三年四月十六日、所生の道康親王の即位（文徳天皇）に伴い皇太夫人となり、後に皇太后、太皇太后になる。父冬嗣は、『日本紀略』天長三年（八二六）七月二十四日条に「左大臣正二位兼行左近衛大将藤原朝臣冬嗣薨」とあるように、仁明天皇の即位前に左大臣で薨じた。同二十六日に正一位を追贈される。順子の任女御時の父は、故正二位左大臣兼左大将、贈正一位である。

藤原沢子は総継の女。『続日本後紀』承和六年（八三九）六月三十日条に「女御従四位下藤原朝臣澤子卒。澤子。故紀伊守従五位下総継之女也。天皇納レ之。誕二三皇子一皇女一也。宗康。時康。人康。新子是也。寵愛之隆。独冠二後宮一…」とある。後に、所生の時康親王が光孝天皇として即位し、皇太后を追贈された（『三代実録』天慶八年二月二十三日条）。父総継は、左大臣魚名の孫で末茂の子。『日本後紀』弘仁二年（八一一）六月一日条に「正六位上（略）藤原朝臣総継（略）従五位下（略）従五位上直世王為二中務大輔一（略）従五位下藤原朝臣総継為二少輔一」、同年七月二十三日条に「従五位下藤原朝臣総継為二相摸介一」とあり、弘仁二年に従五位下に叙爵され、中務少輔及び相模介に任じられた。その後の経歴や没年は不明だが、前引の沢子卒伝によれば、従五位下紀伊守で没した。『三代実録』仁和元年（八八五）九月十五日条に「詔曰。云々。朕外祖父贈正一位藤原朝臣総継云々。贈以二太政大臣一」とあり、光孝天皇即位後に正一位太政大臣を追贈される。沢子が女御となった際に在世中か否かも不明だが、いずれにしても、沢子の任女御時の父総継は、五位官人である。

滋野縄子は貞主の女。貞主は家訳の子。『一代要記』に「女御滋野綱子（従四位上、参議貞主女）」とある。『続日本後紀』天長十年（八三三）五月二十九日条に「皇子年六歳者殤焉、侍女滋野氏所二産育一也」とある「侍女滋野氏」は、縄子をさすと考えられる。同承和三年（八三六）四月三十日条に「无位滋野朝臣縄子正五位下」とある。父貞主は、承和九年参議となり、仁寿二年（八五二）六十八歳で没する。貞主の官歴について『公卿補任』承和九年条に「承和元正七従四下（略）同二八十四任兵部大輔。同五十一廿弾正大弼」とある。縄子が正五位下に叙された承和三年に女御となったとすると、その時の父貞主の地位は従四位下兵部大輔となる。

藤原貞子は、右大臣に至る三守《みもり》の女。三守は南家武智麻呂の曾孫。真作の男。貞子が女御になった時期は不明だが、『続日本後紀』天長十年十一月十九日条に「无位藤原朝臣貞子従四位下」とあり、仁明天皇即位後ほどなく女御になったと考える。『続日本後紀』承和三年十二月二十三日条には「賀三女御藤原朝臣貞子誕二皇子一也」のように「女御」とある。この時生まれた皇子は成康親王である。貞子は、承和六年正月八日に従三位（『続日本後紀』同日条）、文徳天皇代の嘉祥三年（八五〇）七月二十六日に正三位（『文徳実録』同日条）に進む。『文徳実録』仁寿元年（八五一）二月二十四日条に「正三位藤原朝臣貞子出家為レ尼。貞子者。先皇之女御」とあり、仁明崩後に出家した。『文徳実録』仁寿三年四月十八日条の成康親王薨伝に「母右大臣従二位藤原朝臣三守之女。贈従二位貞子也」とあり、成康親王の母だと明示される。『三代実録』貞観六年（八六四）八月三日条に「仁明天皇女御正三位藤原朝臣貞子薨。勅贈従二位。（略）貞子者。右大臣贈従一位三守朝臣之女也。（略）仁明天皇為二儲貳一。以レ選入二震宮一。…」とある。貞子の女御就任を天長十年十一月前後とすると、父三守は天長五年に大納言（正三位）、天長十年三月六日に従二位に進み、承和五年（八三八）に右大臣になるので（『公卿補任』）、貞子の女御就任時の父三守は、従二位大納言である。

藤原息子は『広隆寺資材交替実録帳』（平安遺文一七五号）に「深草天皇女御従四位下藤原朝臣息子奉納〈大使御息所〉」とある。系譜未詳であるが、増田繁夫氏は「大使」に注目して、承和元年に遣唐大使となった藤原常嗣の女かと推定する。注(11) 常嗣は、天長八年に七月十一日に任参議、承和七年四月に従三位参議兼左大弁で薨じている（『公卿補任』）。息子が女御になった時期は不明ながら、父が常嗣ならば参議である。

【文徳天皇の女御】

文徳天皇の在位期間は、嘉祥三年（八五〇）四月十七日から天安二年（八五八）八月二十七日。「歴代后妃表」は、文徳天皇の女御に、藤原明子、藤原古子（吉子）、東子女王、藤原年子、藤原多可幾子、藤原是子の六人を掲げる。更衣は一名である。「后妃の別」の記載がない女性が九名。

藤原明子は良房の女。良房は冬嗣の男。『三代実録』清和天皇即位前紀に「母太皇太后藤原氏。太政大臣贈正一位良房朝臣之女也。嘉祥三年歳在庚午三月廿五日癸卯。生㆓天皇於太政大臣東京一條第㆒。」とあり、道康親王（文徳天皇）の東宮妃となり、嘉祥三年三月に惟仁親王（のちの清和天皇）を生んだ。『一代要記』に「女御従三位藤明子（天安二年超叙従一位、貞観十一年四月五日薨、良房女）」とある。『尊卑分脈』には「文徳天皇后」（一―四三頁）。天安二年十一月七日惟仁の即位に伴い皇太夫人になる（『三代実録』同日条）。『一代要記』以外に任女御の史料を見出しがたいが、女御になったと考える。その年月日は不明だが、東宮妃であった順子は天皇即位に伴って女御となったと考えられる。嘉祥三年の父良房は、従二位右大臣兼右大将である（『公卿補任』）。

藤原古子は冬嗣の女。『文徳天皇実録』嘉祥三年（八五〇）七月九日条に「従四位下藤原朝臣古子。无位東子女王。藤原朝臣年子。藤原朝臣多賀幾子。藤原朝臣是子等為㆓女御㆒」とある。前述のように、冬嗣は天長三年（八二六）七月二十四日に正二位左大臣兼左大将で薨じ、従一位を追贈された。この後、嘉祥三年七月十四日に太政大臣も追贈される。

東子女王は、前引のように嘉祥三年七月に女御になった。『一代要記』に「女御無位東子女王嘉祥三年七月為女御」とある。『三代実録』貞観七年（八六五）六月十日条に「従四位下東子女王卒」とある。おそらく親王の娘なのであろうが、系譜は不明である。

藤原年子も同じ時に女御になっているが、系譜は未詳。『一代要記』には「女御無位藤年子嘉祥三年七月為女御」とある。

藤原多可幾子は、良相女（『分脈』一―四四頁）。良相は冬嗣の男。藤原古子たちと同じ嘉祥三年七月九日に女御になった。その嘉祥三年七月時点で父藤原良相は、正四位下参議兼右大弁である（『公卿補任』）。

藤原是子も同じ時に女御になっているが、系譜は未詳である。

『平安時代史事典』「歴代后妃表」にないが、『一代要記』は文徳天皇後宮に「女御従四位下橘房子氏公女」を掲げる。橘房子は『文徳実録』仁寿三年正月十日条に「授㆓无位橘朝臣房子従四位下㆒」とある。不確実ながら、この前後に女御になったと考える。また、『尊卑分脈』の氏公の項（四―四六頁）に見えないものの、氏公女であるとすると、氏公の薨去について『続日本後紀』承和十四年十二月十九日条に「右大臣従二位橘朝臣氏公薨。（略）詔贈㆓従一位㆒」とあるので、房子の任女御時の父は、故従二位右大臣、贈従一位となる。

『一代要記』には「女御従四位下橘忠子仁寿元年十一月為女御」ともある。『文徳実録』仁寿元年十一月二十七日条に「…无位橘朝臣忠子。並叙㆓従四位下㆒」とあり、橘忠子は無位から叙爵されている。この時女御になったと考える。系譜は未詳。可能性があるのは、房子と姉妹で氏公の女、あるいは氏公の男の岑継の女であろうが、ここでは未詳とする。

【清和天皇の女御】

清和天皇の在位期間は、天安二年（八五八）十一月七日から貞観十八年（八七六）十一月二十九日まで。「歴代后妃表」は、女御に、藤原高子、藤原多美子、平寛子、嘉子女王、源済子、源貞子、隆子女王、兼子女王、忠子女王、藤原頼子、藤原佳珠子、源厳子、源暄子、源宜子の十四名を掲げる。更衣五名。「更衣か」も五名である。「后妃の別」の記載がない女性は二名。

藤原高子は、長良の女。長良は冬嗣の男。『三代実録』貞観八年（八六六）十二月二十七日条に「以㆓従五位下藤原朝臣高子㆒為㆓女御㆒」とある。任女御以前に叙爵されていた。父の長良は斉衡三年（八五六）七月三日に正三位権中納言で薨じた（『公卿補任』）。後に、陽成天皇外戚の故をもって元慶元年（八七七）正一位左大臣、同三年太政大臣を追贈された（同前）。叔父の良房は貞観八年に摂政太政大臣、兄の基経は同年に中納言（同前）である。高子の任女御時の父長良の地位は、故正三位権中納言である。

藤原多美子は、文徳天皇女御多可幾子の姉妹で良相の女。『三代実録』貞観六年（八六四）正月二十七日条に「詔以㆓従四位下藤原朝臣多美子㆒為㆓女御㆒」とあり、同仁和二年（八八六）十月二十九日条の多美子薨伝に「右大臣贈正一位良相朝臣少女。清和太上天皇之女御也。（略）貞観五年冬。授㆓従四位下㆒。六年春正月朔日。天皇加㆓元服㆒。此夕以㆑選入㆓後宮㆒。有㆓専房之寵㆒。少頃為㆓女御㆒」とある。多美子は正二位に至る（薨伝）。天皇の元服とともに若くして女御になった。貞観六年の父良相は、正二位右大臣兼左大将（『公卿補任』）である。

平寛子は系譜未詳。『三代実録』貞観六年（八六四）八月二十五日条に「勅以㆓平朝臣寛子㆒為㆓女御㆒」とある。貞観八年正月八日に「无位平朝臣寛子正五位下」（『三代実録』同日条）と、無位から正五位下に直叙された。『三代実録』貞観十一年正月八日条に「女御正五位下平朝臣寛子。藤原朝臣諱皇太后並従四位下」とあり、高子（元慶六年に皇太后）とともに従四位下に叙された。陽成天皇時代の元慶三年（八七九）三月七日に清和上皇の意向で季料月俸を停止されるが、『三代実録』の当該条には「正四位下平朝臣寛子」とある。

嘉子女王は系譜未詳。『一代要記』の清和朝後宮に名がない。『三代実録』貞観九年（八六七）四月一日条に「以二従四位下嘉子女王一為二女御一」とあり、女御となる。貞観十年正月八日に従四位上に昇叙され（『三代実録』同日条）、平寛子と同じ時の季料月俸停止の記事にも「従四位上嘉子女王」とある。

源済子は文徳天皇皇女。『文徳実録』仁寿三年（八五三）六月十一日条に「皇子能有。時有。本有。載有。皇女憑子。謙子。列子。済子。奥子等。賜二姓源朝臣一。隷二左京職一。行二前日詔一也」とあり、源氏賜姓された。『三代実録』貞観九年（八六七）八月二十九日条に「詔以二源朝臣済子一為二女御一」とあり、女御となった。『三代実録』貞観十年正月八日条に「無位源朝臣済子従四位上」とあり、無位から従四位上に直叙された。元慶三年の季料月俸停止の記事にも「従四位上源朝臣済子」とある。文徳天皇は天安二年（八五八）八月二十七日に崩じた（『文徳実録』）。源済子の任女御時の父は、故天皇である。

源貞子は系譜未詳。『三代実録』貞観九年（八六七）十二月七日条に「源朝臣貞子為二女御一」とあり、女御となった。貞観十一年正月八日に従四位下（『三代実録』同日条）。『三代実録』貞観十五年（八七三）正月二十日条に「従四位下源朝臣貞子卒」とある。

隆子女王は系譜未詳。『一代要記』の清和天皇後宮に名が見えない。陽成天皇時代に入り、『三代実録』元慶元年（八七七）十一月二十二日条に「進二女御正三位藤原朝臣多美子階一加二従二位一。无位隆子女王、兼子女王、典侍従四位上甘南備眞人伊勢子並正四位下」とあり、女御であることが明確な藤原多美子と兼子女王との間に名があることから隆子も女御であったと考えられる。

兼子女王も系譜未詳。『三代実録』貞観十五年（八七三）十二月七日条に「無位兼子女王為㆓女御㆒」とある。前引のように、元慶元年十一月二十二日に無位から正四位下に直叙された。但し、元慶三年三月の季料月俸停止の記事には「従四位上兼子女王」とある。

忠子女王も系譜未詳。『三代実録』貞観十二年（八七〇）三月二十六日条に「廿六日戊寅。勅以㆓忠子女王㆒為㆓女御㆒」とあり、女御となった。元慶三年の季料月俸停止記事にも名が見える。『日本紀略』延喜四年五月十二日条に「前女御従四位下忠子女王卒」とある。

藤原頼子は基経の女。基経は長良の男で良房の養子。頼子の任女御時期は未詳。『一代要記』に「女御藤頼子従四位下、太政大臣昭宣公女」、『尊卑分脈』の藤原基経の項に「女子〈頼子、清和女御、母同時平公〉」とある（一―四九頁）。母は人康親王女。『西宮記』十一月・鎮魂祭の条の裏書に「承平六年九月廿三日、従三位藤頼子薨」とある。基経は貞観六年正月十六日に参議、貞観八年十二月八日に中納言、貞観十二年正月十三日に大納言、貞観十四年八月二十五日に右大臣に任じられている（『公卿補任』）。頼子が女御になった時の父の地位は不明だが、参議以上とみなす。

藤原佳珠子も基経の女。『帝王編年記』に清和天皇皇子貞辰親王について「母女御藤佳珠子／関白昭宣公女」とある。『三代実録』貞観十五年（八七三）十一月二十六日条に「无位藤原朝臣佳珠子為㆓女御㆒」とあり、女御になった。元慶三年の季料月俸停止記事にも名が見える。藤原佳珠子が女御になった貞観十五年十一月時点で、父基経は従二位右大臣兼左大将である（『公卿補任』）。

源厳子は、文徳天皇皇子源能有の女。『一代要記』に「女御源厳子従四位下、号温明殿女御」とある。『尊卑分脈』には「儼子」とある（三―三九頁）。女御になった時期は不明だが、『菅家文草』巻十一に「(643)為㆓温明殿女御㆒奉㆑賀㆓尚侍殿下六十算㆒修功徳願文　貞観十三年十二月十六日。／弟子女御従四位下源朝臣厳子、帰命稽首、十方諸佛、一切賢聖。尚侍

（＝源全姫）殿下者、婦徳之脂粉、女儀之光華…」とあり、貞観十三年（八七一）十二月以前に女御になったと考えられる。陽成天皇の代になって、『三代実録』元慶三年（八七九）六月二十六日条に「散事従四位下源朝臣厳子卒」とある。父源能有は、貞観四年正月七日従四位上、貞観八年正月十一日に加賀守、同十一年二月十六日に大蔵卿、同十二年正月二十五日に兼美濃権守、同十四年八月二十五日に従四位上で参議に任ぜられた（『公卿補任』）。元慶六年正月十日に従三位で中納言に移る（『三代実録』）。源厳子が女御になったのは、父源能有が参議になる以前、従四位上大蔵卿の時とみなす。

源暄子は系譜未詳。『一代要記』に「女御源暄子正四位下」とある。『諸官符案』に「太政官符／宮内省／源朝臣暄子／右去年十二月廿九日、定二女御一如レ件、省宜二承知一、符到奉行、／従五位上守左少弁橘朝臣、正六位上行左少史伴連／貞観□年三月十七日」とあり、注(12) 貞観年間のある年十二月二十九日に女御となった。元慶三年三月の季料月俸停止記事には、「正五位下源朝臣源暄子」と見える。

源宜子は、仁明天皇皇子人康親王の子源興基の女。『三代実録』元慶四年六月二十一日条に「左京人忠相王。敏相王。宜子女王。賜二姓源朝臣一。即是従四位上行左馬頭源朝臣興基之男女也。興基賜レ姓之日。脱落不レ載。故今追賜焉」とある。興基は同年二月八日に源氏賜姓された（『三代実録』）。同時に行われるべきであった子女の源氏賜姓がこの日に行われたという。『三代実録』貞観十八（八七六）年八月二十一日条に「以二无位源朝臣宜子一為二女御一」とあり、宜子は女御となった。元慶三年三月の季料月俸停止記事には「源朝臣宣子」に作る。父興基は、貞観十六年正月七日従四位上、同十八年二月十五日に任弾正大弼、同十九年正月十五日に任左馬頭。その後、寛平三年（八九一）三月十九日に任参議（『公卿補任』）。寛平三年九月十日に卒した（『日本紀略』）。源宜子が女御となった時、父興基は、従四位上弾正大弼である。

【陽成天皇の女御】

陽成天皇の在位期間は、貞観十九年（八七七）正月三日から元慶八年（八八四）二月四日までであるが、「歴代后妃表」が女御として掲げる人物がない。

【光孝天皇の女御】

光孝天皇の在位期間は、元慶八年（八八四）二月二十三日から仁和三年（八八七）八月二十六日まで。「歴代后妃表」が掲げる女御は、班子女王、藤原佳美子、平等子、藤原元善の四人。他に「女御か」として某女王、善宗女王、媞子女王、雅子女王の四人があるが、取り上げない。更衣三名、「更衣か」一名。

班子女王は桓武天皇皇子仲野親王の女。『一代要記』に「女御従二位斑子女王（元慶八年四月為女御、式部卿仲野親王女、母当宗氏）」とある。『三代実録』元慶八年二月二十六日条に「従四位下諱女王（中宮）従三位」とある。「諱女王（中宮）」は宇多天皇の即位により皇太夫人、醍醐天皇の即位とともに皇太后となる班子女王である（『三代実録』は宇多天皇の勅命により、醍醐天皇代の延喜元年に成立）。同年四月一日条に「従三位諱女王（中宮）為二女御一」とあって女御となる。父仲野親王は貞観九年（八六七）正月十七日に七十六歳で薨じた。薨伝によれば、承和十四年（八四七）に二品に叙せられ、最終官歴は貞観五年に任ぜられた大宰帥である。薨伝には娘班子女王について「女諱班子。光孝天皇竜潜之日。納二之藩邸一。生二朱雀太上天皇（＝宇多）一。天皇践祚之日。尊為二皇大夫人一。追二贈親王一品太政大臣一。今上（＝醍醐）即位。尊皇太夫人為二皇太后一」とある。宇多天皇即位時に班子は皇太夫人となり、仲野親王には一品太政大臣が追贈された。さらに班子は醍醐天皇即位後に皇太后となった。班子女王任女御時には、父は故二品親王である。

藤原佳美子は史料的に系譜未詳ながら、名前の類似から、藤原佳珠子（清和天皇女御）の妹、基経の女だと考えられている[注(13)]。『三代実録』元慶八年（八八四）六月二十日条に「以二従四位下藤原朝臣佳美子一為二女御一」とあり、女御となる。仁和三年正月八日に正四位下に叙される（『三代実録』同日条）。『日本紀略』昌泰元年七月二十八日条に「従三位藤原朝臣佳美子薨」とあり、従三位に至った。父が基経であるとすると、佳美子が女御となった元慶八年六月に、基経は従一位関白太政大臣である（『公卿補任』）。

平等子は、事典類に桓武天皇皇子仲野親王の子平好風の女とするが、管見ではそれを証する史料が見出せなかった。『三代実録』元慶八年（八八四）八月二十九日条に「以二平朝臣等子一為二女御一」とあり、女御となる。仁和二年正月八日に無位から正五位下を直叙される（『三代実録』同日条）。好風が父だとすると、『三代実録』仁和元年（八八五）二月二十日条に「前越前介従五位下平朝臣好風為二大宰少弐一」とあり、等子の任女御時の父好風は従五位下越前介となって貴重な例となるが、本稿では未詳とする。

藤原元善は、山蔭の女。山蔭は、北家魚名流で、高房の男。『三代実録』仁和三年（八八七）二月十六日条に「勅以二更衣従五位上藤原朝臣本善一為二女御一。中納言従三位山陰之女也」とあり、更衣から女御になった。山蔭は前年仁和二年六月十三日に従三位中納言になっていた（『三代実録』同日条）。元善の任女御時、父山蔭は従三位中納言である。

【宇多天皇の女御】

宇多天皇の在位期間は、仁和三年（八八七）十一月十七日から寛平九年（八九七）七月三日まで。「歴代皇妃表」が掲げる女御は、藤原温子、藤原胤子、橘義子、菅原衍子、橘房子の五人。更衣五名、「更衣か」一名、「后妃の別」の記載がない人物三名を掲げる。

藤原温子は、基経の女。『日本紀略』仁和四年十月条に「九日癸酉。（略）今日。更衣藤温子為二女御一」とある一方、同同月条に「十三日丁丑。（略）是日。藤原温子為二女御一。御記日九日以二温子一為二女御一云々」ともあってわかりにくいが、仁和四年十月に女御となった。仁和四年の基経は、従一位関白太政大臣である（『公卿補任』）。

藤原胤子は、高藤の女。高藤は冬嗣の孫、良門の男である。『日本紀略』仁和四年九月二十二日条に「橘義子。藤原胤子為二更衣一」、寛平五年正月二十二日条に「以二従五位上橘美子。藤原胤子等一並為二女御一」とあり、更衣から女御になった。周知のように、そのすぐ後の同年四月二日に所生の敦仁親王（後の醍醐天皇）が立太子する（『日本紀略』同日条）。高藤は寛平六年に非参議の公卿になるが、『公卿補任』の同年条に、高藤について「非参議 従三位 藤高藤 五十七 五月三日叙（越三階）。播磨権守。（略）寛平二正七叙正五位上。二月廿七日任兵部大輔。叙従四下。同三三九兼伊勢（伊予）権守。同四正廿三任播磨権守（止大輔）」とある。胤子の任女御時、高藤は従四位下播磨権守であった。

橘義子は、広相の女。前引の『日本紀略』寛平五年正月二十二日条には「橘美子」とあるが、「よしこ」と読んで義子をさすとしてよいだろう。『尊卑分脈』は「義子 宇多天皇女御」とする（四―五〇頁）。藤原胤子と同時に更衣になり、同時に女御となった。『日本紀略』寛平二年五月十六日条に「参議正四位上行左大弁橘朝臣広相卒」、翌十七日条に「遣二使於広相朝臣第一宣制贈二中納言従三位一」とあるように、広相は寛平二年に正四位上参議で卒し、従三位中納言を追贈された。義子が女御となった寛平五年の父広相の官職は、故正四位上参議、贈従三位中納言である。

菅原衍子は、菅原道真女。『尊卑分脈』の道真の項には「女子〈寛平女御 欣子母 衍子〉」とある（四―六一頁）。『寛平御遺誡』には「息所菅氏」。『日本紀略』寛平八年十月二十六日条に「正五位下菅原淑子為二女御一。」とあり、「淑子」が不審だが、この時女御になったと考える。『二代要記』には「女御従四位下菅原衍子寛平八年十二〔十一〕月〔六日〕為女御、右大臣菅原道真一女」とある。寛平八年の道真の官位官職は、従三位中納言兼左大弁・民部卿等である（『公卿補任』）。

橘房子は系譜未詳。『日本紀略』寛平五年十一月十六日条に「女御従四位下橘朝臣房子卒」とある。

五　醍醐～村上朝の女御の父

【醍醐天皇の女御】

醍醐天皇の在位期間は、寛平九年（八九七）七月十三日から延長八年（九三〇）九月二十二日まで。「歴代皇妃表」は「東宮御息所」注(14)、「妃」為子内親王、中宮藤原穏子に次いで、女御として源和子、藤原能子、藤原和香子を掲げる。これに女御から中宮になった穏子を加えると四名になる。更衣十一名。「更衣か」一名。蔵人一名。

藤原穏子は基経の女。『日本紀略』延喜元年に「三月月日。以㆓藤原穏子㆒為㆓女御㆒。昭宣公女」とあり、日にち不明ながら延喜元年三月に女御になった。『日本紀略』寛平三年正月十三日条に「太政大臣従一位藤原朝臣基経薨㆓于堀河第㆒。年五十六」とあり、同十五日条に「贈㆓故太政大臣藤原朝臣正一位㆒。（略）謚曰㆓昭宣㆒」とあるように、父基経は寛平二年正月に薨じ、正一位を追贈された。その少し前に、基経は務めていた関白を辞したが（『公卿補任』等）、最期まで関白であったと扱ってよいだろう。穏子の任女御時の父は、故従一位関白太政大臣、贈正一位である。また、延喜元年に穏子の兄時平は正三位左大臣であった（『公卿補任』）。

源和子は、光孝天皇皇女。光孝天皇代の『三代実録』仁和元年（八八五）四月十四日条に「皇女和子賜㆓姓源朝臣㆒、預㆓時服月料㆒」とある。光孝天皇は仁和三年八月二十六日に崩じた（『三代実録』）。『一代要記』に「女御正三位藤和子光孝源氏」、『日本紀略』天暦元年七月二十一日条に「女御正三位源和子薨。或閏七月十一日云々」とある。女御になった年月日は不明であるが、源和子が女御となった時、父は故天皇である。

藤原能子は、藤原定方女。『日本紀略』延喜十三年十月八日条に「以二更衣藤原能子一為二女御一」とあり、更衣から女御に昇進した。『一代要記』には「正五位下藤能子延喜十四年十月八日補之、元更衣、右衛門督定方女」とある。『大和物語』通行第百二十段で知られるように、醍醐天皇崩後に藤原実頼の妻になった。『日本紀略』康保元年（九六四）四月十一日条には「左大臣室家藤原能子卒去」とある。能子が醍醐天皇女御となった延喜十三年、父定方の官位官職は従三位中納言であった。『公卿補任』に「正月廿八日任（超六人）」とある。

藤原和香子は藤原定国女。『一代要記』に「正五位下藤和香子延喜三年十二月補之、承平五年十一月卒、左大将定国女」とあるが、『貞信公記』延長三年（九二五）十二月十日条に「和香子為二女御一宣旨、仰二右大弁（＝藤原邦基）一」とあるので、延長三年十二月に女御になった。『日本紀略』延喜六年七月三日に「大納言兼右近衛大将藤原朝臣定国薨」とあり、藤原定国は延喜六年に薨じた。『公卿補任』延喜六年条には、大納言「従三位 同（＝藤原）定国四十 右大将。春宮大夫。陸奥出羽按察使」が「七月二日薨」じたとある。定国薨去時の位階は従三位。藤原和香子が女御になった時、父定国は、故従三位大納言兼右大将である。

【朱雀天皇の女御】

朱雀天皇の在位期間は、延長八年（九三〇）十一月二十一日から天慶九年（九四六）四月二十日まで。「歴代后妃表」は女御に熙子女王、藤原慶子の二人を掲げる。他はない。

熙子女王は、天皇の同母兄で皇太子のまま薨じた保明親王（文献彦太子）の女。『一代要記』に「女御正四位下熙子女王承平七年二月十九日為女御、天暦四年五月五日叙従三位、文彦太子女、母左大臣時平女」、『日本紀略』承平七年二月十九日条に「以二文献彦太子女熙子女王一為二女御一」とある。保明親王は延喜二十三年（九二三）三月二十一日に薨じた（『日本紀略』同日条）。熙子女王が女御になった時の父は故皇太子。

藤原慶子は実頼の女。『一代要記』に「女御正五位下藤慶子天慶四年七月十六日為女御、天暦五年十月九日薨、太政大臣実頼女」とある。『日本紀略』天慶四年（九四一）七月十六日条に「以二大納言右近大将藤原実頼卿女慶子一、為二女御一」とある。『大日本史料』はこれに先だつ入内の記事として「大鏡異本陰書」（太政大臣実頼）に「李部王記云、天慶四年二月廿二日夕、右大将実頼卿長女初参二内裏一、陪二昭陽舎一、即夜侍寝台云々」とあるとし、『李部王記』の逸文を示す。慶子が女御になった時の父実頼は、従三位大納言兼右大将である（『公卿補任』）。

【村上天皇の女御】

村上天皇の在位期間は、天慶九年（九四六）四月二十八日から康保四年（九六七）五月二十五日までである。「歴代后妃表」が掲げる女御は、藤原述子、徽子女王、荘子女王、藤原芳子。これに中宮になった藤原安子を加えて五人である。更衣五名、尚侍一名も掲げる。妃・夫人・嬪はない。

藤原安子は師輔の女。天皇即位のすぐ後、天慶九年五月二十七日に女御になった。『貞信公記』同日条に「中使頭朝臣（＝平随時）曰、以二右大将女一可レ定二女御一者（略）又有二女御宣旨一、関白覆奏」とある。『類聚符宣抄』第四に「太政官中務大蔵宮内等省 外／従四位下藤原朝臣安子／右女御如レ件。省宜二承知依レ例行一レ之。符到奉行。／右中弁右少史／天慶九年五月廿七日」とある。天慶九年の師輔は、従三位大納言兼右大将按察使である（『公卿補任』）。

藤原述子は実頼女。天慶九年十二月二十五日に女御となる。『貞信公記』同日条に「右大臣女為二女御一、即大臣奏レ之者」とある。『一代要記』に「女御無位藤朝臣述子太政大臣実頼三女、母時平女、天慶八年十一月五日入内、同九年十二月廿七日為女御、天暦元年五［十］月三［五］日卒、贈従三［四］位上」とあって女御になった日付が異なるが、『貞信公記』が正確であろう。天慶九年の実頼は正三位右大臣兼左大将である（『公卿補任』）。

徽子女王は、醍醐天皇皇子重明親王の女。『日本紀略』天暦三年（九四九）四月七日条に「徽子女王為二女御一。前斎王。重明親王。女也。」とある。重明親王の品位について『西宮記』臨時八 臨時宴遊 恩賞事に「天慶六正廿四、内宴、重明親王叙三位」とあり、親王が薨じた天暦八年九月十四日の『扶桑略記』記事に「三品式部卿重明親王薨、年四十九、延喜帝王四子也」とある。徽子が女御になった時、父重明親王は三品親王である。

荘子女王は、代明親王女。代明親王も醍醐天皇皇子。『一代要記』に「女御従四位上荘子女王中務卿代明親王女、母右大臣定方女、天暦四年十月二十日為女御、天皇崩後為尼、寛弘五年七月十六日卒、年七十八」とある。『紹運録』に「天暦四入内為二女御一。…」とある。これらに従い、天暦四年（九五〇）に女御になったとする。『日本紀略』康保四年（九六七）七月十五日条に「先帝女御従四位上庄子女王幷更衣藤原祐姫等為レ尼」とある。『日本紀略』寛弘五年（一〇〇八）七月十六日条に「今日前女御従四位上荘子女王卒。村上。女御。」、『権記』同日条に「過夜入道女御入滅。天暦女御荘子女王、年七十八」とある。代明親王について、『日本紀略』承平七年（九三七）三月二十九日条に「中務卿四品代明親王薨」とある。荘子女王の任女御時、父代明親王は、故四品中務卿親王であった。

藤原芳子は、師尹女。師尹は忠平の男。『日本紀略』天徳二年（九五八）十月二十八日条に「以二藤原芳子一為二女御一。中納言師尹卿女也」とある。天徳二年の師尹は、正三位中納言、兼右大将、春宮大夫であった（『公卿補任』）。

六　女御の父の地位の変遷

前節までの結果をまとめる。嵯峨天皇の女御は二名。任女御時の父の地位は故従四位下鎮守将軍、六位官人。
淳和天皇の女御は一名。任女御時の父の地位は、五位官人。
仁明天皇の女御は五名。任女御時の父の地位は、故正二位左大臣兼左大将・贈正一位、従二位大納言、従四位下兵部大輔、五位官人。存疑ながら参議。

文徳天皇の女御は八名。任女御時の父の地位は、故正二位左大臣兼左大将・贈従一位、従二位右大臣兼右大将、正四位下参議兼右大弁。存疑ながら故従二位右大臣・贈従一位。未詳四である。

清和天皇の女御は十四名。任女御時の父の地位は、故天皇、正二位右大臣兼左大将、従二位右大臣兼左大将、故正三位権中納言、参議以上、従四位上大蔵卿、従四位上弾正大弼、未詳七である。未詳のうち四人が女王なので、親王ないし故親王が四の可能性は高い。

陽成天皇の女御はなし。

光孝天皇の女御は四名。任女御時の父の地位は、故二品親王、従一位関白太政大臣、従三位中納言。未詳一。

宇多天皇の女御は五名。任女御時の父の地位は、従一位関白太政大臣、従三位中納言兼左大弁、故正四位上参議・贈従三位中納言、従四位下播磨権守、未詳一である。

醍醐天皇の女御は四名。任女御時の父の地位は、故天皇、故従一位関白太政大臣・贈正一位、故従三位大納言兼右大将、従三位中納言。

朱雀天皇の女御は二名。任女御時の父の地位は、故皇太子、従三位大納言兼右大将。

村上天皇の女御は五名。任女御時の父の地位は、三品親王、故四品中務卿親王、正三位右大臣兼左大将、従三位大納言兼右大将按察使、正三位中納言兼右大将。

これらをさらにまとめよう。存疑も含めて数える（「参議」は四位の参議も含める。「四位」は参議を除く四位）。嵯峨天皇代の任女御時の父の地位は、四位一、六位一。淳和天皇代は、五位一。仁明天皇代は、大臣一、大納言一、参議一、四位一、五位一。文徳天皇代は、大臣三、参議一。未詳四。清和天皇代は、天皇一、大臣二、中納言一、参議以

上一、四位二。未詳七。陽成天皇代は、なし。光孝天皇代は、親王一、大臣一、中納言一、未詳一。宇多天皇代は、大臣一、中納言一、参議一、四位一。未詳一。醍醐天皇代は、天皇一、大臣一、大納言一、中納言一。朱雀天皇代は、皇太子一、大納言一。村上天皇代は、親王二、大臣一、大納言一、中納言一。

以上のような、嵯峨〜村上朝における任女御時の父の地位の展開は、三期に分けてとらえられる。大臣・公卿を含まない第一期（嵯峨・淳和朝）、天皇・親王・大臣から四五位官人までと幅広い層からなる第二期（仁明〜宇多朝）、四五位官人を含まない第三期（醍醐〜村上朝）である。第一期は、令制の妃・夫人の下位に、女御・更衣が位置づけられていた時期である（嬪は不在。以下も同じ）。第二期には妃・夫人は不在である。また、妻后としての皇后（中宮）が不在の時期でもある。第三期には朱雀天皇代を除いた醍醐、村上朝において、女御から中宮が選ばれている。

七　むすび

女御、更衣が並立する時期に、女御は「中宮に次ぐ天皇の夫人。摂関大臣以下公卿の娘がなる」の説明が成り立つのは、醍醐朝から村上朝である。ただし、宇多女御藤原胤子の父高藤は思いがけず孫が皇太子となった故の例外とすると、光孝朝以降で成り立つ。

これに対し『源氏物語』は、一例を例外としてあたかも臣下ならば大臣の娘でなければ女御になれないかのように語る。弘徽殿大后兄弟の大納言の娘が女御となったその一例に着目すると、史上の醍醐〜村上朝で天皇の外戚、准外戚ならば納言でも娘を女御にできたことと符合する点は、島田氏の指摘の通りである。しかし、宇多朝に遡ると状況は異なる。次代の天皇の外祖父になる藤原高藤を例外としても、中納言菅原道真や故参議贈中納言橘広相の娘が女御となっている。寵臣の娘も女御になった。さらにそれ以前に遡れば、より地位の低い父の娘が女御になっている。桐壺帝醍醐天皇准拠説の枠組みを外して考えると、大納言の娘は女御になれないという明石の尼君の発言は歴史的には誇張と言える。

桐壺巻の「女御、更衣」を簡潔に注するならば、「女御は天皇の夫人。平安時代中期以降皇后（中宮）に次ぐ地位となった。更衣は女御に次ぐ天皇の夫人」ぐらいがよいと思う。〈女御は大臣の娘〉とは、『源氏物語』が仕掛ける虚構である。桐壺帝や桐壺更衣の父大納言、明石の入道の父大臣などの系譜が不明瞭であることが、その虚構性を支えている。また、この虚構は、冷泉朝以降、皇后候補としての女御を出す家柄の範囲が限定されていったことと呼応しつつ、何より、身分差を物語展開の軸とする『源氏物語』の創作原理のもたらす現実からの離陸だと考えられるが、これらについてはまた稿を改めて考えたい。

注

（1）林陸朗「賜姓源氏の成立事情」『上代政治社会の研究』（吉川弘文館、一九六九年）。玉井力「女御・更衣制度の成立」（『名古屋大学文学部研究論集』五六号・史学一九、一九七二年三月）。浅尾広良「女御・更衣と賜姓源氏―桐壺巻の歴史意識―」（『中古文学』第八十一号、二〇〇八年六月）は、更衣所生皇子女が源氏になるか否かの法則について新見を示す。山本一也「更衣所生子としての光源氏―その着袴を端緒として」（『国語国文』第七五巻第一二号、二〇〇六年十二月）は、女御更衣の差を所生皇子皇位継承権の有無とする。山田彩起子「平安時代の後宮制度―后妃・女官の制度と変遷」『王朝文学と官職・位階 平安文学と隣接諸学4』（竹林舎、二〇〇八年）も参照されたい。

（2）藤原克己「桐壺更衣」秋山虔編『源氏物語必携Ⅱ』（學燈社、一九八二年）

（3）「歴代皇妃表」（注（4）後掲書）は、円融天皇の「更衣か」として「中将御息所」を掲げ、父を藤原懐忠とし、『拾遺』八三八、『新拾遺』九二三、『栄花』三を「備考」に示す。『新編日本古典文学全集 栄花物語』の頭注（①一七〇）は「中将の御息所」を懐忠女であろうとした上で「内裏女房となったか」とする。また、「表」は円融天皇の「更衣」に「少将更衣」を掲げ、「備考」に「歌人（『拾遺』）」と示す。『拾遺和歌集』恋五に「円融院の御時、少将更衣のもとにつかはしける」（972）の詞書があるが、『和歌文学大系32』の脚注は「種姓未詳。少将内侍と同人か。「更衣」は帝の寵を得た女房にもいう」とする。また、「表」は後三条天皇の女御に源基子を掲げ、「初め聡子内親王家女房。寵幸ありて更衣となる」とする。『扶桑略記』延久三年三月二十七日条に「御息所従五位下源基子為二女御一」とある。『栄花物語』松のしづえ巻に「女御になりて入らせたまふ。更衣になどいひしをだに世にめでたく…」（新全集③四二九～四三〇）とあり、「御息所」と更衣との関係が判然としないが、この頃にも「更衣」という天皇の妻の地位の存在は認識されていたとみられる。本稿は、女御、更衣並存の時期を嵯峨朝から村上朝までとして論ずる。

（4）古代学協会編『平安時代史事典』（角川書店、一九九四年）資料・索引編。

（5）叙位への注目は注（1）前掲玉井論文に学ぶところ大であった。本稿ではキサキの発掘ではなく、任女御時の推定に用いる。

（6）『新全集』の前身『日本古典文学全集 源氏物語』（小学館、一九七〇～一九七六年）では、「女御」について「皇后に次ぐ天皇の夫人。摂関大臣以下公卿の娘がなる」とあり、「中宮」「皇后」が異なるが、ほぼ同じ説明である。「更衣」については同文。『新日本古典文学大系 源氏物語』（岩波書店、一九九三～一九九七年）は、「女御は平安初期までの夫人（ぶにん）に取ってかわり桓武朝より見え、その中から皇后が選ばれる。「にょご」と訓むか。更衣は女御に次ぎ、大納言以下の貴族の娘がなる」と注する。『新潮日本古典集成 源氏物語』（新潮社、一九七六～一九八五）は「「女御」は、天皇の妃《きさき》で、皇族、大臣以下の家の姫がなり、この中から皇后が選ばれる。「更衣」は、女御の次で、大納言以下の家柄から出る」とする。

（7）清水好子「源氏物語の時代と貴族社会」『源氏物語手鏡』（新潮社、一九七五年）一五頁。

（8）島田とよ子「桐壺更衣―女御昇格を中心に―」（『園田国文』第二二号、二〇〇一年三月。八頁）。湯浅幸代「皇后・中宮・女御・更衣―物語文学を中心に―」『王朝文学と官職・位階 平安文学と隣接諸学4』（竹林舎、二〇〇八年）も参照されたい。

（9）高橋麻織「桐壺帝による「桐壺女御」の実現―宇多朝から一条朝の史実を媒介として」（『明治大学大学院文学研究論集』第二三号、二〇〇五年九月）

（10）増田繁夫「女御・更衣・御息所の呼称」『源氏物語と貴族社会』（吉川弘文館、二〇〇二年）一二四～一二五頁。呼称としての「女御」については、高田信敬「后妃の呼び名―物語の歴史性―」『源氏物語考証稿』（武蔵野書院、二〇一〇年。初出二〇〇一年）も参照されたい。

（11）増田氏注（10）前掲論文。

（12）『故事類苑』帝王部二十一「女御」補任（一二三九頁）による。

（13）角田文衞「陽成天皇の退位」『王朝の映像』（東京堂、一九七〇年）一九五頁。

（14）『日本紀略』寛平八年七月二日条に「辛巳。東宮御息所俄卒」とある。

＊『源氏物語』の引用は『新編日本古典文学全集』（小学館）、六国史・『公卿補任』・『帝王編年記』・『尊卑分脈』・『類聚符宣抄』の引用は『新訂増補国史大系』（吉川弘文館）、『一代要記』は小町谷照彦・倉田実編著『王朝文学文化歴史大事典』（笠間書院、二〇一一年）、『本朝皇胤紹運録』は『群書類従 第五輯』による。

「輝く日の宮」巻の存否
――欠巻Xの発表時期――

斎藤正昭

一　はじめに

『源氏物語』は現存の五十四帖以外に存在するか――この問題について、五十四帖に先立つ巻として、藤原定家『奥入』には「この巻もとよりなし」の限定付きで巻名のみながら、「輝く日の宮」巻が挙げられている。注(1)定家自らは、その存在の可能性を否定しているが、欠巻の存在を推測せざるをえない理由もまた明らかである。それは、ひとえに、この巻を想定することによって、藤壺・六条御息所・朝顔の姫君等に代表される唐突、かつ不充分とも言える描かれ方に対する疑問を一掃しうるからである。ウル源氏物語・欠巻Xといった想定も、そうした流れの中で唱えられていると言えよう。注(2)

しかし、物語始発の段階において疑義ある箇所全てを欠巻に求めることは、ブラックボックスに封じ込めるようなものだという批判は免れえまい。この『源氏物語』に先立つ欠巻の実態については、かつて筆者も論じたところである（拙著『源氏物語　成立研究』（笠間書院、平成13年）第一章「巻々の成立を探るための考察」参照）。そこでは、既存の巻々の範囲内で解決すべき問題と、欠巻を想定せざるをえない問題とに分かれることを指摘した上で、できうる限り、その実態に迫った。本稿では、その後の考察（拙著『源氏物語の誕生――披露の場と季節』『源氏物語のモデルたち』笠間書院、平成25年・同26年）も踏まえ、さらなる欠巻に関する詳細と、その発表時期について明らかにしたい。それによって、「輝く日の宮」巻の存否に対する最終的な結論が下せるものと信ずるからである。

さらに、その結論の先には、彰子中宮のもとに出仕する以前の紫式部の人間関係が見え隠れする。そこでは、紫式部の本格的な伝記研究の嚆矢と言うべき安藤為章『紫家七論』「紫女系図」にも強調されている、具平親王（村上天皇第七皇子。九六四～一〇〇九）の存在が改めて問われることとなろう。欠巻の存在が史実への回路となり得ることを、本稿で問う所以である。

二　「輝く日の宮」巻・欠巻Xの実態

『源氏物語』五十四帖に先立つ欠巻の想定が必要とされている、その主要な根拠を列挙するならば、次の通りとなろう。

① 描かれていない藤壺との最初の逢瀬の事実

「宮（＝藤壺）も、あさましかりし（＝驚き呆れた藤壺との逢瀬）を思し出づるだに、世と共の御物思ひなるを、『さてだに止みなむ』と深う思したるに、いと心憂くて、……」（「若紫」巻）

② 初出となる六条御息所の唐突な紹介

「六条わたりの御忍び歩きの頃」（「夕顔」巻頭）

③　初出となる朝顔の姫君の唐突な点描
「式部卿の宮の姫君に朝顔、奉り給ひし歌などを、少し、ほほゆがめて（＝事実を違えて）語るも聞こゆ」（「帚木」巻）

④　初出となる筑紫の五節の唐突な点描
「『かやうの際《きは》（＝身分）に、筑紫の五節が、らうたげなりしはや（＝可愛かったことだな）』と、まづ思し出づ」（「花散里」巻）

⑤　初出となる花散里の簡略な紹介
「御妹の三の君（＝花散里）、内裏わたりにて、はかなう、ほのめき給ひし名残、例の御心なれば、さすがに忘れも果て給はず、……」（「花散里」巻）

これら五人の女君のうち、藤壺を除く四人は、いずれも光源氏との最初の出会いについて語られていない。また、藤壺についても、その最初の逢瀬は、過去の出来事として告げられている。注(3)

①については、「若紫」巻自体の創作方法として、とらえるべき問題である。そもそも「若紫」巻中、藤壺との逢瀬の場面は、点描されているに過ぎないにもかかわらず、巻全体を突き動かす原動力となっている。注(4)そうした中でも、そこで告げられている過去において藤壺と逢瀬があった衝撃的事実は、「瘧病に患ひ給ひて」という唐突な冒頭に象徴されるように、この巻における展開の前提として重要な役割を果たす。注(5)「瘧病」の原因には、過去の藤壺との逢瀬が深く関わっている。北山の聖は、光源氏の症状に「物の怪」が憑り付いている、すなわち多分に精神的ストレスの要因があることを看破している。注(6)また、北山でのわずかな滞在のうちに「瘧病」は完治する。「瘧病」自体について

も、蚊を媒介とするマラリアとするには、三月下旬という季節からして、不自然となる。注(7) これらは、その証左である。この藤壺との密会の事実を踏まえて、改めて「若紫」巻を読み返したとき、唐突に思われた「瘧病に患ひ給ひて」の意味が初めて明らかとなるのである。注(8)

これは「若紫」巻と同様、「夕顔」巻や「葵」巻にも窺われる、描かないことで描く〝省略的技法〟とも言うべき紫式部が得意とする手法に基づく。「夕顔」巻頭「六条わたりの御忍び歩きの頃」は、次に述べるように「帚木」巻にちりばめられている伏線の答えとして、「葵」巻頭「世の中、変はりて後」は、以降、連鎖反応的に展開する重要事（車争い→六条御息所の生霊→葵の上の逝去→若紫の新枕）の緊密な構成を可能とするものとして、極めて効果的である。唐突に告げられた桐壺帝譲位の衝撃は、そのまま巻の緊迫感となって、読者を巻独自に展開される大きな流れの中に引き込んでいく。注(9)「匂宮」巻頭「光、隠れ給ひにし後……」も、そうした手法の一端を示している。また、光源氏の死を暗示する巻名のみの「雲隠」巻は、その究極的手法と言えよう。「若紫」巻の場合も、その場面の省略自体が「若紫」巻の展開方法の一端であり、「若紫」巻の完成度の高さに結び付いている。

②の唐突な「夕顔」巻頭についても、①と同様に、巻の創作方法としてとらえるべきである。「六条わたりの御忍び歩きの頃」という一見、唐突な六条御息所の紹介は、「帚木」巻頭より、度々ほのめかされていた高貴な愛人の存在注(10)に対する最も効果的な解答にほかならない。ちなみに、それを端的に物語っているのが、③の箇所である。〝雨夜の品定め〟の後、光源氏は方違え先の紀伊守邸で、偶然、空蟬を取り巻く女房たちが自分の噂話をしているのを立ち聞きする。秘密の通い所が知られていたかと一瞬ドキリとした光源氏ではあったが、その噂話が的外れであったためにホッと胸をなでおろし、その場を引き上げる。その際、女房たちの話題にのぼったのが、朝顔の姫君との交際であった。ここにおいて、光源氏が朝顔と間違えて秘密の交際を暴かれたかと心配した女性こそ、六条御息所である。注(11) この

時期、光源氏は六条御息所とのお忍びの交際に神経を尖らせていた。朝顔は当初より、光源氏の高貴な愛人候補として六条御息所と対照的に設定されているのであり、以下、朝顔の記述は、しばらく六条御息所とタイアップした形で登場するのも、これゆえである。注(12)この立ち聞きの際に示した光源氏の反応によって、高貴な愛人の存在は決定的となる。ほのめかされていた高貴な愛人の存在が、ここに至り、より明確な形で示されるのである。

それでは、その③の朝顔の姫君についてはどうか。①と②では、その逢瀬や出会いの場面を描かないことに意味があった。しかし、この場合、そうした作者の意図は一切、汲み取ることができず、あくまで朝顔の姫君との交渉の事実を前提とした語り方となっている。「朝顔」は朝の寝覚めの顔に通ずる。それを贈ったということは、光源氏が彼女の寝覚めの顔を見たといった深い関係を想像させる。事実、後に光源氏は朝顔の姫君に、そうした関係を匂わす歌も贈っている。注(13)また、この「帚木」巻以後、彼女は「式部卿の宮の姫君」という本来の呼称の他に斎院になる以前は、「朝顔の姫君」「朝顔の宮」「朝顔」と呼ばれ、この歌を贈ったときのことが二人にとって、いかに重要な出来事であったかが窺われる。それにもかかわらず、二人の出会いの核心的部分については、不問に伏されたまま語られることはない。

こうした不可解さは、④の筑紫の五節の場合においても同様である。桐壺院亡き後、光源氏を取り巻く政治的状況は日に日に悪化し、煩悶尽きぬ頃、桐壺院ゆかりの麗景殿女御とその妹君の花散里を訪れる途中、一度通った覚えのある女の邸宅の前に至り、消息を伝えるが、女は誰と分からぬ体を装う。そのような時、思い起こされたのが筑紫の五節であった。この後、彼女について語られるのは次巻「須磨」で、父の大宰大弐一向に付き従って筑紫より帰京の途中、須磨に蟄居していた光源氏に歌を贈り、未だ覚めやらぬその思いを告げる。「花散里」巻の筑紫の五節に対する光源氏の述懐は、この「須磨」巻の場面の伏線的な意味をもつとも言えよう。しかし、朝顔の姫君同様、最後まで

“五節”の由来を解く、光源氏との具体的な交渉の詳細は語られずに終わっている。

最後の⑤の花散里の場合も、③と④程の唐突さはないものの、同じ範疇に組み込まれるべき事例である。第四節で後述する通り、筑紫の五節と同様、彼女が具平親王家絡みの発想から生まれた、若き日の光源氏ゆかりの女君であることは、それを示唆している。

以上のように①～⑤のうち、①と②は欠巻を想定すべきでないこと、そして残りの③～⑤は欠巻を想定すべき対象となることを確認した。この二つの区分は「輝く日の宮」巻を始めとして、従来、混同される傾向が強かったが、本来、峻別されるべきものである。それでは、③～⑤の語られぬエピソードから、いかなる物語を想定すべきであろうか。

三　欠巻Xの内容（一）――朝顔の姫君の場合――

欠巻Xの内容を知る手掛かり――それは、次の「朝顔」巻頭に残されている。

斎院は、御服にて、おりゐ給ひにきかし。……九月になりて、（光源氏は朝顔が）桃園の宮に渡り給ひぬるを聞きて、女五の宮の、そこに、おはすれば、そなたの御とぶらひに事づけて、まうで給ふ。……（「朝顔」巻頭）

父式部卿宮の服喪により斎院を退下した朝顔は、桃園邸に移り住んだ。それを聞いて光源氏は、彼女のおばである女五の宮に会うことを口実に、その邸を訪れたとある。この条によって、初めて朝顔の里邸は「桃園の宮」にあったことが明らかにされる。「桃園の宮」とは一条通りの北、大宮通りの西あたりにあった邸で、代々の親王や斎院の居所となったことが知られている。この桃園邸ゆかりの人物を、紫式部の前半生を支配した勧修寺《かじゅうじ》注(14)流の係累から探ってみると、二人の名前が浮かび上がる。一人は「桃園中納言」と号した源保光（九二四～九九五）。彼は代明親王二男、母は三条右大臣藤原定方女で、中納言従二位、七十二歳という高齢で亡くなっている。もう一人は保光の姉妹で、花山天皇の祖母、恵子女王（九二五？～九九二）である。彼女は、応和三年（九六三）に催された宰相中将伊尹君達春秋歌合において、「桃園の宮の御方」と呼ばれている。この保光・恵子女王という二人の御子に桃園の名が冠せられていることからも、代明親王（醍醐天皇第三皇子。九〇四～九三七）は「桃園の宮」邸の主と見なされている。[注(15)]すなわち、保光は代明親王から桃園邸を伝領したため「桃園中納言」と、恵子女王は代明親王の御子ゆえに「桃園の宮の御方」と、それぞれ称せられたと思われる。

定方女を正室にもつ代明親王は、勧修寺流繁栄の一翼を担う重要な人物である。その御子たちには、保光・恵子女王・荘子女王（具平親王母。九三〇～一〇〇八）三兄妹以外にも、同母兄弟に源重光・延光がおり、それぞれ正三位・従三位となっている。この二人は保光を含め、後に〝延喜時之三光〟と称された具平親王の伯父たち（『二中歴』）である。荘子女王とは幼少時、母定方女亡き後、父代明親王とともに、故定方邸に移り住み、代明親王が去った後も、そのままそこで養育された（『大和物語』）という経緯もある。彼らは、親王の誕生時より、その成長を見守り続けたことであろう。特に保光は、この三兄弟の中でも具平親王との関係が深かったようだ。荘子女王は六歳年上の兄保光の邸宅で具平親王を出産している（『日本紀略』）。保光が王孫としては珍しい文章生出身であったことも、為時が同じ文章生出身ゆえに、為時一家にとって、より親近感の抱ける心強い縁戚であったと思われる。

一方、恵子女王は、為時一家にとって保光以上に重要な存在であった。花山天皇東宮時代の読書始の儀における副侍読、即位後の式部丞・蔵人という栄進に象徴されるように、為時が花山天皇の側近として抜擢されている。これは、花山天皇に対して母代わり的存在であった彼女の影響力の強さ[注(16)]なくしては語れない。紫式部の祖母である定方女は、定方邸で育てられていた恵子女王の養育に携わったのであろう、姪の恵子女王の成人後、彼女に付き添い、伊尹家の女房として出仕したと伝えられている。陽明文庫蔵『後拾遺和歌抄』第三「夏」二三七番歌の作者「藤原為頼朝臣」に施された脚注には、「母一条摂政家女房」とある。

代明親王の兄弟からは、賀茂斎院との繋がりも見いだされる。代明親王の同母姉、恭子内親王は、延喜三年（九〇三）より十二年間、賀茂斎院を務めた。また同母妹、婉子内親王は、承平元年（九三一）より三十五年間の長きにわたり賀茂斎院を務め、「大斎院」とも称されている（『左経記』等）。紀貫之かと思われる『拾遺和歌集』所収の歌の詞書には、「桃園に住み侍りける前斎院」とあり、婉子内親王がその斎院候補の一人に挙げられている。また、朝顔のように父宮の服喪により里邸に退下した斎院の例として、恭子内親王の名が見える（『賀茂斎院記』）。

以上のように、代明親王の系譜からは、朝顔＝恵子女王、式部卿宮＝代明親王、女五の宮＝婉子内親王・恭子内親王という構図が浮かび上がる。[注17] 代明親王は具平親王の母方の祖父であり、恵子女王との関係からしても、いかに為時一家にとって重きをおかれる存在であったかは既に述べた通りである。紫式部が「朝顔」巻頭を書き起こす際、准拠とした朝顔の原型が、そこに見いだされる。これまで式部卿宮を父にもつ以外、ほとんど語られることのなかった朝顔の背景の一端が、代明親王の系譜を介して明らかとなるのである。

それでは、「式部卿の宮の姫君」としか語られていない初出の「帚木」巻の段階において、朝顔は光源氏とどのような人間関係が想定されていたのであろうか。そもそも帚木三帖は、寡居期（夫宣孝没後、彰子中宮出仕以前）、具平親王家周辺の人達という第一読者を前提に、具平親王を光源氏のモデルとして、紫式部自らも含めたその周辺の世界を発想の基盤として成立した物語である（拙著『源氏物語のモデルたち』Ⅰ「帚木三帖（「帚木」「空蝉」「夕顔」）―作者直結の世界」参照）。具平親王と〝延喜時之三光〟源重光・保光・延光三兄弟の関係は、「光源氏」と「惟光」の命名にも一役買っている。こうした帚木三帖の性格を勘案するならば、朝顔の姫君の背景に、具平親王の母方の実家筋である代明親王家のイメージがあったのも納得しうる。式部卿宮は当初、光源氏の母方の親戚筋（母方の祖父、または伯父?）として設定されていた可能性が高い。したがって「帚木」巻における光源氏と朝顔の姫君との関係は、甥と若い叔母、もしくは従兄弟同士といった近い間柄が想定される。こうした近しい間柄だったからこそ、朝の寝覚めの顔を想起させる朝顔の歌を光源氏が贈るといった状況（それは具平親王が桃園邸[注(18)]に宿泊したといった状況を想定か）が可能となろう。

　このような基本的人間関係のもと、どのような物語の内容が書かれていたのか。それを窺わせるのが、『紫式部集』四・五番に残されている、紫式部若き日の謎めいた異性との交流である。

　方違へに渡りたる人の、なまおぼおぼしき事ありて、帰りにける早朝《つとめて》、朝顔の花をやるとて
おぼつかな　それかあらぬか　明け暗《ぐ》れの　空おぼれする　朝顔の花
　返し、手を見分かぬにやありけむ
いづれぞと　色分く程に　朝顔の　有るか無きかに　なるぞ侘《わび》しき（『紫式部集』）

ある男が方違えのため紫式部の里邸に宿泊した折、何か訳のわからない事があって、その男が帰る翌日の早朝、紫式部は朝顔の花に添えて、その男のもとに「気懸かりに存じます。こちらの方か、あちらの方かと空とぼけする、夜明け時のあなた様の朝のお顔を思い出すにつけても」という歌を贈った。それに対して男は、筆跡がわからなかったためか、「（あなたが）どちらの方かと考えておりますうちに、ちょうど朝顔がしぼんで（どこに咲いているのかわからなくなってしまいますように）、わからなくなってしまったのは、何とも切ないことです」と返歌したとある。

　傍線部「生朧朧《なまおぼおぼ》しき事（＝真相がつかめない、ぼんやりした事）」とは、紫式部の歌に詠まれている「それか、あらぬか」の事であり、それが具体的には〈私なのか、そうでないのか〉ということであるのは、相手の男からの「いづ

れぞと色分く程に……」という返歌と、それに対する「手（＝筆跡）を見分かぬにやありけむ」という紫式部の判断から窺われる。方違えのため紫式部のいる邸宅に泊まった男と彼女との間に何があったかは、推測するしかない。しかし、夜明け方、自分なのかそうでないか、はっきりしない「空おぼれする（＝とぼけて知らぬ顔をする）」態度のまま帰っていった男に対して、その真意を確かめるために、時を移すことなく歌を贈ったこと、そして男の寝覚め顔「朝顔」を見たという歌の内容からすると、男女関係の有無を詮索したくなるのは当然であろう。紫式部が、ある女性と同じ部屋にいたところに、たまたま方違えで宿泊した男が、何か求愛めいた行動をしたのであろう。しかしそれが、もともと紫式部本人と知ってのことであったのか、同室の女性のつもりが誤って紫式部となってしまったか、ついに分からずじまいのまま、男は早朝、邸宅を去っていった。そこで男にその真意を問うべく紫式部が歌を贈った――これが事の真相であったと思われる。

この方違えで宿泊した男とは誰か。儒教的倫理観が強かった紫式部が、自撰集と思われる『紫式部集』の冒頭近くに、あえて青春時代、唯一、異性との交流を記した贈答歌を添えた意味を忖度するならば、自ずとその答えは導き出される。すなわち、後の夫藤原宣孝（?～一〇〇一）以外に考えられまい。宣孝は、藤原為輔（三条右大臣定方の孫）の三男で、紫式部とは再従兄妹に当たる。勧修寺流を継いだ人物で、為時とは花山天皇の代に蔵人として同僚であったこともあり、方違え先として、紫式部の里邸である堤中納言邸に宿泊したと思われる。この贈答歌は、宣孝との記念すべき馴れ初めの歌ということになる。そして、紫式部が自分か否か確かめたかった、もう一人の女性は、この時点で健在であった紫式部の姉であろう。

この青春時代、唯一残されている異性との交渉の贈答歌、朝顔の花にまつわる奇妙な体験こそ、欠巻X着想の原点であろう。この一件を、先に述べた具平親王の母方の代明親王家における人間関係に置き換えて、光源氏（具平親王）を主人公とする朝顔の姫君（恵子女王）の物語に仕上げたと想定される。その内容は、男の求愛行動に対して果敢に挑んだ紫式部の乙女らしい潔癖感からすると、さほどの深刻さはなく、基本的に身内感覚の、ほのぼのとしたものであったろう。光源氏が朝顔のいる邸宅に、たまたま方違えし、そこで生じた二人の遣り取りでの誤解等が語られるといった、帚木三帖にも通ずる光源氏の滑稽な失敗談ではなかったかと思われる。それでは、④と⑤の筑紫の五節・花散里の場合はどうか。

四　欠巻Xの内容（二）――筑紫の五節・花散里の場合――

筑紫の五節・花散里が初登場する「花散里」巻は、須磨流謫直前の煩悶尽きぬ頃、故桐壺院ゆかりの麗景殿女御の妹三の君（花散里）への訪問を描いた小巻である。この巻は緊迫した前後巻「賢木」「須磨」の内容とは異なり、嵐の前の静けさとも言うべき光源氏の日常のひとこまを映し出しているが、その視線は過去に向けられている。その中でも特に着目されるのは、物語が展開される「五月雨の空、珍しう晴れたる雲間」という時期と、「中川の程、おはし過ぐるに」という場所の設定である。これは、若き日の空蟬との交渉を語った「帚木」巻を連想させるものとなっている。すなわち、「帚木」巻は「長雨、晴れ間なき頃」で始まり、空蟬との出会いは翌日の「からうじて今日は日の気色も直れり」とある五月雨の晴れ間の日であった。また、空蟬と出会う紀伊守邸も「中川のわたり」であり、ともに「花散里」巻と重ね合わされることから、「花散里」巻は具平親王家ゆかりの物語として発想された可能性が高い。

このような性格をもつ「花散里」巻において、光源氏の記憶の中から思い起こされたのが筑紫の五節である。光源氏は花散里を訪れる途中、一度通った覚えのある中流階級の女の邸宅前に至り、消息を伝えるが、女は誰と分からぬ体を装う。そのようなつれない女の態度を見るにつけ、光源氏の脳裏に浮かんだのが、可愛らしい筑紫の五節のことであった。五節とは「五節（大嘗会・新嘗会で催される女楽）」の舞姫の意で、かつて五節の舞姫として宮中で舞ったことから、その名がつけられたのであろう。次巻「須磨」において、筑紫の五節一家は九州から上京の途上、須磨の浦で光源氏に消息する。その場面からは、彼女が大宰大弐となった父親に付き従って筑紫に下向していたこと、彼女の一家が光源氏の特別な恩顧を賜っていたことが知られる。筑紫の五節にとって光源氏は、主君筋に当たる憧れの君であり、その交流も二人だけの秘め事であったらしい。

この筑紫の五節の着想的モデルとして挙げられるのが、紫式部が姉君と慕った女友達、筑紫へ行く人（?〜九七二頃）の女である。『紫式部集』十五番の詞書には、次のように記されている。

　姉なりし人、亡くなり、また、人の妹、失ひたるが、かたみに（＝互いに）行き会ひて、「亡きが代はりに思ひ交はさむ」と言ひけり。文の上に、姉君と書き、中の君と書き通はしけるが、おのがじし（＝それぞれ）遠き所へ行き別るるに、よそながら別れ惜しみて

筑紫に旅立っていった人は、紫式部が実姉亡き後、姉と慕った女性で、その女性も妹を亡くし、紫式部を妹のように思い、互いに手紙の中にも「姉君」「中の君」と呼び合う間柄であった。右の詞書に続く十九番までの二人の贈答歌は、「姉君」が西国下向、紫式部も越前下向が決まって、それぞれ都を離れることとなった時や旅の途中、そして到着後において交わした歌である。そこには、この友の下向先である「筑紫」の「肥前と言ふ所」からの歌も含まれている。注(19)

筑紫という地名、九州から上京の途上での再会―筑紫の五節の発想は、この筑紫ゆかりの女性なくしてはあり得ない。先に述べた「須磨」巻の描かれ方を踏まえるならば、五節の舞姫となったことによる宮中での出会いに始まり、

父の筑紫下向に伴う別れに終わる、こういった内容が書かれていたことが推測される。

一方、花散里については、「花散里」巻冒頭で、次のように紹介されている。

麗景殿と聞こえしは、宮たちもおはせず、院、隠れさせ給ひて後、いよいよ、あはれなる御有様を、ただ、この大将殿の御心に、もて隠されて、過ぐし給ふなるべし。御妹の三の君（＝花散里）、内裏わたりにて、はかなう、ほのめき給ひし名残、例の御心なれば、さすがに忘れも果て給はず、わざとも、もてなし給はぬに、人の御心をのみ尽くし果て給ふべかめるをも、この頃、残る事なく思し乱るる世のあはれのくさはひには、思ひ出で給ふに、忍び難くて、五月雨の空、珍しう、晴れたる雲間に、わたり給ふ。

麗景殿女御には皇子・皇女もおらず、桐壺院崩御後は、いよいよお気の毒な生活ぶりであったが、もっぱら光源氏の庇護のもとでお暮らしになっていた。妹の三の君とも、光源氏は例のご性分から、すっかり関係を断つでもなく、かといって正式に妻の一人として扱うこともないので、女君の方では、物思いの限りを尽くす日々を送っていたようだとある。

麗景殿女御は、荘子女王の呼称でもある（『栄花物語』）。教養深い女性であったが、帝の寵愛は薄い女御であった（「先帝（＝村上天皇）の鍾愛にあらざるなり」（『本朝世紀』））。これに対し、物語の麗景殿女御も、次のように評されている。

すぐれて華やかなる御おぼえこそ、なかりしかど、睦ましう、なつかしき方に、思したりしものを。

（「花散里」巻）

〈（故桐壺院の）際だって華やかな御寵愛こそなかったけれど、（故院は）打ち解けて、慕わしい方に、お思いになっていたことよ。〉

村上天皇の後宮は、十人近くの女御たちがひしめいていたが、中には、激しい気性・強い個性の持ち主である安子中宮や徽子女王もいた。そうした村上朝後宮において、寵愛の薄さにもかかわらず、特に自己主張するでもない麗景殿女御の存在は、まさに村上天皇にとって傍線部「睦《むつ》ましう、なつかしき方」であったと思われる。荘子女王が麗景殿女御のモデルと見なされる所以である。その妹君として花散里も、姉の気質そのままに、光源氏の格別な愛顧はないが、心休まる存在であった。

麗景殿女御のいる後宮に出入りしていたことから生まれた三の君（花散里）との出会いと、ほのかな交渉。五節の舞姫として宮中で舞ったことに深く関わる筑紫の五節の一方的な少女の恋、そして筑紫下向に伴う別れ――ともに宮中を舞台としていることから、この二人のエピソードは、一つの物語であった可能性が高い。花散里初登場の「花散里」巻に筑紫の五節が連想されているのも、ゆえありとすべきである。

以上、欠巻Xを想定すべき③～⑤の若き光源氏ゆかりの物語の内容について考察した。これらは、少なくとも朝顔の姫君のエピソードと筑紫の五節・花散里のエピソードの二つの内容に分かれていたことが予想される。それでは、こうした物語の発表時期はいつか。

五　欠巻Xの発表時期

朝顔の姫君が初登場する欠巻X発表時期のひとつの目安は、そのモデルと目される恵子女王の没した正暦三年（九九二）九月二十七日である。この物語の内容から察して、その発表は恵子女王生前とするのが自然だからである。紫式部が父為時の越後守着任に伴い、越前下向したのは、長徳二年（九九六）であるから、少なくとも、その四年以上前となる（ちなみに宣孝との結婚は九九八年）。宣孝は正暦元年（九九〇）八月に、筑前守に着任。第三節で述べた通り、謎めいた朝顔の贈答歌の相手は、宣孝と考えられるから、筑前守着任前とするならば、九九〇年（紫式部推定十六歳）以前となる。もっとも、帚木三帖における伊予介のように一時帰京し、その際、紫式部の里邸に宿泊したとするならば、下限は、そのまま恵子女王没年の九九二年となる。したがって、遅くとも紫式部十八歳、九九二年頃までの発表と推定される。

それでは、筑紫の五節・花散里の物語はいつか。為時が越前守に決定したのは、九九六年正月。紫式部が父に伴って下向したのが、その年の夏である。そして、筑紫へ行く人の女も同時期、九州に下向している。したがって、この物語の上限は九九六年となる。しかし、越前下向が決定し、その準備等、心落ち着かぬ日々の中、物語を執筆する余裕があったとは思われない。また、紫式部にとって、越前国での地方暮らしは耐え難いものだったようだ。当地で詠んだ歌には、そうした彼女の心情の一端が窺われる。注(20) 長年、慣れ親しんだ生活形態が一変して、文化的刺激・情報がほとんど遮断され、外出もままならぬ環境に置かれたのであるから、その苦痛たるや推して知るべしである。そうした状況下、執筆する気力が残されていたかは疑問であろう。結局、紫式部は二度目の冬を越すことなく、下向した翌年（九九七）の晩秋、父為時の任期が終わるのを待たずして帰京することになる。

宣孝との結婚は、この帰京から一年後の九九八年冬である。この間、宣孝との和歌の贈答以外、紫式部の動向は定かでないが、下向以前同様、頻繁ではないながら、具平親王家への出入りが復活したと思われる。そうした中で発表されたのが、この物語ではなかったか。越前下向の決断には、年齢的に避けられない結婚という人生の選択からの当面の回避という思惑もあった。越前下向は結局、その結婚問題を先送りにしたに過ぎない。注(21) そうした帰京後の重苦しい現実を感じつつ、最愛の友である筑紫へ行く人の女の帰京を待ちわびながら、筑紫の五節の、そして間遠な光源氏の訪れをじっと堪えて待つ花散里の物語を執筆した可能性が高い。「花散里」巻から窺われる懐古的な物悲しい雰囲気は、そのまま当時の紫式部の心境の一端を投影していると言えよう。

このように筑紫の五節・花散里の物語執筆は、越前下向前後の諸事情を鑑みるならば、帰京後、結婚前の空白の一年間がふさわしい（ちなみに、宣孝の突然の死去をもって終わりを告げる約二年半の結婚期は、夫との新生活・女性問題・妊娠・出産・育児・夜離れがちな夫婦関係等々があり、過去を振り返る余裕はなかったはずである）。注(22) その執筆・発表時期を、さらに限定するならば、宣孝との結婚が間近となる九九八年後半は、物語を執筆する心理的余裕があったとは思われないから、除外すべきであろう。そこで着目されるのが、物語が一年の中で最も注目された五月初旬である。梅雨時は長い屋内での生活を強いられ、六月は暑い盛りとなるから、寒からず暑からずの五月は、物語に専念する格好な時節であった。注(23) 一年半の地方暮らしから、再び都での生活感覚を取り戻した頃、この五月発表を目標として執筆し始め、予定通りの九九八年五月に、具平親王家サロン（もしくはその周辺）で発表したと推察される。「花散里」巻が「帚木」巻同様、五月雨の頃の時期に設定されている意味は重い。この物語もまた、五月の設定であった可能性が高い。朝顔の姫君の物語にしても、同じく五月発表が予想される。

以上のように、朝顔の姫君と筑紫の五節・花散里の物語は、それぞれ異なる時期に発表されたと思われる。その執筆・発表状況は、左記の通りとなる。

寛和二年（九八六）　花山天皇、退位・出家（六月）。
正暦元年（九九〇）　宣孝、御嶽詣で（三月）、筑前守（八月）。紫式部、推定十六歳。
　三年（九九二）　**朝顔の姫君の物語発表（五月?）の下限。**恵子女王、没（九月二十八日）。
長徳二年（九九六）　為時、越前守（正月）。紫式部、共に下向（夏）。筑紫へ行く人の女も同時期、肥前国へ下向。

三年（九九七）　紫式部、単身帰京（晩秋）。

四年（九九八）　**筑紫の五節・花散里の物語発表**（五月）。宣孝と結婚（冬）。

長保三年（一〇〇一）宣孝、没（四月）。

寛弘元年（一〇〇四）帚木三帖（「帚木」五月・「空蝉」六月？・「夕顔」八月？）発表。注(24)

六　おわりに

以上、仮に「輝く日の宮」巻が存在したとして推定される内容から、欠巻想定すべき対象か否かの区分を踏まえた上で、欠巻Xの実態は、朝顔の姫君の物語と筑紫の五節・三の君（花散里）の物語であることを明らかにした。この失われた二つの巻は、多感な青春期の紫式部十八歳以前頃の五月、そして越前国から帰京した翌年五月（紫式部推定二十四歳時）に、それぞれ発表されたと推定される。その発表状況から、朝顔の姫君の物語においては、宣孝との馴れ初めとなった謎めいた朝顔の贈答歌が、筑紫の五節・三の君（花散里）の物語においては、姉亡き後、「姉君」と慕った筑紫へ行く人の女との下向に伴う別れが、強い執筆動機となったことが窺われる。

藤壺との最初の逢瀬等を語る「輝く日の宮」巻は、「この巻もとよりなし」の定家の明言どおり、実在しないことが、改めて、ここに確認されるのである。

このように、『源氏物語』五十四帖に先立つ欠巻Xの実態は、帚木三帖と同じく具平親王を光源氏のモデルとする、最低でも二つの短編物語であったと思われる。そこには、宣孝との出会いに始まり、越前下向でもって終わりを告げる紫式部の青春時代が刻印されていた。この物語を踏まえて、夫宣孝亡き後の寡居時代、新たな角度から書き下ろしたのが、帚木三帖にほかならない。

しかし『源氏物語』の原点となった、この帚木三帖以前の物語も、紫式部が彰子中宮のもとに出仕したことにより、散逸物語としての宿命を負わされることとなる。寛弘五年（一〇〇八）十一月、一条天皇への献上本として作製された御冊子[注(25)]から、この物語が除かれた時点で、実質的に後世に伝わる可能性は閉ざされたと見てよかろう。その行為は、御冊子作りの陣頭指揮に当たった、ほかならぬ紫式部自身の意思でなされたはずである。その理由として、巻々の統一性を阻害するため、習作的レベルのものと見なしていたため等が考えられるが、そのひとつとして、看過できないのが、彰子中宮サロンという発表の場に対する配慮である。この物語は、朝顔の姫君・麗景殿女御のモデルが、それぞれ恵子女王・荘子女王姉妹となっていることに象徴されるように、具平親王の母方の実家を前面に打ち出していた。それは同じく具平親王を中心とするものの、その母方の実家の背景がほとんど描かれていない帚木三帖とは、ある意味、対照的である[注(26)]。紫式部には、その余りに強い具平親王サロン色を打ち消す意図があったと推察される。かくして、記念すべき『源氏物語』誕生を告げる、この物語は、その名残を現存する巻々に止どめるに至る。この描かれ方が功を奏し、帚木三帖は彰子中宮サロンの『源氏物語』として、その中に組み込まれることを一層、容易とした。帚木三帖は具平親王サロンで発表されたにもかかわらず、御冊子作りの時点で、紫式部の手により、「桐壺」巻[注(27)]と「若紫」巻の間に挿入されたと推定される。

「桐壺」→帚木三帖→「若紫」の現行巻序が成立した瞬間である。

注

（1）『奥入』における「空蟬の巻」の注に、次のように記されている。

空蟬、二の並びとあれど帚木の次なり。並びとは見えず。一説には巻第二、輝く日の宮、この巻もとよりなし。

並びの一、帚木・空蟬は、この巻に代はる。

（2）玉上琢彌「源語成立攷」（『国語国文』昭15年4月、『源氏物語評釈』別巻一・角川書店・昭和41年、所収）、武田宗俊著『源氏物語の研究』（岩波書店、昭和29年）「「輝く日の宮の巻」に就いて」、風巻景次郎「耀く日の宮」（『日本文学』昭和31年9月、『源氏物語の成立』桜楓社・昭和44年、所収）、高橋和夫著『源氏物語の主題と構想』（桜楓社、昭和41年）「欠巻X―特に朝顔の姫君について―」、吉岡曠著『源氏物語論』（笠間書院、昭和47年）「「かゝやく日の宮」巻について」、呉羽長著『源氏物語の創作過程の研究』（新典社、平成26年）Ⅰ第一章「『源氏物語』の成立」等、参照。

（3）この他、『源氏物語』初期の五巻における繫がりの悪さ（「桐壺」巻末と帚木三帖、「夕顔」巻末と「若紫」巻頭の不連続）に対する穴埋め的役割も期待されている。しかし、この問題は、唯一、帚木三帖を五十四帖の起筆とすることで解決する。前掲の拙著三冊『源氏物語　成立研究』『源氏物語の誕生』『源氏物語のモデルたち』参照。

（4）池田勉著『源氏物語試論』（古川書房、昭和49年）「源氏物語「若紫」巻の解析」には、次のようにある。

若紫巻は、第一部と第三部とを連ねる表層の若草の君物語と、その母胎と根拠とを形成する第二部の裏層の藤壺の宮物語との二重構造の関係を作っている（後略）。

（5）注（4）の論、及び森一郎著『源氏物語の主題と方法』（桜楓社、昭和54年）「「藤壺物語」の主題と方法」、三谷邦明著『物語文学の方法Ⅱ』（有精堂、平成元年）「藤壺事件の表現構造」参照。

（6）北山の聖は、光源氏に対して次のように語っている。

御物の怪など、加はれるさまに、おはしましけるを。今宵は、なほ静かに加持など参りて、出でさせ給へ。（「若紫」巻）

（7）「若紫」巻冒頭では「去年の夏も、世に（瘧病が）起こりて、人々まじなひ煩ひしを、（北山の聖が）やがて止むる類ひ、あまたはべりき」とあり、その発症原因は、夏という季節柄、蚊を媒介とするマラリアと思われる。しかし、光源氏の場合、それは当てはまらない。マラリアとした場合、光源氏の罹病は「今日的な感覚からするとまだ真冬である」（伊井春樹著『源氏物語を学ぶ人のために』（世界思想社、平成5年）参照。

（8）拙著『源氏物語　展開の方法』（笠間書院、平成7年）第三章第一節二「若紫との出会いの場面の意味」参照。

（9）注（8）の拙著『源氏物語　展開の方法』第一章第三節一「「葵」巻の展開方法」参照。

（10）「帚木」巻において次のようにある。

・まだ、中将などに、ものし給ひし時は、内裏にのみ、さぶらひようし給ひて、大殿には、絶え絶えまかで給ふ。「忍ぶの乱れや」と、疑ひ聞こゆる事もありしかど、

・やむごとなく、切に隠し給ふべきなどは、かやうに、おほざうなる御厨子などに、うち置き散らし給ふべくもあらず、深く取り置き給ふべかめれば、これは、二の町の、心安きなるべし。

・忍び忍びの御方違へ所は、あまた、ありぬべけれど、

（11）この「秘密の通い所が知られたのでは」と光源氏が一瞬、ドキリとした原因の女性については、古注より一貫して藤壺と見なされている。しかし、それは現行巻序に置き換えられた後の解釈である。帚木三帖の場面上のみならず、人物構成・時間的構成上、本来は六条の御方とすべきであり、そうでないと帚木三帖のおもしろさも著しく損なわれる。前掲の拙著『源氏物語　展開の方法』『源氏物語　成立研究』参照。

（12）「帚木」巻の次に言及される朝顔の姫君の記述は、左記の通りである。

かかる事（＝六条御息所に対する光源氏の冷淡さ）を聞き給ふにも、朝顔の姫君は、「いかで人に似じ」と深う思せば、はかなき様なりし御返りなども、をさをさなし。……（「葵」巻）

このほか、「葵」「賢木」巻に各一例、六条御息所との対照的な扱いが見られる。

このように朝顔は物語の展開とは、ほぼ無関係に、六条御息所とタイアップして登場するが、それは『源氏物語』の謎のひとつとされている。

(13)「見し折の　つゆ忘られぬ　朝顔の　花の盛りは　過ぎやしぬらむ」(「朝顔」巻)

(14)拙著『紫式部伝』(笠間書院、平成17年)参照。

(15)増田繁夫「桃園・世尊寺、および源氏物語の「桃園の宮」」(『源氏物語』と平安京』(おうふう、平成6年)等、参照。

(16)恵子女王の女懐子(冷泉天皇女御)は天延三年(九七五)、花山天皇八歳の折、逝去しており、花山天皇にとって祖母恵子女王は母代わり的存在であった(『本朝文粋』)。

(17)ちなみに、朝顔の姫君がなぜ斎院となったかについての詳細は、前掲の『源氏物語の誕生』第二章第四節「朝顔斎院―代明親王の系譜を手掛かりとして」参照。

(18)寛和二年(九八六)に催された具平親王の宴遊の場所として記されている「桃花閣」(『本朝麗藻』「懐中書大王桃花閣旧遊詩序」)が、桃園邸の准拠であった可能性が高い。川口久雄編『本朝麗藻簡注』(勉誠社、平成5年)参照。ちなみに、この詩序は紫式部の父為時が書き、その中で自らを具平親王の「藩邸之旧僕」と称している。

(19)『紫式部集』十八番の詞書には、次のようにある。

　筑紫に肥前と言ふ所より、文おこせたるを、いと遥かなる所にて見けり

(20)『紫式部集』二十五・二十七番歌からは、都を懐かしんで、北国の豪雪により、鬱々と部屋に閉じこもりがちとなっていた紫式部の姿が垣間見られる。

(21)宣孝の求婚は、紫式部が越前下向する前後の頃から本格的なものとなっている。宣孝との結婚に至るまでの詳細につ

いては、前掲の拙著『紫式部伝』4「少女期から青春期」〜7「結婚期」参照。

(22) 寡居期における執筆・発表の可能性も、帚木三帖の創作事情からして除外すべきである。前掲の拙著『源氏物語の誕生』第一章第一節「第一期（帚木三帖）」参照。

(23) 三谷栄一「物語の享受とその季節—『大斎院前の御集』の物語司を軸として—」（『日本文学』昭和41年1月）、前掲の拙著『源氏物語の誕生—披露の場と季節』参照。

(24) 注(22)の拙論、参照。

(25) 前掲の拙著『紫式部伝』14「御冊子作り」参照。

(26) 具平親王の母方の実家が描かれていない理由として、帚木三帖が、具平親王の正妻（為平親王女）をモデルとする左大臣家の姫君との関係を前提とした物語であったことが挙げられる。帚木三帖の根底には、〝雨夜の品定め〟の正妻論に象徴される通り、女性論があり、ある意味、あるべき妻や愛人の模索を描いた物語となっている（前掲の拙著『源氏物語　展開の方法』「帚木三帖の人物構図」、『源氏物語　成立研究』「帚木三帖の時間的構成」参照）。具平親王の母方の実家については、既に朝顔の姫君や花散里の物語で描いていたため、重複を避ける意味からも、あえて触れず、帚木三帖は妻との関係を重視した切り口で描くところに、物語の新鮮味を求めたと言えよう。

(27) 拙稿「『源氏物語』始発のモデルと准拠—成立論からの照射—」（森一郎他編『源氏物語の展望』第5輯、三弥井書店、平成21年3月）〈前掲の拙著『源氏物語の誕生』「「桐壺」巻—敦康親王と光る君」に再録〉参照。

ちなみに「桐壺」巻は、中関白家没落を前提とした一条朝後宮を踏まえている。〝灯台もと暗し〟の観があるが、定子皇后等の悲劇に代表される、この余りにも有名な史実と「桐壺」巻の関係ついて、従来、部分的な指摘は見られても、本格的な議論に踏み切れなかったのには、それなりの理由があったと思われる。それは、ひとえに『源氏物語』執筆開始の時期を限定できなかったからであろう。すなわち、『源氏物語』執筆が宮仕え以前であるのは、新参者・紫式部に対する同僚たちの先入観（「物語好み、よしめき、歌がちに……」とある『紫式部日記』中の記述）が雄弁に物語っている。これに対して、敦康親王に象徴される一条朝後宮との関係は、「桐壺」巻が出仕後、書かれたとすることで強い説得力をもつ（敦康親王＝光る君説の正しさは、読書始の儀が敦康親王・光る君、共に七歳時になされていることからも推測される）。本稿が前提とした帚木三帖先行説は、容易に「桐壺」巻を中関白家との関係へと導くのである。ただし、帚木三帖先行を踏まえない考え方もできないわけではない。そのひとつは「輝く日の宮」巻を前提とすることであるが、本稿の考察結果は、その可能性を否定するものともなっていることを付言しておきたい。

少女巻の朱雀院行幸

浅尾広良

一　はじめに

少女巻は、夕霧の元服と大学入学、夕霧と雲居雁との幼恋を中心として語りながら、その途中や終わり近くで、秋好の立后や光源氏の太政大臣・頭中将の内大臣就任、光源氏の六条院造営など、宮廷や貴族社会の動向を語る。その中の一つが、何の前触れもなく語られる朱雀院行幸である。これは、朱雀院の算賀といった慶事のためではなく、また朱雀院や弘徽殿大后の不豫の見舞いのためでもない。また、二月の二十日過ぎに行われ、往事の花宴を回想する文脈として語られるが、花宴として行っているわけでもない。朱雀院は、澪標巻での譲位以後、絵合巻で秋好への想いが語られる程度で、物語の俎上にのることはほとんどなく、すっかり物語の背後に後退したかに見える。その朱雀院のところに、なぜこのタイミングで冷泉帝は朝覲行幸をするのか、一見しただけでは理由が明らかでない。しかも、この行幸は後述する如く装束などに際立った特徴を備えている。

本稿は、行幸の中身として語られる内容を歴史的に検証し、朝覲行幸である朱雀院行幸をこの場面で語ることの意味を考えてみたい。

二　少女巻の朱雀院行幸の特徴

この朱雀院行幸は、少女巻の終わり近くで語られてくる。場面全文を掲載するとかなりの分量となるので、必要箇所のみ掲載しながら構成する要素を以下にまとめてみたい。

第一の要素は、朱雀院行幸の前段で、光源氏の正月の様子を、史上の藤原良房を引き合いに出しながら語る点である。

朔日《ついたち》にも、大殿は御歩《あり》きしなければ、のどやかにておはします。良房《よしふさ》の大臣《おとど》と聞こえける、いにしへの例になずらへて、白馬《あをむま》ひき、節会《せちゑ》の日々、内裏《うち》の儀式をうつして、昔の例《ためし》よりもこと添へていつかしき御ありさまなり。（少女③七〇頁）注(1)

藤原良房が白馬《あおうま》の節会を自邸で行った前例がないことは早くから注せられ、注(2)虚構であることは自明である。しかし、なぜわざわざ藤原良房の名を出す必要があるのか。この時点での光源氏の有り様を考えるうえで見逃すことはできない。

第二の要素は、冷泉帝が朱雀院のもとを訪れる朝覲行幸が、正月ではなく二月に行われる点である。

二月《きさらぎ》の二十日あまり、朱雀院《すざくゐん》に行幸《ぎやうがう》あり。花盛りはまだしきほどなれど、三月《やよひ》は故宮の御忌月《きづき》なり。とくひらけたる桜の色もいとおもしろければ、院にも御用意ことに繕《つくろ》ひみがかせたまひ、行幸に仕うまつりたまふ上達部《かむだちめ》、親王《みこ》たちよりはじめ心づかひしたまへり。人々みな青色に、桜襲《さくらがさね》を着たまふ。帝《みかど》は赤色の御衣《ぞ》奉れり。召しありて太政大臣《おほきおとど》参りたまふ。同じ赤色を着たまへれば、いよいよ一つものとかかやきて見えまがはせたまふ。人々の装束、用意、常に異《こと》なり。院もいときよらにねびまさらせたまひて、御さま、用意、なまめきたる方にすすませたまへり。（少女③七〇〜七一頁）

この文脈だと三月は藤壺中宮の忌月のために二月二十日過ぎにしたという。まだ花盛りには早いが、早咲きの桜が面白く咲いているといい、これは南殿での花宴が行われた頃と同じで、明らかにそれを念頭においた時期設定である。さらに、この箇所から読み取れる要素の第三は、人々の装束である。供奉した人々の装束が青色の袍に桜襲を着て、帝は赤色の袍を着る。さらに、太政大臣光源氏が召され、光源氏もまた帝と同じ赤色袍を着ているという。王卿や臣下たちの青に対する帝と光源氏の赤が対照として語られ、さらに同じ赤色袍を着ている帝と光源氏が「一つもの」として輝いているという。それに対して、朱雀院は「きよらにねびまさらせたまひて、御さま、用意、なまめきたる方にすすませたまへり」とあるが、特に赤や青といった装束の色を語る言葉はない。

第四の要素は、この行幸で専門の文人は召さず、代わりに才能ある学生十人が召され、省試に擬えて賦詩が行われたことである。召された中には夕霧もいて、どのような詩を詠んだのかは記されないが、次の場面では進士に及第している。

第五の要素は、「春鶯囀」の舞をきっかけに往事の花宴が回想され、土器《かわらけ》が巡るとともに歌が唱和されることである。物語に語られるのは、光源氏、朱雀院、蛍兵部卿宮、冷泉帝の兄弟四人の歌のみで、この歌の唱和が何を語っているのかが問題となる。

第六の要素は、詠歌に続いて語られる上の御遊びの様子である。

楽所《がくそ》遠くておぼつかなければ、御前に御琴《こと》ども召す。兵部卿宮琵琶《びは》、内大臣《うちのおとど》和琴《わごん》、箏《さう》の御琴院の御前《おまへ》に参りて、琴《きん》は例の太政大臣《おほきおとど》賜《たまは》りたまふ。さるいみじき上手《じやうず》のすぐれたる御手づかひどもの尽くしたまへる音《ね》はたとへん方なし。唱歌《さうが》の殿上人あまたさぶらふ。安名尊《あなたふと》遊びて、次に桜人《さくらびと》。月朧《おぼろ》にさし出でてをかしきほどに、中島のわたりに、ここかしこ篝火《かがりび》どもともして、大御遊《おほみあそ》びはやみぬ。（少女③七三〜七四頁）

兵部卿宮が琵琶、内大臣が和琴、朱雀院が箏の琴、太政大臣光源氏が琴《きん》の琴《こと》を弾く。光源氏が琴の琴を弾く箇所については、大島本や河内本、二条院讃岐筆本、陽明文庫本、保坂本には「せめ聞こえたまふ」とあり、冷泉帝が光源氏に無理に弾かせたとする内容をもつ本もある。さらに、「さるいみじき上手のすぐれたる御手づかひどもの尽くしたまへる音はたとへん方なし」とそれぞれの楽器の名手が手の限りを尽くし、唱歌の上手な殿上人が「安名尊」「桜人」を歌って上の御遊びは終わる。先の和歌の唱和と併せて、合奏を殊更に語ることの意味が問題となろう。

第七の要素は、その夜に弘徽殿大后のもとを訪れることである。弘徽殿大后の様子が語られるのは久しぶりのことであるとともに、「御賜《たう》ばりの年官《つかさ》、年爵《かうぶり》、何くれのことにふれ」（少女③七五頁）て不如意の様子が老いる姿とともに語られる。

以上、朱雀院行幸は大きく七つの要素から構成されている。このうち特に問題となるのは、太政大臣光源氏を語るのに藤原良房を引き合いに出す必要性、朝覲行幸を二月に行う根拠、帝と臣下の装束の対照性の意味、歌の唱和と合奏の意味であろう。そして何より、何故この時点でこのような行幸をする必要があるのか、行幸が何を意味しているのかが最大の問題となる。例えば玉上琢彌は、この行幸を一つの締め括りとし、勝者光源氏を語るとする。注(3) 福長進は、華やかな儀式であればあるほど上皇の疎外感・寂寥感がいっそう際立つとし、ここには大同四年八月に平城上皇の朝政関与を排除しようとして行われた嵯峨天皇による平城上皇への行幸がふまえられているかもしれぬとし、隠然たる影響力を保持し続けた朱雀院ならびにそれを支える政治勢力の後退をはっきりと示そうとする光源氏の意図が窺えるとする。注(4) だとすると、ますます少女巻のこの時点である必然性こそが問題となろう。加えて、この場面について、本文校異は諸本でさほどの違いはないものの、唯一国冬本だけは大きく異なる。しかもこの朱雀院行幸を解釈するうえで最重要と思われる装束や音楽などの内容で、国冬本はまるで別の理解を示している。これを一緒に論ずることはできないので、国冬本の問題については別稿に譲り、注(5)次節以降では、国冬本以外の本を根拠として、装束と朝覲行幸に焦点を当てて朱雀院行幸の意味を考えてみたい。

三　冷泉帝と光源氏の赤色袍

朝覲行幸において、冷泉帝と光源氏が同じ色の装束を纏うことにどのような意味があるのか。本節では赤色袍の着用例を歴史的に検証しながら、これの意味を考えてみたい。

『延喜式』巻第四十一「弾正台」には、「凡赤白橡袍。聴二参議已上著用一」注(6)とあって、「赤白橡袍」いわゆる赤色袍を参議以上で着用を許すとする内容がある。しかし、実際に古記録を探っても、赤色袍を着用する記事はあまり多くなく、『源氏物語』が成立した一条天皇御代までは、次の用例を見るのみである。注(7)

年月日	着用者	行事	出典
①延長6（九二八）年12月5日	醍醐天皇	大原野行幸	扶桑略記
②延長8（九三〇）年2月17日	寛明親王	講書始	李部王記・西宮記
③天慶7（九四四）年5月6日	朱雀天皇	競馬・打毬	九条殿記
④天慶10（九四七）年正月23日	右大臣藤原実頼	内宴	李部王記・河海抄
⑤天暦3（九四九）年3月22日	右大臣藤原師輔	殿上賭弓	九暦抄
⑥天暦9（九五五）年5月6日	村上天皇	競馬・打毬	西宮記

⑦康保4（九六七）年2月21日　左大臣藤原実頼　内宴　小左記・河海抄
⑧永延元（九八七）年10月14日　摂政藤原兼家　東三条第行幸　小右記（寛仁二年十月廿二日条）
⑨正暦4（九九三）年正月22日　摂政藤原道隆　内宴　小右記
⑩正暦4（九九三）年3月29日　一条天皇　殿上賭弓　小右記
⑪寛弘2（一〇〇五）年3月8日　左大臣藤原道長　大原野社行啓　小右記

右以外に、⑫『西宮記』巻第二「内宴」に関する記述の中に天皇と第一の人が赤色袍を着たとする記述が見える。

次に、一つ一つの用例を詳しく検討してみたい。①は、醍醐天皇が延長六年に行った大原野行幸（野行幸）の際に赤色袍を着た例で、この時には親王・侍臣六位以上が「麹塵袍」（青色袍）を着たとある。これは『源氏物語』行幸巻の冷泉帝が行う大原野行幸の准拠となった事例である。物語本文にも、臣下が「青色《あをいろ》の袍衣《うへのきぬ》、葡萄染《えびぞめ》の下襲《したがさね》を、殿上人、五位六位まで着たり」（行幸③二九〇頁）とあり、かつ「帝《みかど》の、赤色《あかいろ》の御衣《ぞ》奉りてうるはしう動きなき御かたはら目に、なずらひきこゆべき人なし」（同二九一頁）と、帝が赤色袍を、臣下が青色袍を着て、コントラストの美しさを演出している。なお、『花鳥余情』行幸巻には承保三（一〇七六）年にあった白河天皇の大井川行幸の際に、京極関白藤原師実が天皇と同じ赤色袍を着たことを注するが、[注(8)] 野行幸である点でこの場面とは合わず、かつ『源氏物語』成立以後の話でもあるため、ここでは問題としない。②は、皇太子寛明親王が講書始の時に赤色袍を着ていた記録で、この時寛明親王はまだ八歳で元服前であるため、童装束ではないかとの指摘がある。[注(9)]

③以降は、競馬・打毬（③⑥）、内宴（④⑦⑨⑫）、殿上賭弓（⑤⑩）、行幸・行啓（⑧⑪）に分類できるので、行事毎に見ていくことにする。

武徳殿で行われた競馬、打毬については、③ではこの日天皇は朝まで「麹塵御衣」（青色袍）を着ていたが、出御にあたって赤色御衣に着替えたとあり、⑥でも青色から赤色に着替えている。ただし、いずれの場合も王卿以下の装束についての記録がないため、大原野行幸の際のようにコントラストを演出したかどうかは判らない。

内宴においては、⑫の『西宮記』に内宴の式次第と詳しい記録がある。

主上出御【近代着赤色闕腋御袍、着靴之】陪膳着座【更衣若典侍青色、出自殿西庇戸】召太子【侍臣召太子、自南殿北簀子敷束妻階、到座東謝座、亮授空盞、出自南殿北庇東二間、経王卿座南頭、来跪授之、退立壁下、太子謝酒、了取盞、太子着座】近衛次将、依勅召王卿【注略】王卿列立謝座【注略】王卿已下着座【昇自南殿艮角階、親王南面、大臣北面、第一人或着赤色、四位已下着廊下】（中略）吏部記云、内宴日、主上御赤白橡闕袍及靴、王公侍臣着青白橡闕腋袍、魚袋、餝剣、靴等、但非参議、不侍臣帯、武官者帯剣、又文人服同縫腋、又女官着麹塵衣、注(10)

これによれば、傍線部のように天皇が赤色袍を着て出御し、王卿以下が着座する中で「第一人」のみが赤色袍を着るとある。さらに、後半の『李部王記』の記事の引用から、帝の赤色袍に対して王卿と侍臣の青色袍とが、先の大原野行幸と同じくコントラストを演出していることも判る。ただし、帝の赤色袍に関する注に「近代着赤色闕腋御袍」とあることに注目すると、もともとは内宴で帝が赤色袍を着ていたわけではないようだ。さらに、④の天慶十（天暦元）年正月二十三日の『李部王記』の記事によれば、

李部王記曰天暦元年正月廿三日内宴云々、是日右大臣《小野宮》着赤白橡袍、式部卿《敦実歟》親王咎之、上代諸卿或雖着之、近年無同御服者、太政大臣時々服、摂政之重異於他人歟、主同服所未女《安歟》也。注(11)

とあり、村上天皇が即位して初めての内宴の日に、右大臣藤原実頼が赤色袍を着て、これを式部卿敦実親王が咎めたという。上代には諸卿が赤色袍を着たというが、実際には「近年無同御服者」と天皇と同じ色の服を着ることを憚って誰も着ることはなかった。ただし太政大臣藤原忠平だけは時々着ていたという。「摂政の重きこと他の人と異なる

か」としたうえで、実頼が天皇と同じ赤色袍を着ることを、『李部王記』の筆者重明親王も「安からざる也」と否定的に捉えている。藤原忠平は醍醐から朱雀への譲位の日の延長八年九月二十二日に摂政に任ぜられ、承平六（九三六）年八月十九日に太政大臣になっているから、赤色袍を時々着たというのは、朱雀天皇御代の内宴の際であると推察される。藤原忠平は朱雀が幼帝として即位した時から摂政として天皇の代行を務め、また太政大臣として天皇の後見人となっていたことを考えると、朱雀と同じ赤色袍を着ることで二人は一体であることを演出してきたのではなかろうか。『西宮記』の注する「近代着赤色闕腋御袍」とは、醍醐天皇以降の内宴、とりわけ朱雀天皇以降のことではなかろうか。「第一人」が赤色袍を着る前例を作ったのも、もしかすると藤原忠平の可能性がある。内宴は平城・嵯峨朝のころから行われ、醍醐朝までは頻繁に行われるものの、注(12) 帝が赤色袍を着るとする記録は『西宮記』以前には遡らない。いずれにせよ、朱雀天皇御代に藤原忠平が天皇と同じ赤色袍を着たことが前例となり、村上天皇即位後の最初の内宴において、忠平の子実頼が、父に倣って筆頭公卿として赤色袍を着て、天皇との一体を演出したのであろう。注(13)

しかし、敦実親王や重明親王はこれを越権と見て、咎めたり安からず思ったというのである。藤原実頼は更に村上天皇在位の最後の年に行われた⑦康保四年二月二十一日の内宴の際にも赤色袍を着たとあり、天皇および東宮憲平親王の後見人として天皇との一体を演出したと考えられる。さらに⑨正暦四年正月二十二日の内宴では、『小右記』に摂政藤原道隆が赤色袍を着た記録が残る。『小右記』には、

> 廿二日、辛亥、今日有内宴、未時許参内【着青色闕腋・餝剣・魚袋等】、仁寿殿御装束如常、自去夜降雨、午上未止、午後漸晴、然而地猶有湿、（中略）此日摂政着赤色袍、尋先例、第一之人着之、若依﨟次左府可着也、而着之、依摂録之尊歟、文人中宣旨着綾青色者三人、注(14)

とあり、傍線部のように摂政藤原道隆が赤色袍を着たことに続けて、筆者藤原実資は先例を尋ねれば第一の人が着る

とあり、藹次によれば左大臣源雅信こそが赤色袍を着るべきだとし、摂政が尊いためなのかと疑問を呈する。当時藤原道隆は大臣を兼任しておらず、このことについて末松剛は「天皇と同色袍を着用することによって、自身（単独の摂政）が諸卿よりも上位の、天皇側の立場であることを誇示したものと考えられる」[注(15)]と述べる。首肯される見解と思う。正暦四年正月二十二日の内宴は、一条天皇御代でただ一度だけ開催されたそれであったから、自らの政治的立場を誇示するには絶好の機会であったのであろう。このように、内宴では天皇の赤色袍に対して王卿以下の青色袍がコントラストを演出し、かつ朱雀天皇以降、藤原氏が筆頭公卿として天皇と同じ赤色袍を着て天皇との一体を演出し、特別な存在であることを誇示したことが確認できる。

殿上賭弓の例では、⑤天暦三年三月二十二日に右大臣藤原師輔と、⑩正暦四年三月二十九日に一条天皇が赤色袍を着た記録が残る。この二つの殿上賭弓は、いずれも三月に行われており、正月十七日の射禮に引き続いて行われる恒例の殿上賭弓ではなく、臨時のそれである。『西宮記』によれば、二月か三月に行われる殿上賭弓は、正月十四日に行われた男踏歌の後宴として行われたとあるが、[注(16)]⑤の天暦三年も⑩の正暦四年も正月に男踏歌が行われた記録は残っていない。⑤について『九暦抄』には、

　天暦三年三月廿二日、殿上賭弓、未時参入、今日不着位服、著赤色服、在昔上達部如此之間、必不着位服云云、仍所庶幾也、[注(17)]

とあり、臨時の殿上賭弓の際に上達部が位袍を着なかったことを根拠に師輔が願い出たとある。『日本紀略』によると、この日の賭弓の賭物は藤壺女御（藤原安子）が準備したとあるから、[注(18)]その父師輔が賭弓を主導する立場にあったためであろうか、左大臣の実頼ではなく右大臣の師輔が赤色袍を着ているのである。さらに『新儀式』巻第四「殿上侍臣賭弓事」によれば、臨時の殿上賭弓の次第を述べた中に、

前後射手各十人念人等皆取二弓矢一。出レ自二休息幕一。入レ自二日華門一。【或随二吉方一入二敷政門一。】着二南庭座一。【射手念人皆着二麹塵缺腋袍一。下襲等前後各定二其色一。不二敢混雑一。或前後共着二位袍一。品二別下襲一。又中少将着レ剣也注(19)。】

と、射手や念人は皆麹塵袍（青色袍）を着るとある。同じことは⑨正暦四年三月二十九日の『小右記』の記録にも、

次主上還御【亥時許歟】今日主上着御赤色、前方人着桜色下襲・斑犀帯・履、近衛次将佩樋螺鈿釼、後方躑躅下襲・馬脳帯・鼻切、鳥螺鈿釼【前例蒔絵若平塵等也、而佩同螺鈿、無便事也】前後射人・念人皆着麹塵【依内宴後射而已】

とあるから、天皇が赤色袍を着て、臣下たちが青色袍を着る内宴と同じ形式で揃えられていることが判る。よって、⑤の天暦三年の殿上賭弓には、天皇が赤色袍を着ている記録はないが、藤原師輔が村上天皇と同じ赤色袍を着て、天皇との一体を演出した可能性が高い。このように⑤と⑩の臨時の殿上賭弓でも、天皇の赤色袍と臣下の青色袍がコントラストを演出し、藤原師輔はこれを利用して自らを特別な存在として誇示したと考えられる。

行幸・行啓の例では、⑧と⑪で赤色袍の着用が見られる。⑧は永延元年の記録ではなく、寛仁二（一〇一八）年十月二十二日に藤原妍子が彰子と同輿して上東門院に行啓した際の『小右記』の記録に、藤原道長が西中門の中に跪いて迎えた記事の注として、

前太政大臣【世號大殿】、跪候西中門内北腋【服赤色白橡表衣、蒲萄染下襲・紫浮文表袴・巡方瑪瑙帯・鼻切等、先年行幸東三条之日大入（道）殿着赤色】

と、先年の東三条第へ行幸の際に藤原兼家が赤色袍を着て迎えたことを記している。東三条第への行幸は、寛和三（九八七）年正月二日と永延元（九八七）年十月十四日の二回行われており、時期や内容から十月十四日と判断した。

この時の一条天皇および臣下の装束は詳らかでないため、天皇との一体を演出したかどうかは不明である。また、⑪の寛弘二年三月八日に行われたのは、中宮藤原彰子の大原野社行啓で、この時に父藤原道長が赤白橡表衣（赤色袍）を着たと『小右記』は記している。ただし、装束に関する記述は道長だけにしかなく、それだけが際立っていたものと思われる。⑧と⑪のいずれも、天皇と臣下との装束の対照が語られるわけではなく、兼家や道長の赤色袍だけを記すところを見ると、二人を特別な存在として語ることに眼目があると見るべきであろう。

以上、一条天皇御代までで赤色袍を着た記録から判ることは、大原野行幸や内宴や臨時の殿上賭弓で天皇の赤色袍と臣下の青色袍の対照が見え、このうち内宴と殿上賭弓で筆頭公卿が赤色袍を着て天皇との一体を演出する場合が数例存在するのである。藤原忠平が朱雀天皇との一体を演出したのが早い例で、藤原実頼や藤原師輔、藤原道隆がそれに倣って赤色袍を着用している。これについての『李部王記』や『小右記』の書きぶりは批判的で、越権と見ていたようである。行幸や行啓では装束の対照性が見られないものの、やはり赤色袍が特別なものと認識されていたことは了解される。よって、少女巻の朝観行幸で帝が赤色袍を着て、王卿以下が青色袍を着たのは、これらの儀礼の趣旨に準ずる行為で、冷泉帝と光源氏が赤色袍を着ているのは、二人が一体であり、特別な存在であることを演出する手段であったと考えて良い。

四　朝覲行幸

次に、冷泉帝が兄朱雀院のもとを訪れる朝覲行幸という視点から、この場面の特徴と問題点を読み解いてみたい。

そもそも朝覲行幸は、嵯峨天皇が即位して四ヶ月目の大同四（八〇九）年八月三十日に兄平城上皇のもとを訪れたのを嚆矢とし、仁明天皇の御代から頻繁に行われるようになり、恒例となった儀礼である。嵯峨が行った朝覲行幸は大同四年の一例のみだが、仁明が天長十（八三三）年二月二十八日に淳和から譲位されると、二月二十九日と八月十日とこの年に二度も父嵯峨上皇・母橘嘉智子のいる冷泉院に行幸する。正月に朝覲行幸をするようになるのは、翌天長十一（八三四）年からで、正月二日に淳和上皇のいる淳和院に、四日には父母のいる冷泉院に行幸している。そしてその後は毎年正月二日から四日の間で父母のもとを訪れる朝覲行幸として定着するようになる。これで判るように、初期の朝覲行幸は、必ずしも親元を訪れる儀礼というわけではなく、今上天皇が前の天皇（上皇）のもとに挨拶に訪れる儀礼でもあった。これは、上皇が皇統の家父長として退位後も君臨したことと注(20)、退位した後は内裏を去り、宮外に居場所を移したことによって行われるようになったのであり、朝覲行幸は王権分裂の可能性を摘む役割を果たした注(21)と考えられる。それが仁明による父嵯峨院・母橘嘉智子のもとを訪れる朝覲行幸が恒例となることで、次第に孝思想と結びついてくる注(22)。仁明は、毎年父母のもとを訪れ、父嵯峨院が崩御した後は、母橘嘉智子のもとを毎年正月に訪れた。そして、嘉祥三（八五〇）年正月四日に行われた朝覲行幸は、子が親に孝敬を尽くす儀礼であることを印象付ける決定的な出来事となる。それは、仁明が母橘嘉智子の要望を入れて、輦に御する儀を見せたことである。『続日本後紀』には、

天皇即登レ殿。至二御簾前一。北面而跪。于時鳳輦輦二於殿階一。天皇下レ殿。御レ輦而出。左右見者攬レ涙。僉曰。天子之尊。北面跪レ地。孝敬之道。自二天子一達二庶人一。誠哉。注(23)

と、天皇が北面して跪く様子を驚きと賞賛をもって記している。本来、天皇は唯一南面する存在であるはずが、母のいる御殿に対して北面するだけでなく跪く。これが「孝敬の道天子より庶人に達す、誠なる哉と」と記され、天皇が親に孝敬を尽くす範と位置付けられている。仁明以降、皇位は父から子へと継承されることで、朝覲行幸は概ね正月に子が父母に孝敬を尽くす儀礼となるが、前天皇が親ではない場合や、正月以外の日に朝覲する場合もある。そのた

め、朝覲行幸の特徴を明らかにするために、以下の四つの側面から考察を加えてみたい。第一に即位当初に行う朝覲行幸、第二に毎年正月に行う朝覲行幸、第三にそれ以外の日程で行う朝覲行幸、第四に前章で問題となった朝覲行幸での装束の問題である。

第一の即位当初の朝覲行幸は、王権の分裂回避という意味ではこれが本来の形と考えられる。嵯峨が平城のもとを訪れたのを嚆矢とし、仁明が淳和を訪れた例が続く。これらは父から子への皇位継承ではなく、兄から弟、叔父から甥への継承であるため、王権の一体を明らかにすることが重要であったのだろう。淳和は兄嵯峨に朝覲行幸を行っていないが、嵯峨と淳和との間では嵯峨皇女正子内親王の淳和への入内や皇太子の譲り合いなど、融和や一体を演出する出来事がいくつも行われている。仁明、文徳、清和、陽成の間は直系で繋がるとともに、仁明や文徳が生前に譲位することなく崩御したため、しばらく即位当初の朝覲行幸は行われることはなかった。陽成から光孝に皇位が移った際は、通常の譲位の儀は行われず、陽成が二条院に遷御して遜位の詔を出した後、王公が歩行して神璽宝鏡剣等を光孝に届けるという、いわば一体をあえて演出しない形がとられている。そして、宇多は立太子して即日即位する日に光孝が崩御するため、即位後に光孝を訪れることもなかった。このように、仁明以降しばらく即位当初の朝覲行幸は行われなかったが、宇多が醍醐に譲位した後、即位当初の朝覲行幸は復活する。醍醐は元号を改めて初めて迎える正月（昌泰二（八九九）年正月三日）にこれを行い、朱雀は醍醐から譲位を受けた四日後の延長八（九三〇）年九月二十六日に父醍醐を訪れて御遺誡を受けている。村上は朱雀から譲位された四ヶ月後の天慶九（九四六）年八月十七日に兄と母のもとに行幸するなど、父から子、兄から弟と皇位継承される過程で、皇統の一体を演出する朝覲行幸は行われていくのである。しかし、冷泉と円融の間で両統迭立状態となると、即位当初の朝覲行幸はおろか、正月の朝覲行幸も行われなくなる。それは冷泉と円融の父村上と母藤原安子が既に亡くなっていたという理由もあろうが、円融が兄冷泉のもとに朝覲することもなく、また花山が父冷泉のもとに朝覲することもない。朝覲行幸定は陣定で行われるというから、注(24)天皇だけでなく、公卿の中においてもそれを必要としない空気があったのだろうか。一条は践祚された半年後の寛和二（九八六）年十二月二十日に即位当初の朝覲行幸を行うが、行幸した先は花山院ではなく、父円融院のもとである。これらで判るように、即位当初の皇統の一体を意図して行われる朝覲行幸は、それが成立した初期のころこそ行われるものの、その後しばらく行われず、醍醐以降復活して朱雀・村上のころまでは続き、冷泉以降はまた行われなくなる。一条が朝覲したのは、即位当初でありながら前天皇ではなく父院である。いわば、前天皇との皇統の一体ではなく、皇統の祖（この場合は父院）との一体を意図していたことが判る。以上から、即位当初の朝覲行幸は、本来前天皇と今上天皇との一体を示す儀礼として始まったが、両統迭立以降それは皇統の祖との一体を示す儀礼となる。ちなみに、即位当初というのは、上皇に対して院号宣下した当初とも言い換えることができる。よって、例えば『源氏物語』藤裏葉巻末で光源氏に「太上天皇の准ふ位」を宣下した後、冷泉帝が六条院に朝覲行幸するのも、これに含まれる。冷泉帝は、行幸先の六条院で光源氏の座る位置を変えて上皇として遇するとともに、新たな皇統の祖と位置付け、かつ朱雀院を巻き込んで皇統の一体を演出したものと考えられる。

第二の正月に行う朝覲行幸は、まさに子が親に孝敬を尽くす儀礼（朝賀の朝覲行幸）として定着する。注(25)仁明が承和元（八三四）年正月四日から始めた父母への正月の朝覲行幸は障りがない限り毎年行われ、その後は文徳が母藤原順子に、醍醐が父宇多院に、村上が母藤原穏子に、そして一条が父円融院と母藤原詮子にと引き継がれていく。しかも、仁明が嵯峨院の崩御後、母の元に行幸したのを前例として、父と母は区別されることなく同じように待遇されることとなった。村上は、母と兄朱雀院に拝謁しているが、初めて正月に朝覲行幸した時（天慶十（九四七）年正月四日）の様子を記した『李部王記』によれば、村上は最初に母に拝謁し、その後寝殿に渡って兄に拝謁した際、父子の関係でないため敬礼は無かったと記している。[注26] 正月の朝覲行幸が親子関係が基本で、子が親に孝敬を尽くす儀礼との認識が出来上がっていたためなのであろう。『源氏物語』の中では、正月に帝が上皇に朝覲行幸する姿はあまり語られていないが、若菜下巻で冷泉帝譲位後の今上帝が、

入道の帝《みかど》は、御行ひをいみじくしたまひて、内裏《うち》の御事をも聞き入れたまはず。春秋の行幸になむ、昔思ひ出でられたまふこともまじりける。姫宮の御事をのみぞ、なほえ思し放たで、この院をば、なほおほかたの御後見《うしろみ》に思ひきこえたまひて、内々《うちうち》の御心寄せあるべく奏せさせたまふ。（「若菜下」④一七六～一七七頁）

と、出家した朱雀院のもとに春と秋の二度行幸すると語られる「春」の行幸とは、この正月の朝覲行幸と考えられる。今上帝は朱雀院の皇子であるから、ここも子が親に孝敬を尽くす儀礼と見てよい。

第三のそれ以外の日程で行う朝覲行幸は、少女巻の朱雀院行幸のような即位当初でもなく、正月でもない朝覲行幸である。これを史上で確認すると、いくつかの場合にまとめることができる。一つ目は病気見舞い[注27]、二つ目は算賀関連[注28]、三つ目はその他の理由の場合である。少女巻の場合、冷泉帝は病気見舞いや算賀のためではないから、三つ目のその他の理由の場合に入る。その他の場合の事情はさまざまで一概にまとめることはできないが、いくつかの傾向は見て取れる。その一つは正月に何らかの事情で朝覲行幸ができなかったために日程を変えて行った場合である。例えば、延喜十八（九一八）年二月二十六日・延長四（九二六）年八月十六日・延長五（九二七）年二月十四日・延長六年四月二十八日などの朝覲行幸は、いずれもその年の正月に朝覲行幸を行っていないため、その代わりとして行われたものであろう。二つ目は、天皇側に何か行幸する事情がある場合である。例えば、村上は即位当初三年ほどの間、何度も朝覲行幸を繰り返している。天暦元（九四七）年には天変や物の怪に苦しみ、かつ夏には疱瘡が蔓延して天皇自身も罹患する。天変は天暦三年まで続き、帝としての資質が問われるまで追い込まれてしまった村上は、朱雀との

皇統の一体を確認する必要に迫られたのであろう。その間に母藤原穏子の御悩もしばしば発症したため、村上は天暦元年に六回、同二年に四回、同三年にも四回と、朝覲行幸を繰り返している。ただし、この中には何か特別の日と思われる場合も含まれている。例えば、八月十七日は天慶九年と天暦二（九四八）年に行幸し、三月九日は天暦元年から三年まで毎年同じ日に行幸しているのである。しかも三月九日の朝覲行幸については、『貞信公記』や『日本紀略』に奏楽のことや上の御遊びに関する記録が多く残っている。時期的に見て花盛りの頃かとも思われるが、どういう理由でこの日に繰り返すのか、調査した限りでは未詳とせざるを得なかった。ちなみに、少女巻の朱雀院行幸と同じように、朝覲行幸した先で文人賦詩が行われた記録の残る例は、例えば醍醐天皇昌泰二年正月三日（朱雀院）、延喜十八年二月二十六日（六条院）、一条天皇永延元年十月十四日（東三条第）、正暦三（九九二）年四月二十七日（上東門第）などがあり、永延元年の例では、専門の文人ではなく擬文章生を召して賦詩が行われている。このあたりが少女巻の前例として指摘できようか。

第四の朝覲行幸における装束については、古記録類を見てもあまり言及がない。管見に入った二〜三の例を記すと以下の通りである。一つは延喜七（九〇七）年正月三日に醍醐が宇多院のいる仁和寺に朝覲行幸した際に少将佐等が褐衣を着たことについて、褐衣は行幸では着るべきではないとしたこと、注(29)二つには正暦四年正月三日に一条が母藤原詮子のいる土御門邸に朝覲行幸した際に、本来なら正月は藤原時姫の忌月であるため軽服（軽い喪服）を着るべきところ、摂政藤原道隆の命により吉服を着て供奉すべき由が伝えられ、それに従ったとする記録注(30)ぐらいであろうか。あとは、第二節で述べた永延元年十月十四日に一条が母詮子のいる東三条第に朝覲行幸した際に、邸の主人である藤原兼家が赤色袍を着て迎えたことである。臣下の赤色袍着用という意味では、少女巻と通じるが、物語は帝の命によって光源氏が行幸に供奉したが、藤原兼家は天皇に供奉しておらず、行幸先の東三条第で天皇を迎える際の装束である点で物語とは事情が異なっている。いずれの場合も、少女巻のような天皇と臣下が赤と青のコントラストを形成し、光源氏のみ天皇と同じ赤色袍を着たというような例ではない。朝覲行幸で赤色袍を着た例はないのかをさらに調べると、『源氏物語』成立以後の院政期にその例が見出すことができる。注(31)しかし、こちらは天皇ではなく上皇が赤色袍・赤色御衣を着ている例で、『源氏物語』との関連も特にないのでここでは問題としない。

以上、一条朝までの朝覲行幸をまとめてみると次のようになる。皇統の家父長的権限を持つ上皇が宮外の別の場所に住んだために、天皇との間で王権の分裂を孕んだが、朝覲行幸はそれを回避する機能を果たした。仁明によって朝覲行幸は次第に子が親に孝敬を尽くす儀礼へと発展し、正月の朝賀行事として定着した。かつ朝覲行幸で、前節の内宴などのように帝の赤色袍・臣下の青色袍のコントラストを演出する例は見出せない。よって、『源氏物語』少女巻では通常行われない装束の対照が図られていることが判る。しかも、正月以外の日程で行われていることから、帝側に特別な理由があって行ったと考えられる。次節では、澪標巻以降の物語の文脈から、冷泉帝にとって朱雀院を訪ねなければならない理由が何なのかを考えてみたい。

五　澪標巻以降の物語状況

澪標巻は帰京した光源氏が父桐壺院追善の法華八講を行うことから始まる。それに続くのは、桐壺院の遺言のことを思う朱雀帝の姿である。「ものの報いありぬべく思しける」（澪標②二七九頁）と、父桐壺院の遺言に背いたことに対する報いが必ずあるに違いないと思っている。そのためか、朱雀はこの後すぐに弟冷泉へ譲位してしまう。そもそも桐壺院の遺言とは、端的に言うと、東宮をくれぐれもよろしく頼むこと、光源氏を「朝廷の御後見」とすべきこと、左大臣を「長き世のかため」とせよとの三点で、東宮を養子にするようにも言い置いたという。注(32)須磨巻での回想の中で、養子にできずにいることを嘆いているから、どれも実現できずにいたことが判る。そうした中で朱雀は夢の中で父桐壺院から厳しい叱責を受けて、光源氏を呼び戻すとともに、弟に皇位を譲ることを決意するのである。これは朱雀なりに父の遺言を実行しようとしたことなのだろうが、彼は皇位を譲る際に自らの皇子を立太子しているから、冷泉に譲位するとはいえ、ゆくゆくは皇統を自らの系統に一本化しようとする意図が働いていたと考えられる。自分が上皇となり、東宮の後見人となって冷泉に影響力を持ち続けていれば、それは十分に可能である。しかも、政界は祖父太政大臣の息のかかった左右大臣がいて、右大臣は東宮の外祖父でもあるから、現段階でも朱雀院は隠然たる影響力をもつ立場にいる。このような状況において、光源氏は内大臣に任ぜられ、復権を果たした。大方の予想で光源氏が摂政になるものと思われていたが、もとの左大臣に摂政を委ね、さらに太政大臣として復権させるのである。これは左大臣を「長き世のかため」とせよとした桐壺院の遺言に沿うものでもある。よって、朱雀院も承諾したのであろう。もとの左大臣の太政大臣就任の年齢が「御年も六十三にぞなりたまふ」（澪標②二八三頁）とあるのは、『河海抄』などが指摘する通り、貞観八（八六八）年に六十三歳で摂政に就任した藤原良房を連想させる表現であるのに違いない。藤原良房は、幼帝清和の即位の準備として、文徳に代わって後見人となるために太政大臣に任ぜられ、さらに応天門の変の対処のために摂政に就任した。いわば、幼帝を輔導しながら難局にあたることを課せられたのである。澪標巻の太政大臣もほぼ同じ立場にあるといえよう。新しい御代になったとはいえ、政界は新旧の二つの派閥によって成り立っている。東宮を擁し、皇統の家父長として隠然たる影響力をもつ朱雀院とそれを支えた左右大臣の旧勢力の派閥と、幼帝冷泉を中心としその後見人である太政大臣と内大臣光源氏の新勢力の派閥である。太政大臣を復権させたのは、朱雀院からの介入を封じ、左右大臣との軋轢を回避し、朱雀院側との関係を良好に保つためであるとの見方もある。[注(33)] 冷泉帝御代は、「世の中の事、ただなかばを分けて、太政大臣《おほきおとど》、この大臣《おとど》の御ままなり」（澪標②三〇一頁）とあって、太政大臣と光源氏に権限が集中したかに見えるが、実際のところは旧勢力の左右大臣が相変わらず存在し、そちらとのバランスを取りながら政権運営をしなければならない、非常に難しい御代であったとも言える。

ここで光源氏が行ったのが、梨壺との近隣のよしみで東宮の後見となり、東宮の取り込みを図ったことと、藤壺を「太上天皇になずらへ」て新たな皇統の祖に据えたことである。しかも、藤壺は冷泉の母后であるため、冷泉帝の後宮を管理する立場にもある。注(34) 藤壺中宮と協力して、冷泉帝後宮を作り上げたことが朱雀院の影響力を最小限に抑えることに繋がった。秋好の冷泉帝への入内は、母后藤壺の意向として行われ、かつ絵合という文化的な遊戯によって後宮での勢力争いを演じ、冷泉帝御代を聖代として演出するのに成功する。斎宮女御と弘徽殿女御の争いは一見して光源氏と権中納言（もとの頭中将）との勢力争いのように見えて、実は朱雀院皇統に対して、冷泉帝側が文化的中心にあることを標榜することでもある。それらは藤壺と光源氏によって仕掛けられた冷泉帝の正統化への試みに他ならない。そしてこの先に見えてくるのが、冷泉帝の中宮立后である。次の東宮が決まっている状況で、冷泉帝の中宮を立后することは、明らかに朱雀院皇統に対する対抗となる。中宮に皇子が産まれれば、間違いなく次の皇太子候補者になるであろうし、現東宮の後見である朱雀院や右大臣に何かあれば、逆に東宮の立場が危うくなることもあり得る。少女巻において突然語られる秋好の立后は、そのような緊張を孕んだ文脈の中にあるといえる。しかも、光源氏が周到であるのは、太政大臣の薨去後に行ったことと、それを後宮の管理者である母后藤壺の遺言として提示し、誰も反対できない状況を作っていることである。いわば、皇位継承を担う帝として冷泉を押し上げるのが、秋好の立后であり、当然これは朱雀院との関係において軋轢を生む。このような文脈で少女巻の朱雀院行幸は行われているのである。

このように見てくると、冷泉が朱雀院に朝覲行幸をすることは、この秋好立后との関わりを考えないわけにはいかない。中宮を立后したとはいえ、朱雀院皇統と冷泉はあくまで一体であることを内外に示す必要があるからである。

朝覲行幸が王権分裂を回避する方策として行われたように、冷泉は兄朱雀のもとを訪ねることで王権の一体を演出するのである。しかも、立后の後の司召で光源氏が太政大臣となり、その生活ぶりが行幸の直前の場面におかれて、再び藤原良房のことを連想するように語られている。ここで藤原良房を連想する必然性は、先の場合と同じく、良房が清和天皇の強力な後見人となって難局にあたったことを呼び起こすことに他ならない。光源氏の場合、摂政にこそなっていないが、太政大臣就任は冷泉帝の後見人であることの表明であり[注35]、秋好を立后したことによってますます朱雀院を中心とした旧勢力との関係が難しくなったことを意味する。そういう文脈で行われたのが、冷泉帝の朱雀院行幸だったのであり、花宴を連想する文脈で行ったのも、過去の桐壺帝が行ったそれが、桐壺・朱雀・冷泉の一体を演出した宴であったように[注36]、ここでもまた冷泉が朱雀との一体を内外に示す重要な儀礼であったと考えられる。

六　おわりに

少女巻の後半に、唐突に語られるかに見える朱雀院行幸は、決して唐突なのではなく、秋好立后という文脈の中では必然の出来事であった。立后の後でかつ桐壺帝御代の花宴を回想させる背景が必要だったのであり、タイミングとしてはこの時をおいて他にない。冷泉帝による朱雀院への朝覲行幸は、これまで語られることはなかったが、ここで行う意図は、まさしく王権分裂を回避するためである。第三節と第四節で見た通り、帝の赤色袍と臣下の青色袍の対照は、内宴や殿上賭弓、そして野行幸でのみ行われた形態で、朝覲行幸で行われることはなかった。それを敢えて朱雀院への初めて語られる朝覲行幸の中でこの演出を語るところに物語の作意がある。帝が赤色袍を着て、王卿および公卿以下が青色袍を着て来るのは、帝と臣下たちの調和を語ることに他ならない。朱雀帝御代を支えた旧勢力である左右大臣らを取り込みつつ、かつ冷泉帝を中心とした調和として演出するのである。加えて、光源氏が帝と同じく赤色袍を着て現れることで、帝と光源氏との一体をも表している。太政大臣となった光源氏は、冷泉帝の後見人であるとともに東宮の後見ともなる。朝覲行幸は上皇と天皇との一体を演出するものであったにも関わらず、その装束は帝と臣下との調和、帝と光源氏との一体として映ったはずである。さらに「春鶯囀」を契機として往事の花宴の折を回想することで、桐壺院の意思——桐壺・朱雀・冷泉の皇統の一体——の記憶を呼び起こすことになる。光源氏から始まる唱和歌は、皆が冷泉帝を言祝ぎ、帝は謙退の意思を表し、桐壺院の皇子たちによる桐壺帝御代の花宴の再現でもある。それは朱雀院や光源氏による上の御遊びまで一連の文脈の中にあり、それぞれの弾く楽の音の見事さとともに催馬楽「安名尊」によって「今日の尊さ」が言祝がれるのである。

しかし、冷泉帝中宮として秋好を立后したことは「世の人ゆるしきこえず」（少女③三一頁）と語られている。この「ゆるしきこえず」のもつ意味は重い。藤壺が立后した折の「例の、安からず世人《よひと》も聞こえけり」（紅葉賀①三四八頁）と内心穏やかではないとする表現に比べて、強い反対表明である。この宮廷内の雰囲気はなんら変わってはいない。これが初音巻末の男踏歌の開催へと繋がる論理となっていくのであろうが[注37]、本稿では王権分裂を回避する朝覲行幸がここで行われることにこそ意味があると考えるのである。

注

（1）『源氏物語』本文の引用は小学館刊新編日本古典文学全集『源氏物語』により、巻名、巻数、頁数を記した。

（2）『河海抄』乙通巻「忠仁公覧白馬事旧記所見未詳云々」

（3）玉上琢彌は「「藤裏葉」の巻でも、行幸・行啓があって天皇と上皇が御いっしょにおいであそばした六条の院の盛儀を書きたてるということでこの巻をハッピーエンド、第一部の終結としたのではないかと考えるが、この「乙女」の巻にも同じような傾向がある。すべてがハッピーエンドで終わる。作者はここをひとつのしめくくりと考えていたのではないかと思う。そしてすぐあとの「玉鬘」の巻から物語はまた新しい展開をしていくのである。」（『源氏物語評釈』第四巻乙女巻四三八～四三九頁）「物語りは光る源氏一族の栄華をたたえ続ける。源氏に対抗した人々はひとりずつ確実に栄華の世界から葬りさられ、そのたびごとにわれわれは源氏の誇りやかな顔を思い浮かべる。」（同四四七頁）と述べる。

（4）福長進「少女巻の朱雀院行幸」（「むらさき」第44輯　平成19（二〇〇七）年12月）

（5）拙稿「国冬本少女巻朱雀院行幸の独自異文」（「大阪大谷国文」第45号　平成27（二〇一五）年3月）

（6）『延喜式』本文の引用は、吉川弘文館刊『新訂増補　國史大系』による。

（7）これについては、小川彰「赤色袍について」（山中裕編『摂関時代と古記録』所収、吉川弘文館　平成3（一九九一）年）、末松剛「摂関家における服飾故実の成立と展開（上）・（下）―赤色袍の検討を通じて―」（「福岡大学　人文論叢」第32巻第1号・第2号　平成12（二〇〇〇）年6・9月）がすでに整理をされている。本稿では⑥の用例を加えた。なお、歌合で赤色の衣装を着る例は入れていない。

（8）『花鳥余情』行幸巻「みかとのあか色の御そたてまつりて」に関する注に「延長六年主上赤色をめす、上にしるせり。そのほか延長四年十月大井河行幸にも、昌泰元年片野行幸にもあか色を着御ありしなり。諸臣はかならすあを色の袍を着する也。たゝし、第一の公卿は主上とおなしくあか色を着する事あり。白河院の承保三年の大井河の行幸には京極関白赤色袍唐錦袴也。このほか内宴のときの装束もかくのことし。保元の内宴には法性寺関白赤色を着し侍り。此行幸に源氏のおとゝまいり給はゝ、あか色を着し給ふへき事なり」とある。本文の引用は『松永本　花鳥余情』（桜楓社）による。

（9）注（7）の小川彰「赤色袍について」に同じ。
（10）『西宮記』本文の引用は、明治図書出版刊『改訂増補　故実叢書』による。【　】内は割注。
（11）『河海抄』巻第十二「藤裏葉」所引の『李部王記』の逸文。『河海抄』本文の引用は、玉上琢彌編『紫明抄　河海抄』（角川書店）による。
（12）滝川幸司「内宴」（『天皇と文壇―平安前期の公的文学―』所収、和泉書院、平成19（二〇〇七）年）
（13）注（7）の末松剛「摂関家における服飾故実の成立と展開（上）―赤色袍の検討を通じて―」に同じ。
（14）『小右記』本文の引用は、岩波書店刊『大日本古記録』による。【　】内は割注。
（15）注（7）の末松剛「摂関家における服飾故実の成立と展開（上）―赤色袍の検討を通じて―」に同じ。
（16）『西宮記』巻第二「踏歌事」「後宴」による。なお拙稿「踏歌後宴の弓の結―『源氏物語』花宴巻「藤の宴」攷―」（『大阪大谷国文』第43号、平成25（二〇一三）年3月）参照。
（17）『九暦抄』本文の引用は、岩波書店刊『大日本古記録』による。
（18）『日本紀略』天暦三年三月廿二日条。
（19）『新儀式』本文の引用は、『群書類従』第6輯による。【　】内は割注。
（20）目崎徳衛「政治史上の嵯峨上皇」（『貴族社会と古典文化』所収、吉川弘文館、平成7（一九九五）年）、佐藤信「摂関制成立期の王権についての覚書」（山中裕編『摂関時代と古記録』所収、吉川弘文館、平成3（一九九一）年）
（21）鈴木景二「日本古代の行幸」（『ヒストリア』一二五号、平成元（一九八九）年12月）
（22）栗林茂「皇后受賀儀礼の成立と展開」（『延喜式研究』第8号、平成5（一九九三）年9月）、服藤早苗「王権の父母子秩序の成立―朝覲・朝拝を中心に―」（十世紀研究会編『中世成立期の政治文化』所収、東京堂出版、平成11（一九九九）年）

(23)『続日本後紀』本文の引用は、吉川弘文館刊『新訂増補　國史大系』による。

(24)白根靖大「中世前期の治天について─朝覲行幸を手掛かりに─」(『歴史』83、平成6(一九九四)年9月)

(25)長谷部寿彦「九世紀の天皇と正月朝覲行幸の成立」(『国史学研究』第31号、平成20(二〇〇八)年3月)は、正月朝覲行幸が中国思想を前提としながら日本で独自に創出された行事であると述べる。

(26)『李部王記』天暦元年正月四日条(『玉類抄』に残る逸文)

(27)例えば、村上が母藤原詮子の御悩を見舞った例(天慶十年四月十五日、天暦二年十月九日、天暦三年九月六日)、一条が父円融の御悩を見舞った例(正暦二(九九一)年正月二十六日・二十七日)、一条が母藤原詮子の御悩を見舞った例(正暦二年九月十六日、長徳三(九九七)年六月二十二日、長保三(一〇〇一)年閏十二月十六日)、一条が花山院の御悩を見舞った例(寛弘五(一〇〇八)年二月七日)など。

(28)延喜六(九〇六)年十一月七日宇多の四十賀のため醍醐が朱雀院を訪れた例、延喜十六(九一六)年三月七日宇多の五十賀のため醍醐が朱雀院を訪れた例、延長二(九二四)年正月二十六日醍醐の四十賀が宇多によって行われ、その返礼のために中六条院を訪れた例、長保三(一〇〇一)年十月九日一条が母藤原詮子の四十賀のために土御門第を訪れた例など。

(29)『扶桑略記』二十三　醍醐天皇延喜七年正月三日条。

(30)『権記』正暦四年正月三日条。

(31)注(7)小川彰「赤色袍について」によれば、寛治六(一〇九二)年二月二十九日の堀河天皇の白河上皇への朝覲行幸以降の例に見られる。

(32)拙稿「朱雀帝御代の権力構造」(『源氏物語の准拠と系譜』所収、翰林書房、平成16(二〇〇四)年)

(33) 注(4)福長進「少女巻の朱雀院行幸」に同じ。

(34) 服藤早苗「王権と国母—王朝国家の政治と性—」(「民衆史研究」第56号、平成10(一九九八)年11月)は国母が天皇の性を管理する立場にあったことを指摘する。

(35) 太政大臣の職掌については必ずしも明確でなく、名誉職のように言われるが、天皇を師範訓道し、万機総摂するという後見的な立場は明確にあると考える。橋本義彦「太政大臣沿革考」(『平安貴族』所収、平凡社、昭和61(一九八六)年)参照。

(36) 拙稿「宮廷詩宴としての花宴—『源氏物語』「桜の宴」攷—」(「大阪大谷大学紀要」第47号、平成25(二〇一三)年2月)

(37) 拙稿「結集と予祝の男踏歌—聖武朝から『源氏物語』への視界—」(『王朝文学と音楽』平安文学と隣接諸学8所収、竹林舎、平成21(二〇〇九)年12月)

六条院と蓬莱

――庭園と漢詩をめぐって――

袴田光康

一　はじめに

日本の庭園にとって、水は不可欠な要素であった。水は自然の象徴であり、信仰の対象であり、人々の世界観を映し出していた。寝殿造は、庭の池を囲むように寝殿、対屋、中門廊、釣殿を配し、その庭園には、池、泉、滝、遣水などが設けられたが、庭園の中心は、やはり広大な池であった。池の汀が、なだらかな傾斜面に作られ、そこに州浜の情景を模すように玉砂利が敷かれたのは、池を海に見立てる趣向である。そして、海に見立てられた池の中には必ず中島が作られた。庭園の中心をなす中島は、蓬莱を擬したものであった。

蓬莱の名は、古くは『山海経』の中に「蓬莱山在海中」（『山海経』第十二「海内北経」）と見え、また漢代の『史記』にも次のように記されている。

威・宣・燕昭より、人をして海に入り、蓬莱、方丈、瀛洲を求めしむ。此の三神山は、其の伝に、渤海の中に在り、人を去ること遠からず、且《まさ》に至らんとすれば、則ち船、風に引かれて去るを患ふ。蓋し嘗て至れる者有り。

諸の僊人及び不死の薬皆焉に在り。其の物、禽獣尽《ことごと》く白くして、黄金、銀をもて宮闕と為す。未だ至らずして之を望めば雲の如く、到るに及びて三神山反って水下に居《あ》り。之に臨めば風輒ち引き去る。終に能く至るもの莫しと云ふ。世主、焉に甘心せざるもの莫し。

（『史記』「封禅書」第六）注(1)

これによれば、蓬莱とは、東方の渤海の海上にある三神山の一つで、そこには仙人が住み、不老不死の薬があるが、人が近づけば水中に姿を隠すという神仙境である。秦の始皇帝が不老不死の薬を求めて徐福を蓬莱に派遣したという伝承（『史記』「秦始皇本紀」第六、「淮南衡山列伝」第五八など）によっても、蓬莱の名は広く知られている。『日本書紀』垂仁紀の田島守の逸話には徐福伝承の影響が既に見られ、また、雄略紀の浦嶋子の伝承では「蓬莱山」を「とこよのくに」と訓ませている。海の彼方の理想郷である蓬莱のイメージが早くから日本古来の常世のイメージと習合していたことが窺われる。注(2)それでは、平安朝の人々にとって蓬莱とは何であったのか。

物語においては、神仙思想の影響が見られる『竹取物語』に「蓬莱の玉の枝」を求めさせる話があるのをはじめ、『うつほ物語』や『源氏物語』などの物語文学の中にも蓬莱の名はしばしば見られる。注(3)但し、『源氏物語』に見える蓬莱の場合、『竹取物語』を引用する形であり、あるいは徐福伝承を踏まえた「海漫々」や死後の楊貴妃が住む蓬莱宮を描いた「長恨歌」などの『白氏文集』を引用する形である。直接的に神仙境としての蓬莱を描いているわけではない。むしろ、庭の中島や歌合の州浜によって表現された人工的な蓬莱の方が、平安貴族にとっては身近な存在であったろう。常世から蓬莱へ、更に浄土へという平安期の理想郷の推移の中で、神仙境としての蓬莱が遠い存在として形骸化していたことも考えられる。少なくとも、蓬莱に対する認識や表現に変化が生じていた可能性を視野に入れなければならない。まずは、庭園の池に浮かぶ蓬莱について考えていくことにしたい。

二　六条院と蓬莱

庭園史においては、古代の庭園が神仙境を象ったものであり、それが中国大陸に由来することが論じられてきた。注(4)漢の武帝が整備した上林苑において太初元年（前一〇四年）に建章宮を造営する際に造られた太液池は、「名つけて泰液と曰ふ。池の中に蓬莱、方丈、瀛洲、壺梁有り、海中の神山亀魚の属を象る」（『漢書』郊祀志下）ものであった。この神仙を模した庭園の形式は唐代の大明宮の太液池にまで踏襲される一方、朝鮮半島にも伝わったことは、『三国史記』百済本紀武王三十五年（六三四）三月条に、「池を宮の南に穿つ。水を引くこと二十余里、四岸に植うるに楊柳を以てし、水中に嶋を築きて方丈の仙山に擬す」と見えることからも明らかである。

日本においても、『日本書記』推古天皇三十四年（六二六）五月条の蘇我馬子の薨伝に「飛鳥河の傍《ほとり》に家《いえゐ》せり。乃ち庭の中に小さき池を開《ほ》れり。仍りて小さき島を池の中に興《つ》く。故、時の人、島大臣といふ」という記事が見える。この馬子の「小さき島」には、神仙境との関係が明記されていないが、大陸的な庭園様式に倣った庭園の初見と見られている。考古学的にも、馬子の邸宅跡とされる奈良県明日香村島庄遺跡の方形池跡は、新羅の慶州の雁鴨池と類似していることが指摘されている。注(5)

奈良時代になると、平城京の東院庭園（現在復元されている）に見られるように、池が方形池から曲池になり、その岸も垂直から緩やかな勾配となって、小石を敷き詰めて州浜風に作るなど、日本独自の変化が見られるようになる。日本の庭園が寝殿造の庭園様式として整うのは、十世紀の延喜・天暦期であったと言われている。注(6)更に、十一世紀以降には浄土信仰の影響によって、寝殿造の庭園様式から浄土式庭園が生まれていったと説かれるが、但し、十世紀後半の慶滋保胤の池亭などに既に浄土式庭園の萌芽を認める立場もある。

『源氏物語』が作られたのは、まさにそのような十一世紀初頭の時代であった。ここで、考えたいのは、「胡蝶」巻における蓬莱の意味である。聊か長文であるが、「胡蝶」巻から引用する。

竜頭鷁首《りゅうとうげきしゅ》を、唐《から》の装《よそ》ひにことごとしうしつらひて、楫《かぢ》とりの棹《さを》さす童《わらは》べ、みな角髪《みづら》結ひて、唐土《もろこし》だたせて、さる大きなる池の中にさし出でたれば、まことの知らぬ国に来たらむ心地して、あはれにおもしろく、見ならはぬ女房などは思ふ。中島の入江《いりえ》の岩蔭《いはかげ》にさし寄せて見れば、はかなき石のたたずまひも、ただ絵に描《か》いたらむやうなり。こなたかなた霞《かす》みあひたる梢《こずゑ》ども、錦《にしき》を引きわたせるに、御前《おまへ》の方《かた》ははるばると見やられて、色を増したる柳《やなぎ》枝を垂《た》れたる、花もえいはぬ匂ひを散らしたり。他所《ほか》には盛り過ぎたる桜も、今盛りにほほ笑《ゑ》み、廊《らう》を繞《めぐ》れる藤の色もこまやかにひらけゆきにけり。まして池の水に影をうつしたる山吹《やまぶき》、岸よりこぼれていみじき盛りなり。水鳥どもの、つがひを離れず遊びつつ、細き枝どもをくひて飛びちがふ、鴛鴦《をし》の波の綾《あや》に文《もん》をまじへたるなども、物の絵様《ゑやう》にも描《か》き取らまほしきに、まことに斧《をの》の柄《え》も朽《くた》いつべう思ひつつ日を暮らす。

風吹けば波の花さへいろ見えてこや名にたてる山ぶきの崎《さき》
春の池や井出《ゐで》のかはせにかよふらん岸の山吹そこもにほへり
亀の上《うへ》の山もたづねじ舟のうちに老いせぬ名をばここに残さむ
春の日のうららにさして行く舟は棹《さを》のしづくも花ぞちりける

（新編日本古典文学全集『源氏物語』３「胡蝶」巻一六六～一六七頁）

六条院の南池は、春の町と秋の町を繋いだ広大な池である。秋の町は、六条御息所の旧宅を改めたものであるから、本来、独立した一つの池を備えていたはずだが、六条院を造るに際して、敢えて春の町と連結する巨大な池を掘ったものと見られる。そして、その二町の境にわざわざ小山を築いて隔てとしたのである。竜頭鷁首の舟に乗り込んだ秋の町の女房たちは、その築山の先の辺りから春の町の釣殿を目指して「大きなる池」を渡っていった。見知らぬ国に来たような心地で「中島の入江の岩蔭」に舟を寄せ、春の町の寝殿の方を見やると、柳、桜、藤、山吹が色とりどりに咲き誇る春爛漫の光景が広がっていた。

そこで女房たちが詠み合った和歌が四首。一首目と二首目は共に「山吹」を歌ったもので、「山ぶきの崎」「井出」という山吹の名所が詠み込まれている。『作庭記』には「国々の名所をおもひめぐらして」庭を造ることが記されているが、実際に名所を精確に庭園に再現できるわけではないし、見る者もその目で名所を実見しているとは限らない。要は、名所のイメージを喚起させること、そしてそれを歌に詠ませるような庭の趣が大事だということであろう。注(7)女房たちが庭を見て名所を歌に詠むことは最大級の庭褒めであって、それは春の町がまさに『作庭記』のいうような理想的な名園であることの証でもある。

三首目と四首目は、「舟」を詠んだ歌として対をなす。三首目の「亀の上の山」は、五神山が海に漂わないように十五匹の巨鼇《きょごう》の頭に載せたという『列子』「湯問」篇の伝説を踏まえた表現で、「亀の上の山」は蓬莱山を意味するものと解される。また、「舟のうちに老いせぬ名をば」は、白居易の「海漫々」の「不見蓬莱不敢帰　童男丱女舟中老〈蓬莱を見ざれば敢えて帰らず、童男丱女舟の中に老たり〉」(『白氏文集』巻三諷諭)の詩句を踏まえたものである。但し、表現としては「海漫々」の諷諭的な詩句を裏返すように、「わざわざ蓬莱を訪ねるまでもなく、この舟の中で老いることのない名を残しましょう。なぜなら、ここここそが蓬莱なのだから。」と、春の町を賞賛する意味で用いている。

ここで、蓬莱山や徐福の故事が歌に詠み込まれるのは、女房たちが「中島の入江の岩蔭」、即ち春の町の池に浮かぶ蓬莱に舟を停めているからであろう。それゆえ、自分たちの舟遊びを徐福の渡海になぞらえながら、蓬莱に辿りつけぬまま舟の中で老いていった徐福一行とは異なり、自分たちはここに蓬莱を見出したと詠むわけで、この見立ての根底には中島を蓬莱と見做す文化的コードが息づいている。しかし、実際に蓬莱よりも素晴らしいと讃えられているのは、池の中島そのものではなく、中島から見た春の町の風景である。一般に庭園の風景は寝殿側から見るために造られているが、ここでの女房たちの視線は全く逆である。中心の主人からの眼差しではなく、外部から春の町を仰ぎ見る来訪者の視点である。招かれた客人が主人やその館を褒め称えるように、この歌の「亀の上の山」は、春の町を蓬莱として称賛したものであるが、外部者である秋の町の女房たちがある種の主客関係の力学の中で詠じた社交性の強い表現であることにも注意したい。

　四首目の「舟」は、三首目と同じく「海漫々」の舟を踏まえたものなのか、出典が判然としない。ただ、日本の漢詩では、寛弘三年（一〇〇六）三月四日の東三条院花宴で「度水落花舞」と題して賦された一連の詩の中に、「飛びて粧娃に咲《ゑ》み岸に紮《まつは》りて出づ　乱れて伶客に随ひ舟に棹さして行く」（『本朝麗藻』巻上春　右金吾藤原斉信）という、楽人を乗せた舟を追うように散る桜の花びらを詠じた詩句が見える。この詩句には「しずく」が見えないから出典というには及ばないが、少なくとも「胡蝶」巻の舟楽の場面が、このような花宴の舟楽を彷彿とさせるものであることは確かである。

　花宴での漢詩文と言えば、天暦三年（九四九）三月十一日に二条院で朱雀上皇が開いた花宴での大江朝綱の詩序（『本朝文粋』巻十「暮春同賦落花乱舞衣。各分一字応太上皇製」）が、この舟楽の場面に類似していることを田中幹子[注(8)]が指摘している。その論の中では、「詩序が仙境の故事を用いるのは、その場への賛美であった」と述べ、「天皇上皇の威徳に捧げられた常套表現」を用いた朝綱の詩句と、「亀の上の山」の和歌が同じ発想であることから、六条院に「天皇以上の威徳」を付す効果があると論じた。

　更に、田中隆昭[注(9)]は、日本の漢詩文における仙境表現を辿りながら、後院に対する仙境表現の中に、ここが神仙境よりも素晴らしいので、わざわざ崑崙山や蓬莱まで行くには及ばないという共通した表現の型があることを指摘し、「亀の上の山」の歌にも同様の発想が見られることは、後院などに比肩する重みを六条院に付与するものであったと論じた。

「胡蝶」巻の舟楽の場面における仙境表現と漢詩文の関係については、既に十分な考察が重ねられてきたと言える。しかしながら、それは、仙境表現一般についてであり、蓬莱固有の論理についてではない。前述のように庭園の中島を蓬莱と見做すような認識があったことは、崑崙山のような仙境とは異なる問題が含まれることを示唆する。六条院の蓬莱の中島について庭園という視点から早くに注目したのは小林正明であった。注(10)小林は、『作庭記』をはじめとする関連資料を網羅しながら、「蓬莱の中島とは、庭園の配置図でいうなら、中心の形象化にほかならなかった」として、「亀の上の山」と表現された春の町こそが六条院の中心であり、春の町の中心性は四方四季の均衡破壊を意味すると論じた。そして、「蓬莱の中島が胡蝶巻に卓立するとき、物語および六条院とその当主＝光源氏は、古代帝王の宿痾ともいうべき永生の難問に対峙している」と述べ、「海漫々」の諷諭性から「神仙を希求した皇帝たちの意志、および、挫折の影」を六条院に投影してみせた。

六条院に対する称賛である「亀の上の山」の歌が、反転して、六条院の均衡の破綻と光源氏の王権の相対化を映し出すというのである。研究史的には、小林論文が先行しており、それに対する批判も込めて、先に紹介したような漢詩文における仙境表現の研究が展開されてきたわけだが、小林論文にしても、理論的に蓬莱を象る中島を六条院の中心に位置付けているのであって、「蓬莱」という言葉の実際の用例や表現に則してその中心性を導き出しているわけではない。果たして、「亀の上の山」の和歌は、蓬莱を宇宙の中心とするような神仙的世界観を呼び起こす表現であったのだろうか。漢詩文における「蓬莱」の用例を確認することから始めることにしたい。

【表1】

No.	出典	題名	作者	語句
①	『懐風藻』	遊龍門山	葛野王	控鶴入**蓬瀛**
②	『文華秀麗集』梵門	答澄公奉献詩　御製	嵯峨天皇	躡虚歴**蓬莱**
③	『経国集』巻十四	清涼殿畫壁山水歌	嵯峨天皇	**蓬莱**方丈望悠哉
④	『経国集』巻十四	奉和清涼殿畫壁山水歌	都腹赤	眇々**蓬莱**指掌間
⑤	『遍照発揮性霊集』巻一	遊山慕仙詩	空海	**蓬莱**左邊厢
⑥	『遍照発揮性霊集』巻五	為大使與福州観察使書	空海	執**蓬莱**琛
⑦	『都氏文集』巻五　対策	神仙	都良香	徳重**蓬山**
⑧	『田氏家集』巻中	夏夜於鴻臚館餞北客帰郷	島田忠臣	扶桑恩極出**蓬莱**
⑨	『菅家文草』巻四	訓藤十六司馬対雪見寄之作	菅原道真	人皆踏玉似**蓬瀛**
⑩	『菅家文草』巻五	題呉山白水詩	菅原道真	空留一眼去**蓬莱**
⑪	『菅家文草』巻六	早春侍朱雀院同賦春雨洗花　應太皇製	菅原道真	不恨**蓬莱**竟夕陰
⑫	『扶桑集』贈答部	復賦雲字	源英明	**蓬壺**未得求仙棹
⑬	『本朝麗藻』巻上　夏	夏夜池亭即事	藤原伊周	風流常得封**蓬瀛**
⑭	『本朝麗藻』巻上　夏	池水繞橋流	藤原敦信	何必遠求**蓬**与**瀛**
⑮	『江吏部集』上　四時部	夏夜守庚申侍清涼殿同賦避暑対水石應製	大江匡衡	幸入**蓬莱**近聖明
⑯	『江吏部集』上　地部	夏日陪左相府書閣同賦水樹多佳趣應教〔序〕	大江匡衡	匡衡**蓬壺**踏雲
⑰	『江吏部集』上　居處部	秋日岸院即事	大江匡衡	亀山便是小**蓬莱**
⑱	『江吏部集』中　釋教部	奉和前源遠州刺史水心寺詩	大江匡衡	應是**蓬莱**山聖寺
⑲	『江吏部集』中　人倫部	寛弘三年三月四日。聖上於左相府東三条第被行花宴。余為序者兼講詩。講詩之間、左丞相傳勅語曰以式部丞挙周補蔵人者。風月以来未嘗聞此例。時人栄之。不堪感躍。書懐題于相府書閣壁上。	大江匡衡	暮春花宴上**蓬莱**

⑳	『江吏部集』中　人倫部	暮秋泛大井河各言所懐和歌序	大江匡衡	**蓬壺**侍臣二十輩
㉑	『江吏部集』下　木部	落花渡水舞	大江匡衡	今朝初見**蓬瀛**事
㉒	『江吏部集』下　草部	九日侍宴同賦菊是為仙草　応製	大江匡衡	恐帰蓬華戀**蓬莱**
㉓	『和漢朗詠集』秋部　菊	花寒菊点叢	菅原文時	**蓬莱**洞月照霜中
㉔	『和漢朗詠集』述懐	請被特蒙天恩兼任民部大輔闕状	大江直幹	俗骨不可以踏**蓬莱**之雲
㉕	『本朝文粋』巻一居處	奉同源澄才子河原院賦	源順	晴望仙臺**蓬瀛**之遠如至
㉖	『本朝文粋』巻三対策	松竹策文	大江以言	暫降**蓬莱**万里之雲
㉗	『本朝文粋』巻四表上	為貞信公辞摂政第一表	大江朝綱	戴以**蓬莱**之山
㉘	『本朝文粋』巻四表上	為入道大相国謝官文書内覧第二表	大江匡衡	然則**蓬莱**望雲
㉙	『本朝文粋』巻五表下	為清慎公辞右大臣第三表	大江朝綱	同海鼇之載**方壺**
㉚	『本朝文粋』巻五表下	為貞信公請致仕表	大江朝綱	服綺紈而遊**蓬莱**之宮
㉛	『本朝文粋』巻六奏上中	請特蒙天恩因准先例依儒学労被兼任弁官闕左右衛門権佐申他官替状	大江以言	**蓬宮**芸閣賜宴之筵
㉜	『本朝文粋』巻十詩序	晩秋於禅林寺上方眺望	紀齊名	蓋釋宮之**蓬丘**崑閬矣
㉝	『本朝文粋』巻十詩序	春日同賦隔花遥勧酒　應太上天皇	菅原輔昭	踏於**蓬壺**之雲十日
㉞	『本朝文粋』巻十一詩序	早春侍内宴同賦晴添草樹光　應製	大江朝綱	雖出**蓬莱**之殿
㉟	『本朝文粋』巻十一詩序	九日侍宴観賜群臣菊花　應製	紀長谷雄	雖喩出**蓬山**之宮（後略）
㊱	『本朝文粋』巻十一詩序	九月尽日惜残菊　應製	紀長谷雄	臣本陪**蓬莱**之宮
㊲	『本朝文粋』巻十一詩序	仲春釈奠聴講毛詩同賦鶴鳴九皐	藤原雅材	望廻翔於**蓬嶋**
㊳	『本朝文粋』巻十三祭文	祭亀山神文	兼明親王	或背負**蓬宮**
㊴	『本朝文粋』巻十四願文	為二品長公主四十九日御願文	慶滋保胤	彼**蓬莱**洞之花非不芳

三　漢詩文における「蓬萊」の用例

平安中期頃までの漢詩文における「蓬萊」、及びそれに類する語（蓬瀛・蓬山・蓬壺・方壺・蓬丘・蓬嶋・蓬宮など）の用例を概観すると、【表1】のようになる。[注(11)]これに漏れたものもあろうが、大方の傾向を把握することはできるであろう。以下、【表1】に従って順に個々の用例を見ていこう。

最初に挙げた①は、奈良朝の例で、三神山（蓬萊・方丈・瀛洲）のうちの蓬萊と瀛洲を合わせた「蓬瀛」の語で神仙世界を表した用法である。鶴に乗って昇天したという王子喬の故事を踏まえながら、「安《いづく》にか王喬が道を得て、鶴を控《ひ》きて蓬瀛に入《い》らむ」と、龍門山を「蓬瀛」の仙境世界に見立てたものである。龍門山には山岳仏教の龍門寺があり、山麓には吉野離宮が設けられ、度々、天皇の行幸や貴族の遊覧があった。柘枝伝説（『懐風藻』「遊吉野」）が伝えられるように、吉野は古くから神仙世界に重ねられてきた特殊な地である。

次の②は、平安時代の『文華秀麗集』からの用例である。嵯峨天皇と最澄の応酬詩の中に見える一句で、「虚を躡《ふ》みて蓬萊を歴す」とは、最澄の唐での修行遍歴を表現したものである。ここでの「蓬萊」は異郷の喩であり、具体的には唐を指すことになる。

③・④は、清涼殿の山水図をめぐって嵯峨天皇と臣下たちの間で交わされた一連の詩の中に見えるものである。清涼殿の弘廂の北側には手長足長の図や荒海の障子があったというが、それらの中に蓬萊を描いたものもあったのであろう。この二例は、文字通り仙境としての「蓬萊」を意味している。

⑤・⑥は共に空海の作で、二例とも崑崙山と対をなす形で蓬萊の語が用いられている。「崑獄は右方の廡、蓬萊は左邊の廂」という⑤は、文字通り神仙世界の意味だが、⑥の「蓬萊の琛《たから》を執り、崑岳の玉を献ず」の方は、遣唐使

が唐に朝貢に来たことを文飾的に表現したもので、この「蓬莱」は唐から見て東の海にある日本を指している。

⑦は、『本朝文粋』巻二「封冊」にも収められた都良香の対策文中の句で、「徳は蓬山より重し、鼇は背負て力無し」とある。天皇の徳は蓬莱山よりも重く、蓬莱山を背負うという鼇も動かすことはできないという意味で、比喩的な表現である。蓬莱と亀の関係については前述したが、漢詩文においても、しばしば蓬莱は亀と結びつけられて表現されている。

次の⑧は、渤海国使の送別の宴で作られた詩句であり、「扶桑恩極まりて蓬壺を出づ」とある「扶桑」も「蓬莱」も、比喩的に日本を指したものである。

『菅家文草』からは三例を数える。⑨の「人みな玉を踏める蓬瀛に似たり」は、玉のような雪を踏みゆくさまを「蓬瀛」の神仙世界に喩えた表現である。⑩は、『列仙伝』下巻の「負局先生」の故事に因んで賦した詩の一句であり、これは神仙世界の「蓬莱」である。なお、同詩の題下の割注にも「吾欲レ還二蓬莱山一…」と記されているが、これは用例に含めなかった。⑪は、宇多上皇の後院である朱雀院で上皇の御製に応えた詩で、時期的には昌泰二年（八九九）の正月頃のものと見られる。「此の間 眼《まなこ》に触るるみな塵外 蓬莱にして夕陰を竟《を》へらんことを恨《うら》みず」という詩句は、眼前の朱雀院こそが蓬莱にも劣らない理想の地であるから、蓬莱の遊宴を羨ましく思わないという意味である。田中隆昭が指摘した類型的仙境表現の一つであるが、その類型表現に「蓬莱」の語が用いられたのは、これが最初である。

⑫では、蓬莱に不老不死の仙薬を求めることは虚しいが、詩を吟じ合う君臣和合の場こそが長生に繋がると詠じており、これは神仙境の「蓬莱」の意である。

⑬は、寛弘五年（一〇〇八）五月一日に土御門第と思われる藤原道長邸宅で開かれた庚申作文会での作で、「逸楽

の君の家に時日事《つか》へ　風流は常に蓬瀛に到るを得たり」とは、藤原伊周が道長第の風流を蓬莱や瀛洲のようだと褒め讃えたものである。⑪と同様に類型的な神仙表現のパターンであるが、臣下である道長の邸第に対して仙境表現が用いられている点は注意を要する。

「形勝を看る毎《ごと》に塵慮消《き》ゆ　何ぞ必ずしも遠く蓬と瀛とを求めむ」という⑭の詩句も、眼前の光景が蓬莱・瀛洲に劣らず素晴らしいので仙境を求める必要はないという類型的表現である。この藤原敦信の詩が作られた場所は定かでないが、この詩の前に同題の源頼定の詩が収められており、その詩には「前の池の形趣は本より名を伝へたり」とあるから、名のある庭園の池に臨んだ詩宴での一連の作と見られる。

⑮から㉒までの八例は、全て大江匡衡によるものである。⑮は、清涼殿での庚申作文会での作だが、「幸に蓬莱に入りて聖明近し」は、匡衡が長徳四年（九九八）に式部権大輔として清涼殿への昇殿を許されたことを指すものと見られる。ここでの「蓬莱」は、漠然と内裏を意味するというよりも、明確に殿上の意で用いられたものと解される。道長の東三条院での作文会の詩序に見える⑯は、「匡衡、蓬壺に雲を踏み」とあり、後文に「官は三亀有り、首に聖代の重恩を戴けり」と続く。蓬莱山を首に戴く亀に因んだ表現だが、「三亀」は文章博士・東宮学士・式部権大輔の三職を兼任することを暗に表している。ここの「蓬壺」は天皇の側近くに仕える殿上人としての栄誉を表したものと考えられる。

⑰は、平安京西方の亀山を「俗境に非ず」とし、「小蓬莱」に擬えたものである。前出⑦と同様に蓬莱と大亀（鼇）を結びつけた表現だが、亀山の名そのものが蓬莱山を連想させるものであったと言えるだろう。

⑱は、源為憲作の「見二太宗国銭塘湖水心寺一有レ感継レ之」（『本朝麗藻』「仏事部」所収）に和したもので、白楽天の旧遊の地として知られる杭州の水心寺を「蓬莱山の聖寺」に喩えた表現である。

⑲は、寛弘三年（一〇〇六）三月四日に道長の東三条院で一条天皇が花宴を開いた時の作である。一条天皇は、前年の内裏の火災のために中宮彰子と共に東三条院に遷っていたが、この日、東三条院から一条院に遷るにあたり、東三条院で花宴を設けたものである。但し、⑲の主眼は、匡衡の息子、挙周が蔵人に補された喜びにある。「今年両度に心堵を慰む　愚息恩に遇うことの至なり　正月除書に李部と為り　暮春花宴に蓬莱に上る」とある。これは、挙周が同年正月の除目で式部少丞に任ぜられ、更にわずか二カ月後には蔵人に補されたことを表している。この「蓬莱」は、蔵人として殿上が許されたことを指している。

⑳の「蓬壺の侍臣二十輩」の「蓬壺」が、殿上人の意であることは説明を要すまい。

㉑の詩は、「暮春侍二宴左丞相東三條院一、同賦二度レ水落花舞一、應レ製」と題された詩序と一篇の詩に続く形で『江吏部集』に収められているが、この「度水落花舞」の詩題は、⑲の寛弘三年三月四日の東三条院花宴の詩題と同じものである。つまり、『江吏部集』の㉑の前の詩序と詩は⑲と同時の作であるわけだが、「落花渡水舞」という近似した題の㉑も、実は同じ花宴での作ではないかと見られる。[注(12)] ㉑の「今朝初めて蓬瀛を見て事《つか》へ　徳を歌ひ恩に浴して聖明を仰ぐ」という表現も、挙周の殿上のことに関係したものと見られる。

㉒は、「幸ひにして歓筵に侍して栄耀足りぬ　恐るらくは蓬葦に帰りて蓬莱を戀ふことを」という詩句で、「蓬莱を戀ふ」とは、帰宅後に重陽宴の場であった内裏を恋しく思うという意である。ここでの「蓬莱」は内裏を意味する用法である。

『和漢朗詠集』からは二例を数える。[注(13)] ㉓は、天暦七年（九五三）十月五日に内裏で行われた残菊作文会の折の作で、寒い月の光が内裏の庭の白い霜を照らす中に残菊だけが点々と咲き誇る情景を詠んだもので、ここでの「蓬莱洞」は内裏を指している。中文の中に見える㉔は、「昇殿はこれ象外の選びなり　俗骨もって蓬莱の雲を踏むべからず」というもので、ここは殿上を意味する「蓬萊」の用例である。

『本朝文粋』からは十五例（重複は除く）である。㉕は、源順が河原院を賦した詩の中に見える。「晴に仙臺を望めば、蓬瀛の遠きことも至るが如し」と、修辞的ではあるが、源融の河原院を蓬萊・瀛洲の神仙世界に喩えている。『河海抄』以来、六条院の準拠の一つとされてきた河原院であり、一世源氏の邸宅に対して仙境表現が用いられている例としても注目されよう。

㉖には、「子、仙籍是れ重く、暫く蓬萊万里の雲より降れり。高材拘らず、誰か橡樟七年の日を待たん。」とある。これは大江以言が藤原広業に課した「松竹」と題する策文の一節である。広業の経歴は、『公卿補任』によれば、長徳二年正月昇殿、同年十二月文章生、同三年正月蔵人、同四年近江権大掾、同年十二月課試及第とある。文中の「仙籍」は蔵人の意であるから、これは、広業が蔵人から近江権大掾に移り、漸く課試及第したことを表している。この「蓬萊」は内裏の意とも解されるが、「仙籍」（蔵人）という語からは、むしろ殿上の意と取るのが妥当であろう。

㉗は、藤原忠平が摂政を辞することを願い出た上表文で、「譬へば猶ほ跛鼈の首を払ひて戴くに蓬萊の山を以てし、焦僥の裳を褰げて其の渤澥の海を渉るがごとし」とある。大亀ならぬ跛鼈の首に蓬萊山を戴かしめ、あるいは小人が裳の裾を播くって広い渤海を渡るように、自分が摂政の職に就くことは到底不可能であると訴える文脈にある。文飾的な比喩表現ではあるが、強いて言えば、神仙世界の「蓬萊」の意味と言えるだろう。

㉘は、道長が内覧を辞すにあたり奉った表である。「然らば則ち蓬萊の雲を望み皇恩を戴きて玄徳を詠ず」という文は、願いどおり官を辞すことができたならば、雲の深い内裏を遥かに望んで天恩に感謝してその高徳を詠じようという文意である。従って、ここでの「蓬萊」は内裏を指したものである。

㉙は、藤原実頼が右大臣を辞すために草した第三番目の表にあたる。右大臣固辞とそれを許可しない勅書がいつま

でも繰り返されることを、「海鼇」が「方壺」（蓬壺）を戴く不変のさまに喩えた文飾的な表現である。「方壺」の実質的な意味は希薄であるが、㉗と同様に文面上は神仙境としての「蓬莱」を指す。

㉚は、藤原忠平の致仕表の中の文で、「寛平の始めには綺紈を服して蓬莱の宮に遊び、延喜の年には冠蓋を飛ばして槐棘の路に趍《はし》る」と、往年を回想したものである。忠平は、寛平七年に昇殿を許され、延喜八年に参議に補されているから、ここでの「蓬莱の宮」は、殿上の意と解される。

㉛は、文章博士であった大江以言が兼官を求めた奏上文で、「以言、昔、丁年に在りて早く甲科に登り、蓬宮の芸閣に宴の筵を賜ふ」とある。この「蓬宮」は内裏を意味する。

㉜は、清和天皇が定額寺として建立した禅林寺に関するもので、その庭園の巌や泉の見事さを蓬莱島や崑崙山に喩えて賞賛している。意味としては神仙境の「蓬莱」である。

㉝は、朱雀上皇の製に応えた詩序の一節だが、「輔昭李門の浪に泝《さかのぼ》りしこと二年。朝恩未だ及ばず。蓬壺の雲を踏むこと十日。夜飲既に酣《たけなわ》なり。」と、自らの不遇を託つ部分に「蓬壺」の語が見える。菅原輔昭は菅原文時の子であったが、五位大内記を極官として出家をしている。『十訓抄』には、「菅輔昭、宇多院の蔵人に補して、試の為に隔花遥勧酒といふ詩を賦して、輔昭を序者とす」と見える。「宇多院」は「朱雀院」の誤りと思われるが、輔昭が朱雀院の蔵人であったことからすれば、ここでの「蓬壺の雲を踏む」は朱雀院の殿上を意味することになろう。

㉞は、内宴で醍醐天皇の製に応えた詩序である。「仙遊宴閑なり、蓬莱の殿を出で塵寰に帰すべしと雖も、而ども綵山の桃を嘗めて、人世に慙づること無し」とあり、これは内宴の行われた内裏を指して「蓬莱之殿」と表現したものである。

㉟は、重陽の宴で醍醐天皇の製に応えた詩序である。「仙洞の遊び久しくし難し、嗚呼、蓬山の宮を出でて、芝田

の謫《つみ》に帰することを喩《さと》すと雖も、猶し壺中の薬を嘗めて、地上の仙となるに堪へたり」とある。前出の㉞と類似した表現で、ここでは重陽の宴の開かれた内裏を指して「蓬山の宮」と表現している。

㊱の「臣本《もと》蓬莱の宮に陪し、今は塵土の境に落ちたり」は、紀長谷雄が詩序に託して再び醍醐天皇の側近くに仕えることを願い出たもので、この「蓬莱」は殿上の意と解される。

㊲の「廻翔を蓬島に望めば、霞袂未だ逢はず。控馭を茆山に思へば、霜毛徒に老いたり」は、鶴の喩えをもって賢者の名がなかなか世に知られないことを表しているが、しかし、続けて、鶴の声（賢者の名）は隠れていても、必ず蒼天（天聴）に達すると、後の文で述べている。ここでの「蓬島」は、暗に内裏を意味したものと見られる。

㊳は、兼明親王の亀山の祭文の一節で、時期的には円融朝の天延三年の作である。亀山に関連して亀の霊性に及ぶ文脈で「蓬宮」が記されているが、亀山については、⑰でも「蓬莱」に見立てる表現がされていたように、「蓬莱」を想起させ易い地名であった。

㊴は、願文の中の句であるが、故尊子内親王は仙女のように美しく、その素意は出家にあったと述べる。「彼の蓬莱洞の花は芳しからざるに非ず。素意は久しく七覚を期す。長秋宮の月は潔からざるに非ず。宿望は偏に三明に在り」と続く。「長秋宮」（後宮）と対句になっていることからも、ここでの「蓬莱洞」は内裏の意味と考えられる。

以上、三九例について、その用例を確認した。「蓬莱」が文字通りの神仙境の意で用いられた例は、意外なほど少ないと言える。漢詩文という性格上、比喩的表現や文飾的な用法が多く、また、本来の「蓬莱」の意味から転じて内裏や殿上を指す用法も目立つ。その多様性は、神仙思想とは無関係な上表文や願文にまで「蓬莱」の語が用いられていることにも現れている。

四　「蓬莱」の用法

前節で見たように「蓬莱」と一言に言っても、その意味・用法は実に多様であった。上表文などに見られるように、表面的には仙境を意味しながら実際には別なものごとを暗示する比喩的修飾的な用法が多いこと、また、内裏と殿上との意味の区分については解釈が微妙な部分もあることなどを承知の上で、敢えて「蓬莱」の用法を分類整理すると、【表2】のようになる。出典ごとに「仙境」「内裏・後院」「殿上」「その他」の意味に分類し、その用例数を示した。各欄の用例数の横に記したカッコの内の数字は、【表1】における用例ナンバーを表している。備考欄には比喩的な意味として関連する事項を注記した。なお、先行研究として、松下裕美の論[注(14)]に同様の調査が提示されているが、検索や解釈の違いによってデータの数値が異なっていることをお断りしておく。

【表2】によれば、用例数として最も多いのは「仙境」を意味する「蓬莱」である。ほぼ全体の半数を占めている。時代的にも八世紀中頃から十一世紀中頃まで各時代を通じて安定して用いられていることが窺える。これは、「蓬莱」の本来の意味からして当然の結果とも言えるが、但し、その実際の用法に目を向けるならば、聊か異なる側面が見えて来る。例えば、『菅家文草』における「仙境」の意味での「蓬莱」の用例は三例を数えるが、そのうち⑪の用例は、上皇御所の朱雀院を「蓬莱」に喩え、ここに「蓬莱」があるから、遠い「蓬莱」の宴を羨ましくは思わないとする類型的な仙境表現であった。神仙境の意味で「蓬莱」を単純に表現した用法とは明らかに異なる。この『菅家文草』の用例以降、「蓬莱」の用法に変化が見られるようになっていくことは注目される。

『本朝麗藻』の「仙境」を意味する二例（⑬⑭）にしても、⑬の例は、土御門第の風流を「蓬瀛」に喩えたものであり、⑭の例は、場所こそ特定できないが、いずこかの庭園の優雅な池のさまを「蓬与瀛」に劣らないものとして称

【表2】

出典	仙境	内裏・後院	殿上	その他	備考
『懐風藻』（七五一年）	（①）1	0	0	0	①→吉野
『文華秀麗集』（八一八年）	0	0	0	（②）1	②→唐
『経国集』（八二七年）	（③④）2	0	0	0	
『性霊集』（八三五年）	（⑤）1	0	0	（⑥）1	⑥→日本
『都氏文集』（八八〇年頃）	（⑦）1	0	0	0	
『田氏家集』（八九一年頃）	0	0	0	（⑧）1	⑧→日本
『菅家文草』（九〇〇年頃）	（⑨⑩⑪）3	0	0	0	⑪→朱雀院
『扶桑集』（九九九年頃）	（⑫）1	0	0	0	
『本朝麗藻』（一〇一〇年）	（⑬⑭）2	0	0	0	⑬→道長邸 ⑭→某庭園
『江吏部集』（一〇一一年）	（⑰⑱）2	（㉒）1	（⑮⑯⑲⑳㉑）5	0	⑰→亀山 ⑱→水心寺
『和漢朗詠集』（一〇一三年）	0	（㉓）1	（㉔）1	0	
『本朝文粋』（一〇五八年）	（㉕㉗㉙㉜㊳㊴）6	（㉘㉛㉞㉟㊲）5	（㉖㉚㉝㊱）4	0	㉕→河原院 ㉜→禅林寺 ㉝→朱雀院 ㊳→亀山
計	19	7	10	3	

賛したものであった。この二例も、現実の庭園に対する比喩的な表現として、「蓬瀛」の語が用いられたものである。同様のことは、『江吏部集』の「仙境」の二例（⑰⑱）についても言える。更に『本朝文粋』の「仙境」を意味する

用例六例のうち半数の三例（㉕㉜㊳）が、それぞれ河原院、禅林寺、亀山を「蓬莱」に喩えたものである。つまり、『菅家文草』以後の十世紀、十一世紀の「蓬莱」の用例に関して言えば、「仙境」を意味する用例は十四例を数えるが、そのうちの九例までが眼前の風景を「蓬莱」に比する比喩的な用法であるという特徴が認められる。

尤も、初例の①において既に吉野の龍門山を「蓬瀛」に重ねる表現が見られるように、実景を神仙世界に喩える表現自体は新しいものではない。ただ、注意すべきは、前述の⑪・⑬・⑭・⑰・㉕・㉙などの例が、後院・邸宅・寺院などの庭園あるいは景勝地への行幸を背景とした詩宴の場で作られており、風景の賛美が、庭園の所有者もしくは詩宴の主催者への賛美に繋がっていると見られることである。

その中でも、⑪・⑬・⑭は、朱雀院・土御門第・某庭園などにおける眼前の詩宴の場が「蓬莱」にも劣らない理想性を現前させているから、わざわざ蓬莱に行くまでもないとする、例の類型的な仙境表現であり、特に詩宴の主催者に対する賛辞が強く表されたものと言える。つまり、これらの用法は、①の例のように仙境的イメージを帯びた景勝地の風景を「蓬莱」に喩える用法とは異なり、詩宴の場とその主催者を称賛するために「蓬莱」の語が使われているのである。それは、十世紀以降に「蓬莱」の本来的な「仙境」の意味が希薄化していったことを示すものに他ならないだろう。数値の上では「仙境」の意味での用例数は十九例に上るが、その背後に実質的な意味の空洞化が生じていることに注意しなければならない。

これと呼応する現象が、「内裏・後院」や「殿上」を意味する新たな派生的な用法の出現である。【表2】によれば、「内裏・後院」を意味する用法も、「殿上」を意味する用法も、共に『江吏部集』（一〇一一年頃成立）から見え始める。しかし、同じく「内裏・後院」の用例である㉓の作者である菅原文時（八九九〜九八一年）が、これを製作したのは天暦七年（九五三）であるから、製作年代としては『江吏部集』に先立つ例である。また、『本朝文粋』に収められた㉟の例（「内裏・後院」の用例）、㊱の例（「殿上」の用例）は、共に作者を紀長谷雄（八四五～九一二年）とするが、紀長谷雄は宇多・醍醐朝に活躍した人物であり、大江匡衡（九五二～一〇一二年）の時代からは百年ほども遡ることになる。つまり、「内裏・後院」や「殿上」を意味する「蓬莱」の用法は、紀長谷雄の時代まで遡るのであり、既に九世紀末から十世紀初頭頃には現れ始めていたことになる。

この時期は宇多・醍醐朝の頃に当たるが、それは菅原道真が活躍した時代でもあった。「蓬莱」は、「仙境」を意味する本来の意味を失ったわけではないにしても、次第にその用法に変化が現れる。その最も早い例として確認されるのが、『菅家文草』の⑪の用例ということになる。⑪は、昌泰二年（八九九）正月の作である。紀長谷雄が㉟・㊱で「蓬莱」を「内裏」や「殿上」の意味で用い始めた時期とほぼ重なるものと見られる。両者の間には何らかの関連性があるものと推測されよう。

そもそも、「蓬莱」という語の限定を除けば、詩宴などの場において皇室ゆかりの庭園を神仙世界に見立てる表現は、既に奈良朝から見られるものであった。田中隆昭は[注(15)]、日本の漢詩文においては、漢の武帝の「上林苑」に擬える表現が見られ、その中に多くの仙境表現が認められることを指摘している。例えば、「遨遊已得レ攀二龍鳳一。大隠何用覓二仙場一」（『懐風藻』藤原宇合「秋日於左僕射長王宅宴」）という長屋王宅での詩宴の折に作られた詩を、その一例に挙げることができる。平城京左京三条二坊に四町を占めた長屋王宅跡からは、竜形と見られる苑池の遺跡が発掘され、その池の汀磯には小さな河原石が敷き詰められていたことも確認されている。この長屋王の庭園では、新羅使饗応などの詩宴も開かれており、天皇の離宮に準ずるものであったと考えられる。前掲の詩句は、詩の尾聯に見えるものだが、「眼前の詩宴が素晴らしいので、もう神仙世界を求める必要がない」と結ぶ類型的な神仙表現が、既にこの頃から見られることが確認される。但し、ここでの仙境を表す言葉は「仙場」であり、「蓬莱」ではない。

平安前期の勅撰漢詩集の時代においては、皇室の禁苑である神泉苑や嵯峨上皇の後院であった冷然院などに対して仙境表現が用いられていることも、前掲の田中論文に指摘されている。注(16)

秋日冷然院新林池　探池字　応制、令制

君主本自躭幽趣、泉石初着此地奇。積水全含湖裏色、重巖不謝硤中危。
経栽晩竹春余粉、歳浅新林未拱枝。景物仍堪遊聖目、何労整駕向瑤池。

(『文華秀麗集』巻上「遊覧」)

これは、東宮時代の淳和天皇が、嵯峨天皇によって新造された冷然院を賦したものである。時期は明確でないが、冷泉院の初見記事が弘仁七年(八一六)八月二十四日の行幸記事であるから、あるいはその頃の詩宴での作であるかもしれない。泉と立石、広い池と重なり合う岩、竹林と樹木の緑など、当時の冷然院のさまを彷彿とさせる。重なり合う険しい岩山を表現した「重巖」は、あるいは蓬莱を象った中島であったかもしれない。尾聯の「景物は仍ち聖目を遊ばすに堪ふ　何ぞ労して駕を整え瑤池に向はん」も、「仙境に行くまでもない」と結ぶ形は、例の類型的な表現のパターンである。しかし、ここでも仙境を表すのは「蓬莱」の語ではなく、崑崙山にあるという「瑤池」の語である。

仙境表現の全体としては、仙境を指す語は多様であるが、離宮や後院に対する仙境表現には「崑崙山」を意味する語が比較的多く用いられており、「蓬莱」は決して多用された語であったとは言えない。「蓬莱」の語が後院に対して用いられたのは、⑪が初めてであり、また、尾聯を「蓬莱を求めるまでもない」と結ぶ例の類型表現に「蓬莱」の語が用いられたのもこれが最初である。宇多上皇の後院である朱雀院に対して「蓬莱」の語が用いられた⑪の用例は、二重の意味で「蓬莱」の新たな用法を拓くものであった。恐らく、それは嵯峨上皇の後院である冷泉院に対する仙境表現に準ずる形で表現されたものであったと考えられる。

神泉苑や冷泉院の庭園の池には、蓬萊を象る中島があったはずである。そして、その庭園を仙境として表現しようとする時、「蓬萊」の語は、当然、仙境表現に不可欠なキーワードであったはずである。しかし、実際の用例に即すると、「蓬萊」の語が後院に対して用いられるのも、また、天皇・上皇を讃える類型的仙境表現に用いられるのも、九世紀末の菅原道真の時代まで下るのである。これは、漢詩文における「蓬萊」の語と庭園の蓬萊の中島が、必ずしも密接に結びついていたわけではないことを示唆するのではないだろうか。そもそも、庭園の中島を「蓬萊」と見做す根拠とは何だったのであろうか。

庭園史の紹介でも既に触れたが、日本庭園の源流である漢の上林苑の太液池については、「池の中に蓬萊、方丈、瀛洲、壺梁有り、海中の神山亀魚の属を象る」(『漢書』郊祀志下)と記されていた。太液池に作られたのは、「蓬萊、方丈、瀛洲、壺梁」の四神山である。「蓬萊」の名もその中に含まれてはいるが、「蓬萊」のみが神仙境として特化されているわけではない。また、百済の武王が宮殿の南に造営した池は、「水中に島嶋を築きて方丈の仙山に擬す」(『三国史記』百済本紀武王三十五年条)ものであった。ここでは、「蓬萊」ではなく、「方丈」の名が見えている。大陸の庭園が神仙思想を取り込んだことは確かであるが、それは、時には四神山、またある時には「方丈」の語によって表わされた神仙世界であって、必ずしも「蓬萊」のみに限定されたものではなかった。

平安中期以降の造園作法を記した『作庭記』には、確かに「嶋姿の様々をいふ事」という項目を立て、山嶋・野嶋・杜嶋・礒嶋などの説明をしているが、そこには「蓬萊」についての言及はない。『作庭記』が「蓬萊」について唯一記すのは、「唐人必ず作り泉をして或蓬萊をまなび或けだものの口より水をいだす」という泉に関する記述で、これは「須弥山石」のような噴水設備を指すものとみられる。『作庭記』に四神相応や神仙思想が反映されていることことは確かであるが、池の中島が蓬莱を象ることを言明しているわけではない。

恐らく、「蓬莱」が神仙境の中で特化されるようになるのは、それほど古いことではないのではなかろうか。日本文化がその独自性を自覚的に深めていく中で、早くから常世の観念と習合した「蓬莱」が、九世紀末頃に日本における神仙世界の象徴として新たに定位したらしいことは、道真の用例からも窺われる。それは、寝殿造の庭園様式が九世紀末頃までに整っていった庭園史の流れともパラレルであったと考えられる。

いずれにせよ、道真が後院である朱雀院を「蓬莱」として表現することで、それに倣った紀長谷雄による「内裏」や「殿上」を意味する「蓬莱」の用法への道が拓かれたことになる。少なくとも、醍醐朝以降に「内裏」を意味する「蓬莱」の用法が定着したらしいことは、少し後の村上朝に活躍した大江朝綱（八八六～九五八）に同様の表現㉚・㉞が見られるようになることからも明らかだろう。朝綱が用いたことによって、同じ大江家の以言や匡衡らによっても多用されるところとなったのであろう。『菅家文草』以降の『扶桑集』・『本朝麗藻』・『江吏部集』・『和漢朗詠集』・『本朝文粋』の五作品について見れば、「仙境」の意味での用例の合計は十一例であるのに対して、「内裏・後院」の意味での用例は七例、「殿上」の意味での用例は十例になる。「内裏・後院」と「殿上」の用例を合計すれば十七例に上り、数値の上では、本来の「蓬莱」を意味する用法よりも、派生的な意味での「蓬莱」の用法の方が優勢を占めるという逆転現象が生じるのである。これは、仙境を意味する「蓬莱」の本来的な意味が、漢詩文において著しくの希薄化したことを示している。『源氏物語』が書かれた一条朝は、そのような時代であった。

五　朱雀院と東三条院の「蓬莱」

これまでの「蓬莱」の表現史において注目されるのは、後院の朱雀院に対して類型的な仙境表現が初めて用いられた⑪の例と、天皇でも皇族でもない藤原道長の土御門第に対して類型的な仙境表現が用いられた⑬の例である。最後にその歴史的背景について触れ、併せて「胡蝶」巻に描かれた六条院との関連について考察することにしたい。

朱雀院の創建は未詳であるが、『続日本後紀』承和三年（八三六）五月二十五日条に「以二平城宮内空閑地二百卅町一奉レ充二太皇太后朱雀院一」とあるのによれば、仁明朝の頃には嵯峨天皇の后であり、仁明天皇の生母である太皇太后橘嘉智子の所有に帰していたものと見られる。その後、宇多天皇が寛平八年（八九六）再建し、自身の後院とした。醍醐天皇に譲位した宇多上皇は、昌泰元年（八九八）に朱雀院に遷り、延喜二年（九〇二）に仁和寺に遷るまでの四年間、朱雀院を後院として用いたが、この間、上皇主催の行事や詩宴などが盛んに行われている。上皇の寵臣であった菅原道真や紀長谷雄はその常連であった。

道真作の⑪は、そうした中で作られた一首であるが、同じく朱雀院を賦した長谷雄の「九日後朝、侍宴朱雀院同賦秋思入寒松。応太上皇製。」（『本朝文粋』巻十所収）と題する詩の中でも、「薜蘿在レ眼　如レ登二姑射之山一。水石随レ身　疑レ尋二崆峒之頂一」と、朱雀院を「姑射」や「崆峒」の仙境に擬えた表現が見える。道真も長谷雄も共に朱雀院を仙境として表現しているわけだが、その背景には、宇多上皇とその近臣たちにとって、朱雀院が特別の意味を持っていたことが考えられる。

在位中の宇多天皇は、仁明朝への回帰を目指して多くの年中行事を復興させたことで知られているが、仁明朝以降、用いられることの無かった朱雀院を復興したことにも同様の意義を認めることができよう。宇多天皇によって再建された朱雀院は、単なる譲位後の上皇御所というだけでなく、その復古的な文化政策を皇室の家父長として領導していくことを示すシンボル的な存在であったということである。かつて冷然院で華やかな詩宴や遊宴が嵯峨上皇によって催されたように、そしてその冷然院が仙境に擬えられたように、朱雀院で詩宴が開かれ、その場が仙境として表現されることは、嵯峨上皇のような権威を宇多上皇に付与し、嵯峨・仁明朝における君臣和楽の場を朱雀院に再現することを意味するものに他ならなかった。道真や長谷雄によって、朱雀院が仙境として表現された背景には、このような特別な意味合いがあったものと考えられる。

しかし、この宇多上皇の政治路線は、道真の左遷によって挫折を余儀なくされた。㊱の「臣本《もと》蓬莱の宮に陪し、今は塵土の境に落ちたり」という紀長谷雄の詩句は、長谷雄が詩序の中で、宇多朝においては殿上人であった自分に再び昇殿を許すよう醍醐天皇に訴えたものと解される。「今は塵土の境に落ちたり」とは、恐らく、昌泰四年（九〇一）の道真左遷に連座する形で長谷雄が昇殿を止められていたことを意味すると考えられる。かつて宇多上皇の朱雀院を仙境として表現し、宇多上皇を讃えることを惜しまなかった長谷雄が、今度は醍醐天皇の内裏や殿上を「蓬莱の宮」、「蓬山の宮」と讃えるのである。道真と共に宇多上皇の寵臣であった長谷雄が、敢えて朱雀院と同様の仙境表現を醍醐天皇の内裏に対して用いるのは、宇多上皇に対する忠誠と変わらぬ忠誠を醍醐天皇に強く訴えるためである。こうした長谷雄の特殊な状況が、「内裏」や「殿上」を意味する「蓬莱」の新たな用法を拓くことになったのである。

さて、「胡蝶」巻の「亀の上の山」の和歌は、既に指摘されているように「仙境に行くまでもない」と一詩を結ぶ漢詩の類型的な仙境表現を和歌に応用したものであった。[注(17)] ただ、「亀の上の山」が「蓬莱」である点から言えば、仙境表現全般よりも、より直接的なプレテキストは、「蓬莱」の語を用いた仙境表現の中に求められなければならない。類型的な仙境表現を用いたものとして、これに該当する用例は、⑪・⑬・⑭であるが、その中で後院に関するのは、⑪の朱雀院に対する「蓬莱」表現のみである。「此の間眼《まなこ》に触るるみな塵外　蓬莱にして夕陰を竟《を》へらんことを恨《うら》みず」という朱雀院称賛の表現は、「亀の上《うへ》の山もたづねじ舟のうちに老いせぬ名をばここに残さん」という六条院称賛に相通じるものと言えよう。「蓬莱」＝「亀の上の山」が、歴史上の朱雀院と物語の六条院とを繋ぐとすれば、

「亀の上の山」の一首は、後院としての重みを加えるのみならず、承和復興のシンボルとしての朱雀院の歴史的意義をも六条院に投射することになるだろう。それは、冷泉帝の実父としての「院」的な立場から光源氏が領導していく桐壺聖代の復興である。かつて桐壺朝の南殿で催された盛大な花宴の再現こそが、「胡蝶」巻の舟楽には託されているのである。そして、その舟楽が翌日の中宮の季御読経とも一対となって六条院の繁栄を世に顕示するとすれば、それは「中宮の御ふる宮」の六条大臣家一門の鎮魂へとも繋がることになるであろう。

次に道長邸の問題に移りたい。⑬は、天皇でも皇族でもない藤原道長の土御門第が「蓬莱」として表現された唯一の例である。それまでの類型的な仙境表現が、天皇の離宮や上皇の後院であったことからすれば、従来の表現の枠から一歩踏み出したものであることは明らかである。この問題を考える上で重要なのは、⑲の例であろう。

⑲は、寛弘三年三月四日に道長の東三条院で催された花宴でのものであり、この花宴は東三条院を里内裏としていた一条天天皇によって主催されたものであった。つまり、⑲の「蓬莱」が指す「殿上」とは、実際のところ、道長の東三条院の一角を意味していたことになる。『日本紀略』寛弘三年三月四日条には次のように記されている。

天皇自二東三條一遷二御條院一。中宮同行啓。是日也。天皇先於二東三條殿一命二花宴一。題云。度レ水落花舞。大臣貢二馬十匹一。又行二慶賞一。

この日の「慶賞」によって叙位に預かったのは、道長の室倫子と子息の頼通や頼宗たちであったことからも、この日の花宴には、約三カ月にわたり天皇・中宮の御座所として東三条院を提供した道長とその一門に対する一条天皇の謝意が込められていたものと見られる。その上で、この花宴の特徴として注目されるのは、この詩宴で作られた詩の中に仙境表現が多く見られることである。注(18)

『本朝麗藻』によってこれを見ていくと、先ず、「七言。暮春、侍二宴左丞相東三条第一、同賦二度レ水落花舞一、応レ製詩一首。」と題して大江匡衡による「序」が記されている。それは、「洛陽有二一形勝一。世謂二之東三條一。本是大相国之甲第、伝為二左丞相之花亭一。」と、兼家以来の摂関家に伝わる東三条院の沿革から書き起こされており、そして、「爰、泉石増レ美、雲楽四陳、簾帷添レ華、庭実千品。整二伶倫於龍舟一、自調二春波之妙曲一、択二墨客於鳳筆一、皆瑩二夜月之明文一矣。」と、東三条院の見事な庭園と花宴のさまを讃えている。これに続く匡衡の詩には「酔歌得レ趣桃源路」と、仙境を表す「桃源」の語が見え、三首目の藤原伊周による詩の冒頭にも、「仙家春暮落花程」とあり、次の藤原公任の詩も「洞中今望二落花明一」と書きだされている。更に、以下にも、「洞中」（源明理）、「仙家」（源孝道）、「洞裏」（橘為義）、「洞中」（藤原広業）と、仙境を表す言葉が散りばめられているのである。

　これらの仙境表現には、積極的に東三条院を神仙世界に重ねようとした共通の意図のようなものが見受けられる。「左丞相之花亭」に過ぎない東三条院を仙境に喩えることが可能となったのは、東三条院が里内裏であるからであり、今、この詩宴の場に天皇自身が臨席をしているからである。同時に詩中で繰り返される東三条院への仙境表現が、「家褒め」のように、東三条院の主である道長を寿ぎ、讃えていることも明らかである。里内裏を支えてきた道長への謝意を込めた花宴であれば、道長を讃えることこそが、一条天皇自身の意向であった。花宴の参加者たちもその意向に沿って詩を賦したのである。

　これに対して、その二年後の寛弘五年五月一日に道長の土御門第で催された庚申作文会で作られた⑬の例は、天皇・上皇の臨席があったわけではなく、土御門第が里内裏であったわけでもない。つまり、一人の臣下である道長を天皇・上皇に準じる形で讃えるために、土御門第に対して「蓬莱」を用いた類型的な仙境表現がなされたことになる。それは、破格の表現であったが、既に東三条院が仙境として表現された寛弘三年の花宴の先例があったればこそ、その破格の表現は可能になったと言えるのであるまいか。

一臣下とは言え、左大臣道長は中宮彰子の父であり、寛弘五年五月の時点で彰子の懐妊も明らかになっていた。中宮の実父として、また一条天皇の岳父として道長が絶対的な権力と栄華を誇ればこそ、東三条院や土御門第は「蓬莱」として表現され得たと言えよう。中宮を養女格とする光源氏にも、同様のことが言える。東三条院での花宴は、中宮彰子も同席した異例な花宴であったが、「胡蝶」巻でも中宮は里邸である六条院秋の町に行啓しており、言わば中宮の名代として春の町に渡るのが例の和歌を詠み合った女房たちであった。「亀の上の山」の和歌によって、春の町が「蓬莱」として讃えられたとすれば、それは中宮を擁することで絶対的な権勢を誇る六条院全体の栄華を映し出すものに他ならなかった。

六条院の「亀の上の山」の和歌は、朱雀院と東三条院の二つの「蓬莱」を二重に映し出すものと言えよう。六条院は、表層的には中宮の後見として権勢を極める摂関家的な性格を持つと共に、深層的には冷泉帝の実の父としてその治世を支える後院的な性格を併せ持つ両義的な存在である。『源氏物語』の方法としては、「亀の上の山もたづねじ」という「蓬莱」の類型的仙境表現は、漢詩文の「蓬莱」の表現史の中でも特徴的な朱雀院と東三条院の二つの「蓬莱」に準拠することで六条院の栄華の二重構造を照射するものと考えられる。注意すべきは、「蓬莱」にしても「亀の上の山」にしても、神仙境そのものとしての意味は希薄で、院や摂関家の庭園を讃えるための常套的表現として用いられていることである。そこには、「海漫々」を逆転した機知はあっても、主人とその庭園への諷諭性の入る余地などなかったものと思われる。「胡蝶」巻の六条院は、まさに春爛漫であった。それは、やがて訪れる六条院の暗転をより鮮明に映し出すための輝きであったとも言えるであろう。

注

（1）『史記』の訓読文の引用は新釈漢文大系『史記　四（八書）』二三六頁による。なお、『列子』「湯問」第五には、蓬萊を五神山の一つとし、波に漂う五神山を固定するため大亀の首に載せたという記述も見られる。

（2）三浦佑之「神仙譚の展開―蓬萊山から常世国へ―」（『文学』第九巻一号、二〇〇八年一月）、増尾伸一郎「〈海中なる博大之嶋〉考―常世・蓬萊・竜宮・ギライカナイと洞天福地」（『古代文学』四九号、二〇一〇年）。

（3）松下裕美「日本における〈蓬萊山〉の受容について」（『熊本県立大学国文研究』四五号、二〇〇〇年）、岡部明日香「『源氏物語』胡蝶巻冒頭場面の引用表現―漢詩文と和歌的世界の交錯―」（『論叢源氏物語3』新典社、二〇〇一年）

（4）金子裕之編『古代庭園の思想』（角川書店、二〇〇二年）、白幡洋三郎編『「作庭記」と日本の庭園』（思文閣出版、二〇一四年）等。

（5）前掲注（4）の『古代庭園の思想』を参照。

（6）太田静六『寝殿造の研究』（吉川弘文館、初版一九八七年、新装版二〇一〇年）

（7）錦仁「名所を詠む庭園は存在したか―河原院と前栽歌合を中心に―」（注（4）『「作庭記」と日本の庭園』所収）

（8）田中幹子「源氏物語「胡蝶」の巻の仙境表現―本朝文粋巻十所収詩序との関わりについて―」（『伝承文学研究』四六号、一九九七年）

（9）田中隆昭「仙境としての六条院」（『国語と国文学』七五巻十一号、一九九八年十一月）。なお、同論には朱雀院・冷泉院・東三条院などについての言及が既にあり、教えられるところが多かった。小稿は、私なりに田中論文の再検証を試みたものである。

（10）小林正明「蓬萊の島と六条院の庭園」（『鶴見大学紀要　第一部国語・国文編』二四号、一九八七年三月）

（11）この表の作成にあたっては、国文学研究資料館の大系本文（日本古典文学）データベース、早稲田大学日本古典籍研究所の平安朝漢詩文総合データベース、『平安朝漢文学総合索引』（吉川弘文館、一九八七年）、藤井俊博編『本朝文粋漢字索引』（おうふう、一九九七年）等を使用した。

（12）今浜通隆『本朝麗藻全注釈二』（新典社、一九九八年）の二〇頁によれば、「度水落花舞」と「落花度水舞」は詩題が酷似するだけでなく、七言律詩の押韻も同じで、詩語、内容も近似しているという。「成立時期や影響関係については未詳」とされているが、同じ寛弘三年三月四日の花宴での作である可能性が高いと考えられる。

（13）なお、『和漢朗詠集』巻下「帝王」には「聖皇自在長生殿　不向蓬莱王母家」（楊衡「上陽春辞」）の詩句も収められている。これは、仙境を求めるまでもないという類型的な仙境表現が、唐代の詩に由来することを示すものとして重要である。但し、日本での用例ではないため表1の用例としては割愛した。

（14）前掲注（3）の松下裕美論文に同じ。

（15）前掲注（9）の田中隆昭論文に同じ。

（16）同前

（17）同前

（18）この点についても、前掲注（9）の田中隆昭論文が既に言及している。

『源氏物語』朱雀帝の承香殿女御の死

春日美穂

一　はじめに

『源氏物語』「若菜下」巻において、冷泉帝の一七年の治世が終わりを迎える。「次の君とならせたまふべき皇子おはしまさず、もののはえなきに」（「若菜下」四—一六四頁）という冷泉帝の述懐は、世人から「飽かず盛りの御世」（「若菜下」四—一六四頁）とたたえられる帝の述懐としては寂しさが感じられる。注(1)

冷泉帝の述懐のあとに描かれるのは、譲位にまつわる人々の動向である。

春宮もおとなびさせたまひにたれば、うち継ぎて、世の中の政などことに変るけぢめもなかりけり。

太政大臣、致仕の表奉りて、籠りゐたまひぬ。「世の中の常なきにより、かしこき帝の君も位を去りたまひぬるに、年ふかき身の冠を挂けむ、何か惜しからん」と思しのたまふべし。左大将、右大臣になりたまひてぞ、世の中の政仕うまつりたまひける。女御の君は、かかる御世をも待ちつけたまはで亡せたまひにければ、限りある御位を得たまへれど、物の背後の心地してかひなかりけり。

（「若菜下」四—一六五頁）

成人している東宮への譲位のため、政治状況が変わらないこと、太政大臣が致仕すること、鬚黒が右大臣となり、政務を取り仕切ることが描かれる。その後に明らかにされたのが、東宮の母承香殿女御の消息であった。自身の子である東宮の即位を目にすることなく、承香殿女御が亡くなっていたことが描かれる。東宮の即位を機に、国母として「限りある御位」、すなわち皇太后位が追贈されたようであるが、物語は、東宮の即位を目にすることなく承香殿女御が亡くなったことについて、「物の背後の心地してかひなかりけり」と評している。朱雀帝の唯一の男皇子をもうけたにも関わらず、「とりたてて時めきたまふこともなく、尚侍の君の御おぼえにおし消たれたまへりし」（「澪標」二―三〇〇頁）という状態であった承香殿女御にとって、我が子が即位し、国母となることこそが、最大の願いであり、人生の支えであったことは想像に難くない。しかし、その即位を目にすることなく、承香殿女御は世を去ったのであった。

思えばかつて、弘徽殿女御をさしおいて藤壺が立后した際、桐壺帝は弘徽殿女御に対し、「春宮の御世、いと近うなりぬれば、疑ひなき御位なり。思ほしのどめよ」（「紅葉賀」一―三四七頁）と慰めている。もちろんそれで弘徽殿女御の心が収まったとは思えない。しかし、「疑ひなき御位」、すなわち皇太后位が、弘徽殿女御の心を慰める一助となる位であったことも間違いない。承香殿女御が、東宮即位と同時に皇太后位を得られるその時まで命が続かなかったということは、まさに、「かひ」のないことであった。

『源氏物語』の中で、朱雀帝の承香殿女御について語られることは決して多いとはいえない。しかし物語はその死を描き、同情のまなざしを寄せている。なぜ物語は、承香殿女御という、登場回数が少なく一見特筆すべき点のない人物の死を描く必要があったのか。

本論では、『源氏物語』朱雀帝の承香殿女御の死について検討してみたい。

二　『源氏物語』の承香殿女御

『源氏物語』には、三人の承香殿女御が登場する。桐壺帝の女御である承香殿女御、朱雀帝の女御である承香殿女御、そして冷泉帝の女御である王女御である。王女御が具体的に「承香殿女御」と呼ばれることはないが、その住まいは承香殿であった。

朱雀帝の承香殿女御について考えるために、物語の中の三人の承香殿女御すべてについてたどっておきたい。

一人目の承香殿女御である桐壺帝の承香殿女御に関する記述は、桐壺帝による朱雀院行幸の舞楽において、承香殿女御腹四の皇子が童舞を披露する場面のみにみられる（「紅葉賀」一―三二五頁）。しかし、四の皇子ということは、朱雀帝、光源氏、蛍宮に続く男皇子である。注(2)桐壺帝の女御の中でも、それなりに寵愛を受けた女性であると推測することも可能であろう。

朱雀帝の承香殿女御が物語にはじめて描かれるのは、朧月夜と密会した明け方、朧月夜のもとを去る光源氏を目撃した人物が、「承香殿御兄弟の藤少将」とされる場面である。

夜深き暁月夜のえもいはず霧りわたれるに、いといたうやつれてふるまひなしたまへるしも、似るものなき御ありさまにて、承香殿の御兄弟の藤少将、藤壺より出でて月のすこし隈ある立蔀の下に立てりけるを知らで、過ぎたまひけんこそいとほしけれ。（「賢木」二―一〇六頁）

この「藤少将」に関しては、「頭中将」という本文を持つものがある。注(3)しかし、朱雀帝の女御である承香殿女御の兄であるということは、新編全集頭注が、承香殿女御について、「朱雀帝の承香殿女御。藤少将は、その兄だけに、右大臣方の勢力に連なる」（「賢木」二―一〇六頁）と注を付しているように、弘徽殿女御や右大臣方にある程度近い人物だといえよう。

朱雀帝の女御としては、同じ「賢木」巻に、麗景殿女御に関する記述もみられる。

大宮の御兄弟の藤大納言の子の頭弁といふが、世にあひはなやかなる若人にて、思ふことなきなるべし、姉妹の麗景殿の御方に行くに、大将の御前駆を忍びやかに追へば、しばし立ちとまりて、「白虹日を貫けり。太子畏ぢたり」と、いとゆるるかにうち誦じたるを、大将いとまばゆしと聞きたまへど、咎むべきことかは。

（「賢木」二―一二五頁）

頭弁と麗景殿女御とは、「大宮の御兄弟の藤大納言の子」であるとされる。弘徽殿大后の兄弟の子であり、右大臣の孫にあたる。この段階で、朱雀帝の寵愛を最も受けていたのは、右大臣の娘である朧月夜であり、それを考えても、朱雀帝の後宮が、右大臣に関わる女性、あるいは右大臣に協力的な立場にある出自の女性によって固められていたことが理解される。さらに、高木和子氏は、先に承香殿女御の兄、藤少将が「藤壺より出でて」とされていることに着目され、「賢木」巻時点で藤壺を居所とする人物は、朱雀帝の藤壺女御であった可能性があること、その藤壺方を藤少将が訪れていることで、「おそらく朱雀院在位中の賢木巻の時点では、藤壺・承香殿・麗景殿いずれもが光源氏の敵対勢力に占められており、光源氏は八方塞りなのである注（4）」と指摘されている。

山中和也氏は、この「藤少将」の部分の本文を、「頭中将」ととらえたうえで、朱雀帝の麗景殿女御の兄が「頭弁」であることもふまえ、「定員2名の蔵人頭，この将来を嘱望される役職にある青年政治家の妹たちがともに女御として宮中にあることで，桐壺朝とは異なる朱雀後宮の有様がより具体的な映像をともなって描き出されていることには注目すべきであろう注（5）」と指摘される。桐壺帝崩御から朧月夜との関係の露見と、光源氏が追い詰められていく文脈の中で、朱雀帝の女御の兄弟たちが深くかかわっていることとも無関係ではあるまい。

石津はるみ氏は、「中宮を欠いた王朝は帝・后完備した王朝に比べ虚弱で不完全なもの」注(6)とする価値観が『源氏物語』にはあると指摘されている。しかし、増田繁夫氏が、「醍醐朝以後の弘徽殿は、皇后や一の女御など地位の高い人の曹司に当てられてきた。弘徽殿に次ぐのは承香殿や麗景殿であったらしい」注(7)と指摘されるように、承香殿女御、麗景殿女御ともに、その兄の身分から考えても出自は確かである。一方、栗本賀世子氏は、歴史上の承香殿女御について検証され、中宮や国母となることも十分可能な高位の皇妃であったにも関わらず、ひとりとしてそれを実現することはなく、栄えある人生を送ることはできなかったことを確認されたうえで、承香殿という殿舎を賜る妃たちの行く末がある程度決まっていたことを指摘される。注(8)『源氏物語』の場合は、右大臣、弘徽殿大后、そして朱雀帝本人の願いとして、朧月夜立后があったと考えられ、寵愛の面でも、扱いの面でも、承香殿女御、麗景殿女御ともに出自が確かでありながら、相応の扱いを受けなかったことがわかる。朱雀帝の後宮は、中宮となりえる人物が複数存在しながらも、中宮不在のまま終わったのであった。

中宮不在の後宮にあって、朱雀帝の東宮を産んだ女性こそが、承香殿女御であった。

当帝の御子は、右大臣のむすめ、承香殿女御の御腹に男御子生まれたまへる、二つになりたまへば、いといはけなし。

（「明石」二―二六二頁）

桐壺院の姿を夢に見た朱雀帝が眼病を患い、それにまつわる朱雀帝の進退、光源氏の行く末が、世の中の懸念材料となる中、朱雀帝に二つになる男皇子がいたことが明らかになる。

一見すると、この承香殿女御腹の男皇子の記事は、桐壺院の遺言どおり、朱雀帝退位と冷泉帝即位が行われること に主眼があるように読める。しかし、田坂憲二氏が指摘されるように、承香殿女御腹男皇子が冷泉帝の東宮となり、朱雀帝の皇統に再度帝位が戻ってくることが確約されたうえで、初めて譲位が行われていることにも注目すべきであろう。注(9) 朱雀帝が、弘徽殿大后の反対を押し切って光源氏を召還し、譲位したのは、次代の保証ができたという点にあった。そして、朱雀帝やその周辺の、次代への期待を一身に背負ったのが、承香殿女御腹の男皇子であり、その状況を作り出したのが承香殿女御であったのだ。

しかし、東宮の母となった承香殿女御は、夫である朱雀帝と行動を共にすることはない。

院はのどやかに思しなりて、時々につけて、をかしき御遊びなど好ましげにておはします。女御、更衣みな例のごとさぶらひたまへど、春宮の御母女御のみぞ、とりたてて時めきたまふこともなく、尚侍の君の御おぼえにおし消たれたまへりしを、かくひきかへめでたき御幸ひにて、離れ出でて宮に添ひたてまつりたまへる。（「澪標」二―三〇〇頁）

女御や更衣が皆、朱雀帝につき従って内裏を後にする中、「春宮の御母女御」、すなわち承香殿女御「のみ」が、朱雀帝と離れて東宮の元に残ったことが描かれる。その理由は、朱雀帝の朧月夜への寵愛の影で、寵愛が薄かったことであった。

『源氏物語』の中でこのような状況となった女御は、ほかに桐壺帝の弘徽殿女御がいる。中宮になることができず、桐壺帝と藤壺の状況を快く思わない弘徽殿女御は、「内裏にのみ」暮らしたとされる（「葵」二―一七頁）。もちろん、弘徽殿女御が内裏に暮らした理由は、田坂憲二氏が「弘徽殿も、皇太后たる自分が内裏に常駐することにより、新帝に一層の重みを加え、睨みをきかそうとしたと思われる注(10)」と指摘されるように、弘徽殿女御の政治的な意図もあったといえよう。事実、このような弘徽殿女御の姿勢が、「母后、祖父大臣とりどりにしたまふことはえ背かせたまはず、世の政御心にかなはぬやうなり」（「賢木」二―一〇四頁）と描かれる、桐壺院没後の右大臣と弘徽殿女御による政治の専制状態を生み出していく。

弘徽殿女御と承香殿女御は、東宮をもうけながら、夫の帝の寵愛の薄さゆえに、退位時に夫と行動を共にせず、息子と行動を共にするという共通点がみられる。しかし、二人の決定的な違いは、弘徽殿女御の場合、すでにその息子が即位しているのに対し、承香殿女御の場合は、息子がいまだ東宮のままであるという点である。

その後、『源氏物語』の中で、朱雀帝の承香殿女御の消息はいったん途絶える。その動静が語られるのは、「真木柱」巻での男踏歌の場面である。男踏歌を迎える承香殿女御が「いとはなやかにもてなしたまひて」とされ、東宮もまた「すべていとまめかし」(「真木柱」三―三八二頁)と語られる。東宮の母として輝く承香殿女御の様子が語られる唯一の場面である。そして、その次に物語に登場するのが、「若菜上」巻であった。「若菜上」巻で、出家の決意を固めた朱雀院に別れの挨拶をするために、東宮と承香殿女御が朱雀院を訪問する。

春宮は、かかる御なやみにそへて、世を背かせたまふべき御心づかひになむ、と聞かせたまひて渡らせたまへり。母女御も添ひきこえさせたまひて参りたまへり。すぐれたる御おぼえにしもあらざりしかど、宮のかくておはします御宿世の限りなくめでたければ、年ごろの御物語こまやかに聞こえかはさせたまひけり。

(「若菜上」四―一九頁)

朱雀院との別居の期間は一〇年に渡っている。またしても、寵愛の薄さが語られながらも、朱雀院の出家を目前としているせいか、二人は東宮という皇子に恵まれた互いの宿世に思いをいたらせ、親しく語らっている。しかし、朱雀院の承香殿女御に対する語りの主眼は、二人の宿世についてではなく、女三の宮の行く末についての依頼であった。朱雀院は東宮に対し、帝位についたのちも女三の宮をはじめとする女宮たちをよく庇護するよう依頼した上で、承香殿女御についても同様の依頼をする。

女御にも、心うつくしきさまに聞こえつけさせたまふ。されど、母女御の、人よりはまさりて時めきたまひしに、みないどみかはしたまひしほど、御仲らひどもえうるはしからざりしかば、そのなごりにて、げに、今はわざと憎しなどはなくとも、まことに心とどめて思ひ後見むとまでは思さずもやとぞ推しはからるるかし。

（「若菜上」四―二〇〜二一頁）

朱雀院は、女三の宮のことを依頼しつつも、女三の宮の母・藤壺女御が、承香殿女御以上の寵愛を受けていたために、その娘である女三の宮を承香殿女御が親身になって後見することはないだろうと推測もしている。このことについて倉田実氏は、朱雀院が本来依頼したかったことは、承香殿女御が女三の宮を養女とすることであり、それが無理であると朱雀院が推測した時点で、女三の宮の光源氏降嫁がより現実味をもって動き出したことが、承香殿女御の端役としての役割であったと指摘されている。注(11) 養女についてはさらに考察が必要であるが、朱雀院の話の中心が女三の宮についてであることは間違いない。朱雀院と承香殿女御の邂逅は、おそらく最後であるにも関わらず、朱雀院の願いを伝える場となっていることは、承香殿女御の生涯を鑑みるとき、非情な場面であるといえよう。

そして、次に承香殿女御が物語に描かれるのが、先にも掲出した死についての場面であった。以上が『源氏物語』における、朱雀帝の承香殿女御の描写のすべてである。朱雀帝の承香殿女御は、父が右大臣、兄が次代の政権を担う人物の一人である鬚黒という、確かな出自を持つ女御であり、朱雀帝唯一の男子をもうけた。その子が東宮となりながらも、常に寵愛の薄さのみが語られ、中宮となることもない。しかも、その東宮が即位することを目にすることもできずに亡くなるという不遇の人物であったことが改めて理解される。一見、似たような描写がなされる弘徽殿女御は、世人からも「げに、春宮の御母にて二十余年になりたまへる女御」（「紅葉賀」一―三四八頁）であるにも関わらず、中宮となれなかったことが同情されているが、自身の息子の即位を目にし、皇太后になるという栄誉を受けている。しかし、承香殿女御は、それすらも実現していない。そこに弘徽殿女御と承香殿女御の大きな乖離がある。

『源氏物語』に登場する最後の承香殿女御は、王女御である。「承香殿女御」と呼称されることはないが、その居所は承香殿であった。

　承香殿の東面に御局したり。西に宮の女御はおはしければ、馬道ばかりの隔てなるに、御心の中ははるかに隔たりけんかし。（「真木柱」三―三八一頁）

鬚黒が、尚侍として出仕した玉鬘の居所を「承香殿の東面の御局」に定めたことが描かれる。これは、田坂憲二氏が、「玉鬘を確実に守るために、最も目の行き届く所として、妹の女御の居所である承香殿が選ばれたのである」[注(12)]と指摘されるとおりであろう。また、山中和也氏は、承香殿に王女御が住まいしていることに着目され、鬚黒や式部卿宮など、政権担当に近づきながら、完全にその座につけない人物と関わる「さしつぎの相」が承香殿という殿舎にあることを指摘されている。[注(13)]

以上が、『源氏物語』の承香殿の全用例である。承香殿に住んだ女性の描写としては、朱雀帝の承香殿女御の記述が多いことが確認されたと同時に、朱雀帝の承香殿女御が出自も確かで、東宮を産んだにもかかわらず、寵愛薄く不遇な人物であったことが浮かび上がった。似たような境遇である桐壺帝の弘徽殿女御と比較しても、皇太后位につけないまま死去している点が大きく異なっている。それでは、さらに承香殿女御に迫るために、弘徽殿女御との大きな違いとなり、死の描写でも触れられている皇太后位について考えてみたい。

三　皇太后位追贈

平安初期から紫式部が仕えた彰子までの間で、生前に皇太后位についた人物は、彰子を含め十一人にのぼる。[注(14)]『源氏物語』朱雀帝の承香殿女御のように、死後、皇太后位を追贈された人物は、藤原旅子、[注(15)]藤原澤子、[注(16)]藤原高子、[注(17)]藤原胤子[注18]、藤原安子[注19]、藤原懐子[注20]の六人[注21]である。六人の没年と皇太后追贈が行われた年とをまとめたものが以下である。[注22]

名	没年	皇太后追贈年	所生の天皇（即位年・年齢）
藤原旅子	延暦七（七八八）	弘仁一四（八二三）	淳和天皇（弘仁一四・三八）
藤原澤子	承和六（八三九）	元慶八（八八四）	光孝天皇（元慶八・五五）
藤原高子	延喜一〇（九一〇）	天慶六（九四三）	陽成天皇（貞観一八（八七六）・九）
藤原胤子	寛平八（八九六）	寛平九（八九七）	醍醐天皇（寛平九・一三）
藤原安子	応和四（九六四）	康保四（九六七）	冷泉（康保四・一八）・円融天皇
藤原懐子	天延三（九七五）	永観二（九八四）	花山天皇（永観二・一七）

この六人の中で、藤原高子は、本来は元慶六年（八八二）に、皇太后になっているものの、寛平八年（八九六）に皇太后位を剥奪され、それが天慶六年に追贈されたものである。従って、所生の天皇即位時に既に亡くなっていたため、皇太后位を追贈された人物は、高子以外の五人である。また、安子は村上天皇の中宮であるため、『源氏物語』の朱雀帝の承香殿女御と同じように、中宮にならないまま没し、後に皇太后位を追贈された人物は、高子、安子をのぞく四人である。

確認してみると、皇太后位追贈はすべて帝の即位年と同じであり、即位とほぼ同時に行われている。これは、『源氏物語』の承香殿女御にも共通している。しかし、注目しておきたいのは、没年から皇太后追贈年までの長さである。旅子が三五年、澤子が四五年、胤子が一年、懐子が十年となっている。承香殿女御の場合、物語の中で最後に登場するのが、「若菜上」巻であり、そこから今上帝即位までの間には六年の月日がある。「若菜上」巻ではその死が語られなかったということは、「若菜下」巻の空白の四年の間に亡くなったのであろう。そのように仮定すると、没年から追贈年までの長さは最長で四年であったことがわかる。旅子、澤子、懐子の場合は、没年と追贈年との間に長い年月の経過があり、息子の即位を見ることがそもそも難しかったと考えられる。胤子に関しては、醍醐天皇の即位が没年の翌年であり、もう少し長く生きていれば息子の即位を見ることができたという無念の死である点が、『源氏物語』の承香殿女御と共通している。しかし、胤子の場合は、息子醍醐天皇が一三歳と若年であり、飯倉晴武氏が、「没年二一歳とする説は疑わしい」注(23)と指摘されるように、二一歳没年説が出るほどに、若くして亡くなったことが推測される。若くして死ぬということは、子どもが幼いことにつながるため、息子の即位を目にする可能性が低くなる一因といえよう。出仕時は更衣であり、その身分もまた、東宮の母であるとはいえ、中宮となれるべきものではなかった。

『源氏物語』の今上帝の即位は二〇歳である。承香殿女御がはじめて物語に登場するのが「賢木」巻、今上帝が生まれたことが描かれるのが「明石」巻であるため、承香殿女御入内から今上帝誕生までには何年かかかっていることがわかる。承香殿女御が「若菜上」巻の直後に亡くなったと仮定しても今上帝は一六歳程度であり、承香殿女御は少なくとも中年にさしかかる年代まで存命であったことは確かであろう。没年からいっても、息子の即位を目にする可能性は十分にあった。以上のように、右大臣の娘という中宮になりうる身分に生まれ、東宮を生みながらも中宮になれず、中年まで生きていたにも関わらず、息子の即位を見ることなく亡くなり、皇太后位を追贈された女性は、物語だけではなく、史実を確認しても、『源氏物語』の朱雀帝の承香殿女御しかいないことが理解される。

「若菜下」巻の承香殿女御の死の記述は、『源氏物語』のみならず、同時代の同じ立場の女性たちのなかでも、非常に不遇な人生を送った承香殿女御の人生を浮かび上がらせる効果があったのだ。

四　国母不在の御世

以上、承香殿女御の人生をたどってきた。その上で、そうした承香殿女御が、なぜ、『源氏物語』に描かれたのかを考えてみたい。

近年、国母の研究が進んでいる。注(24)歴史的には、藤原穏子、藤原詮子などの例がみられ、『源氏物語』では、弘徽殿女御、藤壺などが、国政に参与する強い影響力を持った国母として描かれている。沼尻利通氏は、『源氏物語』の弘徽殿女御、藤壺、『うつほ物語』の后の宮の検討をとおし、弘徽殿女御、后の宮が物語の中で、政治的に敗北していく姿に注目し、一見摂関政治的な構造を持ちつつも、実際は密事によって紐帯していく藤壺と光源氏の関係に、新しい国母像を見出されている。注(25)沼尻氏の検討のように、物語における個々の国母たちにはそれぞれ特徴的な部分があるが、共通しているのは、それが成功しないとしても、国母となることで、政治に強い影響力を持ちえたということだ。

物語は当初、寵愛の薄かった承香殿女御の皇子が東宮になると、承香殿女御のことを、「めでたき御幸ひ」(「澪標」二―三〇〇頁)であると評していた。確かに、『源氏物語』には、立后することや国母となることを「幸ひ」であるとする考え方がみられる。それは、以下の玉鬘の述懐に顕著に現れる。

心やすからず、聞き苦しきままに、「かからで、のどやかにめやすくて世を過ぐす人も多かめりかし。限りなき幸ひなくて、宮仕の筋は思ひよるまじきわざなりけり」と、大上は嘆きたまふ。

(「竹河」五―一〇五頁)

玉鬘腹大君が、冷泉院の皇子を産む。しかし、今上帝に入内すると思われていた大君が冷泉院に参院したことは、今上帝や周囲の人々の不快感へとつながっている。注(26)また、皇子が産まれたことで、玉鬘の姉妹である冷泉院の弘徽殿女御とも不和が生じるなど、玉鬘は進退極まっている。子どもたちからも大君の冷泉院参院の選択を非難された玉鬘にわきおこった述懐が、傍線部のようなものであった。この玉鬘の述懐は、追い詰められた状態であるからこそ、入内だけでも栄誉なことであるという理想をこえて、入内の真実を的確に述べている。入内したとしても、中宮となり国母となる、あるいは桐壺院の弘徽殿女御のように中宮にはなれずとも、国母となるからこそ価値があるのであって、そうなれないのであれば、結局は苦労ばかりがともなうことでもあったのだ。それを思うとき、承香殿女御に対する「めでたき御幸ひ」(「澪標」二―三〇〇頁)という物語の述懐は、寵愛に恵まれなかった女御であっても、いずれ国母となることでその苦労が報われることに対してであったことが理解される。しかし、承香殿女御は、朱雀帝の寵愛の薄さに耐え、右大臣の娘に生まれ、東宮を生しながらも中宮にならないまま、ひたすら東宮とともに人生を歩み、東宮が帝になることを見届けられずに亡くなる。徳野伊勅氏が、承香殿女御の意識的な自重を読み取り、そこに作者紫式部の投影を読み取られる所以でもあろう。注(27)

しかし、ここでもう一度考えておきたいのが、物語は承香殿女御の不遇な人生を描くためだけに、あえて承香殿女御の死を描いたのであろうかという点である。承香殿女御が亡くなっているということは、今上帝の御世は、国母不在の御世である。承香殿女御の死は、今上帝の御世そのものとも深く関わっているはずだ。

五　閉じられる物語

承香殿女御の死に関して、再度考えておきたいのは、兄弟である鬚黒についてである。鬚黒は、「竹河」巻において、「故殿」と描かれることで、既に亡くなっていたことが明らかになる。

尚侍の御腹に、故殿の御子は男三人、女二人なむおはしけるを、さまざまにかしづきたてむことを思しおきてて、年月の過ぐるも心もとながりたまひしほどに、あへなく亡せたまひにしかば、夢のやうにて、いつしかと急ぎ思しし御宮仕もおこたりぬ。

（「竹河」五―五九～六〇頁）

「竹河」巻は、鬚黒の死が描かれることから始まり、玉鬘腹大君の冷泉院への参院と、それに対する今上帝の怒り、中君の入内とが描かれ、最後は巻末で玉鬘が息子たちの昇進が思うにまかせないことを嘆く場面で終わる。

「見苦しの君たちの、世の中を心のままにおごりて。官位をば何とも思はず過ぐしいますがらふや。故殿おはせましかば、ここなる人々も、かかるすさびごとにぞ、心は乱らまし」とうち泣きたまふ。右兵衛督、右大弁にて、みな非参議なるを愁はしと思へり。侍従と聞こゆめりしぞ、このころ頭中将と聞こゆめる。年齢のほどはかたはならねど、人に後ると嘆きたまへり。

（「竹河」五―一一二～一一三頁）

このような状況は、玉鬘が大君を冷泉院に参院させ、それに対して今上帝が不快の意を示したことに端を発してはいるが、根本的な理由は、玉鬘が「故殿おはせましかば」と言っているように、鬚黒が亡くなってしまっているということにある。鬚黒が亡くなり、その息子たちも思うように昇進しないことが描かれたことで、今上帝政権下で、鬚黒一族が活躍する可能性はほぼ絶たれたことを示して「竹河」巻は終わっている。

鬚黒は、物語第一部世界で、次代の政権担当者として描かれていた。

大将は、この中将は同じ右の次将なれば、常に呼びとりつつ、ねむごろに語らひ、大臣にも申させたまひけり。人柄もいとよく、朝廷の御後見となるべかめる下形なるを、などかはあらむと思しながら、かの大臣のかくしたまへることを、いかがは聞こえ返すべからん、さるやうあることにこそと心得たまへる筋さへあれば、任せきこえたまへり。

この大将は、春宮の女御の御兄弟にぞおはしける。大臣たちを措きたてまつりて、さし次ぎの御おぼえいとや

むごとなき君なり。年三十二三のほどにものしたまふ。（「藤袴」三―三四二〜三四三頁）

鬚黒は、内大臣が玉鬘の婿候補として、「朝廷の御後見となるべかめる下形」と思っているように、未来の国母たる承香殿女御の兄弟であり、現東宮、のちの今上帝のおじにあたる。内大臣が「朝廷の御後見」と考え、玉鬘の結婚相手にと考えるのは当然であろう。「この大将は、春宮の女御の御兄弟にぞおはしける」と紹介されてもいるように、「藤袴」巻の段階では、来たるべき今上帝の御世は、承香殿女御が国母として政権に参与し、その兄弟である鬚黒が政権を支えることが想定されていたといえる。斎藤紗代氏は、冷泉帝が出仕を期待していた玉鬘を、横からさらってしまう鬚黒の不遜な態度の背景には、現東宮の身内であり、「下形」であることの自覚があったとされている。[注(28)] 即位直後の東宮――今上帝には、明石中宮の父である光源氏という強力な存在が控えているが、冷泉帝の譲位に際し、「世の中の政仕うまつりたまひける」（「若菜下」四―一六五頁）とされたのは、右大臣となった鬚黒であり、光源氏の出家や死が、「幻」巻で想定される中、鬚黒が世を掌握する時代はすぐそばまできていたはずだ。しかし、鬚黒は亡くなっている。

一方、第三部世界で最も力を持つと考えられる光源氏の息子の夕霧も、中井賢一氏が、夕霧が物語において太政大臣にならないことについて、「夕霧は、権力体制の不安ゆえに「名誉職」太政大臣にはなれない、ということなのではないか[注(29)]」と指摘されるように、完全に世を掌握することができない姿が描かれる。

政権を担当する家の候補として、他に「若菜下」巻で致仕する致仕大臣の家がある。第三部世界での致仕大臣家の後継者は、紅梅右大臣である。以下は、紅梅右大臣の大饗の宴席の場面である。

大臣殿は、ただこの殿の東なりけり。大饗の垣下の君達などあまた集ひたまふ。兵部卿宮、左の大臣殿の賭弓の還立、相撲の饗などにはおはしましを思ひて、今日の光と請じたてまつりたまひけれどおはしまさず。心にくくもてかしづきたまふ姫君たちを、さるは、心ざしことに、いかでと思ひきこえたまふべかめれど、宮ぞ、いかなるにかあらん、御心もとめたまはざりける。源中納言の、いとどあらまほしうねびととのひ、何ごとも後れたる方なくものしたまふを、大臣も北の方も目とどめたまひけり。

（「竹河」五—一一一頁）

紅梅邸で華やかな宴席が行われていることが描かれるが、紅梅右大臣が婿にと望む匂宮は、それに対し一切興味を示さない。匂宮の若さや、性質も関係していると考えられるが、匂宮を思うようにはできない紅梅右大臣の姿が描かれている。

それは夕霧も同じである。夕霧は後に匂宮と六の君の結婚に成功してはいるが、当初夕霧が希望していた三の君との結婚については、匂宮は一切興味を示していない。

大殿の御むすめは、いとあまたものしたまふ。大姫君は春宮に参りたまひて、またきしろふ人なきさまにてさぶらひたまふ。その次々、なほみなついでのままにこそはと世の人も思ひきこえ、后の宮ものたまはすれど、この兵部卿宮はさしも思したらず、わが御心より起こらざらむことなどは、すさまじく思しぬべき御気色なめり。

（「匂兵部卿」五—一九頁）

後に東宮候補ともされる匂宮を、第一部、第二部世界で世を牽引した光源氏の家、致仕大臣の家ともに、取り込めない様子が描かれる。そして、その後は当の匂宮、そして、もうひとりの貴公子である薫もまた宇治へと興味の中心はうつっていく。

今上帝の政権とは、国母、外戚である鬚黒、明石中宮の父である光源氏がすでに死去し、かつての光源氏や致仕大臣のような、圧倒的な力を持つ臣下がおらず、次代を担う匂宮、薫も政権をみつめていないという、非常に不安定なものであったことがあぶりだされる。そして、それは今上帝だけの問題ではなく、光源氏、致仕大臣両家ともに、かつての繁栄はもう望むことはできないことを示しており、ゆるやかに、しかし確実に物語は閉じられようとしている。

以上のように考察してくると、「若菜下」巻、冷泉帝の譲位に関する記述の中に、承香殿女御の死が描かれ、また、その死が、史実や物語に照らし合わせても非常に不遇なもの、裏を返せば、類例がなく、不自然なほどに不遇に描かれていることは決して偶然であるとはいえまい。大きな出来事もなく、一見安定しているようにみえる今上帝の御世は、国母、そしてそれを支える右大臣となった鬚黒が後に不在となることが示されているのである。さらにそのことは死の記述のみに留まるものではなく、そうした状況がありながら、第三部世界においても、夕霧、紅梅右大臣ともに権勢を完全に手中にできないということは、今上帝の御世が、権勢を誇る臣下の家の競い合いにより、輝きを増していったような桐壺帝や冷泉帝のような御世にはなれないことにもつながるものであったのだ。

六　おわりに

帝の母后には、帝の性、そしてそれに関わり、帝の後継者決定に介入する姿があったことを、西野悠紀子氏や服藤早苗氏が指摘されている。注(30) 以下の『うつほ物語』の后の宮の様子にもそれは明らかである。

かくて、日ごろありて、宮に、「聞こえさすべきことなむある。渡らせ給へ」とあれば、渡らせ給へり。御物語など聞こえさせ給ひて、「かうかうなむ思ふ。いかに。いかにあるべきことぞ」と聞こえ給へば、宮、いと御気色悪しくて、青くなり、赤くなり、物も聞こえ給はず。いと久しくありて、「昔より、『誰も、親の仰せ言は、ともあれかうもあれ、否び聞こえじ』と思ふ本意侍れば、否び聞こゆべきには侍らず。この国ならず、大きなる国にも、国母・大臣、一つ心にてこそ、ことを計りけれ。臣下ども、御足末にて、やむごとなくてものせらるめるを、あひ定めて、ともかくもせさせ給ふばかりになむ。ここに、はた、かの人離れては、いと頼りなく侍るに、かかること侍らば、参るべきにも侍らず。されば、かの人・幼き者もろともに、生くとも、死ぬとも、もろともに、山林にも入りて侍るばかりにこそは。位・禄も、『顧みむ』と思ふ人のためにこそは。何せむにか、これをいたづらになしては、世にも侍るべき」とて、涙をこぼして立ち給ひぬ。

（おうふう『うつほ物語全　改訂版』「国譲・下」七四九〜七五〇頁）

后の宮は、東宮を呼び、梨壺腹皇子の立坊をすすめる。しかし、藤壺を熱愛する東宮は、後継者を決めるどころか、藤壺腹の皇子を東宮にできないのなら、東宮位を擲つだけではなく、死すらほのめかしてその意向を拒否する。ここで注目しておきたいことは、后の宮が東宮本人に後継者について直談判していること、そして、東宮自身も「国母・大臣一つ心にてこそ、ことを計りけれ」と、国母や外戚の政治的介入を前提にしているという点である。東宮は重々それを承知しながら、后の宮の要請を拒否したということになる。

『源氏物語』においても、弘徽殿大后が八の宮立坊に動いていたことが明らかにされており、国母が後継者決定に関与していることは確認できる。

承香殿女御の死が浮かび上がらせることのひとつに、この後継者問題がある。今上帝の東宮は、今上帝と明石中宮との間に生まれた第一皇子であり、これは順当なものである。しかし、その次の後継者については、物語の中で大きく揺らいでいる。当初は、今上帝二の宮が「坊がね」（「匂兵部卿」五―一八頁）とされていたにもかかわらず、[注(31)]第三部後半になって東宮候補として語られるのは匂宮である。しかも、この匂宮立坊について言及するのは、明石中宮だけであることを助川幸逸郎氏が指摘されており、[注(32)]今上帝の皇統の後継者については、大きく揺らいでいる。そもそも、皇太弟自体が特殊な状況であり、[注(33)]今上帝の皇統の行く末が示されないまま物語は閉じられていくのである。[注(34)]

これを思うと、たとえ鬚黒が死去していたとしても、承香殿女御が国母として存命であったなら、今上帝をリードして後継者を決定し、御世を盤石なものにしていたのではないかという可能性に思いを馳せることは許されるであろう。

朱雀帝の承香殿女御の登場場面は少ない。右大臣の娘に生まれ、東宮まで生しながら、中宮になれず、朱雀帝の寵愛も薄い。人生の集大成となるはずであった国母となる直前で、死を迎えなければならなかったこの女性の足跡は、一見物語に何も残っていないかのように思われる。

しかし、その死の描写は、皮肉にも、実子今上帝の、御世の不安定さをうつしだすものとなっていたのである。そしてその不安定さは、今上帝だけではなく、夕霧、紅梅右大臣という、かつての光源氏の家、致仕大臣の家の問題とも関連していく。物語は第三部世界と第一部第二部世界が異質なものであることを描き出し、ゆるやかに、しかし確実に閉じられようとしているのである。

承香殿女御に対する物語の同情的なまなざしは、そうした閉じられゆく物語そのものへのまなざしでもあったのだ。

注

(1) 本文の引用は、小学館刊新編日本古典文学全集『源氏物語』により、巻名・巻数・頁数を付す。なお、傍線等は適宜補っている。

(2) 高木和子氏が、桐壺帝承香殿女御の四の皇子が蛍宮と同一人物である可能性について検討し、後の朱雀帝の御世の承香殿に反光源氏的な印象があるため、桐壺帝承香殿女御腹の四の皇子と蛍宮の同定が回避されたと論じられている(「源氏物語における系図の変容—桐壺院の皇子達と朱雀朝の後宮—」「国語と国文学」第九一巻第一一号、二〇一四年一一月)。

（3）肖柏本が「頭中将」（『源氏物語大成』一―三四九頁）、高松宮家本が「頭中将」（加藤洋介氏『河内本源氏物語校異集成』風間書房、二〇〇一年、一一五頁）、阿里莫本が「頭弁」（『源氏物語別本集成』桜楓社、一九九〇年、三―三三九頁）の本文をもっている。

（4）注（2）と同じ。

（5）山中和也氏「殿舎名を冠した皇妃の呼称のかたち―宇津保の国譲下巻から源氏の承香殿女御へ―」（『古代文化』第四二巻第九号、一九九〇年九月）。

（6）石津（細野）はるみ氏「若菜への出発―源氏物語の転換点―」（『国語と国文学』第五一巻第一一号、一九七四年一一月）。

（7）増田繁夫氏「源氏物語の後宮―桐壺・藤壺・弘徽殿―」（『国文学解釈と鑑賞別冊源氏物語の鑑賞と基礎知識　桐壺』一九九八年一〇月）。

（8）栗本賀世子氏「宇津保・源氏の承香殿―悲願を果たしえぬ皇妃たち―」（『平安朝物語の後宮空間―宇津保物語から源氏物語へ―』武蔵野書院、二〇一四年）。

（9）田坂憲二氏は、「光源氏の政界復帰は、承香殿女御腹の若宮誕生をみて、弘徽殿・朱雀系の帝が一代限りで終るものではないという、取り敢えずの保証を得たことと引き換えに、初めて可能となったものである。このことを抜きにしては、いかに天変地異や桐壺院の御霊の出現を積み重ねても、光源氏の帰京はありえなかったであろう」（「鬚黒一族と式部卿宮家―源氏物語における〈政治の季節〉・その二―」『源氏物語の人物と構想』和泉書院、一九九三年、三二一頁）と指摘される。また、秋澤亙氏は、朱雀帝の意識としては、冷泉帝はあくまで中継ぎ程度の位置づけであったことを指摘される（「朱雀帝の退位」『源氏物語の准拠と諸相』おうふう、二〇〇八年）。

（10）田坂憲二氏「弘徽殿大后試論―源氏物語における〈政治の季節〉―」（『源氏物語の人物と構想』八頁）。なお、高橋麻織氏は、弘徽殿女御が、母后として朱雀帝を支えつつ、朧月夜が皇子を産み、皇太后となることを目指していたと指摘されている（「弘徽殿大后の政治的機能―朱雀朝における「母后」と「妻后」―」『虚構と歴史のはざまで　新時代への源氏学六』竹林舎、二〇一四年）。

（11）倉田実氏「内親王女三の宮の婚姻と端役たち　承香殿女御・乳母たち・左中弁など」（『端役で光る源氏物語』世界思想社、二〇〇九年）。

（12）注（9）四五頁。

（13）注（5）と同じ。

（14）橋本義彦氏「三后・皇太夫人対照表」「三后対照表」（『平安貴族社会の研究』吉川弘文館、一九七六年）、「三后表」（『皇室制度史料』后妃一、吉川弘文館、一九八七年）を参照した。

（15）新訂増補国史大系『日本紀略』前篇下　弘仁一四年（八二三）四月庚子　三一五頁。

（16）新訂増補国史大系『日本三代実録』巻第四五　元慶八年（八八四）二月廿三日　五五一頁。

（17）『日本紀略』後篇二　天慶六年（九四三）五月廿七日　四三頁。

（18）『日本紀略』後篇一　寛平九年（八九七）七月一九日　一頁。

（19）新訂増補国史大系『本朝世紀』第八　康保四年（九六七）一一月廿九日　一二五頁。

（20）『日本紀略』後篇八　永観二年（九八四）一二月一七日　一五二頁。

（21）須田春子氏「後宮と職庁」（『平安時代後宮及び女司の研究』千代田書房、一九八二年）、「皇太后・太皇太后の冊立」（『皇室制度史料』后妃三、吉川弘文館、一九八八年）を参照した。

（22）表の作成にあたっては、注（14）、（21）の他に『国史大事典』（吉川弘文館）、『平安時代史事典』（角川書店）を参照した。

(23)『国史大事典』(吉川弘文館)。

(24)国母であった個人に注目したものとしては、藤木邦彦氏「藤原穏子とその時代」(『論集日本歴史三　平安王朝』有精堂、一九七六年)などがあり、歴史学の見地からの国母に注目したものとしては、橋本義彦氏「中宮の意義と沿革」(『平安貴族社会の研究』)、西野悠紀子氏「中宮論―古代天皇制における母の役割―」(『日本国家の史的特質―古代中世―』思文閣出版、一九九七年)・「母后と皇后―九世紀を中心に―」(『家・社会・女性　古代から中世へ』吉川弘文館、一九九七年)、倉本一宏氏「摂関期の政権構造―天皇と摂関とのミウチ意識を中心として―」(『摂関政治と王朝貴族』吉川弘文館、二〇〇〇年)、古瀬奈津子氏「摂関政治成立の歴史的意義―摂関政治と母后―」(『日本史研究』四六三号、二〇〇一年三月)、服藤早苗氏「九世紀の天皇と国母―女帝から国母へ」「王権と国母―王朝国家の政治と性」(『平安王朝社会のジェンダー』校倉書房、二〇〇五年)などがある。『源氏物語』をはじめとする、物語文学の国母に注目したものとしては、沼尻利通氏「弘徽殿大后・国母としての政治」「物語の国母―『うつほ物語』『源氏物語』を中心に―」(『平安文学の発想と生成』國學院大學大学院、二〇〇七年)に詳しい。

(25)沼尻利通氏「物語の国母―『うつほ物語』『源氏物語』を中心に―」(『平安文学の発想と生成』)。

(26)春日美穂「『源氏物語』における今上帝の「御気色」」(『源氏物語の帝―人物と表現の連関―』おうふう、二〇〇九年)。

(27)徳野伊勅氏「物の後ろの心地して―承香殿女御のこと―」(『国語国文学研究』第二五号、一九八八年九月)。

(28)斎藤紗代氏「『源氏物語』鬚黒についての一考察」(『成蹊国文』三五号、二〇〇二年三月)。

(29)中井賢一氏「夕霧〈太政大臣予言〉の論理―〈夕霧権力体制〉の誤算と物語の〈二層〉構造―」(『国語国文』第七六巻第六号、二〇〇七年一〇月)。

(30) 西野悠紀子氏「母后と皇后―九世紀を中心に―」(『家・社会・女性 古代から中世へ』)、服藤早苗氏「九世紀の天皇と国母―女帝から国母へ―」「王権と国母―王朝国家の政治と性」(『平安王朝社会のジェンダー』)。

(31) 今上帝二の宮については、春日美穂「末としての今上帝二の宮―伝わらぬ光源氏の琴―」(『源氏物語の帝―人物と表現の連関―』)で論じた。なお、桜井宏徳氏は、今上帝二の宮の式部卿任官が、「坊がね」としての重々しさをあらわしている(「宇治十帖の中務宮―今上帝の皇子たちの任官をめぐって―」「中古文学」第九三号、二〇一四年五月)と指摘されており、今上帝二の宮については今後も検討していきたい。

(32) 助川幸逸郎氏「匂宮の社会的地位と語りの戦略―〈朱雀王統〉と薫・その1―」(「物語研究」第四号、二〇〇四年三月)。

(33) 第三部の皇太弟の問題については、辻和良氏「明石中宮と「皇太弟」問題―〈源氏幻想〉への到達点」(『源氏物語の王権―光源氏と〈源氏幻想〉―』新典社 二〇一一年)に詳しい。

(34) 櫻井学氏は、「竹河」巻での今上帝の、玉鬘一族への不快の表出について、冷泉院との関わりから、今上帝の正統性に関わる極めて政治的なものであったと述べられている(「『源氏物語』今上帝の時代」「古代文学研究(第二次)」第二〇巻 二〇一一年一〇月)。注(26)の拙稿とは見解を異にする部分もあるが、櫻井氏の指摘される一面もあると首肯した。また、拙稿では今上帝の「私情を優先する姿」を読み取ったが、それとあわせて本来外戚として自身を支えるべき一族の裏切りと今上帝が捉えたとすれば、その怒りも納得のいくものとなる。

〈新たな姫君〉としての宇治中の君

辻　和良

一　はじめに

第三部宇治十帖は、女性の「生」を探る実験的物語であると主題論的には押さえている。中の君においてはっきり見えるのは、紫の上を核とするこれまでのさまざまな女性たちの生き方とは異なる、それ以外の「生」を求めようとする姿である。それが、都とは異なる周縁の地である宇治で試みられているのである。これは、時代――〈史実〉の枠組を越え出る試みと位置付けられる。中の君物語は、大君、浮舟との間にあって、この試みの特徴をもっとも顕著に表している。

第三部に入ると、薫と匂宮とによる、宇治の姫君たちの処遇が気になってくる。彼女たちが薫たちにふさわしい姫君であるかのように、彼らが対応しているように思える。しかし、それは果たして適切な処遇であったのか。おそらくはその時代、常識的にあり得たはずのものとは異なった処遇を、姫君たちは受けていたように思えるのである。

宇治の姫君たちは、誰に従うことなく、みずからが物事の判断をしていく。宇治に入り込む薫や匂宮たちは、そういう彼女たちに応対することになる。そこに「不相応な処遇」が生まれる。

橋姫巻の冒頭、八の宮の来歴が語られる。それはかつての、冷泉院を含む都の中心的皇族との確執を思い出させることになり、一瞬、王権論的緊張が走る。しかし、それ以上の展開はない。注(1) 姫君たちの父親の来歴を語ることは、薫と「橋姫」らとの接点を、「仏道」を介して用意していくものであった。結果として、薫の恋は、「仏道」の介在によって錯誤の道を辿り、歪なものとなっていった。匂宮も、その薫を通じて宇治と関わっていき、薫とともに、やはり都のままの認識ではいられなくなる。

宇治に住む古宮とその娘たち、彼らと都の貴顕との関わりを考察するに当たり、本稿では、宇治の姫君の内、薫と匂宮との二人に関わった中の君を取り上げていこうと思う。そこに問題の本質が集約されていると思えるからである。

二　中の君腹男児の「産養」——新たな姫君としての中の君

中の君が匂宮の男児を出産した。大きな出来事である。中の君が物語内においてどのように位置付けられているのか、それがこの男児の「産養」記事から窺える。中の君について吉井美弥子がまとめているのによると、物語中には、女房などが中の君を「幸ひ人」と評する表現が見られるが、「幸運な人」といった意のこの語は、幸福で不幸な存在としての中の君のありようを浮き彫りにする。つまり、物語は、一方では、匂宮の妻であることへの中の君の苦悩を描きながらも、他方では、世俗の秩序の側からすれば、中の君がそれなりに安定した立場にあることを、皮肉に批評する語り手の目を潜ませているのである。

結局、中の君は、さまざまな苦悩を抱えながらも、東宮候補でもある匂宮の第一子にあたる男児を出産する。その詳細な産養の記事は、この子の来るべき将来を予祝するものであり、この男児の立太子ひいては即位の可能性をも透かし見せる。その意味では、帝位から遠く離れた失意の皇子であった父八の宮の、見果てぬ夢の実現をなし得ることで、中の君は、八の宮家の物語からすれば重要なヒロイン的存在であったことになる。しかし、このような、家の夢を実現しようとする女君が、物語展開の主軸たりえないところに、光源氏の生きていた世界とは異なる、宇治十帖固有の世界があるといえよう。

となる［吉井二〇〇二］注(2)。後の方の傍線部には、中の君の生んだ子供が将来即位するという予測が立つかのように述べられている。これによる限り、物語内での中の君の位置付けは、なかなかに高いところにあることになる。吉井の指摘では、宿木巻にある「詳細な産養の記事」が説の根拠となっている注(3)。改めて、「産養」の記述を他の「産養」記事と比較して、確認しておこう。

（匂宮が）かく籠りおはしませば、参りたまはぬ人なし。御産養、三日は、例の、ただ宮の御私事にて、五日の夜は、大将殿より屯食五十具、碁手の銭、椀飯などは世の常のやうにて、子持の御前の衝重三十、児の御衣五重襲にて、御襁褓などぞ、ことごとしからず忍びやかにしなしたまへれど、こまかに見れば、わざと目馴れぬ心ばへなど見えける。宮の御前にも浅香の折敷、高坏どもにて、粉熟まゐらせたまへり。女房の御前には、衝重をばさるものにて、檜破子三十、さまざまし尽くしたる事どもあり。人目にことごとしくは、ことさらにしなしたまはず。七日の夜は、后の宮の御産養なれば、参りたまふ人々いと多かり。宮の大夫をはじめて、殿上人上達部数知らず参りたまへり。内裏にも聞こしめして、「宮のはじめて大人びたまふなるには、いかでか」とのたまはせて、御佩刀奉らせたまへり。九日も、大殿より仕うまつらせたまへり。よろしからず思すあたりなれど、宮の思さんところあれば、御子の君達など参りたまひて。すべていと思ふことなげにめでたければ、御みづからも、月ごろ、もの思はしく心地の悩ましきにつけても、心細く思しわたりつるに、かく面だたしくいまめかしき事どもの多かれば、すこし慰みもやしたまふらむ。（宿木(5)460頁）注(4)

柏木巻に女三の宮の出産に際しての産養が描かれている。

御産屋の儀式いかめしうおどろおどろし。御方々、さまざまにし出でたまふ御産養、世の常の折敷、衝重、高坏などの心ばへも、ことさらに心々にいどましさ見えつつなむ。五日の夜、中宮の御方より、子持の御前の物、女房の中にも、品々に思ひ当てたる際際、公事にいかめしうせさせたまへり。御粥屯食五十具、所どころの饗、院の下部、庁の召次所、何かの隈までいかめしくせさせたまへり。宮司、大夫よりはじめて院の殿上人みな参れり。七夜は、内裏より、それもおほやけざまなり。致仕の大臣など、心ことに仕うまつりたまふべきに、このごろは、何ごとも思されで、おほぞうの御とぶらひのみぞありける。宮たち上達部などあまた参りたまふ。（柏木(4)289頁）

中の君出産時の産養と比較してみて気付くのは、光源氏は臣下とはいえ准太上天皇位にあるからか、「公事にいかめしう」「おほやけざま」にとの表現が付加されていることである。中の君の場合には、中宮の産養があるとはいうものの、全体として「公的な儀式」とは言い切れないところが残る。とくに帝の対応の違いが顕著である。「宮のはじめて大人びたまふなるには、（略）」というのは、帝が親として、匂宮への愛情を表した家内向きの行動に外ならない。注(6)むしろそこからすると、明石中宮の対応にしても、「親」ゆえの行動と理解するのがふさわしい。その意味で匂宮に引かれての「家族的」色合いが濃いものなのである。注(7)

さらに、夕霧の対応にも注意したい。九日の産養は夕霧主宰となっているが、「よろしからず思すあたり」と、彼の思いは決して愉快なものでないこと――距離を置いて中の君をみていることがあからさまに語られている。今後、六の君腹男子出産の可能性は大いにあるわけで、その時の世の対応はいかばかりのものになるかということが、逆にここから思い起こされもする。

薫出生の際の産養と中の君腹男児の産養との比較によってみる限り、中の君腹男児の産養の儀式記事をもって、その子の立坊・即位の将来を云々する根拠とすることはできないのではないだろうか。この「産養」は、匂宮の「私的祝儀」の色合いが濃いものである。

また、物語のどのような進行の中に、この記事が置かれているのかについてみると、薫の昇任→その祝賀→女二の宮との婚儀、というように、この記事は、帝の女二の宮と薫との婚儀へと向かう、一連の「公的意味合い」の強い薫関連記事に挟まれた一齣に過ぎないということが理解できるのである。すなわち、この点からも産養記事を根拠にして中の君所生の皇子が立坊・即位する、ということにはならない、と言ってよいのではないだろうか。

先の吉井のまとめに付した初めの傍線部、匂宮の皇子を手に入れたという、「世俗の秩序の側からすれば、中の君がそれなりに安定した立場にあること」は、間違いのないことである。物語の主人公としては、中途半端な「幸福」という外ないが、それこそが、「幸ひ人」中の君像であり、この点の理解の仕方が肝となる。原岡文子が「幸ひ人」を鍵言葉として中の君を取り上げ、「物語は一方に必然化された苦悩を描きつつ、他方、その嘆きを世俗の秩序の側から故ないことと批評する語り手の目を孕み込んでいるということではないか」と慎重に論じている［原岡一九九一］。注(8) 別の視点から、藤本勝義が、「中君は源氏物語正篇の、紫上、玉鬘というヒロインの系譜に、まちがいなく属すると思われる。にもかかわらず、中君は結局脇役に終始している」とも指摘している［藤本一九八〇］。注(9) 藤本が、「にもかかわらず」とする反転した認識は、原岡が、「（中の君の嘆きは）故ないことと批評する語り手の目」を見出していることと繋がっている。

原岡や藤本がこのように逆説的な論理を表明しなければならない、という事実が中の君を押さえるには大切である。中の君は、紫の上や玉鬘などとは異なる特異な、〈新たな姫君〉として存在しているのである。

三　中の君の世間的位置づけ

ここで、出会い当初の、宇治の姫君に対する、都を中心とする世間的な認識を洗い出しておきたい。古宮の娘、しかも宇治という、都の周縁に住んでいる姫君に対する認識とその扱いとはどのようなものであったと考えられるだろうか。彼女たちの階層に対する当時の常識的な受け止め方を理解しておこう。『源氏物語』内において、人々は彼女たちをどのように認識しているだろうか。

思すさまにはあらずとも、なのめに、さても人聞き口惜しかるまじう、見ゆるされぬべき際の人の、真心に後見きこえんなど思ひよりきこゆるあらば、知らず顔にてゆるしてむ、（略）さまで深き心にたづねきこゆる人もなし。まれまれはかなきたよりに、すき事聞こえなどする人は、まだ若々しき人の心のすさびに、物詣の中宿、往き来のほどのなほざり事に気色ばみかけて、さすがに、かくながめたまふありさまなど推しはかり、侮らはしげにもてなすは、（椎本(5)169頁）

八の宮の姫君たちに真剣に求婚しようという都人はいない、「なほざり言に気色ばみかけ」たり、「侮らはしげにもてな」したりするのが、普通のあり方なのであった。冷泉院にしても、

朱雀院の、故六条院にあづけきこえたまひし入道の宮の御例を思ほし出でて、「かの君たちをがな。つれづれなる遊びがたきに」などうち思しけり。（橋姫(5)121頁）

とあるように、自分の自由に扱える軽い存在としての女性、として八の宮の姫君たちを認識していた。

角度を変えて明石中宮の認識でも、「女房（召人）」扱いである。

「御心につきて思す人あらば、ここに参らせて、例ざまにのどやかにもてなしたまへ。筋ことに思ひきこえたまへるに、軽びたるやうに人の聞こゆべかめるも、いとなむ口惜しき」と、大宮は明け暮れ聞こえたまふ。（総角(5)293頁）

古宮の姫君の扱いは、この程度のものであることをしっかりと認識しておく必要がある。都を離れて宇治に住まうしかない、忘れられた宮家の矜恃は、すでに世間に通用しなくなっているのである。召人も含ともかく、橋姫たち、特に中の君を中心に言えば、都の人々にとって決して重んじる存在などではない。召人も含めた「宮仕」が相応しいと思われてしまう存在であることを確認しておこう。

「御気色けしうはあらぬなめり」と、御前なる人々つきしろふ。「対の御方こそ心苦しけれ。天の下にあまねき御心なりとも、おのづからけおさるることもありなんかし」など、ただにしもあらず、みな馴れ仕うまつりたる人々なれば、安からずうち言ふどももありて、すべて、なほ、ねたげなるわざにぞありける。（宿木(5)395頁）

中の君に仕えている女房は、思うままをあけすけに言う。世間的にみれば、中の君が、六の君に「おのづからけおさるる」存在であることは、仕えている女房にとっても分かりきった当然のことである。

外に『栄花物語』の記事も参考になる。粟田殿道兼の娘の記事である。道兼亡き後、その娘が「大人になり果て」たということで、母が行く末を案じていた頃、道長女威子が入内するのに合わせて、女房としての出仕を母の倫子が求めてきたのである。

いかにとおぼし煩ふ程に、この督の殿より、せちに御消息聞えさせ給。「なにかとおぼすべきにあらず、つれ〴〵の慰めに語らひきこえさせせん」などぞあるとの、上の御消息など聞えさせ給を、この北の方いかにせさせ給ましとおぼし亂れて、姫君に「己が行末も殘少ければ、いかにも〳〵して、いかで後やすくと思ひきこゆるに、この宮邊りにかくせちに宣はすめるを、いかゞおぼす」と聞え給へば、姫君ともかくも聞え給はで、うちそばみて居給へるを、見奉り給へば御涙の溢る丶なりけり。（あさみどり、上419頁）注(10)

北の方、姫君たちは、女房出仕せざるを得ない自らの境遇を恨むほかないのである。短い間であったとは言え、一度は天下人だった道兼の娘が、現実にこの状況に追い込まれるのである。世間における八の宮の娘たちの価値づけがどのようなものであるかは、推して知ることができよう。

四　作り出される「中の君」像

薫を先達にして都の人々が宇治の「場」に入り込んでいくにつれ、「橋姫」たちに対する都人たちの認識が、当初とはずいぶん異なるものになっていった。それは、物語の中で静かに誰に意識されることもなく、潜行している。認識変化をもたらす役割は、まずは薫が担っていると言える。薫の認識は、次の引用の傍線部に表れているように、「俗ながら聖になりたまふ」八の宮の存在に影響されるところが大きい。

この阿闍梨は、冷泉院にも親しくさぶらひて、御経など教へきこゆる人なりけり。（略）「八の宮の、（略）、まことの聖の掟になむ見えたまふ」と聞こゆ。「いまだかたちは変へたまはずや。俗聖とか、この若き人々のつけたなる、あはれなることなり」などのたまはす。宰相中将も、御前にさぶらひたまひて、（略）、俗ながら聖になりたまふ心の掟やいかにと、耳とどめて聞きたまふ。（橋姫(5)120頁）

薫は、「俗ながら聖になりたまふ」八の宮に惹かれて宇治に赴き、八の宮を通して姫君を見出していった。そのことが、周縁の地「宇治」に住む姫君たちを薫に見誤らせることになる。以前、宇治での薫の「恋」について、宇治の

世界の人間関係に基づいて次のように論じた。注(11)

（宇治の姫君たちへの）冷泉院の恋が、実はこの後、物語の中で全く発展していかず、その替わりにというか、八の宮を求めた薫の道心が、いつしか冷泉院の心を移したかのように宇治の姫君を求めるやるせない恋に姿を変えていくことを思うと、両者の関係は、まさしく無意識の内に成立した鏡像関係にあると言うことが出来る。

これが、恋に纏わる、薫の「錯誤」をもたらしてくる物語の構造である。薫は、初めて、宇治に八の宮を尋ねたとき、次のような感想を抱いていた。

「聖だちたる御ためには、かかるしもこそ心とまらぬもよほしならめ、女君たち、何心地して過ぐしたまふらむ。世の常の女しくなよびたる方は遠くや」と推しはからるる御ありさまなり。仏の御隔てに、障子ばかりを隔ててぞおはすべかめる。すき心あらむ人は、気色ばみ寄りて、人の御心ばへをも見まほしう、さすがにいかがとゆかしうもある御けはひなり。されど、さる方を思ひ離るる願ひに山深く尋ねきこえたる本意なく、すきずきしきなほざり言をうち出であざればまむも事に違ひてやなど思ひ返して、（橋姫(5)124頁）

この場面の薫には、男として姫君たちに興味を抱いている気配が感じられてならない。「女君たち」という語が引き出す恋の状況設定もある。決定的には、「すき心あらむ人は」以下の表現である。薫のこのような思いは、「すき心ある人」の心情を自らの心に呼び起こさずして浮かんでくるものではない。

その後、薫の宇治来訪も、すでに三年ほど経った頃、彼の「錯誤」は単なる「思い」ではなく、現実のものとして深まっていた。

「なほしるべせよ。我はすきずきしき心などなき人ぞ。かくておはしますらむ御ありさまの、あやしく、げになべてにおぼえたまはぬなり」とこまやかにのたまへば、「あなかしこ。心なきやうに後の聞こえやはべらむ」と

て、あなたの御前は竹の透垣しこめて、みな隔てことなるを、教へ寄せたてまつれり。（橋姫(5)130頁）

薫は宇治八の宮邸の宿直人に右のように話した。薫の言い分は、普通とは異なる姫君たちの有り様だからこそ、気に懸けてしまうということであって、「すきずきしき心」ではないというのである。初めと変わらない薫の思考の型がここにある。

その時、八の宮は不在であった。宿直人は「御消息をこそ聞こえさせめ」（(5)129頁）と申し出たが、薫はそれを断り、「かく濡れ濡れ参りて、いたづらに帰らむ愁へを、姫君の御方に聞こえて、あはれとのたまはせばなむ慰むべき」と姫君との接触を求めたのである。これを聞いた宿直人が「醜き顔うち笑みて、『申させはべらむ』とて立つ」とうとしたところを薫は止めて、垣間見を求めた。宿直人の「うち笑みて」がどのような意味であるのか、語られているわけではないが、薫の言動に姫君たちへの興味があることを感じてのことだろう。このように見れば、八の宮の姫君に興味を持ったことによって、薫の一連の動きが導かれていることは明らかである。「我はすきずきしき心などなき人ぞ」との薫のことばは、彼の「錯誤」の現実的な始まり―認識の〈歪み〉を告げている。仏道への関心から八の宮あるいは姫君に近付くことになったが、それが仇となって薫は自らを正当に認識できないようになってしまっているのである。

昔物語などに語り伝へて、若き女房などの読むをも聞くに、必ずかやうのことを言ひたる、さしもあらざりけむ、と憎く推しはかららるを、げにあはれなるものの隈ありぬべき世なりけりと、心移りぬべし。霧の深ければ、さやかに見ゆべくもあらず。また、月さし出でなんと思すほどに、奥の方より、「人おはす」と告げきこゆる人やあらむ、簾おろしてみな入りぬ。驚き顔にはあらず、なごやかにもてなしてやをら隠れぬるけはひども、衣の音もせずいとなよらかに心苦しくて、いみじうあてにみやびかなるをあはれと思ひたまふ。（橋姫(5)132頁）

薫はその後、「昔物語など」の作り事めいた絵空事と冷ややかにみていたことを、姫君を垣間見することで実際に体験し、草子地に「心移りぬべし」と語られるほどに、姫君たちへの関心を確実に高めていく。「いみじうあてにみやびかなるをあはれと思ひたまふ」との表現に、高まる関心の中にある薫の視線と感情とが表れている。あたかもそれは、冷ややかにみていた、現実とは異なった「昔物語」的な時空に、〈歪んだ〉認識に導かれて、入り込んだかのようである。

五　「判断する姫君」としての中の君――「君」から「宮」への呼称の変化

宇治の住人である中の君は、都人から見誤られている。その「錯誤」の向こうにどのような中の君の姿が隠されているのかを見定めなければならない。そこで、中の君の呼称の変化に注目したい。中の君の呼称は、物語の途中で「中の君」から「中の宮」に変化しているのである。これについて玉上は、

　親がかりの時は、「…君」であったが、八の宮のない今は「…宮」であるといった区別があるのだろうか。

と述べて、朝顔の斎院の例を出している。彼女の場合、父宮が存命中は「姫」、亡くなって後は「宮」と呼ばれているのである。その一方で、玉上は「『中の宮』といういい方は、他の文献にはないようである」とも指摘している。注(12)「君」である可能性を否定しきれないということなのだろう。諸本をみると、中には「君」のままのものもあるが、多くが「宮」に変化している。さらに、大君についても同じような呼称の変化がある。これらのことを勘案すると、作品として、「君」から「宮」への変更がなされているものと理解して、分析を進めるのが妥当であると判断できる。

　①宮（匂宮）は、またさるべきついでして、と思す。（略）もの騒がしくて、思ふままにもえ言ひやらずなりにしを、飽かず宮は思して、しるべなくても御文は常にありけり。宮（八の宮）も、「なほ聞こえたまへ。（略）なほもあ

らぬすさびなめり」と、そのかしたまふ時々、中の君ぞ聞こえたまふ。姫君は、かやうのこと戯れにももて離れたまへる御心深さなり。（椎本(5)167頁）

②姉君二十五、中の君二十三になりたまひける。宮は重くつつしみたまふべき年なりけり。もの心細く思して、御行ひ常よりもたゆみなくしたまふ。（椎本(5)168頁）

③兵部卿宮よりも、たびたびとぶらひきこえたまふ。さやうの御返りなど、聞こえん心地もしたまはず。（略）御忌もはてぬ。限りあれば涙も隙もや、と思しやりて、いと多く書きつづけたまへり。時雨がちなる夕つ方、

「をじか鳴く秋の山里いかならむ小萩がつゆのかかる夕ぐれ　ただ今の空のけしきを、思し知らぬ顔ならむも、あまり心づきなくこそあるべけれ。枯れゆく野辺もわきてながめらるるころになむ」などあり。「げに、いとあまり思ひ知らぬやうにて、たびたびになりぬるを、なほ聞こえたまへ」など、中の宮を、例の、そそのかして、書かせたてまつりたまふ。（椎本(5)184頁）

引用②と③との間に八の宮の他界が描かれる。それで玉上は、親がかりであるかどうかに呼称の変更理由を求めたのである。確かに、八の宮が存命であるか否かが区切りとなっているのであるが、そこには別の意義があるように思える。

すでに匂宮の対応相手としては、引用①にあるとおり、中の君となっているが、それは父八の宮の意向に添っての動きであった。父亡き後は、姫君たちが自ら考え、応接の前面に出ざるを得ない。つまり以前とは異なり、姫君たちの意思による対応となっているのである。引用③では結局、大君が返歌するのではあるが、中の君の担う役割（匂宮を応接する）は姫君たちの判断の中に改めて位置付いている。

大君についても、中の君から少し遅れて、総角巻の途中から「姫宮」「姉宮」などと、「宮」呼称になる。そのはじ

めが次の引用である。

姫宮は、人の思ふらむことのつつましきに、とみにもうち臥されたまはで、頼もしき人なくて世を過ぐす身の心憂きを、（略）と思しめぐらすには、「（略）、みづからはなほかくて過ぐしてむ。我よりはさま容貌もさかりにあたらしげなる中の宮を、人並々に見なしたらむこそうれしからめ。（略）この人の御さまの、なのめにうち紛れたるほどならば、かく見馴れぬる年ごろのしるしに、うちゆるぶ心もありぬべきを、恥づかしげに見えにくき気色も、なかなかいみじくつつましきに、わが世はかくて過ぐしはててむ」と思ひつづけて
（総角(5)230頁）

大君の呼称の変化は、直前にある薫との逢瀬が契機になっている。この逢瀬は、実事こそないものの一夜をともに過ごした、ふたりにとって重大な事件だった。大君の場合にも、中の君の例で分析したことが当てはまる。すなわち、中の君にしても大君にしても、いずれも八の宮亡き後、自らの判断に基づいて男女の間柄として自分たちの関係を捉え直したとき、「宮」呼称が現れているのである。

親がかりであるか否かというのは、外に見えていることであるが、姫君たちの心理の内に目を向けてみると、引用中の大君の思惟にはっきりと表れているように、彼女たち自身の意思による、男女関係の決定がなされるようになった、という点に大きな意義があるのではないかと思う。唯一の庇護者が亡くなって、世間に放り出された姫君が自分たちの判断で生きていくことは、必ずしも誰もができることではない。宇治の姫君たちが自己の判断で生きていこうとするのは、姫君という存在にとって、むしろ異様な状況であるといえる。その点で、「中の宮」呼称は、「自己判断する」姫君としての特殊な位置付けを表出しているといえる。大君亡き後、「中の宮」が独りその状況を生きていくのである。

「いで、この御事よ。さりとも、かうて、おろかにはよもなりはてさせたまはじ。さ言へど、もとの心ざし深く

思ひそめつる仲は、なごりなからぬものぞ」など言ひあへるも、さまざまに聞きにくく、今は、いかにもいかにもかけて言はざらなむ、ただにこそ見め、と思さるるは、人には言はせじ、我独り恨みきこえん、とにやあらむ。（宿木(5)393頁）

草子地の言う「人には言はせじ、我独り恨みきこえん」には、「自己判断する」姫君にふさわしい強さを感じさせる。それは中の君の質的なものを言い当てているとも言える。彼女の強さは、大君の示した婚姻拒否を貫く姿勢とも通じ、後に、浮舟が入水を決意する強さにも通じている。これら頑ななまでの強さは、いずれもそれまで物語内に描かれてきた「姫君」の持ち合わせていないものであった。確かに、光源氏が須磨に謫居した折の紫の上や竹河巻に語られる玉鬘などは、「自己判断の下に行動する」女性であるとも見えるが、彼女たちには、判断することがあらかじめ委ねられていたり、最終的に自分で決定したとは言え、それまでに子どもたちへの相談などがなされていたりして、宇治の姫君たちの、孤立した「自己判断」とは異なっていたのである。

次に挙げるのは、女三の宮の処遇に関する朱雀院の述懐である。ここに、「姫君」という存在についての典型的な認識が語られていて、参考になる。

すべてあしくもよくも、さるべき人の心にゆるしおきたるままにて世の中を過ぐすは、宿世宿世にて、後の世に衰へある時も、みづからの過ちにはならず。あり経てこよなき幸ひあり、めやすきことになるをりは、かくてもあしからざりけりと見ゆれど、なほたちまちにふとうち聞きつけたるほどは、親に知られず、さるべき人もゆるさぬに、心づからの忍びわざし出でたるなん、女の身にはますことなき疵とおぼゆるわざなる。なほなほしきただ人の仲らひにてだに、あはつけく心づきなきことなり。みづからの心より離れてあるべきにもあらぬを、思ふ心より外に人にも見え、宿世のほど定められんなむ、いと軽々しく、身のもてなしありさま推しはからるることとなるを。

（若菜上(4)27頁）

自己判断ではなく、「さるべき人」の判断に従って身を処していくことが、「姫君」にとって良いのであるという強い考えが存在していることが分かる。女三の宮の場合は、とくにそれが強く表に出てくるのだが、これは「姫君」全体に関わることがらである。さらに右の引用の直前には、次のようにもある。皇女の身の振り方に関することである。

皇女たちの世づきたるありさまは、うたてあはあはしきやうにもあり、また高き際といへども、女は男に見ゆるにつけてこそ、悔しげなる事も、めざましき思ひもおのづからうちまじるわざなめれと、かつは心苦しく思ひ乱るるを、またさるべき人に立ち後れて、頼む蔭どもに別れぬる後、心を立てて世の中に過ぐさむことも、昔は人の心たひらかにて、世にゆるさるまじきほどの事をば、思ひ及ばぬものとならひたりけん、今の世には、すきずきしく乱りがはしき事も、類にふれて聞こゆめりかし。（若菜上(4)26頁）

親などしっかりした後見不在の場合、「心を立てて世の中に過ぐさむこと」、すなわち親の決めた通りの道を堅固に守っていくということ――この場合、「世づかぬこと（夫を持たないこと）」と理解してよい――が大切である。しかし、それとても実は、なかなかに困難なことである。まして、姫君が「自己判断」で行動することなど、到底考えられないことなのだ。中の君は、その困難さを生き続けているのである。これは、従来の「姫君」像を踏まえた上で提示された新たな型の「姫君」像であると、理解できよう。

六 〈作為する〉中の君

女君は、人の御恨めしさなどは、うち出で語らひきこえたまふべきことにもあらねば、ただ、世やはうきなどやうに思はせて、言少なに紛らはしつつ、山里にあからさまに渡したまへと思しく、いとねむごろに思ひてのたまふ。（宿木(5)414頁）

中の君は、匂宮が六の君と婚姻し、彼のつれなさが辛くて、京を離れて山里（宇治）に連れて行って欲しいと、他の男（薫）に依頼するのである。しかし、それは真の理由を述べての依頼ではない。「世やはうきなどやうに思はせて」、とある。中の君自らの憂愁ゆえのことであると薫には思わせて、ということだ。匂宮への恨み言が「うち出で語らひきこえたまふべきことにもあらねば」ということもあって、中の君の作りごとも一通り聞こえないこともないだが、「思はせて」という中の君の「作為」は、彼女の気持ちの向き方を表明している。

次の表現に注目したい。六の君との婚姻の夜のことである。匂宮が六条院へ出掛けた後、中の君の心情について、

命長くて今までもながらふれば、人の思ひたりしほどよりは、人にもなるやうなるありさまを、長かるべきこととは思はねど、見るかぎりは憎げなき御心ばえもてなしなるにやうやう思ふこと薄らぎてありつるを、このふしの身のうさ、はた、言はん方なく、限りとおぼゆるわざなりけり。ひたすら世に亡くなりたまひにし人よりは、さりとも、これは、時々もなどかはとも思ふべきを、今宵かく見棄てて出でたまふつらさ、来し方行く先みなかき乱り、心細くいみじきが、わが心ながら思ひやる方なく心憂くもあるかな。おのづからながらへば」など、慰めんことを思ふに、さらに姨捨山の月澄みのぼりて、夜更くるままによろづ思ひ乱れたまふ。松風の吹き来る音も、荒ましかりし山おろしに思ひくらぶれば、いとのどかになつかしくめやすき御住まひなれど、今宵はさもおぼえず、椎の葉の音には劣りて思ほゆ。

山里の松のかげにもかくばかり身にしむ秋の風はなかりき　来し方忘れにけるにやあらむ。（宿木(5)392頁）

と語られている。

「人にもなるやうなるありさまを、…」に中の君の認識が表れている。彼女は、自らが匂宮の相手として世間的に相応しいとは思っていないものの、人並みに扱われている内に自分の価値もまんざらではないと思い始めている。それがあるからこそ、「今宵かく見棄てて…心憂くもあるかな」という不満がわき起こってくるのである。「山里の」の歌は、彼女の「分際を弁えない」思い違いを鮮明に映している。「来し方忘れにけるにやあらむ」の草子地は、それを鋭く指摘し、冷たく突き放している。

しかし、中の君はそのような自らを省みる心性は持ち合わせていない。それが新たな型の「姫君」、中の君であり、その結果として、他の男を巻き込んで示威行動を起こそうとするのである。これは姫君の自己判断の導いてくることとして、看過できないところである。計画内容そのものは軽挙の誹りを免れず、例えば帚木巻、雨夜の品定めの中で、夫への面当てのように山に籠もってしまって、後悔する女性が描かれていたのが思い出されたりもする。中の君の決断に対して、薫は、匂宮の許可が要ると言って次のように話す。

それはしも、心ひとつにまかせては、え仕うまつるまじきことにはべなり。なほ、宮に、ただ心うつくしく聞こえさせたまひて、かの御気色に従ひてなんよくはべるべき。さらずは、すこしも違ひ目ありて、心軽くもなど思しものせんに、いとあしくはべりなん。（宿木(5)414頁）

傍線部にあるように、以前に住んでいた邸とはいえ、夫の許しもなく「女ひとりの判断」で行動することは、おそらく匂宮のみならず、薫も含めた世間からは軽率であるとの非難が出るのである。結果的に薫の判断があって中の君は思い通りに行動できなかったのであるが、ここに大切なことは、中の君が自らの欲望を達するために、「作為的」な振る舞いをしてしまっているということである。さらに、

「さても、あさましくたゆめたゆめて、入り来たりしほどよ。昔の人にうとくて過ぎにしことなど語りたまひし

心ばへは、げにあり難かりけりと、なほ、うちとくべく、はた、あらざりけりかし」など、いよいよ心づかひせらるるにも、久しくとだえたまはんことはいとものの恐ろしかるべくおぼえたまへば、言に出でて言はねど、過ぎぬる方よりはすこしまつはしざまにもてなしたまへるを、宮は、いとど限りなくあはれと思ほしたるに、
（宿木(5)422頁）

というところもある。中の君の「作為」は、当然、薫に対してばかりではない。右の場面には、薫に言い寄られ、危うく難を逃れた後、男というものは、信じられないものだと手のひらを返したように薫を敬遠し、やはり匂宮が必要なのだと思い直して取った、中の君の行動が描かれている。中の君は、匂宮に対して、「過ぎぬる方よりはすこしまつはしざまにもてなしたまへる」と、ことさら意識的に以前よりも媚びてみせるのである。宮の気持ちは、みごとにそれに動かされる。薫が当てにならず匂宮を頼むしかないということを踏まえた中の君の計算高さとともに、それに載せられる匂宮の烏滸ぶりが表現されている、と理解して良い。

　中の君の「作為」は、「自己判断」のなせる業であり、従来の「姫君」像を踏まえた上で創り出された新たな型の「姫君」ならではのものである。薫、匂宮たちは、中の君の「作為」に囚われて、彼女の〈姿〉を見定めることができないのである。

　従来の姫君像とは明らかに異なる「新たな姫君」――「自己判断する姫君」としての中の君の〈存在〉、そこに薫の認識の歪みが相乗的に関わっていく。薫や匂宮たちは、ついに「中の君」の姿を捉えきれず、中の君という〈存在〉の作り出す風景の中に埋没していくほかない。

注

（1）辻和良「第三部の「冷泉院」―〈源氏幻想〉の行方―」『源氏物語の王権―光源氏と〈源氏幻想〉―』（新典社、二〇一一年一一月）

（2）吉井美弥子「中の君」『源氏物語事典』（大和書房、二〇〇二年五月）

（3）この説の元は、同氏「宇治を離れる中君」（『源氏物語講座（四）』勉誠社、一九九二年七月）であるが、そこに「他のどれよりも詳細をきわめている」ことが根拠として押さえられている。

（4）引用は、『源氏物語』（日本古典文学全集）、小学館による。傍点等はすべて論者によるものである。括弧内は巻名、巻数、頁数である。『源氏物語』の引用に関しては以下同じ。

（5）高橋麻織「源氏物語冷泉帝主催の七夜の産養―平安時代における産養の史実から―」（中古文学　第九三号、二〇一四年五月）によると、産養の中では、七夜が重んじられるようであり、その主催者がもっとも重要であると、伊藤伸吾『風俗上よりみたる源氏物語描写時代の研究』（風間書院一九六八年二月）に基づいて述べている。

（6）澪標巻に、明石の姫君誕生に際して光源氏が取った措置が、次のように語られている。

いと親しき人さし添へたまひて、ゆめに漏らすまじく、口がためたまひて遣はす。御佩刀、さるべき物など、ところせきまで思しやらぬ隈なし。乳母にも、あり難うこまやかなる御いたはりのほど浅からず　（澪標(2)279頁）

光源氏が子どもに贈る「御佩刀」は、彼の親心の表象である。

（7）小嶋菜温子「語られる産養(2)―宇治中君の皇子と明石中宮主催の儀」（『源氏物語の性と生誕』、立教大学出版会、二〇〇四年三月）は、中宮主催の七夜であるところに意義を見出し、中の君所生男子の「正統性の保証」をいい、宇治八の宮以来の王権に関わる「悲願達成への道筋がここに透視されてくる」とする。しかし、高橋麻織前掲論文（注（5））付表からすると、生まれた子供の祖母に当たるものが産養の中でも重要とされる七夜を主催することはないようだ。その事実からすると、「中宮」であることの、産養主催者として持つ意味が評価できない。それだけに、「中宮」であるから中の君腹男子の将来が決定されていくとすることに十分な説得力があるとは思えない。今は論じる用意がないが、むしろ、祖母である「中宮」が主催していることの特異性に着目したい。

(8) [原岡一九九一] 原岡文子「幸ひ人中の君」『源氏物語　両義の糸―人物・表現をめぐって―』(有精堂、一九九一年一月)

(9) [藤本一九八〇] 藤本勝義「宇治中君造型―古代文学に於けるヒロインの系譜―」(国語と国文学、一九八〇年一月)

(10) 引用は、『栄花物語』(日本古典文学大系)、岩波書店による。括弧内は、巻名、巻順、頁数である。

(11) 辻和良「「俗/聖」八の宮をめぐる状況―恋と道心と中心の無効化」前掲書。

(12) 玉上評釈 (⑩234頁)

宇治十帖の執筆契機

――繰り返される意図――

久下裕利

一　はじめに

『源氏物語』には正篇四十一帖と匂兵部卿巻から始まる続篇十三帖ないし宇治十帖との間に執筆の中断と主題的断絶があると言われている。それを最も合理的に判断できるのは『紫式部日記』に記録する敦成親王誕生後の寛弘五年（一〇〇八）十一月に於ける彰子中宮還啓に際しての〈御冊子作り〉の時機との照応であろう。しかし、その短期間の慌ただしい浄書豪華本制作がはたして『源氏物語』第一部なのか、それとも第二部を含めた正篇全体に及ぶものなのか。逆にもう少し短い単位として玉鬘十帖というような括りを想定すべきなのか。はたまた寛弘五年当時『源氏物語』がどこまで書き進められ成立していたのかという問題と同一視することができるものなのかどうか。この点からすれば発想を逆転して〈御冊子作り〉以後、寛弘六年（一〇〇九）には記事欠脱問題もあって、『源氏物語』のどの巻が書かれたのか、むしろそうした課題の設定に切り換えた方が『紫式部日記』との対置に於いても有効な視座となろうと思われる。

既に筆者には『源氏物語』と『紫式部日記』との表現上の関連性を主体に論じた「宇治十帖の表現位相――作者の時代との交差――」（昭和女子大学「学苑」841、平成22年11月。以下当論を第一論稿とする）があり、宇治十帖との共有表現を二作品間に於ける引用と被引用との前後関係ではなく、共時的な営為の所産と考え、例えば明石中宮の思念に彰子中宮のあるべき姿を投影させたり、あるいは既に指摘されていることではあるが、宇治の中の君の王子出産と産養の叙述に寛弘五年（一〇〇八）の敦成親王誕生を記す『紫式部日記』との符合により、皇位継承者誕生に関わる母子の将来の構図を予示する方法であったことを指摘した。さらに「夕霧巻と宇治十帖――落葉の宮獲得の要因――」（昭和女子大学「学苑」853、平成23年11月。以下当論を第二論稿とする）では、光源氏と紫の上との物語の終結にむけて、なにゆえ柏木未亡人である落葉の宮への〝まめ人〟夕霧の逸脱した懸想を描く必要があったのか。それを夕霧の典侍腹六の君を落葉の宮の養女として匂宮との結婚を見据えた対処であるとする結論を導く過程で、ポスト夕霧の立場を確保する薫にも焦点を当て、小野と宇治との物語の共通項を24項目に亙って指摘したのである。帰属が不安定な男主人公二人、夕霧と薫とが宇治十帖に於いてともに権勢家光源氏の後継者として、その威光を継承すべき相貌を確かにしていったことを述べたのである。残されたのは宇治八の宮とその姫君たち、大君、中の君、浮舟の造型意図であり、それを第三論稿となる「匂宮三帖と宇治十帖――回帰する〈引用〉・継承する〈引用〉――」（昭和女子大学「学苑」865、平成24年11月）で考えるに至った。作者紫式部の宇治十帖創作の主眼は中務宮具平親王家との交誼回復を顕在化していくことであって、生き難き女の身を描き切ることで、作者現在の位境をも照らし出すという営為との連結を探ったのである。

これら三論稿によって、作者紫式部がいかにも性急に正篇の完成を目差したのは、従来言われる〈御冊子作り〉のためだけなのかは疑問で、宇治十帖に於ける幾度も繰り返される類似表現や場面、あるいは人物造型に作者の隠された方法的意図を汲み上げる必要があったことを確認したのである。本稿はこれら三論稿を前提とした上で、宇治十帖の執筆契機に関して遺漏した案件や残された問題について考えていこうとするものである。

二　『紫式部日記』寛弘六年の記事欠脱

『紫式部日記』（以下『日記』と略す）が主家道長家の待ち望んだ皇子誕生の慶祝記録を主眼とするならば、寛弘五年（一〇〇八）晩秋の彰子腹第一皇子敦成親王生誕とそれに伴う産養等の諸儀式及び晴れがましい土御門邸行幸とつづき、十一月一日には五十日の祝い、そして寛弘六年（一〇〇九）正月をむかえ、元旦の戴餅の儀の中止と三日の若宮参内を記した形態は順当な筆の運びだと言えるが、『日記』は「このついでに」（一八九頁）[注(1)]以下いわゆる消息的部分に入り作者周辺の女房に関する人物批評となり儀礼記録はいったん中断する。

中断との判断は、「十一日の暁、御堂へ渡らせたまふ」（二一二頁）から記録が再開され、寛弘七年（一〇一〇）正月、道長の枇杷殿で一条天皇による戴餅の儀がとり行われるが、そこには「宮たち」（二一五頁）とあって、既に第二皇子敦良親王が誕生していたことが知られ、その二の宮の正月十五日に於ける五十日の祝いの詳述をもって『日記』の筆は擱かれている。少なくとも第二皇子の誕生が寛弘六年（一〇〇九）十一月二十五日（御堂関白記・権記）にあったことを記さないと、「宮たち」とする根拠が欠落し、記録体は破綻していると見做せよう。

『日記』が作者の任意により何を書き何を書かないかの選択判断が委ねられていて、たとえ「十一日の暁」に冒頭文（寛弘五年九月十一日の記事）との対照で弟宮の誕生が象徴的に予示されていようとも、また二の宮の産養等は確かに一の宮との重複となり、それを避けたとする理由は考えられるものの、形態上からは明らかに記録すべき寛弘六年（一〇九〇）の重要事象、つまり左大臣道長家にとっての重ねての慶事が欠落していると言えよう。それは何故の欠落なのかをもう少し慎重に問う必要があるはずなのだ。

　稲賀敬二は、今井源衛が指摘した寛弘六年（一〇〇九）二月に発覚した彰子、敦成そして道長に対する呪詛事件の首謀者に目されたことを苦にして死んだ伊周の悲運が宇治十帖執筆の一因かとする説注(2)を受けて、『日記』の寛弘六年正月記事執筆中に生じた筆の渋滞（ママ）理由の一つをこの呪詛事件ではないかとする見解を表明したのである。注(3)この稲賀氏の『日記』執筆状況と物語（宇治十帖）創作との停滞を呪詛事件という外的共通要因で考える隻眼は筆者を極めて刺激するものであったが、伊周側の動向にしても彰子の養子となっていた定子腹敦康親王についても『日記』にはいっさい筆が及ぶことはなかったのである。筆の停滞理由の最大要因は他に紫式部の身辺にあったはずで、それを見逃すべきではないのである。紫式部にとって最も重視して考えるべき事象は、紫式部の旧主家である具平親王の薨去であって、そのための寛弘六年（一〇〇九）の記事欠脱と認識すべきなのであろう。

　『御堂関白記』寛弘六年七月二十九日条には「子時許中務卿親王薨去ヽ」（大日本古記録）と記され、同年八月十四日条には一条天皇への薨奏が行われたことを記している。道長の腹心行成の『権記』には後者十四日の具平親王薨奏のみが記録されている。しかし、問題は具平親王逝去の事実だけではなく、その前後に挙行されたはずの具平親王女隆姫と道長の嫡子頼通との結婚が記録されていないのである。『御堂関白記』には長和元年（一〇一二）四月二十七日条に頼通と同じく倫子腹の弟教通と藤原公任女との婚礼の儀が確かに記載されているのに、道長家にとってまずもって望まれるはずの嫡子頼通の婚儀が何故記録されていないのか、甚だ疑問と言わざるを得ないのである。

　ところで、『栄花物語』（巻八、初花）は、具平親王の薨去を寛弘七年（一〇一〇）の記事中に置き、それに先立ち頼通と隆姫との婚儀を寛弘六年（一〇〇九）の挙行と位置づけて、次のように記している。

　その宮、この左衛門督殿を心ざしきこえさせたまへば、大殿聞しめして、「いとかたじけなきことなり」と、畏まりきこえさせたまひて、「男は妻がらなり。いとやむごとなきあたりに参りぬべきなめり」と聞えたまふほどに、内々に思し設けたりければ、今日明日になりぬ。さるは内などに思し心ざしたまへる御事なれど、御宿世にや、思したちて婿取りたてまつらせたまふ。（①四三五頁）

六条の中務宮具平親王（その宮）の意向が道長の息左衛門督頼通との結婚を本来望んでいたのかどうか、「心ざしきこえさせたまへば」とある一方、「さるは内などに思し心ざしたまへる御事なれど」ともあり、権力志向のない親王に入内の意向などあるはずもなかろうが、重々しい姫君としての体を示す。さらにこの結婚を「御宿世にや」と受け止めざるを得ないような事態を匂わせる口吻で、『御堂関白記』にも記せない嫡男左衛門督頼通の不祥事の出来が、隠されているのではないかとさえ疑いたくなるような文脈である。

そもそも具平親王の死去に関しても不自然な点があって、『権記』の寛弘六年（一〇〇九）の記事を辿ってみると、道長の腹心であるとともに宮家とも親交があった行成は、注(4)同年二月二日、三月二十五日、四月七日、五月二十九日に宮家を訪れていて、四月七日には真草の『玉篇』三巻を返却したことが記されている。特に宮が病悩であったとするような健康上の不安を示す情報は皆無であって、何か突然の事態が具平親王を襲って四十六歳の生涯を急に閉じられたと勘繰りたくなるような忌日までの状況である。また頼通のこの結婚が父道長（大殿）に「男は妻がらなり。いとやむごとなきあたりに参りぬべきなめり」と、あたかも本人が乗り気でない結婚を諫められて致し方なく承諾させられたのではないか思われる説得の挿入が気にかかってくる。もしかすると、右衛門督柏木と朱雀院女三の宮との密通の現場は、光源氏の六条院であったが、六条の宮邸に頼通が忍び通う別の女性がいて、それを誤解されて姫宮との結婚を招いてしまったのかも知れず、具平親王の突然の死の原因、その背景に親王を苦しめる不測の事態を左衛門督頼通が惹き起こしていたのではなかったのかと不謹慎な想像までをめぐらしたくなる衝動にかられてしまう。

その頼通に関して『紫式部日記』の冒頭には、土御門邸で初秋朝露にぬれる女郎花の一枝を折る道長との贈答歌を記した後、つづいて夕暮に「殿の三位の君」（一二六頁）つまり頼通が宰相の君（道綱女豊子）と二人して居る紫式部の前に立ち現われ、「おほかる野辺に」と口ずさみながら去っていく姿を「物語にほめたるをとこの心地してはべりしか」と叙して、権力の中枢に居る父とその後継者たる子を紹介して栄華の確かな地歩を象っている。さらに誕生した若宮を抱き幸せをかみしめる道長の姿を描く寛弘五年（一〇〇八）十月十日過ぎ、近づく行幸を前にして次のような文が置かれている。

中務の宮わたりの御ことを、御心に入れて、そなたの心よせある人とおぼして、かたらはせたまふも、まことに心のうちは、思ひゐたることおほかり。（一五〇頁）

通説はこの道長の相談内容を直に頼通と隆姫との結婚の件に結びつけて解釈するようだが、それならなおさら道長家にとって二重の慶事となるはずの嫡子頼通の結婚について記さないのは不自然な欠落だと考えるべきであろう。冒頭部で「物語にほめたるをとこの心地しはべりしか」と賞讃しておきながら、寛弘六年の記録すべき頼通の結婚を記さないことを重要視する論考を寡聞して知らない。しかもこの欠落の事実は『日記』だけでなく結婚を切望しているはずの道長の『御堂関白記』にも記されていないのだから、想定外の事態を考えに入れる余地があろう。

そもそも親王家への正式な婚姻の申し入れをするならば、その仲介役は行成が最も適任であるはずなのに、『権記』からは行成の動向にその気配さえ窺うことができない。その上、道長が持ちかけた式部との相談内容が隆姫との婚儀に関してのことならば秘すべき理由もないはずであろう。さらに「そなたの心よせある人」とは、中務宮が式部に「心よせ」があると解釈すべきところで、[注(5)] その信頼関係は「藩邸之旧僕」（本朝麗藻）とする父為時が親王家の家司であったことなどから父娘ともどもの主従関係を中心的に考える縁よりも、父の兄為頼の息伊祐が具平親王の落胤頼成を養子とするほどの親密な関係を築いていたその縁者として式部に相談を持ちかけていると思われるので、親王家の内状に深く踏み込んだ内容の相談ではなかったのかと考えたのである。

穿ちすぎるかもしれないが、式部の「まことに心のうちは、思ひゐたることおほかり」の一端は、道長の好色に関する心配であることを第一論稿に於いて述べたが、式部が中務宮家と縁あるものとしての前提で相談される話の実質はあくまで不明だから、頼通と隆姫との結婚が記録されていないからといって『日記』内での破綻は鮮明な形で浮上している訳ではない。逆にこの記事を頼通と隆姫の結婚の件として理会するならば、やはり婚儀の記事の欠落は大きな意味をもってこよう。

『栄花物語』は頼通の結婚記事の前後に故花山院に寵愛された太政大臣藤原為光の四女が鷹司殿倫子の女房となって召し出された記事を配し、道長がその四の君を妾妻としたことに注視している。むしろ紫式部も道長の召人だとする説が『新編全集』頭注（二一五頁）などにあたかも通説の如く根強く残っていて、『源氏物語』で召人論で取り上げられる場合、継承する同一呼称に〈中将の君〉があって、近時でもその造型に注目されるところだが[注(6)]、例えば幻巻で亡き紫の上を痛惜回顧する光源氏を慰める召人「中将の君」や宇治十帖で八の宮の召人であった浮舟の母の「中将の君」などは、愛する妻を失ってその身代わりとなり召された女房なのである。そういう通常では日陰の身であるはずの召人の存在が、クローズアップされる物語の背景として、道長の周辺の女房でも大納言の君（源扶義女簾子）などが知られる存在として仕えている。

道長が宮の姫君を召人とするようなことは杞憂でしかないが、宮没後のこととなるといかにも不安が増す。頼通と隆姫の婚儀にしても親王生前に挙行されていれば、上記の指摘は戯言として全く不要となろう。

頼通と隆姫の婚儀は、はたして具平親王薨去の寛弘六年（一〇〇九）七月二十八日以前に挙行されたのかどうか。

結婚時期に関して、宮没後となるとその服喪期間中は正式な婚姻は不可能とすることや、萩谷『全注釈』[注(7)]が頼通が寛弘六年三月四日に参議から権中納言（同日、左衛門督）に任じられて間もない頃かと推察することは、宮家との結婚を前にして頼通の官職を整えたということであろう。大勢は親王生前結婚説であって、その中で加藤静子は、親王の母荘子女王が寛弘五年（一〇〇八）七月十六日に薨去（日本紀略）していたことから、父方祖母の服喪期間は五箇月としてその忌明けは十二月となるから、頼通・隆姫の結婚は、寛弘五年十二月下旬には可能とし、また『中務親王集』断簡十四の詞書[注(8)]「正月つこもり、左衛門督殿ゝ、女房たちうたよみたりけるを御らんして」の「左衛門督殿」を頼通と解して、結婚成立後、具平親王家の人となった頼通が女房たちとの交流場面と理会できるゆえ、これが「正月つこもり」のことだから正月早々には結婚した可能性があるとして、「頼通・隆姫の結婚は、寛弘五年の十二月下旬か、翌六年正月早々に成った」との推量を示している[注(9)]。

しかし、前者だとすると寛弘五年十二月二十日は敦成親王百日の祝宴であり、以後は二十九日には式部が中宮のもとに帰参し、三十日は内裏で引きはぎ事件があり、それらを記録し、明けて寛弘六年一月三日の敦成親王参内まで『日記』は記録しているから、頼通と隆姫との結婚を何故記録しないまま放置しているのかの疑問に充分に応えているとは言い難い。しかも加藤氏は『御堂関白集』五九・六〇番歌の頼通と隆姫との五月五日あやめの節句に因む贈答歌を掲げ、この五九番歌の詞書に「左衛門督殿の、北の方にはじめてつかはす」とあり、頼通がはじめて隆姫に求婚歌を贈ったと理会できることから、五月五日は寛弘五年かもしくは翌六年の五月としたのである。ところが寛弘五年五月では求婚期間が長くなるが、前記した祖母荘子女王の服喪期間があるゆえ、婚儀の延期を想定し、道長が式部に持ちかけた相談も結婚話が相当具体化している時点のこととし、寛弘六年五月を一顧だにしないで切り捨てたのである。頼通の隆姫への求婚歌が寛弘六年五月五日だと具平親王薨去は同年七月二十八日だから、生前の婚儀を実現するには短期間すぎると判断したからだろうか。前掲の『中務親王集』断簡十四で自説を組み立てるべく、寛弘五年五月五日を頼通が隆姫へはじめて求婚歌を贈った日と定めたということだろう。いまのところ断簡一葉の解釈で事が決せられた状況であり、それも断簡一三の「左衛門のかみ」は公任であり、断簡一四では「左衛門督殿」と「殿」が付くから頼通だとする。「左衛門督」とある点から紛れ込んだ可能性はないのか。『日記』では寛弘五年十一月一日の敦成生誕五十日の祝宴で、「あなかしこ、このわたりに、わかむらさきやさぶらふ」（一六五頁）と戯れた「左衛門の督」は公任で、寛弘七年正月元日の戴餅の儀に於いて若宮たちを抱いている「左衛門の督」は頼通となり、公任を「四条の大納言」と記す。公任は寛弘六年三月四日権大納言となり、同時に左衛門督の任を解かれ、左衛門督は頼通に移る。中務宮具平親王家と親しく交わる公任と、その官職が、宮家の婿となる頼通に移る寛弘六年は、この点からしても紛れ易いのではあるまいか。

ともかく『日記』「中務の宮わたり…」以下の文脈を頼通と中務宮具平親王の息女隆姫との結婚に結びつけ、そして加藤説の如く成婚が寛弘五年十二月下旬ないし、翌六年正月早々だとすれば、『日記』が結婚の事実を書かない理由をなおさら問わねばならないだろう。以下寛弘六年の記事欠脱を想定し、主要な関連事象をその前後含めて挙げておく。

寛弘五年十二月二十日　敦成親王、百日の祝宴
　　　十二月三十日　内裏に引きはぎ事件
　　　　　　　　　　　（頼通・隆姫結婚―加藤説）
寛弘六年　一月　三日　敦成親王、参内
　　　　　一月　初旬
　　　　　二月二十日　中宮・若宮呪詛事件により伊周朝参停止

三月　四日　頼通、権中納言兼左衛門督に補任
四月二十六日　土御門邸法華三十講開始
五月　五日　法華三十講五巻日
六月十三日　伊周、朝参許可
六月十九日　中宮再び懐妊により土御門邸に退出
七月二十八日　中務宮具平親王薨去
十月　四日　一条院内裏焼亡
十九日　枇杷殿へ行幸
十一月二十五日　敦良誕生
二十七日　皇子三日夜の儀
二十九日　皇子五日夜の儀
十二月　二日　皇子七日夜の儀
四日　皇子九日夜の儀
二十六日　中宮枇杷殿内裏に還啓
寛弘七年　一月一～三日　敦成・敦良両親王、戴餅の儀
十五日　敦良親王、五十日の祝宴
（二十九日　伊周没）

三　末摘花巻の位相

紫の上系十七帖を『源氏物語』の最初の形態として玉鬘系後記挿入を説く武田宗俊の見解の核心を「玉鬘系人物のすべてが同系の巻にのみ表れ、紫上系十七帖にわたって全然現れないのは、玉鬘系の巻が後の挿入とみる以外には説明出来ないであろう。」とする言説に拠る認識として定着していよう。注(10)それに対して、玉上琢彌は『源氏物語』の成立を短篇から長篇化に至る過程を想定し、「最初帚木・空蟬・夕顔のみの短篇として発表され、その好評に力を得て、ついで若紫・末摘花をかき」注(11)と把握していて、これには稲賀敬二が指摘する「帚木・空蟬・夕顔・末摘花諸巻は一連の構想下に一群」注(12)をなしており、蓬生巻以後とを区別して、これらを画一的に後記挿入されたとする立場はとれないとする説とも符合してくるのである。

特に玉上説に拠る「最初帚木・空蟬・夕顔のみの短篇として発表され」とする執筆過程を踏まえた成立論は、紫式部の旧主家である具平親王家注(13)の享受母体たる女房たちを想定でき、そこを基点として世に好評を得、その評判が道長家倫子方にも達し、紫式部の移籍を促したとする説ともなり、しかも「ついで若紫・末摘花をかき」が、移籍時の手土産にも匹敵する巻々として物語の成立過程をリアルに再現できることになろう。注(14)その「若紫」には初お目見えした十七歳の彰子の意外にも幼なそうな様態と十歳ほどの愛娘賢子のイメージを基として書き、その結果彰子が一条天皇の愛を得て男皇子を出産するに到ったという移籍の意図が達成されたからこそ、具平親王家に親しく出入りしていた歌道の重鎮公任が「あなかしこ、このわたりに、わかむらさきやさぶらふ」（日記）との放言も、「わがむらさき」と読んで単なる親近感による戯れの言辞として理会すべきではなく、「若紫」を引っ提げて転機とした物語作者としての式部がみごとに成功をおさめたという意味を込めて慶祝にふさわしい賛辞として受け取るべきなのであろう。

とすれば、「末摘花」は古風で醜貌の宮の姫君を描いたとなれば、旧主家の女房たちの反発と非難の怒声は測り知れない事態に陥ったことであろう。いくら蓬生巻で末摘花像の修正を図ったところで、宮家のかつての同僚女房たちの憤懣が収まるはずもなかろう。これが『日記』に「中務の宮わたりの御ことを、御心に入れて、そなたの心よせある人とおぼして、かたらはせたまふも、まことに心のうちは、思ひゐたることおほかり」（傍点筆者）とする式部の心中の悩みの種のもう一つであったのではないかと推察している。その関係修復のための物語が宇治十帖となるはずであったが、予期せぬ中務宮の急死で鎮魂の物語ともなっていくであろう。

　ところで末摘花巻の冒頭に「思へどもなほあかざりし夕顔の露に後れし心地を、年月経れど思し忘れず」（①二六五頁）と、夕顔追想の文脈を生成して、末摘花登場の脈絡を設定したのだから、夕顔物語の方法が末摘花という常陸宮の姫君像の由来をも牽引してしまうのは無理からぬことであったというべきで、そこでやはり空蟬・夕顔造型の物語方法を確認しておくことが、末摘花巻の位相を照らし出すこととなろうと思われる。

　まず空蟬物語が、紫式部母方の祖父為信の家集『為信集』を源泉としていることを、今井源衛[注15]・中島あや子[注16]・笹川博司[注17]が指摘している。そのすべての指摘を繰り返すことは避けるが、主要な二、三を挙げておくと、『為信集』一五五番歌とその詞書（ある男、女の、物など言へど、さすがに心強きにやらんとて／さすがには靡くものからなよ竹の折るる心も見えぬ君かな）が、方違えの中宿りで年老いた伊予介の若い後妻空蟬と光源氏が唐突な情交を結ぶことになる場面に、女の強く拒む姿勢を、「人がらのたをやぎたるに、強き心をしひて加えたれば、なよ竹の心地して、さすがに折るべくもあらず」（帚木巻。①一〇一〜二頁）と表現を共有して、二人の逢瀬を脚色している。また「衣を脱ぎ捨て男から逃れる女」の造型が『為信集』九五・九六・九七番の歌群にあって、空蟬巻では伊予介女の軒端荻と碁を打つ場面をかいま見た源氏が、小君に導かれて忍び入るが、それをいち早く察した空蟬は、脱け出してしまったのであった。その後には「脱ぎすべしたると見ゆる薄衣」(①一二七頁)、つまり小袿が残されていた。この脱衣脱出の件は、従来『今昔物語集』巻三十第一話平中滑稽譚を挙げ、本院侍従のもとに忍び入った定文が、懸金の錠の掛け忘れを口実にまんまと逃げられてしまうのだが、「女起テ上ニ着タル衣ヲバ脱置テ、単衣袴許ヲ着テ行ヌ」(④四六八頁)が、まさに空蟬の脱出時の行為も「やをら起き出でて、生絹なる単衣をひとつ着て、すべり出でにけり」(①一二四頁)とあって対照され、この両者の関連性が指摘されていた。しかし、『為信集』では女が衣を脱ぎ捨てて奥にはいってしまったという状況に加えて、九七番歌に「つれなきを思ひわびては唐衣かへすにつけてうらみつるかな」とあって、奪った衣を恨みを添えて返してやったというのである。[注(18)]一方、源氏は空蟬が残していった人香の染まった小袿を身近に置いて偲んでいたが、夕顔巻巻末には空蟬が夫の任国である伊予に下向していく時、逢うまでの形見と思っていたその小袿を返却したというのである。[注(19)]

空蟬巻々末には知られるように伊勢の歌「空蟬の羽におく露の木がくれてしのびしのびにぬるる袖かな」(①一三一頁)を据え置いて蟬の抜け殻のように衣を脱ぎ捨てて出ていった女の心境を披瀝する結末が、古歌を物語構想の拠り所とした方法を象徴的に明示しているといえようが、作者の近親者にまつわる卑近な例として色好みであった祖父の『為信集』もその素材の一つとして活かされていたに違いないのである。

さらに夕顔巻では『紫式部集』の自己体験物語が摂り入れられたようである。夕顔と源氏の出会いの場面の贈答歌、夕顔の「心あてにそれかとぞ見る白露の光そへたる夕顔の花」(①一四〇頁)と源氏の「寄りてこそそれかとも見めたそかれにほのぼの見つる花の夕顔」(①一四一頁)とが、方違えに訪れた男、つまりその後に式部の夫となった藤原宣孝との出会いの贈答歌との対照が、田中隆昭によって検討されている。[注(20)]

方たがへにわたりたる人の、なまおぼおぼしきことありて帰りにけるつとめて、あさがほの花をやるとて

おぼつかなそれかあらぬかあけぐれの空おぼれするあさがほの花(4)

返し、手を見わかぬにやありけむ

いづれぞと色わくほどにあさがほのあるかなきかになるぞわびしき(5)

田中氏は「朝顔を夕顔に詠みかえたのは作者が意識してしたことであった。上の品に対する中の品以下の物語であるこの花で象徴的に示そうとしたのである。式部卿宮の姫君と六条の女性とに朝顔を用いてことさら対照的にしたのであった。」(七七・八頁)と述べるが、物語機構上の「朝顔」ではなく、式部自身の体験上からすれば、それは身分ではなく矜持の問題であったろうし、「たそかれ」「あけぐれ」の相違はあるものの、はっきりしない幽冥の中で、「それかとぞ見る」「それかとも見め」と光源氏と見極めるのと対比的に「それかあらぬか」「手を見わかぬにや」と、式部と見定め難い状況のまま空とぼけている男の姿態を彷彿とさせている。複数の妻の存在が知られ色好みであった宣孝との出会いから恋愛、結婚、突然の死別を詠んだ式部歌が、『紫式部集』から引歌という形ではなく引用されていることが看取されることも田中氏は言う。

してみれば、夕顔の「山の端の心もしらでゆく月はうはのそらにて影や絶えなむ」(①一六〇頁。傍線点筆者)も男とのしどろもどろな男女関係の構築に次のような『紫式部集』歌をも指摘できよう。

なにのをりにか、人の返りごとに

いるかたはさやかなりける月影をうはのそらにもまちしよひかな(83)

返し

さして行く山の端もみなかきくもり心の空にきえし月影(84)

夕顔歌は「山の端」を光源氏に「月」は女を喩えていようが、「さして行く」歌の「山の端」は式部で、「月影」は宣孝であろう。男女の立場は逆転するが、夕顔歌に不吉な死を暗示すると読み解くのも、「きえし月影」から夫宣孝の頓死を前提としての作詠とみれば、容易であろう。夙くから夕顔の死を悼む源氏歌「見し人の煙を雲とながむれば夕の空もむつましきかな」（①一八九頁）を、『紫式部集』夫宣孝没後の詠である「見し人のけぶりになりし夕べよりなぞむつましきしほがまの浦」（48）との関係性が指摘されているが、とりわけてその詞書に「世のはかなき事をなげくころ、みちのくに名あるところどころかいたる絵を見て、しほがま」とある塩釜の浦のある「陸奥」に「むつましきかな」の「むつ」が掛けられていることから『集』の歌の方が原作で、夕顔巻の作中歌が改作であるとの岡一男の指摘を田中氏は評価している。[注21]

そして、なお作者の陸奥の塩釜との縁からだろうか、[注22]もう少し大きな想像力の連鎖が働いて、夕顔が物の怪に襲われて頓死する「なにがしの院」を、その準拠として『河海抄』が「河原院」を挙げたように、[注23]宇多法皇が寵愛した京極御息所[注24]こと藤原時平女褒子を連れ出し、密事に及ぶに際し旧主の源融の霊が出現する河原院説話（江談抄、古事談）が摂取されているとみるのが通例である。しかし、角田文衞は「なにがしの院」を河原院ではなく具平親王の別邸であった六条の千種殿として、夕顔怪死事件も『古今著聞集』巻十三（第四五六話）に載る具平親王が最愛の雑仕女を連れ出して遍照寺に赴いた時、その雑仕女が物にとらわれて亡くなった事件が対応していることを指摘し、夕顔物語の素材としたのであった。[注25]

要するに、本節でまず確認しておくべきは、空蟬物語にしても夕顔物語にしても『源氏物語』の初期の物語の素材源が、祖父の家集である『為信集』所載歌や『紫式部集』所載歌の式部の夫となった宣孝関連の複数の詠歌と契合することが想定できることであって、こうした作者の近親者や身の回りの出来事が物語構築の素材源として摂り入れられているならば、末摘花巻に登場する宮の姫君としての末摘花の造型を具平親王家のかつての同僚女房たちを含む読者は、どのように受け取っていたのかということなのである。

　式部は父為時が具平親王家の家司を勤めていた縁もあって、宮家に女房として初めて出仕したと推定する筆者にとって空蟬・夕顔物語がまず最初の物語デビューを飾る作品群であり、文学的環境の整っている宮家での営為として考え、その好評ゆえに道長家への転出が実現したのだと認識している。そして若紫・末摘花両巻は、道長家に移籍後初めて物語作者としてお披露目した作品群なのであろうとの憶測である。いまだ作品の視界には本格的な宮廷儀礼や後宮闘争の話題は入らない無縁で遠い世界の事象であったし、この時期の物語創作の目的でもなかった。

　末摘花巻の冒頭は前記したように夕顔を忘れ得ない源氏の追慕から惹き出されているし、夕顔巻を前提として読むべき方向づけが叙述上なされていることが知られる。中嶋朋恵は島津久基『対訳源氏物語講話』（矢島書房、昭和12年）及び玉上琢彌『源氏物語評釈第二巻』を踏まえて、夕顔巻と末摘花巻との類似表現十四箇所を挙げて、夕顔巻を下敷きにした創作方法であることを確認した。またそうした類似点があるだけに両巻の対照が、夕顔巻の〈白〉に対し、末摘花巻の〈紅〉であることが鮮やかに浮き彫りにされていることも指摘したのであった[注(26)]。特に末摘花巻の巻末には源氏が自分の鼻に紅《べに》をつけ、紫の君を笑わせる場面で、源氏が詠む「紅の花ぞあやなくうとまるる梅の立ち枝はなつかしけれど」（①三〇七頁）は、田中前掲書に指摘があるように宣孝が熱烈な求愛のしるしに朱をたらして血涙の趣向に仕立てた手紙に応じた式部の返歌「くれなゐの涙ぞいとどうとまるるうつる心の色にみゆれば」（31）の傍線部が類似表現として対照できよう。夫となった宣孝に関わるこの『紫式部集』歌からの指摘は、式部の身辺に起きた卑近な事象を摂り入れるという方法も夕顔巻を継承していることが確認できよう。

　具平親王家のかつての同僚女房たちが赤鼻の醜女である〈宮の姫君〉としての末摘花造型をどのように受け止めていたのかは、明石からの帰還後、源氏が荒廃した末摘花邸を訪れる蓬生巻の末摘花造型の変容をみれば、察しがつこう。末摘花巻と蓬生巻とに於ける末摘花造型の相異に関して、末摘花が変貌したのかどうかの議論が絶えないが、[注27]蓬生巻で描かれる末摘花は、醜い容貌には触れずにその一途に源氏を待ち続けるけなげな心根の持ち主として造型されている。いかに不評を買ったにしても、せいぜい視点を変えての設定で取り繕うことぐらいしかできなかったのであろう。本格的な〈宮の姫君〉の物語は宇治十帖を俟って展開されることになるのは、既に第三論稿に於いて星山健[注28]の指摘を取り上げて、「昔物語」の正統的ヒロインの登場が、琴の音に導かれ零落した邸内に発見されるという「昔物語」の常套的設定で拓かれていることを確認している。

　末摘花物語と宇治の姫君たちとを結びつける事例としてまず想起されるのは、昼寝に亡き父宮の夢を見るという現象で、蓬生巻では末摘花が故宮の夢を見た直後に源氏の訪れが有り、総角巻では中の君が匂宮と結ばれた後に見る夢となっている。この昼寝の夢が、男女間の不安定で間遠な逢瀬を形象する点で共通性があるものの、中の君と匂宮との関係を、宇治の橋姫伝承に関わる『古今集』歌二首で形成し[注29]、男の訪れの中絶えに堪えて待ち続けるヒロイン像を、〈をこ〉物語ではなく、正統的物語性を支える方法によって定位する一方、故八の宮の軽々な結婚を諌めた遺言を重く受け止める姉大君の死をも導く点で、亡き八の宮の夢は姉妹の運命の分岐点ともなって物語構造上に於ける中の君ヒロイン化への要に位置づけられている。

　こうした従来周知の対照関係を確認した上でこれも第三論稿で指摘した点だが、末摘花巻の「晴れぬ夜の月まつ里をおもひやれおなじ心にながめせずとも」（①二八七頁）が『信明集』に於ける源信明の中務への求愛歌「あたら夜の月と花とを同じくはあはれ知れらむ人に見せばや」及び「恋しさは同じ心にあらずとも今宵の月を君見ざらめや」（113）を踏んだ作者のメッセージ性は、薫が大君に望む恋の〈かたち〉に再び繰り返されている。

　総角巻で情交を強く迫るかに見えた薫の口から発せられたことばは、「何とはなくて、ただかやうに月をも花をも、同じ心にもて遊び、はかなき世のありさまを聞こえあはせてなむ過ぐさまほしき」（⑤二三七頁）と意外に老成した関係性を求めるものであった。鈴木宏子は、薫の真意が亡き八の宮に代わって寄り添い語り合う相手を求めるところにあったのだというが、注(30) 薫が大君に望んだこの恋の〈かたち〉は、橋姫巻で語られる宇治の八の宮とその北の方との「をりをりにつけたる花紅葉の色をも香をも、同じ心に見はやしたまひしにこそ慰むことも多かりけれ」（⑤一二〇頁）とする〈かたち〉の継承ということができる。さらに問題としたいのは、この時点での求愛が八の宮の一周忌も明けていない服喪中のこととして語られ、しかも行為に及ぶのが仏間であったのだ。薫の自制も時と場の異例さを思えば当然のことかもしれないが、この〈実事なき逢瀬〉の設営に、夕霧巻での夕霧・落葉の宮求婚譚の表現を集中的に顕存化させていることをいま一度確認しておきたい。引例の前者が夕霧巻、後者が総角巻である。

(イ)
山里のあはれをそふる夕霧にたち出でん空もなき心地して（④四〇三頁）
山里のあはれ知らるる声々にとりあつめたる朝ぼらけかな（⑤二三九頁）

(ロ)
何ごとにもかやすきほどの人こそ、かかるをば痴者などうち笑ひて、つれなき心も使ふなれ（④四〇八頁）
人はかくしも推しはかり思ふまじかめれど、世に違へる痴者にて過ぐはべるぞや（⑤二三四頁）

(ハ)
あさましや。事あり顔に分けはべらん朝露の思はむところよ。（④四一一頁）
事あり顔に朝露もえ分けはべるまじ。（⑤二三八頁）

めづらかなることかな」とあはめたまへるさま、いとをかしう恥づかしげなり。（④四一二頁）

(ニ)「隔てなきことはかかるをや言ふらむ。めづらかなるわざかな」とあはめたまへるさまのいよいよをかしければ、（⑤二三四頁）

(イ)の前者は夕霧から落葉の宮へ、後者は薫が大君への贈歌で、〈小野〉と〈宇治〉の山里の情趣深い風景を〈実事なき逢瀬〉の首尾に配してその誘因となる夕霧歌と、収束となる薫歌を対置して、薫・大君物語に於ける夕霧・落葉の宮物語の繰り返しが、構造的集約から表現レベルまで浸潤して構築されていることを知らしめている。(ロ)はその表現性に関わって、男の求愛姿勢が表明されている。「痴者（＝愚かな）」は、恋愛においての愚直なまでの誠実な対応をいうのであり、無体な行為には及ばないという意味で、夕霧は「御ゆるしあらでは、さらにさらに」（④四〇九頁）と言い、薫は「御心破らじと思ひそめてはべれば」（⑤二三四頁）と、女側の意向に全面的に従うことを誓う。(ニ)は信頼を寄せていた男に裏切られる行為を「あはむ（＝たしなめる）」女君として落葉の宮、大君、中君を挙げて論じた中川正美は、大君のみが〈対話する〉女君として独自な造型となっていることを指摘するが、[注31]むしろそれを「をかし」と捉らえる男の反応の方が特異なのだから、夕霧と薫の異質性を暴き出しているといえよう。そして(ハ)は〈実事なき逢瀬〉の真偽によらず、演技によって実事の虚構を図る意味を問う。ここにその波紋となる、誤解する落葉の宮の母一条御息所と、誤解される当事者となった大君が、ともに死へ傾斜する道筋をたどることとなる共通項を築く。皇女の尊貴性を保つために常に結婚には反対であった一条御息所の死が結果的にはその服喪中における強引な夕霧との結婚を許してしまうことになった。また妹中の君と薫の結婚を願い孤立化を深める大君の死を導く最大の要因は、その意に反した薫の画策による匂宮と中の君との結婚であって、亡き八の宮の服喪中での結婚が回避されていることを物語は「御服などはてて、脱ぎ棄てたまへるにつけても…」（⑤二四二頁）と確かに刻むのである。忌明けも間近な服喪中の薫の求愛行動は結局〈実事なき逢瀬〉として終結し、〈対話する〉大君の造型を主眼としてそこに「同じ心に」とする作者のメッセージを組み込むことは、具平親王家の女房たちに向けてまず発信しなければならなかった交誼回復を目的とする薫・大君物語であったのであろう。そしていま物語の状況は、父宮を失って、後見なき〈宮の姫君〉の結婚問題が女房たちの期待に沿うかのように緊迫的に浮上しているのであり、それは同時に作者紫式部が現実に直面している問題でもあったのである。総角巻には老女房弁の口を借りて次のような認識が示されている。

ほどほどにつけて、思ふ人に後れたまひぬる人は、高きも下れるも、心の外に、あるまじきさまにさすらふたぐひだにこそ多くはべるめれ。（⑤二四九～五〇頁）

宮の死後、残された姫君には宮家の尊厳も容赦なく崩れ去る苛酷な現実が待ち構えているとするこの諫言は、物語上の老女房ひとりの危惧なのではなく、作者が現実に直面している問題の反映として具平親王の急死がもたらした渦中の有り得べき忠言として機能しているのではないか。加藤静子が示した古筆切一葉の残欠が、頼通と宮家との縁組みが親王の生前に成り立ち、整然と婚儀が執り行われたとする唯一の証左だとすれば、依然として決定的な結論を導くには不充分といえ、注(32) そうした生前の結婚は幻想になりかねないだろう。物語は常に現実と一体ではないが、宇治十帖は寛弘六年（一〇〇九）の〝いま〟を描いた物語となっていよう。

それは『源氏物語』創作の意図・目的が、一条天皇・彰子中宮のための物語から既に変質しているからであって、『紫式部日記』で道長が式部の局に忍び入って持ち出した原匂宮三帖と思われる物語が、尚侍として東宮居貞（のち三条天皇）に入内した道長次女妍子のための物語であったことで知られる。その後の里居での式部がこの道長の行為にいかに打ちのめされたか、物語の作者としての矜持の瓦解はむろんのこと、その侮蔑的行為によって底知れない虚脱感に襲われ、執筆意欲の喪失を招いたであろう。里居の「こころみに、物語をとりて見れど、見しやうにもおぼえず、あさましく」（一七〇頁）という作者の心理状態は、従来〈御冊子作り〉の疲弊による倦怠感と理会されるが、現匂宮三帖の混乱はこのような仮定を首肯するといえよう。ということは、宇治十帖が誰のための物語であったのかという問題が、おそらくこの里居の時点で作者に創作目的の方向転換を促した結果と見合うはずなのである。

猫好きで横笛の上手としても知られる一条天皇[注33]の関心を誘うかのような第二部若菜上巻に於ける六条院での蹴鞠の折の唐猫による女三の宮の立ち姿の露呈と、その姿をかい間見る主体となる横笛の名手である太政大臣家の嫡子柏木の設定と、その造型に皇女志向に裏打ちされた唐突な情念を抱かされるのは、伊藤博が論じたように「野分によって点じられた狂熱の炎が、夕霧からその友柏木に、対象を変えて転移された物であろう。[注34]」とするのに従いたいが、なお「対象を変え」たのかどうか、朱雀院女三の宮が藤壺中宮の姪との設定は〈第二の紫のゆかり〉として光源氏ばかりではなく紫の上を思慕する夕霧にとっても狂熱の対象となるはずであった。紫の上との未発の密通事件の当事者が、「おほけなき」恋着の衣を纏い柏木に替わることで、その死を導き後[注35]に「今より気高くもののしう、さまことに見えたまへ」（④三四九頁）る薫を残し、さらにその未亡人落葉の宮獲得への執着を夕霧に課する夕霧巻は、もはや光源氏・紫の上物語の終焉を形作る物語ではなく、宇治十帖の伏線として機能する設営に外ならなかった。[注36]

女三の宮物語の内実を「女三の宮降嫁による紫の上の心情の揺れと、柏木の密通による源氏の心情の揺れ」を語ることにはっきり二分する構造を呈していると看破した吉岡曠はまた横笛巻について次のように述べる。[注37]

宇治十帖の構想が第二部執筆中に形を成していたとすれば、この巻には、夕霧物語の構想、第二部の閉幕の構想、宇治十帖の構想が、三者輻湊してはじめて認められるわけで、柏木巻との間に引かれる一線は、構想論的には、幻巻と匂宮巻の間の一線よりもはるかに重要な意義をもつといってよいのである。（中略）夕霧物語の構想と前後して、柏木の遺児を主人公とする新しい物語を書こうという意欲も、作者の脳裡にきざしていたであろう。

〈源氏一代記〉の大団円という性格をもつ御法・幻の二帖の発想は、この宇治十帖の発想と無縁ではなく、つまり、宇治十帖を書くために〈源氏一代記〉にピリオドを打つ必要にせまられて、宇治十帖の執筆が決定された時点以降で、具体的に構想されたものであろう。（九五〜六頁）

吉岡氏の説くところは、宇治十帖の執筆意欲の昂揚が、光源氏・紫の上物語の終結を急ぐことになったということなのだが、作者の内的要因ばかりではなく外的要因として例の〈御冊子作り〉に第二部まで収めるべく取り計らうために〈源氏一代記〉の閉幕を急いだとも考えられるし、また道長からの新たな物語執筆要請があってのことなのかとも思われる。それが『日記』に記す道長が式部の局からもちだした草稿を宇治十帖への導入となる原匂宮三帖だとする蓋然性を支えるとなれば、『日記』との接点が第二部の執筆状況を考えるヒントになり得ようか。それはとりもなおさず〝いま〟を描く物語への発進の助走とみられるからである。

女三の宮の設定が、若き日の紫の上の引き立て役であった末摘花と同じく晩年の紫の上の存在をあらためて源氏に見直させているし、またその造型イメージは紫式部が最も親しく交わった同僚女房の小少将の君を基調としていることは、その上品で優雅なさまを「二月ばかりのしだり柳のさましたり」（日記）と喩えて表現しているが、女三の宮にも「二月の中の十日ばかりの青柳のわづかにしだりはじめたらむ心地して、（鶯の羽風にも乱れぬべくあえかに見えたまふ）」注(38)（若菜下巻。④一九一頁）と同様な形容をしていて明らかであり、『新編全集』の頭注がこの照応を指摘し、「女三の宮像と小少将の君との類似性を示すものとして注目すべきことである」（日記、一九〇頁）とわざわざ注意を喚起している。女三の宮の〈幼さ〉への源氏の落胆は言うまでもなく、柏木密通事件の発覚後の応対を「みづからいとわりなく思したるさまも心幼し」（④二六〇頁）とか「あまり心もとなく後れたる、頼もしげなきわざなり」（同）とする源氏の感懐は、『日記』に於ける小少将の君への批評に「いと世を恥ぢらひ、あまり見ぐるしきまで児めいたまへり」「あまりうしろめたげなる」（一九〇頁）とあり、予期せぬ出来事への未熟な頼りない反応を共有している。

この件はまた武田氏が玉鬘系後記挿入説の論拠として挙げた十一箇条の第五項に掲げる「夕顔の巻の主人公夕顔は、宮仕後に知ったと思われる小少将をモデルにしたと推定されること」注(39)に対する反論として、これらの女三の宮との類似表現が、宮仕え当初ではなく小少将の欠点を挙げ得るほどの親交を重ねた上での批評としてその優位性があろう。また福家俊幸は、「小少将の君に女三の宮のイメージが付されている」（傍点筆者）との観点からではあるが、永延元年（九八七）に父源時通が出家したことを由因とする小少将の君の薄幸を、朱雀院の出家にはじまる女三の宮の不幸と重ね合わせて考えられるというのである。注(40)　一方、夕霧巻に於ける夕霧と落葉の宮との仲介役にとどまらず沈黙する落葉の宮の代行ともいえそうな重要な役割を果たす「小少将の君」という呼称の女房は、一条御息所の姪で宮の従姉妹に当たる訳だが、実在の小少将の君も倫子の姪で彰子の従姉妹であって、その容態・性格の虚弱さとは無縁な気転の利く女房として登場しているところをみると、その呼称のみを借りているらしいから（あるいは女房としてこうあってほしいとする姿か）、第二部に於ける一連の創作過程に紫式部は同僚の女房小少将の君を巧みに使い分けていると見做せよう。同僚女房への物語への活用という点からすれば、末摘花を紹介する「大輔命婦」という同一呼称の女房が彰子中宮のもとに仕えていた。注(41)　道長家という新しい世界の見聞がこういう形で拡かれていったともいえる。

四　宇治十帖の位相

いっぱんに続篇第三部という場合、その主体は宇治十帖を意味していると思われるが、宇治十帖の前には言うまでもなく光源氏没後を語る匂宮三帖があって、その初巻匂兵部卿宮巻が夕霧家、紅梅巻が按察大納言（柏木の弟）家、竹河巻が玉鬘家と、各家の姫君たちの結婚の動向を話題の中心に据えているが、それを受け継ぐはずの宇治十帖では、夕霧の幼な恋の転移となるような柏木を実父とする薫に冷泉院女一の宮への恋が解消され、紅梅巻では真木柱の連れ子である宮の姫君への匂宮の執心が以後の巻に語られないし、注(42)そして竹河巻では夕霧の息蔵人少将が玉鬘大君への柏木に似る情念の恋も解消され、総角巻で宰相中将としてこともなく再登場して、注(43)宇治十帖は終結しているのである。それに対し、後付で薫が今上帝明石中宮腹の女一の宮をかいま見た件（椎本巻）や、宇治の大君の死が物の怪の仕業であったこと（手習巻）を語るのは、周知の夕霧の左右大臣呼称の混乱と合わせて構想の断絶や変更があったことの証左であろうといわれている。このような断絶を薫と匂宮との年齢差の逆転などを挙げて第二部と第三部との隔たりと容易に同一視することはできないけれども、匂宮三帖と宇治十帖との亀裂を前述したように外的要因に起因するものとする考証の埒外にあったことを思えば、それを前もって踏まえざるを得ないのである。

というのも第三論稿冒頭で引用した今井源衛の言説は『為信集』を検討した上での記述だが、『源氏物語』の完成、成立の時期に関する言及はともかくとして、本節では特に「第三部全体の主題や内容が第二部までとの間にかなり大きな距離を有する」注(44)という指摘をまず問題にするところから始めたい。第二部と第三部との間には物語の主題や内容に隔たりがあり、その「かなり大きな距離」があるとする認識が、第三部でも特く宇治十帖の物語構想に関わって、その人物造型や設定等に苦慮したのではないかとする想定でのもの言いであっただろう。

一方、石田穣二に若菜上巻以後の物語と宇治十帖に於いて出家する父親がその後に残る娘の結婚問題に心労するという設定は、朱雀院・女三の宮と宇治の八の宮・大君との父娘に共通して顕現するし、また父から見離される娘の落葉の宮と浮舟、その娘の行く末を案ずる母親たち、そしてその娘たちに近づく夕霧と薫という具合に、第二部と宇治十帖とに多くの類似が指摘されている。注(45)これらをもって大きな隔たりを人物造型や設定に認識することはできないし、その主題性をも受け継がれ深められていく可能性があろう。

また「宇治」という京から遠く離れた地に物語の舞台を移した点は、空間的距離感を抱え込むことになるにしても、宇治周辺は当時の高級貴族たちの別荘地であるとともに、失意の宮が出家を志す隠棲地として喜撰法師の「わが庵は都のたつみしかぞ住む世を宇治山と人はいふなり」（古今集、雑下）が支え、かつ夕霧巻の小野に代わって山里に隠れ住む女君とそこを訪れる男君という恋物語構想にやはり伝統的背景の支えとなる『古今集』歌「さ筵に衣片敷きこよひもや我を待つらむ宇治の橋姫」（恋四、読人しらず）「忘らるる身を宇治橋のなか絶えて人もかよはぬ年ぞ経にける」（恋五、読人しらず）の橋姫伝説引用による心象風景の形成は、異和感なく京文化圏から接続可能な空間となり得よう。

さらにこうした連繋する物語構想を支える水脈の例として夕顔巻に於ける「なにかしの院」に「河原院歟」とした『河海抄』が、少女巻の「八月にぞ六条院つくりいて、わたり給」に「此六条院は河原院を模する歟」[注46]（三八〇頁）と注記する。もちろん六条院は源融という一世源氏が建造した河原院のみを準拠としたというわけでもないことは『河海抄』にも次項の本文「六条京極のわたりに中宮の御ふるき宮のほとりによまちをしめてつくらせ給」を挙げての注記に『うつほ物語』に於ける四面八町を四季に彩る神南備種松邸を挙げて物語史上の位置付けを試みてはいるが、他に当然四町構造の源正頼邸や関係のあった女たちを一同に住まわせる色好みの藤原兼雅邸をも反映した水脈に加えて、物語内の連繋によって秋好中宮の里邸としてその一町に六条御息所邸を組み込むことは、前述した源融の死霊の如く紫の上や女三の宮に取り憑く六条御息所の死霊という旧主の霊出現に根拠を与えることにもなろう。

そのことは第二論稿に於いても〈三条宮〉を軸に帰属すべき邸宅に固執する作者の方法について論じたが、邸宅と人脈との関わりは容易に解消し得ないのであって、六条河原院を背景にして夕顔からその娘玉鬘が「すき者どもの心尽くさするくさはひにて、いといたうもてなさむ」（玉鬘巻。③一二二頁）と、光源氏の六条院に招かれるのはその反映ともいえそうだ。そして、宇治の地もそうした水脈と無縁とはならなかった。椎本巻の匂兵部卿宮が初瀬詣の中宿りとする宇治川の西岸の夕霧の別邸を「六条院より伝はりて、右大殿しりたまふ所」（⑤一六九頁）とし、それに注した『花鳥余情』が次のように記している。注(47)

河原左大臣融の別業宇治郷にあり　陽成天皇しはらくこの所におはしましけり　宇治院といふ所也　宇多天皇朱雀院と申も領し給へる所也　承平の御門是にて御遊猟ありける事李部王記にみへたり　其後六条左大臣雅信公の所領たりしを長徳四年十月の比御堂関白此院を買とりておなしき五年人々宇治の家にむかひ遊なとありき　宇治関白の代になりて永承七年に寺になされて法華三昧を修せられ平等院となつけ侍り　治暦三年に行幸ありき　いまは藤氏の長者のしる所也　六条左大臣より御堂関白につたはりたるを六条院よりつたはりてとはかきなし侍なり

河原左大臣源融の別業が宇治にあったことは、『扶桑略記』（国史大系）寛平元年（八八九）十二月二十四日条に「左大臣源融朝臣奏、臣之別業在宇治郷、陽成帝幸其所、悉破柴垣、朝出渉猟山野、夕還掠陸郷閭、如此事、非只一二」とあり、寛平元年に宇治の融別業を訪れた陽成天皇の乱行が伝えられている。

椎本巻で匂宮を歓待する夕霧の別荘がかつての融別業で宇治院と称したとすると、手習巻に於いて横川僧都一行が意識を失って倒れている浮舟を救助した地を「故朱雀院の御領にて宇治院といひし所」（⑥二八〇頁）としているのと矛盾してしまうから、物語の朱雀院と史実の朱雀院との重ね合わせを認めて理会すれば、前掲『花鳥余情』の「宇多天皇朱雀院と申も領し給へる所也」とする指摘に符合する記載として『貞信公記』（大日本古記録）天慶九年（九四六）十二月三日条に「朱雀院上皇幸宇治」とあるから、源融の宇治別業は、京の河原院と同じく宇多天皇以来皇室の御領となり朱雀院にまで伝領されていたが、その後廃院となったとおぼしい。一方、前掲『花鳥余情』の「其後六条左大臣雅信公の所領たりし」を道長が買い取ったのは、『小右記』（大日本古記録）長保元年（九九九）八月七日条によれば「六条左府後家」、つまり故源重信の未亡人からであって、そうした誤認もあって、存続した宇治院は以後寛弘年間に於ける数回にわたる宇治遊興の場となっている。中で寛弘元年（一〇〇四）閏九月二十一、二日条には宇治に出向き、そこでの作文会で道長が作った詩に中務宮具平親王が和した詩を右大弁藤原行成を介して賜わったと二十五日条に記されている。平等院の基礎となる道長から頼通へと伝領した別荘を廃院となった融の別業と同一視するわけにはいかないから、現在の平等院周辺には『本朝麗藻』にみえる藤原伊周の詩句で知られる如く一条朝には既に廃墟となった融の別業であるもうひとつの宇治院があったということであろう。

ともかく夕顔から〈白〉のイメージとともに〈はかなさ〉を引き継いだ浮舟が、注(48)八の宮邸に住みついていた物の怪（女色に迷妄する法師の霊）に取り憑かれ、宇治川へと身を投げてその命を奪われそうになったところを、「いときよげなる男」注(49)（手習巻。⑥二九六頁）に抱きかかえられて宇治院の大樹の下に置かれたのである。浮舟が入水を回避できたのは、この清げなる男による救出とみられるのだが、これを長谷観音の霊験とすれば、『源氏物語』で最も怪異的な超常現象となろう。横川僧都の調伏によって物の怪は「観音とざまかうざまにはぐくみたまひければ、この僧都に負けたてまつりぬ。今はまかりなん」（⑥二九五頁）と言って退散している。坂本氏が言うように、「観音は、物怪と、浮舟自身の自殺願望とから、彼女を救った」とはいえ、浮舟が観音の化身によって救われたことと、連れて来られた所が宇治院であったこととは同義ではないはずだ。

物語は夕顔とは違って浮舟の怪死を避けるために長谷観音の加護を用いたが、その娘玉鬘と夕顔の侍女右近との再会を導いた長谷観音の霊験と等しくお互いの祈願が結び合わされ、それに惹かれ導かれて宇治院に連れて来られたのである。偶然宇治院を中宿りとした横川僧都の妹尼は度々初瀬詣を繰り返していて、浮舟の出現を亡き娘の代わりと思い、「初瀬の観音の賜へる人なり」（⑥二九三頁）と、信じて疑わなかったのであるから、この妹尼の祈念との因縁を窺わせて、死ぬ夕顔から生きる浮舟へと転回する場（廃墟の院）と状況（物の怪出現）を夕顔巻と類同させて設営しているといえよう。

ところで、浮舟にもその侍女に〈右近〉と呼ばれる女房がいた。夕顔の侍女〈右近〉と同一呼称の命名は、夢浮橋巻々末で登場する浮舟の弟〈小君〉が、空蟬の弟〈小君〉を想起させるのと同じく、初期の巻々への回帰を積極的に模索する方法なのである。注(50)しかし、〈右近〉に関しては同一呼称の混在は、混乱を招く結果となってしまったようで、それは宇治の中の君の女房にも〈右近〉が近侍していたからに外ならないからだ。中の君の〈右近〉と浮舟の〈右近〉は、同一人物なのかそれとも別人なのか議論があるが、注(51)〈右近〉の重出は、浮舟中途構想による縫合の欠陥が露呈している存在と見做されている。

この一介の女房にすぎない脇役である〈右近〉ではあるが、主人である中の君あるいは浮舟との一対としての物語設定で夕顔物語との接合を構築しようとする意図があったものと思われる。藤村潔は八の宮の遺言に背いた中の君に悲劇的な末路が用意されていたと考えて、次のように述べている。注(52)

作者の構想の中で、宇治川投身が中君から浮舟に変更されたため、投身のための介添えとして構想されていた右近をも不用意に中君から浮舟に移しかえてしまったものであろう。（一六二頁）

作者は何を中の君から浮舟に移しかえたのか。右近や入水（藤村説注(53)）だけではなかったはずで、八の宮の遺言の呪縛から解き放つには、遺言とは関わらない亡き大君の形代としての浮舟の設定が必要であったからであろう。というのも、匂宮と中の君との結婚で精神的に追い詰められたのは大君の方であって、「なほ我だに、さるもの思ひに沈まず、罪などいと深からぬさきに、いかで亡くなりなむ」（総角巻。⑤三〇〇頁）とあるのは、『新編全集』頭注に「結婚によって煩悩をかかえこむのは罪業を積むことである。またそれは父宮の遺訓にそむき、その霊を悩ませてさらに罪を重ねることになる。そこからおのずから死への志向が意識に上りはじめる。」と、この大君の心情を的確に読み解いている。さらには匂宮と夕霧の六の君との婚約の噂を耳にしても、父の遺戒の意図を深刻に受け止めるのはやはり大君の方で、昼寝する中の君は「いささかもの思ふべきさまもしたまへらず」（⑤三二一頁）であって、大君の苦悩とは対照的な中の君の姿を写し出している。

大君没後の宿木巻では匂宮の間遠にはじめて悩む二条院の中の君のもとを訪れた薫との対面に次のようにある。

折りたまへる花を、扇にうち置き見ゐたまへるに、やうや赤みもて行くもなかなか色のあはひをかしく見ゆれば、やをらさし入れて、

　よ《（薫）》そへてぞ見るべかり白露のちぎりかおきし朝顔の花

ことさらびてしももてなさぬに、露を落さで待たまへりけるよとをかしく見ゆるに、置きながら枯るるけしきなれば、

「消《（中の君）》えぬまに枯れぬる花のはかなさにおくるる露はなほぞまされる

何にかかれる」といと忍びて言もつづかず、つつましげに言ひ消ちたまへるほど、なほいとよく似たまへるものかなと思ふにも、まづぞ悲しき。　（⑤三九四～五頁）

扇にうち置いた朝顔は薫の自邸三条宮から持参したものだが、朝顔を手折った時、「女郎花をば見過ぎてぞ出でたまひぬる」（⑤三九一頁）とあった。この「女郎花」は三条宮に薫を慕って参集している女房たちを暗喩しているらしいが[注54]、あだ心の匂宮の表徴とも考えられ、露を落とさぬ朝顔の花は薫の恋愛における矜持を示しているのだと思われる。

薫歌「よそへてぞ」は「白露」が大君で「朝顔」を中の君に喩えたが、それに応じた中の君歌「消えぬまに」は、

「花」を大君に、「露」を中の君として、露よりもはかなく枯れてしまった花を前提として薫歌に切り返しているものの、花よりははかないはずの露の身が生き残っている現実が照らし出されている。この中の君歌が『紫式部集』の「消えぬ間の身をもしるく朝顔の露と争ふ世を歎くかな」（53。傍線筆者）と措辞が近似している点から、中の君歌が家集（53）歌に拠っているとして、榎本正純はさらに中の君の思考パターンに作者紫式部みずからの思考の反映がみられる例として次の宿木巻の件りと家集歌を挙げている。注(55)

○ひたすら世に亡くなりたまひしに人々よりは、さりとも、これは、時々もなどかはとも思ふべきを、今宵かく見棄てて出でたまふつらさ、来し方行く先みなかき乱り、心細くいみじきが、わが心ながら思ひやる方なく心憂くもあるかな、おのづからながらへば、など慰めんことを思ふに、さらに姨捨山の月澄みのぼりて、夜更くるままによろづ思ひ乱れたまふ。（⑤四〇三〜四頁）

○いづくとも身をやる方の知られねば憂しと見つつもながらふるかな（125）

榎本氏は、傍線箇所と（125）歌との対応から、中の君の形象化に作者紫式部との内面の〈同質性〉を把捉して、匂宮が夕霧の六の君と結婚しても中の君にはその夜離れを憂えて自壊するのではなく、何とか克服しようとする思念が働いているとする。

結婚当初も匂宮の禁足や夜離れに対して、中の君は結婚を後悔したり、不実を恨んだりせず、現実を受け入れて、「心の中に思ひ慰めたまふ方あり」（総角巻。⑤二九九頁）と自己救済するのに対し、大君は「我も、世にながらへば、かうようなること見つべきにこそはあめれ」（⑤三〇〇頁）と、結婚拒否の念を強くし、生存の忌避までを内面に沈潜させて死へと傾斜する思考パターンを示していた。それは当然のちに薫を裏切って匂宮を通わせることになる大君の形代浮舟が「いかで死なばや、世づかず心憂かりける身かな」（浮舟巻。⑥一八一頁）とか、「わが身ひとつの亡くなりなんのみこそめやすからめ」（⑥一八四頁）と自暴自棄的に死への傾斜を強めていく思考の閉塞とは異なって、引用箇所でも「おのづからながらへば、など慰めんことを思ふに」（波線筆者）とする思い乱れる中での自浄は諦念とも違って、生きていこうとする姿勢の開示なのであろう。このような早蕨巻以来、中の君が培った大君と異なる生への志向性（榎本）は、物語の内的論理として中の君に入水を強いる終末は不可能と言うべきで、父宮の遺言の受け止め方の相違が姉妹の生死を分けた物語で、〈宮の姫君〉として「おいらか」に生きる中の君の形象化は、作者紫式部が隆姫と頼通との結婚を慫慂するメッセージとして、その方法からも達成されていよう。

しかし、中の君の形象化にみずから投影させての自画像の物語は、さらに身分的にも作者と近い浮舟を投入せざるを得なくなった。[注(56)] 次に早蕨巻と手習巻との『伊勢物語』四段「春や昔の」（古今集、恋五）を引く同趣向な場面を掲出しておく。

早蕨巻

御前近き紅梅の色も香もなつかしきに、鶯だに見過ぐしがたげにうち鳴きて渡るめれば、まして、「春や昔の」と心をまどはしたまふどちの御物語に、をりあはれなりかし。風のさと吹き入るるに、花の香も客人の御匂ひも、橘ならねど昔思ひ出でらるるつまなり。つれづれの紛らはしにも、世のうき慰めにも、心とどめてもてあそびたまひしものを、など心にあまりたまへば、

（中の君）見る人もあらしにまよふ山里にむかしおぼゆる花の香ぞする

言ふともなくほのかにて、絶え絶え聞こえたるを、なつかしげにうち誦じなして、

（薫）袖ふれし梅はかはらぬにほひにて根ごめうつろふ宿やことなる

たへぬ涙をさまよく拭ひ隠して、言多くもあらず、「またもなほ、かやうにてなむ。何ごとも聞こえさせよかる

べき」など聞こえおきて立ちたまひぬ。（⑤三五六～七頁）

手習巻

閨のつま近き紅梅の色も香も変らぬを、春や昔のと、こと花よりもこれに心寄せのあるは、飽かざりし匂ひのしみにけるにや。後夜に閼伽奉らせたまふ。下臈の尼のすこし若きがある召し出でて花折らすれば、かごとがましく散るに、いとど匂ひ来れば、

（浮舟）袖ふれし人こそ見えね花の香のそれかとにほふ春のあけぼの　（⑥三五六頁）

色も香も変わらぬ紅梅の景を眼前に据えて、前者は中の君が宇治の八の宮邸から京の二条院へ移るに際し薫との惜別の贈答歌であり、後者手習巻は小野の里で既に出家を遂げた浮舟の回想となる独詠歌だが、前者の薫歌「袖ふれし梅」に近似する表現の後者浮舟歌「袖ふれし人」も宇治の八の宮邸の紅梅を対象としているはずだ。ところが、八の宮邸の庭前に桜の情景はありはしたが、所在なさやこの世の憂さを慰めるために紅梅に心を留めていたなどという場面は、いっさいないのだから、ことさらめいた場面設営ということになろう。のちに二条院を訪れた薫が庭前の桜を眺めて、「主なき宿のまづ思ひやられたまへば」（⑤三六七頁）ともあって、「根ごめうつろふ宿やことなる」と詠じた「主なき宿」の紅梅はその景がどこにも存立し得ないのである。これらは物語の一場面ではあっても、作者に別の意図があったればこその設定ということになろうか。

両者の「袖ふれし」の語句は共通して「色よりも香こそあはれと思ほゆれ誰が袖ふれし宿の梅ぞも」（古今集・春上、読人しらず）に拠ってはいても、後者の浮舟歌の場面の方が、「飽かざりし匂ひのしみにけるにや」（傍線箇所）の文飾とともに明示的だ。ここに具平親王歌「あかざりし君がにほひの恋しさに梅の花をぞ今朝は折りつる」（拾遺集・雑）が引歌となっていて、しかも『公任集』に拠れば親王と公任との贈答歌となっている。

中務の宮にて、人々酒飲みしつとめて、宮のきこえたまふる

あかざりし君がにほひの恋しさに梅の花をぞけさは折りつる（18）

返し

いまぞしる袖ににほへる花の香は君が折りけるにほひなりけり（19）

酒宴の余韻のまま男同士があたかも後朝の歌のように戯れて詠んでいるのは、福家俊幸が読み解いたように親王と公任とのいかにも親密な関係が察せられる。注(57) そしてこのように男同士で一方が梅花の枝を折るという行為を伴う贈答歌の場面として、早蕨巻で前掲場面に先行する次の場面を福家氏は挙げている。

内宴など、もの騒がしきころ過ぐして、中納言の君、心にあまることをも、また、誰にかは語らはむと思しわびて、兵部卿宮の御方に参りたまへり。しめやかなる夕暮れなれば、宮、うちながめたまひて、端近くぞおはしける。箏の御琴掻き鳴らしつつ、例の、御心寄せなる梅の香をめでおはする、下枝を押し折りて参りたまへる、匂ひのいと艶にめでたきを、をりをかしう思して、

（匂宮）折る人の心に通ふ花なれや色には出でずしたに匂へる

とのたまへば

（薫）「見る人にかごとよせける花の枝を心してこそ折るべかりけれ

わづらはしく」と戯れかはしたまへる、いとよき御あはひなり。（⑤三四八～九頁）

二条院の匂宮のもとを訪れる薫が手折った梅の一枝を持って参上した。薫の芳香と混じり合った梅の香に匂宮は即座に中の君を慕う薫の下心を嗅ぎとっての薫との贈答歌の場面となっている。前掲浮舟巻の「こと花よりもこれに心寄せのあるは」に対応する匂宮の「例の、御心寄せなる梅の香をめでおはする」とする表現もあって、福家氏は梅の

芳香を素材として男同士の戯れの交友が描かれる点で、具平親王と公任との贈答場面を想起させると指摘して、さらに次のように述べる。

　ここでの梅の芳香をめぐる匂宮と薫とのやりとりは、遠く浮舟の「袖ふれし人こそ見えぬ花の香のそれかとにほふ春のあけぼの」まで響いているのではないだろうか。ここで梅を媒介にして、戯れていた二人の貴公子はまさに「袖ふれし人」が薫と匂宮の二人であることを示唆しているのだろう。それは中の君をめぐる恋のさやあてがまさに浮舟にスライドしていたことを表象しているのであった。

浮舟が眺めている「閨のつま近き紅梅」は、その遠景に作者は具平親王家の紅梅を見据えているのかもしれないということだが、早蕨巻の薫歌「袖ふれし」でも知られるように中の君と一晩過ごしたことを前提にしながらも男女関係を認めるものではなく、親密な関係や深い因縁から成り立ち得る表現であり、具平親王と紫式部との男女関係を仮定するものとはならないであろう。ともかく浮舟歌の「袖ふれし人」とは薫と匂宮との二人が混在しているとの福家氏の認識で、それは池田前掲論考や第三論稿に於ける自説も同じ結論に至っている。ただ「袖ふれし人」に関しての最新の論考の徳岡涼が、具平親王が若き日兵部卿でもあったことを根拠に、「作者の立場からは匂宮を想定した浮舟歌だった」とするのはあまりにも短絡すぎるが、「少なくとも作者紫式部にとって、この浮舟歌は具平親王の面影を背景にして詠まれたもの」とする、この浮舟歌を組み込む場面性への理会は首肯できよう。[注(58)] しかし、浮舟歌の「袖ふれし人」が匂宮なのか薫なのかの議論にばかり注視するのではなく、その下句にも注意を払うべきなのである。とはいえ、第四句「それかとにほふ」が揺曳する夕顔歌「心あてにそれかとぞ見る白露の光そへたる夕顔の花」(①一四〇頁)を想起して、頭中将か光源氏なのかとの議論があったのと同じような渦中に再び舞い戻ろうというのではなく、夕顔歌にもあるわずかな期待感「光そへたる」に当たり、それが収束するはずの語となった末句「春のあけぼの」に関してである。つまり「春のあけぼの」と詠む心境に至っている『源氏物語』最後の女主人公浮舟という存在について考えておくべきではないかということである。注(59)

藤村潔は正篇の女三の宮と続篇浮舟とを比較して、形代ないしゆかりとしての登場（藤壺の宮、宇治の大君）、二人の男との関わり（源氏と柏木、薫と匂宮）、そしてその結果出家するという点で類似関係があるとし、一つのパターンとして捉えることができるのは、それが作者による作為的な創造なのではなく、創作の軌跡として同じ結果となってしまったのだと主張している点である。注(60)

女三の宮と浮舟とが物語構成の核となる新しい悲劇的な登場人物の設定という照応関係は言うまでもないことだが、〈密通と出家〉という事象の因果関係で主題性を担う役割を問題とした場合、女三の宮はどちらかと言えば〈密通〉に関して光源氏への波紋は大きく、それに対して浮舟は〈出家〉に関して薫への影響は大きいと見做せよう。浮舟の出家が中の君の肩代わりをしたとすれば、紫の上の出家の代わりに女三の宮が出家して、中の君は紫の上と同じく二条院の女主人としてその「幸ひ人」としての地位を確保するという物語の方向性は認められようが、浮舟の出家に関しては薫の存在の不安感による道心を引き受けてしまった感があり、夢浮橋巻で浮舟に還俗問題まで浮上しかねないのは、そのためだろう。注(61)その上、薫とともに三条宮に尼姿で暮らす女三の宮の実態やその内心は語られずに、物語はその存在だけを明らかにしているにすぎないから、むしろ出家後の女三の宮の心情までも浮舟に託されているとさえ言えるかもしれないのである。「春のあけぼの」が春の陽光が射し出す一歩手前の明るさの前兆を示唆しているとすれば、そこにこそ出家の意味があり、心安らかな暮らしを志向する浮舟がようやく辿り着いた心境の表徴としてのことばの響きが感じられ、尼姿の女三の宮へと還元される言辞とも考えられるのではなかろうか。つまり、宇治十帖に於ける女三の宮と浮舟とに関わる〈密通と出家〉の対応関係は、両者の背負うべき罪の因果性に薫がどのように絡み、向き合うのかという主題性を担う設定にあったといえよう。

また、宇治十帖が実父柏木の死とそこからつき放された存在ゆえに薫が絆を求めて彷徨する物語となり、それが次に八の宮の死とそこからつき放された存在として登場する浮舟が、やはり父との絆を求めて彷徨する物語に引き継がれたのだとしても、注(62)浮舟の中途構想の矛盾解消にはつながらないだろう。しかも、浮舟物語の渦中に位置する蜻蛉巻には亡き式部卿宮（八の宮と兄弟）が愛育した姫君が、明石中宮腹の女一の宮の女房として出仕した件までが叙べられるのであり、高貴な宮家の姫君であっても父宮亡き後に、しっかりした後見のないことがあわれな行末を想定させ、中の君の行末を肩代わりしたはずの浮舟ではなく、注(63)むしろこの宮の姫君が中の君と対照的な存在として浮上してくる点は、劣り腹の浮舟を女房として設定するよりは、現実に具平親王没後に直面する姫君たちの行末を可能態として、衝撃的に叙べているといえようから、入水未遂後とはいえ、浮舟の存在意義を別に考える必要があろう。

夙く森岡常夫によって指摘された橋姫・宿木巻に於ける八の宮の矛盾は、①八の宮が俗解を捨てた動機が違っていること。②中の君より五歳下の浮舟が誕生した頃、橋姫巻の八の宮は既に行い澄ましており、誕生が不自然なこと、③慈愛の父として描かれた八の宮が、浮舟に対して非常に冷たいこと。注(64)この三点に拠り浮舟中途構想は揺るぎないとはいえ、もし浮舟の存在が当初から秘められ隠すべき存在として位置づけられていたとしたら、物語の内的必然性として匂宮の妻となった中の君に大君を忘れられない薫が迫り、追い詰められた中の君はその形代を物語に呼び込んでくるという図式は予定構図であったともいえ、もちろんそこには「俗聖」と言われ清廉で柔和な八の宮のイメージと矛盾しその修正を余儀なくするものだけれども、幻巻で紫の上の死を受け入れ難い源氏がその寂寥を癒そうと召人〈中将の君〉を求めた行為と同じく、当時の貴族社会の有様としては責められるべき事象ではなかろうし、むしろ物語は桐壺巻の当初から形代を是認し、方法化していた。また浮舟母娘の心情を度外視しての彼女らとの決別や放擲は、八の宮の潔癖さゆえとも、あるいは社会通念上許容される範囲であったとも考えられ、宇治へ墓参目的で訪れた浮舟母娘にとってその縁に縋る外なかったとはいえ、自分たちを捨てた父宮への怨みや憎しみは認められないのである。

確かに宿木巻での唐突な浮舟の登場は、第二部から準備していた宇治十帖の構想とは異なる想定外の事態が作者を襲って、急きょそれに対応すべく多少の矛盾には目をつぶって造型したのが、隠すべき劣り腹の存在である浮舟だったのではあるまいか。想定外の事態とは言うまでもなく寛弘六年（一〇〇九）七月の具平親王の薨去であったのであろうし、その死を前提としなければ、いくら紫式部の分身としての一面を引き据えた造型であるとしても、親王家の女房たちにさらなる反感を呼び起こしかねない浮舟の登場と存在であったろう。

八の宮の経歴には、京での政治的陰謀に巻き込まれ、惨めな敗退と宇治での隠棲が、『源氏物語玉のをぐし』[注(65)]に指摘されるように惟喬親王に準拠させての設定と言えそうだが、劣り腹の浮舟の登場は、明らかに具平親王という作者紫式部が初めて宮仕えに出仕した元の主人を想定せざるを得ないようだ。後中書王として知られる具平親王の意外な一面だが、既に指摘したように藤原伊祐の養子となった頼成の実父は具平親王であり[注(66)]、さらには隆姫の夫となった頼通と関係した進命婦こと祇子を具平親王の落胤と取り繕うこと（栄花物語巻三十一、殿上の花見）が可能であったのは、親王の所業にそうした素地があったからなのであろう[注(67)]。

五　おわりに

宇治十帖には『源氏物語』の初発の巻々である、空蟬、夕顔、末摘花の投影が色濃く塗り込められていた。玉鬘系の物語が後記され挿入されたとする物語成立過程からすれば、それらの巻々の面影が前面に押し出されて、その傍流に位置づけられた巻々が、逆転した形の相貌が呈せられて、さらに正続篇の物語構成としては、京の雅びさと対照する宇治や小野の山里の寂寥の空間とが対比されて、物語の枠組みとしては均整のとれた全体像を浮き上がらせている。

しかし、物語創作に立ち向かう作者紫式部が抱え込んだ精神的内実の葛藤をその表現世界から嗅ぎ分けてみると、正篇（とくに第一部）と続篇との創作の目的とその意図の径庭は明確に存していたといえよう。若紫巻や末摘花巻は、彰子の心を巧みに物語世界に引き入れたと思われるが、それらに少し遅れて執筆成立したと思われる首巻の桐壺巻に関しては、作者紫式部が道長の依頼に応じ、一条天皇と彰子中宮との新しい関係構築のため、彼らを取り囲む現状を打解する目的で時代を的確に反映させた物語を提供したといえよう。この桐壺巻に関して、清水婦久子は次の様な見解を示している。注(68)

> 桐壺巻の役割の一つは、亡くなった人々の鎮魂であったと思う。村上天皇が催した「壺前栽の宴」、栄花物語では「月の宴」とされる康保三年（九六六）内裏前栽合は、安子中宮を追悼する歌合であった。これを基にして作られた桐壺巻の「野分の段」こそ、長保二年（一〇〇〇）に崩御した中宮《（ママ）》定子の鎮魂と、定子を愛し続けた一条天皇の悲しみを癒やすために作られた物語だったのではないか。（三九二頁）

皇后定子の崩御を桐壺更衣の死に準え、寵愛した后への哀惜と誕生した皇子への慈しみを物語の核として長篇化の始発に据えたのである。後見のない第二皇子を帝の英断によって臣籍に降下させて不安を取り除かれた物語の主人公光源氏に、定子所生の第一皇子敦康親王の行末を重ねたのであろう。伊周の失脚で道隆側の後見を失った敦康親王は、その将来を見越して寛弘元年（一〇〇四）には藤壺の彰子中宮の猶子として安泰を計かっていたことからして、一条天皇は物語の展開に不安を覚えることはなかったであろう。しかも、物語作者は折りにつけ主人公に敵対する弘徽殿女御方の派手好みで不用意な対処を責め、藤壺中宮方の地味だがその嗜深さを賞揚して、定子サロンの開放性から徐徐に脱却を図り彰子サロンの情趣性への転換を誘導していくうちに、宮仕え当初は十七歳であどけなかった彰子も成長を遂げたのである。『紫式部日記』に記される寛弘五年（一〇〇八）敦成親王の誕生は、道長の命に従った物語の成果であり、物語作者はその目的、役割を果たしたのだといえよう。

それに対し、宇治十帖執筆の意図、目的は当初具平親王家のかつての同僚女房たちとの和解を目指し、隆姫と頼通との結婚を有効に導くための物語創作であったが、いっけんそれは道長の意向を汲んだ形でもあるのだが、具平親王の急死に接して、宇治十帖の結末は親王の鎮魂の目的へと変容したのであった。

注

（1）小学館新編日本古典文学全集の頁数。引用は『源氏』『栄花』とも同全集に拠る。

（2）今井源衛『紫式部』（吉川弘文館、昭和41年）

（3）稲賀敬二「紫式部日記逸文資料「左衛門督」の「梅の花」の歌―日記の成立と性格をめぐる臆説―」（『源氏物語の研究―物語流通機構論―』笠間書院、平成5年）

（4）大曽根章介「具平親王考」（『日本漢文学論集第二巻』汲古書院、平成10年）

（5）萩谷朴『紫式部日記全注釈上巻』（角川書店、昭和46年）、筑紫平安文学会編『為頼集全釈』（風間書房、平成6年）解説。

（6）原岡文子『源氏物語とその展開　交感・子ども・源氏絵』（竹林舎、平成26年）「『源氏物語』の女房をめぐって―宇治十帖を中心に―」、千野裕子「『源氏物語』における女房「中将」―宇治十帖とその「過去」たる正篇―」（『古代中世文学論考第26集』新典社、平成24年）。特に後者は「中将」のイメージ造型から脱皮する浮舟の母が常陸介の北の方として過去から解放され前進するという。

（7）新山春道「『紫式部日記』の人物関係考―具平親王家の婚姻―」（神奈川大学「人文研究」166、平成20年12月）。なお『栄花』は宮没年を寛弘七年（一〇一〇）正月二十九日の伊周薨去記事よりも後に置いて服喪期間中の成婚の可能性を排除する。

（8）久保木秀夫『中古中世散佚歌集研究』（青簡舎、平成21年）

（9）加藤静子「『御堂関白集』から照射される『栄花物語』」（「都留文科大学研究紀要」76、平成24年10月）。なお加藤説は『御堂関白記』寛弘七年（一〇一〇）五月十四日条の「左衛門督内方渡」とする頼通室の道長法華三十講参会の記事を示した上での期間設定である。

（10）武田宗俊「源氏物語の最初の形態」「源氏物語の最初の形態再論」（『源氏物語の研究』岩波書店、昭和29年）を再録して評価する『テーマで読む源氏物語論第4巻　紫上系と玉鬘系―成立論のゆくえ』（勉誠出版、平成22年）の中川将昭の解説に「〝②玉鬘系の巻々の出来事・人物は、紫上系の巻々に全く現れない〟という事実こそが、武田成立論の唯一にして最大の根拠であるということである。」（二四五頁）などとするのがその典型である。

（11）玉上琢彌「源語成立攷」（『源氏物語研究　源氏物語評釈別巻一』角川書店、昭和41年）

（12）稲賀敬二「源氏物語成立論の争点」（阿部秋生編『講座日本文学の争点（二）中古編』明治書院、昭和43年）。『稲賀敬二コレクション（三）『源氏物語』とその享受資料』（笠間書院、平成19年）前掲『テーマで読む源氏物語論第4巻』再録。

（13）福家俊幸「紫式部の具平親王家出仕考」（「中古文学論攷」7、昭和61年10月）

（14）若紫巻と末摘花巻とを一組と考える理由は、伊藤博『源氏物語の原点』（明治書院、昭和55年）「源氏物語始発部の層序―帚木三帖・末摘花巻をめぐって」でも明らかにしているように末摘花巻の「瘧病にわづらひたまひ、人知れぬもの思ひまぎれも、御心の暇なきやうにて、春夏過ぎぬ」（①二七七頁）は、若紫巻の瘧病や藤壺密通事件を指し、「朱雀院の行幸、今日なむ、楽人、舞人定めらるべきよし、昨夜のうけたまはりしを」（①二八五頁）が、若紫巻の「十二月に朱雀院の行幸あるべし」（①二三九頁）を受けて、行幸準備に追われる日々の中で、末摘花訪問がなされる。伊藤氏は「末摘花巻が帚木三帖を承けつつ桐壺系列に合流する志向を有する」と述べる。

(15) 今井源衛『王朝文学の研究』（角川書店、昭和45年）「為信集と源氏物語」

(16) 中島あや子「源氏物語と為信集―諸説の整理と検討―」（「鹿児島大学法文学部紀要　文学科論集」13、昭和53年3月）

(17) 笹川博司『為信集と源氏物語』（風間書房、平成22年）「『為信集』から『源氏物語』へ」。なお『為信集』の引用は同書に拠り、傍線は筆者。

(18) 今井前掲書（二七八頁）は九七番歌が玉鬘巻の末摘花が光源氏に送った歌「きてみればうらみられけり唐衣かへしやりてむ袖をぬらして」とも類似性が強いと指摘する。

(19) 空蟬の小袿返却時に添えた源氏の歌「逢ふまでの形見ばかりと見しほどにひたすら袖の朽ちにけるかな」は、藤原興風の詠「逢ふまでの形見とてこそとどめけめ涙に浮ぶもくづなりけり」（古今集・恋四）を踏んでいるのだが、その詞書に「親の守りける人のむすめにいと忍びて逢ひて物らいひけるあひだに、親の呼ぶといひければ、急ぎ帰るとて、裳をなむ脱ぎおきて入りにける、その後裳を返すとてよめる」とあるように、女の脱ぎおいた衣を手に入れた男が、後にそれを返すということを含めよくある事例であって、『為信集』だけに限定して、その発想の素材根拠として提示し得ないが、有効な事例とはなろう。

(20) 田中隆昭『源氏物語　引用の研究』（勉誠出版、平成11年）「朝顔と夕顔―『紫式部集』の宣孝関係の歌と源氏物語―」。なお『紫式部集』の引用は上原作和・廣田收編『紫式部と和歌の世界』（武蔵野書院、平成24年）

(21) 岡一男『源氏物語の基礎的研究』（東京堂、昭和29年）「第一部　紫式部の周辺と生涯」

(22) 父為時の次兄為長が陸奥守在任中に亡くなっていて、その死を悼む詠が『為頼朝臣集』に以下の如くある。「兄弟の陸奥守亡くなりてのころ、北の方の生海松をこせたりしに／磯に生ふるみるめにつけて塩釜の浦さびしくおもほゆるかな」

(23) 引用は玉上琢彌編『紫明抄河海抄』（角川書店、昭和43年）二四五頁。以下当該箇引の全文を掲げておく。

なにかしの院　河原院歟

五条よりそのわたりちかきなにかしの院とあれは也六条坊門万里小路坊門南万里小路東相二叶京極御息所先蹤一歟彼院左大臣融公旧宅也又号六条院後ニ宇多院御跡也延喜御記云皆参入六条院此院是故左大臣源融朝臣宅也大納言源朝臣奉二進於院一

(24)『大和物語』六一段に時平女褒子は六条京極にあった河原院に住んで居たとの記述があり、京極御息所とも六条御息所とも言われたことをはじめとして、塩釜を模した邸宅河原院の旧主であった源融の霊の出現と『源氏』の六条御息所との関連を田中前掲書は指摘する。

(25) 角田文衛「夕顔の宿」「夕顔の死」（『若紫抄』至文堂、昭和43年）『紫式部の世界』（『角田文衛著作集七』法蔵館、昭和59年）。なお千種殿は「六条坊門北・西洞院東」にあり、のちに後朱雀天皇嫄子中宮所生の禖子内親王を六条斎院と称するのも内親王の家司に補された源師房が具平親王の嫡子で千種殿に住んでいたからであろう。

(26) 中島朋恵「源氏物語末摘花の巻の方法」（『中古文学』23、昭和45年4月）

(27) 外山敦子「末摘花は変貌したのか―老女房との関係性から―」（『愛知淑徳大学国語国文』20、平成9年3月）

(28) 星山健『王朝物語史論―引用の『源氏物語』―』（笠間書院、平成20年）「橋姫物語における末摘花物語引用―光源氏が幻視した女君としての宇治中君―」

(29) 総角巻に於ける匂宮・中の君結婚三日目の贈答歌、匂宮詠「中絶えむものならなくに橋姫のかたしく袖や夜半にぬらさん」、中の君詠「絶えせじのわがたのみにや宇治橋のはるけき中を待ちわたるべき」（⑤二八四頁）は、『古今集』所載歌「さ筵に衣片敷きこよひもや我を待つらむ宇治の橋姫」（恋四、読人しらず）「忘らるる身を宇治橋の中絶えて人も通はぬ年ぞ経にける」（恋五、読人しらず）を踏む。

(30) 鈴木宏子「薫の恋のかたち—総角巻「山里のあはれ知らるる」の歌を中心に—」（「国語と国文学」平成26年11月）

(31) 中川正美「宇治大君—対話する女君の創造—」（『源氏物語のことばと人物』青簡舎、平成25年）

(32) 前述した通り『栄花』は頼通・隆姫の婚儀を親王生前として描くが、この虚構性は、教通と禔子内親王（三条天皇皇女）の結婚は万寿三年（一〇二六）二月五日（日本紀略）だが、禔子の母藤原娍子（万寿二年〈一〇二五〉三月二十五日崩）による重服中であったのを『栄花』（巻二十七、ころものたま）は、娍子の一周忌後として描くのと同様である。

(33) 猫に関しては『枕草子』第七段「上に候ふ御猫は」（三巻本）に、五位のかうぶりした猫に乳母をつけて人並みに扱う異様さが描かれ、横笛に関しては第二二八段「一条の院をば今内裏といふ」で一条天皇みずから笛を吹く。笛の師は藤原高遠と記される。

(34) 前掲書『源氏物語の原点』「「野分」の後—源氏物語第二部への胎動」「柏木の造型をめぐって」

(35) 須磨巻で光源氏は「恩賜の御衣は今此に在り」と誦して菅原道真に准えて無実を訴えた。一方柏木巻で夕霧は「右将軍が塚に草初めて青し」（④三四〇頁）と口ずさんで柏木の死を哀悼したが、この句は『河海抄』に拠れば、時平の長男保忠の死を悼む紀在昌の詩（本朝秀句）とする。源氏を菅公に比してその祟りとしたか。また保忠の弟敦忠を柏木像のモデルとする藤河家利昭「藤原敦忠伝—柏木像の形成—」（「武庫川国文」5、昭和48年3月）は、「敦忠の妻が敦忠死後文範の妻となるということから柏木の妻落葉宮が夕霧の妻になるという物語が構想されたのであろうか」とする。なお敦忠の山荘は小野にあった。

(36) 第二論稿及び「夕霧の子息たち―姿を消した蔵人少将―」（秋澤亙・袴田光康編『源氏物語を考える―越境の時空』武蔵野書院、平成23年）

(37) 吉岡曠『源氏物語論』（笠間書院、昭和47年）「女三宮物語の講造」「第二部の成立過程について」

(38) 『河海抄』は『日記』の小少将の比喩表現を挙げるとともにカッコ内の「鶯の羽風」に『具平親王集』の「鶯の羽かせになびく青柳のみだれて物をおもふころ哉」を指摘する。

(39) 前掲「源氏物語の最初の形態再論」

(40) 福家俊幸「『紫式部日記』の上臈女房と物語の世界―『こまの物語』・『源氏物語』―」（『論集平安文学3　平安文学の視角―女性』勉誠社、平成7年10月）

(41) 斎藤正昭『紫式部伝―源氏物語はいつ、いかにして書かれたか』（笠間書院、平成17年）。ただ「大輔の命婦」という呼称の女房の存在は定子皇后の乳母として『枕草子』で知られ、角田文衛「大輔の命婦」（『王朝の残影』東京堂出版、平成4年）は、彼女の出自を重明親王女の祐子女王とし、親王の薨後その娘が出仕したとする。

(42) 宿木巻に「あだなる御心なれば、かの按察大納言の紅梅の御方をもなほ思し絶えず、花紅葉につけてものたひわたりつつ、いづれをもゆかしくは思しけり」（⑤三八一〜二頁）ちはあるが、物語化しない。

(43) 『日記』に伊周息道頼が「蔵人少将」として華やいだ皇子誕生祝いの勅使を果たすのは、寛弘五年（一〇〇八）の時点まで彰子が道頼をかわいがっていた融和状況の反映として物語にイメージ造型されていた。寛弘六年（一〇〇九）の変事によって状況が一変したのであろう。竹河巻の成立時期に関わる蔵人少将の設定と造型ということになる。

(44) 今井源衛前掲書

(45) 石田穣二『源氏物語論集』（桜楓社、昭和46年）「若菜以後の三つの場合」「若菜の発端における朱雀院について」

（46）当該箇所の『河海抄』の全文を掲げる。
八月にそ六条院つくりいて、わたり給
此六条院は河原院を模する歟別記〔真本御記三〕みえたり
延喜（十）七年三月十六日己丑此日参入六条院此院是故左
大臣源融朝臣宅也大納言源朝臣奉進於院矣
一世源氏作られたるも其例相似たる歟
延長二年正月廿六日乙丑皆参入六条院々御此院
（47）中野幸一編『花鳥余情（略）』（武蔵野書院、昭和53年）
（48）坂本共展「玉鬘と浮舟」（『論集平安文学Ⅰ　文学空間としての平安京』勉誠社、平成6年10月）は、萩原広道『源氏物語評釈』の指摘を受けて、「続篇では、頭中将の孫である薫を、源氏の孫である匂宮との間に、嘗ての夕顔巻の繰り返しともいうべき運命が用意されたのである。違っていたのは、源氏が夕顔と逢った時、頭中将が夕顔の所在を見失ってしまっていたのに比して、匂宮が浮舟と逢った時、浮舟が薫の管理下にある宇治の邸にいたことである。」とし、この設定の相違が浮舟が抱え込む悩みの由因とする。方法的にはこの指摘は、竹河巻に於いて、かつての夕霧の立場に薫を位置づけ、逆に柏木の立場に夕霧の息蔵人少将を設定し、玉鬘大君をかいま見た蔵人少将が恋の迷妄に陥る構図と対応する。久下『王朝物語文学の研究』（武蔵野書院、平成24年）「竹河・橋姫巻の表現構造」
（49）池田和臣『源氏物語　表現構造と水脈』（武蔵野書院、平成13年）「15　手習巻物怪―浮舟物語の主題と構造―」は、夕顔巻の「いとをかしげなる女」との表現上の類似から「いときよげなる男」を物怪とする。これには従えないが、死ぬ夕顔から生きる浮舟へと物語は一八〇度回転する。

(50)空蟬巻と総角巻とに於ける脱出事件は、軒端荻と中の君を置き去りにしたが、空蟬と大君とに作者像の反映がみえることで、大君の形代である浮舟を〈小君〉によって空蟬と結びつけ、三者の連結性を築いたのか。

(51)稲賀敬二「夕顔の右近と宇治十帖の右近―作者の構想と読者の想像力―」(菊田茂男編『源氏物語の世界　方法と構造の諸相』風間書房、平成13年。のち前掲『『源氏物語』その享受資料』)は、同人説で「中君の女房「右近」が勤務先を変えて今は浮舟女房「右近」になっている」とする。

(52)藤村潔『源氏物語の構造』(桜楓社、昭和41年)「宇治十帖の構想成立過程細論」

(53)早蕨巻で上京する中の君を前にして詠む右近の母大輔の君の歌「あり経ればうれしき瀬にもあひけるを身をうぢ川に投げてましかば」(⑤三六二頁)が、中の君の入水を先導すると理会されるのに対し、浮舟巻では右近が東国の悲話や粗暴な警固の者の話を浮舟に語って、それが入水決意への誘因となっている。しかし、中君入水構想説を否定する後藤幸良『平安朝物語の形成』(笠間書院、平成20年)「第二十八章　中君の造型と役割―中君入水構想はあったか(一)」「第二十九章　中君・浮舟物語構想の形成―中君入水構想はあったか(二)」があり、筆者は浮舟中途構想説に賛するが、中君入水構想説には首肯できない立場である。以下本節の論点となる。

(54)玉上琢彌『源氏物語評釈第十一巻』。なお引用掲出本文の前文に「いみじく気色だつ色好みども」(⑤三九一頁)ともあり、それは『日記』冒頭での「女郎花」めぐる道長との贈答歌にも関わって、宇治十帖では「朝顔」との対照性を明確に描く。

(55)榎本正純「物語と家集―宇治十帖中君の再検討―」(「国語と国文学」昭和49年7月)。なお榎本論考に賛意を示した岩佐美代子「宇治の中君―紫式部の人物造型―」(国文学研究資料館編『伊勢と源氏　物語本文の変容』臨川書房、平成12年)がある。

(56) 空蟬は紫式部の自画像に最も近いとされる（島津久基『源氏物語新考』明治書院、昭和11年）が、浮舟周辺に〈小君〉を配する他に、小野に来て薫の動静を語る「大尼君の孫の紀伊守」（⑥三五六頁）は、薫の家司らしく、かつての光源氏と紀伊守との関係を想起させる。

(57) 福家俊幸「具平親王家に集う歌人たち―具平親王・公任の贈答歌と『源氏物語』―」（『王朝の歌人たちを考える―交遊の空間』武蔵野書院、平成25年）

(58) 徳岡涼「「手習」巻の浮舟歌について―「袖ふれし人」とは誰か―」（熊本大学「国語国文学研究」49、平成26年3月）。但し先行する福家論考や拙論には触れていない。

(59) 浮舟造型に和泉式部の投影をみ、その詠歌の関連性に注目する久富木原玲「和泉式部の花と夢の歌―小町詠を起点として―」（『論集　和泉式部』笠間書院、昭和63年）は、末句「春のあけぼの」が和泉の「恋しさもあきのゆふべにおとらぬは霞たな引く春のあけぼの」（続集188）に拠ったとする。

(60) 藤村潔『古代物語研究序説』（笠間書院、昭和52年）。構成上の大きな三点を挙げたが、他に二人の女君に対する物の怪の登場、出家させる朱雀院と横川の僧都の慈愛、主題性を担う役割の肩代わり等を挙げている。

(61) 夢浮橋巻々末で誰かが浮舟を隠し据えたのだと薫は推測しても、それがいっこうに匂宮に想到しないのは〈密通〉を軽視している証左と考える。

(62) 鷲山茂雄「薫と浮舟―宇治十帖主題論」（『源氏物語の語りと主題』武蔵野書院、平成18年）

(63) 匂宮には浮舟を姉女一の宮の女房として仕えさせる腹案もあった（浮舟巻。⑥一五五頁）。

(64) 森岡常夫『源氏物語の研究』（弘文堂、昭和22年）。但し三点の箇条書は後藤幸良前掲書の整理に従った。

(65) 該当箇所の全文を「源氏物語玉のをぐし九の巻」（『本居宣長全集第四巻』筑摩書房、昭和44年）から掲げておく。

ふる宮おはしけり二のひら　惟喬親王に准據して書るなるべし、冷泉院の御世になりて、世にはしたなめられ給へる事、似たることあり、又宇治にすみ給ふは、かの親王の、小野の山里にこもり住給へりしに准へたるなるべし、薫君のとぶらひ参り給へるも、業平ノ朝臣のおもかげあり、莵道ノ稚郎子の御事は、さらによしなし、

(66)『権記』寛弘八年（一〇一一）正月某日条に「藤原頼成為二蔵人所雑色一阿波守伊祐朝臣男実故中書王御落胤」とある。

(67)藤原宗忠の『中右記』大治二年（一一二七）八月十四日条に藤原寛子が崩じたことを記し、「太后諱寛子、宇治殿御姫、母贈従二位藤祇子、後冷泉院后也」とある。

(68)引用は清水婦久子『源氏物語の巻名と和歌―物語生成論へ―』（和泉書院、平成26年）。同趣旨の見解が『源氏物語の真相』（角川選書、平成22年）にみえる。但し清水氏は続篇の物語は、一条天皇が寛弘八年（一〇一一）に崩御された後に作られたとする。

『源氏物語』の方法的特質

——『河海抄』「准拠」を手がかりに——

廣田收

一 はじめに

〈史実〉とは、一般に歴史的事実のことを意味するであろうが、これを基準とすれば、物語が史実に基くという側面と、物語が史実に反するという側面のあるということは理解しやすい。「史実と虚構」というと、物語を史実と対照させ、史実と反するところに虚構を認めるという立場を標榜することになる。結局のところ、史実とは物語生成の局面、あるいは読解の局面において、対照させて物語の方法を理解するための枠組みであり、広義にとれば歴史的な文脈の謂と解することができる。

ただ私は、この括弧付きの〈史実〉を私的な操作概念として用いることを好まない。もし歴史書を想起すれば、史実とはまず、六国史に代表されるような正史の中に記された出来事をいうものと了解される。正史としての歴史書は、天皇の起居、朝廷の公事を叙述することが、天皇の統治を記すという文脈のもとに叙述する。つまり、記されている記事は、天皇の統治としての出来事である。そこにいう歴史とは、ややもすると政治的な出来事と理解されやすいが、歴史書の記すことは、法制、儀式、祭祀、行事などの記録や先例から、社会的慣行、習俗のみならず、思想的や宗教的な事件にまで及ぶ。瑞祥としての休徴や凶兆としての咎徴も、不思議な出来事というよりも、それぞれ天皇の統治について天の兆しを示すものといえる。

普通、史実という場合、歴史書のみならず日記などの私的記録をも含んで、資料あるいは史料に記されたことをいう。ただ一点、私が懼れるのは、史実という語には依然として、史料を通して推定される「厳然として」存在する、どこか「純粋客観的」な事実がある、という理解が潜んでいないかという懸念である。正史にしても日記にしても、どのような表現者によるかという相違はあるにしても、やはり言葉によって捉えられたものに他ならない。言葉は認識であり、思考であり、表現である。そうであれば、史実は、正史が公的なものであり、日記が私的なものであるというふうに言い募ることもあまり意味をなさない。それゆえに史実という用語は方法的概念として用いるには曖昧にすぎるだろう。

さて、この史実というものをめぐって『源氏物語』の方法的特質を考えるとき、かねてより議論されてきた問題として準拠がある。ただ、『源氏物語』における準拠論の全体を見通すことはなかなか困難であり、私には今何も用意がない。そこで、中世源氏学の研究としてではなく、『源氏物語』の方法を考えるために、注釈書個別の性格についての議論は措き、また個別の事案についても今は措くとして、特に『河海抄』の用いる準拠という概念を見直すところから、『河海抄』自身の表現を手がかりに、この問題について再検討を試みたい。

二 『河海抄』における準拠の研究史

清水好子氏は、玉上琢彌氏の考察を引き継ぎ「桐壺の巻の帝は宇多帝以後の史上実在の人物で、天暦以前の帝として書かれていること」に注目した。注(1)そして『河海抄』は料簡において「物語の時代をそれぞれ史上の天皇にあてはめ、主人公を実在人物に比している」という。注(2)さらに『河海抄』は、自ら「異説」として「一条院時代とする説」を挙げながら、『河海抄』が「これを斥けている」のであって、「鴻臚館、高麗人の来朝という事柄に桐壺帝時代の下限を暗示する」と理解していたという（同書、八一〜四頁）。すなわち『河海抄』は「物語の時代に触れるものはみな桐壺帝の御代を延喜の治世をさす」と考えるのだという。注(3)それで「物語の人物や事件を史上実際のそれにあてはめて考えうる場合、古注は史実のそれらを準拠と呼んだ」と整理する（同書、八四頁）。さらに清水氏は「模す」「なずらふ」「比す」等が「準ず」「準拠」と「同じ意味でつかわれている」として「平安時代の物語の注釈でかように準拠というとがいわれるのは源氏物語だけである」と評する（同書、八六頁）。さらに清水氏は「歴史についてだけではなく、実在の場所についても準拠を考える」という「古注の態度」が「源氏物語の独自の作風」にかかわるという。注(4)例えば、二条院の事例について、「その実在性と名称位置の適切さを証している」ところに「写実性を目指した作者の工夫」を見て取っている（同書、一〇〇〜六頁）。

清水氏の準拠論の問題は、清水氏が「物語の時代」を「史上の天皇」に、「主人公」を実在人物に比」すというふうに、特に「物語の時代」や「主人公」に焦点を当てることで『河海抄』を評価しているところにある。そもそも『河海抄』の準拠は、清水氏が二条院の事例を「写実性」の問題と捉えたのは適切な理解ではなく、もっと広がりをもつのではないかと愚考する。

次に記憶すべき論考に加藤洋介氏の発言がある。加藤氏は、「中世源氏学の準拠説が、一旦は本居宣長によって「明確に否定されていた」ことに注目する。注(5)すなわち、宣長が「源氏物語の事件や人物の事蹟は、ある特定の史実や実在人物に還元しきれるわけではなく」「物語文学の〈虚構〉性を前提とした」ことをいう。そして加藤氏は、「宣長の指摘」が「中世源氏学の批判にとどまるものではな」く、「物語文学がその本質としてもつ〈虚構〉性との相互関連において考えようとした」ことを評価する（同論文）。

宣長の主張に戻って確認してみると、宣長は「物がたりに書たる人々の事ども、みなことゞくなぞらへて、あてたる事にはあらず、大かたはつくり事なる中に、いさゝかの事を、より所にして、そのさまをかへなどしてかけることあり」という。注(6) 確かに宣長は『源氏物語』を「大かたはつくり事」と見做している。さらに「大かたはつくり事なる中に、いさゝかの事を、より所にして、そのさまをかへなどして」制作するのであり、「一人を一人にあてて作れるにもあらず」という。準拠からすれば、準拠は「つくり事」の中の「より所」であり、人物造型には複合性が認められると理解しているとみてよい。さらに、宣長は「おほかた此准拠といふ事は、たゞ作りぬしの心のうちにある事」だから、後世になって準拠について云々することには意味がないとまでいう（同書、一七九頁）。

宣長が物語を虚構と捉えることに異論はない。だからといって、準拠を作者の心の中のことと断じることはできない。むしろ、『源氏物語』の表現において、「より所にして、そのさまをかへなど」した仕掛けに注意する必要があるだろう。

さて加藤氏の発言に戻ると、「河海抄のいう延喜天暦准拠説は、『准拠』を一義的に決定することの不可能性を、あらかじめ『作物語のならひ』として前提にしている」のであり「この河海抄の前提そのものを逆手に取ったのが、宣長の准拠説批判ということになる」という。加藤氏はむしろ「この河海抄料簡の言説が、中世という時代において、なぜ高明准拠説ひいては延喜天暦准拠説を積極的に主張しうる論理たりえたのか」を問う必要があると指摘する。そして加藤氏はその答えを「先例」主義に求めている。それゆえ「朝儀や公事にかかわる叙述」に対する注目があり「『准拠』とは、厳密には『先例』といえないものを、『先例』と同等の価値を有するものとして意義づける行為をいう」とする。注(7)

このような明快な指摘を踏まえたとき、①『河海抄』の指摘する準拠が逆に『源氏物語』の方法を照らし返す可能性はないだろうか。

一方、篠原昭二氏は『河海抄』が「光源氏を左大臣になぞらへ」たことに対して「光源氏と高明との異なる側面にも目を向ける」べきだという。すなわち『河海抄』は「作物語の習」として「準拠」において「物語が史実と異なるのは問題にならず当然のことと了解しており、光源氏の行迹が源高明のそれと如何に違っていようと、高明が準拠であることの妨げにはならない」という。そして研究者が「高明を準拠として光源氏が創作されたとする理解にまでは」及んでいないという。[注(8)] さらに、篠原氏は『河海抄』が「作物語の習」をいう理由は「御都合主義的論議であり、詭弁と非難されても仕方のないことである」といい、「延喜天暦準拠説」に合致するところは、「準拠」であると言い、合致せぬ部分は「作物語の習」として「事ことにかれを模する事なし」ということに対して、篠原氏は「準拠説の根拠そのものを疑わせる結果を招くことになるであろう」と論じる（同書、五頁）。さらに『河海抄』における「事実誤認」や「注釈態度」に問題があると捉える。そして、準拠とする事例を挙げる困難にもかかわらず、「『河海抄』はなおも準拠に拘泥する」（同書、七頁）がゆえに、『河海抄』が物語の「準拠の存在を証明できず、かえってその非在を自ら認めざるをえない状況に陥」ったのだとみる（同書、一一頁）。

つまり、篠原氏は『河海抄』が準拠を指摘する一方、準拠にかかわらないものを「作物語の習」と考えて、『河海抄』のもつ注釈と物語の理解の枠組みそのものを批判している。言い換えれば、篠原氏は、『河海抄』が、史実に合致するAを準拠と指摘しつつ、『河海抄』が非Aを「作物語」のしわざと捉えるところに不快感を表明している。だが、おそらく『河海抄』の姿勢はそういうものではなく、物語が表現に準拠を求めるという属性をもつところに『源氏物語』の特質を認めようとしているのであり、物語そのものの属性を「作物語の習」と捉えているといえる。

その後、近年の準拠論はあまりにも多様であるが、全体を概観する意味で、浅尾広良氏の理解は重要な手掛りを示してくれる。浅尾氏は、「準拠」という概念について、

「準拠」とは、先例主義に裏打ちされた言葉で、基準となるもの（＝先例）に倣い准ずることである。『源氏物語』は、虚構の作物語でありながら、歴史上の史実に准拠して作られていると古くから中世源氏学の世界で考えられてきた。注(9)

という。浅尾氏は准拠を「時代設定を表すもの」だけでなく「作者の身近な出来事」から「『源氏物語』以降の事例」まで「かなり幅のある概念」だという。さらに「それらは次第に権威主義的・衒学的な傾向を強めて行く」という。さらに浅尾氏は「『源氏物語』の時代が醍醐・朱雀・村上天皇の御代に准拠し、光源氏は源高明に准えて語られている。それが『作物語のならひ』（物語の方法）なのだと述べる」とまとめる（同書、一〇頁）。

かくて、先行研究に学ぶことは、まず「準拠」という概念を「中世源氏学」の範囲で考えるのか、概念として明確に示す『河海抄』そのものにおいて考えるかによって、以下の論は異なってくる、ということである。さらに、②『河海抄』の考える「作物語の習」とは何かを考えることが要点となるに違いない。

このように①②二つの論点を取り出すことによって、本稿では「作物語」としての『源氏物語』を考えるために、『河海抄』の概念としての「準拠」をどのように捉えることができるかということから考え直してみよう。

三　『河海抄』「料簡」から見る「準拠」

『河海抄』の「料簡」は、形式上幾つかの段落に分けられている。各段落の冒頭を示すと、次のようである。

1　此物語のおこりに説々ありといへども、…

2　物語の時代は、醍醐・朱雀・村上三代に准ズル歟。…

3　或説云、此物語をば必ズ光源氏物語と号すべし。…

4　紫式部者鷹司殿〔従一位倫子一条／左大臣雅信女〕官女也。…

5　中古の先達の中に、此物語の心をば、…注(10)

さらに、冒頭の1「此物語のおこり」については、内容から大きく二つに分割できる。

すなわち、1の前半は、西宮左大臣が太宰府権帥に「左遷」されたとき「藤式部」は幼い日から高明に慣れ奉っていたため嘆いていた。折しも、大斎院選子が上東門院へ「めづらかなる草子」を所望したので、紫式部は石山寺に籠り、大般若経の料紙をもって須磨・明石巻を書きとどめたと伝える。

このような経緯から、『河海抄』は、

光源氏を左大臣になぞらへ、紫上を式部が身によそへて、周公旦白居易のいにしへをかんがへ、在納言・菅丞相のためしをひきて、かきいだしけるなるべし。其後、次第に書くはへて五十四帖になしてたてまつりしを、権大納言行成に清書せさせられて、斎院へまいらせられけるに、法成寺入道関白、奥書を加られていはく、此物語世みな式部が作とのみ思へり。老比丘筆をくはふるところ也云々（同書、一八六頁）。

と記す。これによると、準拠論からすれば、光源氏は源高明を襲ったものだという理解が基本にある。ただし、周公旦・白居易などの「いにしへ」を勘案し、道真の「ためし」を引いたものであるとして複合的に理解しており、高明だけをモデルとして理解していないことは明らかである。以上が1の前半である。

さらに1の後半は、物語の主題論へと展開する。

誠に①君臣の交、②仁義の道、③好色の媒、④菩提の縁にいたるまで、これをのせずといふことなし。そのをもむき荘子の寓言におなじき物歟。詞の妖艶さらに比類なし。一部のうちに、紫上の事をすぐれてかきいでたるゆへに、藤式部の名をあらためて紫式部と号せられけり。…（同書、一八六頁）

ここに『河海抄』の理解する、『源氏物語』の主題と方法とが端的に示されている。すなわち、右の四点が『源氏物語』の主題であり、「寓言」を物語の方法と見るのである。

さらに「作者観音化身也」という一節や、「時の人云、日本紀の局と号し」た理由などを述べて、

凡〔大かた此イ〕物語の中の人のふるまひをみるに、たかきいやしきにしたがひ、おとこ女につけても人の心をさとらしめ、事のおもむきををしへずといふことなし（同書、一八六～七頁）。

と、物語に唱導的、教育的機能のあることを示している。私は「此物語のおこり」が「①君臣の交、②仁義の道、③好色の媒、④菩提の縁」という多様な主題の存することは、『源氏物語』そのものが抱えている構造、すなわち紫式部が物語でもって中宮彰子に進講した中宮学の問題であると考えている。注(11) むしろ、私はここに言う「寓言」と「作り物語の習」あるいは準拠とはどのようにかかわるのか、ということを『河海抄』自身は説明していないように思う。

次に、2「物語の時代」については、次のようである。

物語の時代は、醍醐・朱雀・村上三代に准ズル歟。桐壺御門は延喜、朱雀院は天慶、冷泉院は天暦、光源氏は西宮左大臣、如此相当スル也。（略）又昭宣公の母は、寛平法皇の皇女延喜帝御妹也。致仕大臣の母も、桐壺の御門ノ一御腹とあり。此外も其証おほし。

難者〔イ无〕**云**、以前の**準拠**誠に其寄〔例イ、真本其数〕ありといへども、此物語は光源氏をむねとする〔セルイ、不本せりイ真本本文せり〕歟。されば、西宮左大臣に准ズル事、一世の源氏左遷の跡は相似〔真本誠に相同けれ〕たれども、彼公好色の先達〔タルハイ〕とはさしてきこえざるにや、いまの物語は殊に此道を本としたる歟如何。

答云、作物がたりのならひ、大綱は其人のおもかげあれども、行迹にをきてはあながちに、事ごとにかれを模することなし。漢朝の書籍、春秋・史記などいふ実録にも少々の異同はある歟。仍桐壺帝、冷泉院を延喜・天暦になずらへたてまつりながら、或は唐ノ玄宗のふるきためしをひき、或は秦始皇のかくれたる例をうつせり。又天慶御門は相続の皇胤おはしまさね共、此物語には朱雀院の御子、今上・冷泉院の御後なし〔或説云、此条有卜作者之／意趣歟云々〕。光源氏をも安和の左相に比すといへども、好色のかたは道の先達なるがゆへに、在中将の風をまねびて、五条二条の后を薄雲女院、朧月夜の尚侍によそへ、或はかたの、少将のそしりを思へり。又太上天皇の尊号も、漢家には太公の旧躅、本朝には草壁皇子等の先蹤を模する歟。是作物語の習也。初にいづれの御時にかとて、分明に書あらはさゞるも此故なり注(12)（「料簡」）。

料簡の全体は対話形式になっているが、興味深いことは、「難者」が難じたことに対して「答」える側が、必ずしも難者に反論していないことである。もう少し丁寧に言えば、難者は「此物語は光源氏をむねとする」のであるから、光源氏は「西宮左大臣に准ズル」というが、「一世の源氏左遷の跡」が似ているだけで、「好色」の点では似ていないと指摘する。これに対して、「答云」うには、「作物語の習」として、概ね「その人のおもかげ」はあるが、「事ごとにかれを模することなし」だという。そのとおりだと肯定しているのである。

砕いて言えば、それはそうでしょう、それが「作物語の習」ですから、「作物語」はもっと雑駁なものでしょう、ということだろう。さらに『河海抄』は、「漢朝の書籍、春秋・史記などいふ実録にも少々の異同はある歟」という。だから、「桐壺帝、冷泉院」を「延喜天暦になずらへ」たとしても、一方では「唐ノ玄宗のふるきためしをひき、或は秦始皇のかくれたる例をうつせり」ということがあるからだ、と。あるいは「天慶御門は相続の皇胤おはしまさね共、此物語には朱雀院の御子、今上冷泉院の御後なし」ともいう。あるいは、光源氏を「安和の左相に比すといへども、好色のかたは道の先達なるがゆへに、在中将の風をまねび」するのである、と。つまり準拠は、「延喜天暦」の代と源高明になずらえられてよい。ただ、「好色のかた」は高明には求めえないものであるから、「在中将の風をまねび」している、だから帝にしても光源氏にしても、ひとりの事蹟に還元することはできない。そのようなありかたこそが「作物語の習」だというのである。

何度読んでも、『河海抄』の「料簡」は、準拠でもって物語のすべてを説明できるとは言っていない。あるいは『河海抄』の準拠でもって、ひとりの登場人物の存在を説明できるという思考法はとっていない。例えば、『河海抄』は『源氏物語』が桐壺帝には歴史的な事例に準拠することを認める一方で、中国唐の玄宗にも「古きためし」の先例を認めたり、秦始皇の「かくれたる例」もこれに重なっている、融け合っている、漢家・本朝とが複合していると捉える、それが「是作物語の習」だと認めるのである。

四　『河海抄』の用例からみる「准拠」

さて今度は、『河海抄』が用いる「準拠」の概念についてみておこう。『河海抄』における「准拠」の全用例は次のとおり。いささか煩雑であるが、列挙してみよう。

1　料簡（略）

2　大蔵卿蔵人つかうまつる

雄略天皇之世、始有大蔵卿〔真本大蔵官〕之号、即以秦公酒為大蔵官頭云々。一説云、大蔵卿ハ理髪、蔵人ハ役送両人名歟。（略）

大蔵省

周礼地官吏部之属歟、本朝別置当省不叶、異朝之准拠者歟、此省掌諸国租税諸公事之時成切下文令支配一国々者也。

（略）　（桐壺、二〇九頁）

3　二条院

陽成院を二条院と号云々。脱シ履之後御ス二此院一ニ、二条以北大（炊）御門以南、油小路以東〔西歟〕洞院以西〔東歟〕也。京都の名跡など、准拠なき事一事もなき也。　（帚木、二二八頁）

4　おやそひてくだり給れいもことになければ〔殊或説毎歟、たびごとに也〕（略）

斎宮女御徽子〔式部卿重明親王女／母貞信公女〕承平六年為斎宮。帰京之後、天暦二年十二月入内、同三年四月為女御生規子女王、此女王為斎宮。参向伊勢之時、母女御被相具、雖模此例。延喜以後、近代（の）事なれば、れいもことになけれどといふ歟。此物語の（ならひ）、今古〔真本今古〕准拠なき事をば不載〔不成イ〕也。　（賢木、二九五頁）

5　左のおとゞもおほやけわたくし、ひきたがへたる世のありさま物うくおぼしなりはて、、ちしのへうたてまつり給（略）

執政臣致仕例

謙徳公〔天禄三年十月廿日依病上表致仕　勅摂政太政大臣并／随身如故〕

東三条関白〔寛和二年七月廿日辞右大臣致仕／永祚二年五月五日上表致仕太政大臣摂政等蒙関白勅〕案之、致仕は雖辞官、猶政事にあつかるをいふ也。此致仕の准拠古来難儀たる歟。仍弘安源氏論義にも醍醐天皇〔真本御〕代、致仕良世也といへども、執政（臣）致仕（の）例にあらずとて、終に不決云々。此事秘説あり。　（賢木、三〇五頁）

6　入道きさいの宮御くらゐをあらため給べきならねば、太上天皇になずらふるみふ給はり給

本朝の太上天皇は持統天皇よりはじまる女帝也。

東三条院正暦二年七月一日院号〔依為国／母也〕。

続日本紀云、延暦九年閏三月丙子、皇后崩。甲申奉誄謚曰、天之高藤広宗照姫之尊、雖為崩後、皇后尊号之准拠也。

いまのうす雲の尊号は専持統天皇の例たる歟。（略）　（澪標、三三二～三頁）

7　さい宮にもおやたちそひてくだり給事はれいなきことなるを
円融院御時、斎宮くだり侍けるに、はゝの斎宮もろともにすゞかやまをこゆとて〔真本こゆるとて〕、　斎宮女御
世にふれば又もこえけりすゞか山昔のいまになるにやあるらん
此物語、桐壺帝〔真本桐壺御門〕を延喜に准ずるゆへに、これは円融院後代の事なれば例なしとは〔真本はナシ〕いへるなり。さりながら今古の准拠なきことは一事もなき也。委賢木（の）巻にのせたり。　（澪標、三三四頁）

8　宰相さかづきをもちながらけしきばかりはいし奉り給へる
御前の〔不本真本のナシ〕勧盃に大臣盃を納言以下賜はりて、本座に帰りて盃をもちながら揖するなり。此等の准拠歟。　（藤裏葉、四五〇頁）

9　右将軍がつかに草はじめて青しとくちずさびてそれもいとちかきよの事なれば
〔本朝秀句〕天与善人吾不信右将軍墓草初秋〔紀在昌〕
右大将〔八条〕保忠事を作れる詩也〔左大臣時平息／母本康親王女〕仍近代といふ也
此韻字、本詩は秋とあるを、今あらためて青と誦せられたる、其心優美なる者歟。卯月の比なれば、秋の字にては季節相違す。青の字にて時分も物にかなひ、本詩の心もたがはず。眼前の景気も浮べり。詞に庭はやう〳〵あをみいづるわか草みえわたり、こゝかしこのすなごのうすきものゝ、かくれ〳〵〔真本かくれ〕のかたは、よもぎもところえがほなりとあり。

如此事又准拠なきにあらず。四条大納言公任撰の和漢朗詠に陰森枯柳疎槐春無春色獲落危牖壊字秋有秋声とあるは、公乗億が連昌宮賦の中の一句也。（略）（柏木、五〇一頁）

10　人のひがおぼえにやなどあやしかりける。いづれかはまことならん此巻のはじめより今の詞にいたるまで、いたく何の故ともきこえざるにや。さだめて意趣ある歟。若此物語の時代、人の准拠など其人とはみゆれども、一篇ならざる事おほし。仍其難をのがれん（謝せんイ）ために、如此書之歟（真本云たる歟）。（竹河、五三九頁）

それでは、先行研究の成果を踏まえ、右の各事例について、簡単に確認しておこう。

2は、光源氏の元服の儀について。『河海抄』は、『周礼』を引くが、「本朝」の事例と「異朝」の事例を勘案している。

3は、光源氏の邸宅について。『河海抄』は、「京都の名跡など、准拠なき事一事なき也」というが、これは鎌倉期・室町期の独特の語法もあるかもしれないが、名跡、名所旧跡についていうものである。準拠は、物語のすべての事柄について存在するとまでは指摘してない。例えば、六条院にしても、なにがしの院にしても、邸宅はすべて何がしか拠るところがあると指摘するものだと見做してよい。

4は、斎宮下向の儀に関して母君の同道する先例。5は、致仕大臣の先例。6は、后宮の号の先例。

7は、4に同じ、斎宮下向の儀に関して母君の同道する先例。「今古の准拠なきことは一事もなき也」とは、この物語がことごとく準拠することがあるというもののいいはいささか誇張であると割り引いたとしても、準拠することがなければ物語は描けなかったということを主張していると見える。

8は、勧盃の儀について。儀式には、準拠する式次第のあることをいう。

9は、誦詠する漢詩句。『河海抄』は本詩の季節を「青」と変えることで、『源氏物語』は物語に即した表現として作り変えているという。「如此事又准拠なきにあらず」とは、すべて準拠のままだというわけではなく、何もないところから物語が生まれるわけではない。登場人物の誦ずる詩句は、むやみに作り出されたものではなく、準拠する詩句があるというのである。

10は、登場人物について、準拠を特定することはできないという。

これら「準拠」という語の使われ方は、すでに指摘されてきたように、儀式や儀礼の事例について、先例主義的な指摘に集中している。

ただ、その他にも、3や9の事例のように、名跡や漢詩文に用いられていることは注目できる。いうならば、物語は何もないところからは書けない、というものであって、『河海抄』は物語のすべてが準拠のとおりだと言っているわけではない。

さて、物語の構成という視点からすると、『河海抄』の指摘するような準拠だけで『源氏物語』はできない。『源氏物語』の方法をいうには、もっと根源的な枠組みを必要とする。それが、『河海抄』の指摘する「好色のみち」の準拠としての在原業平の存在である。これは単なるモデルの議論ではない。物語を動かすには、政治的な闘争のみならず、女性を犯しなすエネルギーが根柢にあり、それが政治的な対立葛藤、皇位継承にかかわるものとして、物語は重層的な枠組みをなすのである。

五　『河海抄』における継母を犯す物語の準拠

私はかつて次のように論じたことがある。私は以前から、『源氏物語』冒頭の枠組みが、何に拠って構成されたものなのか、疑問に思っていた。つまり、主人公は天皇の御子であるが第二皇子として生まれる。優れた能力を備えているばかりに、内乱を憂慮した帝によって光る君は臣下に落とされる。ところが、あろうことか光源氏は帝后藤壺を犯し、皇子を産ませる。やがて、驚くことに皇子は即位するに至る。

私はここまでが、一連の出来事だと理解している。ところがこのような物語の構成には先例がない。もちろん初期物語に同様の事例がないことはすぐに知られるが、例えば天竺・震旦・本朝というふうに広い地域にわたって説話を編纂している『今昔物語集』には、僧を后が犯す事例は存在する。ところが、過ちによって生まれた皇子が帝位に即くということは、『源氏物語』独自のアイデアではないかと想像した。注(13) 今もそのような疑問が氷解したとは思えない。そこで、『河海抄』が、このような構想に果たして準拠を求めているのかどうか、調査しておきたい。

1　世のたとひにてむつれ侍らず

継母間事歟。請フ掇レ蜂ヲ君莫レ掇ルコト変二シテ君カ父子一ヲ成二シメン齊豺狼一ト。〔白氏文集。〕此外和漢例多之。

（帚木、一一二〇頁）

2　**密通継母事**

則天皇后者初太宗皇帝之妾也。後為高宗皇帝后。

光仁天皇井上内親王通桓武天皇給之〔不本真本之由ナシ〕由〔不本之由イ傍書〕、見国史。

（若紫、二六〇～一頁）

3　人のみかどまでおぼしやれる御きさきことばの

一説〔素寂説紫明抄〕云、藤壺女御立后は次年二月也。后詞といへる如何。則天皇后者、初太宗皇帝の妾也。後高宗皇帝之時、為后〔号武后〕於感宝寺為尼後還俗、為皇后云々。**通会継母后事**、是也。此事を思て藤壺女御、から人の袖ふることはとをけれど、被詠歟。是をもろこしの皇后の事をのたまへると思によりて、御妃ことばと（は）いひなされたる也云々。

案之、此義不可。然たとひ継母に通ずる異朝例ありとも、藤壺女御いかでかさるためしありと自称したまふべき。凡楽曲唐朝の伝なれば、から人の袖ふるとはいへる也。御后詞とは未立后なけれども、后がねにておはしませば、后詞と云歟。強無子細歟。聖詞童詞翁詞皆同事也。（紅葉賀、二七二頁）

4　もろこしにはあらはれてもしのびてもみだりがはしき事おほかり
秦始皇は荘襄王の子として位に即といへども、実は始皇の母太后嫪呂不韋といふ。臣下に密通して所生云々。見史記伝。（薄雲、三五九〜六〇頁）

5　御かどのみめをあやまつたぐひ
五条后〔仁明后、冬嗣大臣／女〕二条后〔清和后、中納言長良／女〕通業平中将。

花山女御〔三条院后、元方民部卿／女也〕通小野宮関白并道信中将。

麗景殿女御〔二条院、法興院入道／女〕承香殿女御〔一条院、顕光大臣／女〕以上二人、通右兵衛督頼定。

（若菜下、四九〇頁）


かくて『河海抄』から、実に恣意的であるが、后を犯すことや継母を犯す物語の典拠に触れる記事を、急ぎ探してみた。しかしながら、このように並べてみると、注解の常として、個別の記事について準拠、典拠を探すという志向から、それらが物語の表層にかかわるものなのか、深層にかかわるものなのかという区別はそもそもあるわけではなく、また相互の関係も必ずしも問われるわけでもなく、すべては並列されているままであるといえる。

まず興味深いことは、2「密通継母事」が他の箇所と異なり、ここだけは物語の本文を掲出するのではなく、プロットもしくはモティフの次元で見出しを示していることである。注(14)

ともあれ、1は継母に対する犯し、2は密通継母事とするが帝后に対する犯しの事例を引いている。2は標目と注釈の内容とがいささかずれている。3は継母の后に対する犯し、5は帝后に対する犯しの事例を挙げている。この中でいえば、『河海抄』の指摘のうちで、最も『源氏物語』の構成に近い事例が、4である。

玉上琢彌氏は『源氏物語』の本文の「乱りがはしき事」という表現について「君主の血統が乱れていること。君主の子ではないものが、子として、あとを継いだこと」と注して、冷泉帝が「学問に励む。読書に精を出す。『日本書紀』『続日本紀』『史記』『前漢書』『後漢書』など、歴史書をむさぼり読む。帝王の読書である」と批評している。注(15) 冷泉帝が博捜したのは、単に密通の事例を探したのではなく、過ちの故に生まれた子が即位する事例を探したとみるべきだろう。

4について、『河海抄』は「臣下に密通して所生云々」と注しているから、この箇所では、「臣下」の「密通」によって生まれた子が、秦始皇として即位したという事例を『史記』が伝えているという。そうであれば、これが『源氏物語』の構成として最も近い準拠といえる。

帝后に対する犯しと、子の即位に至る経緯について『史記』がかかわっているという指摘はすでに存する。『史記』秦始皇本紀には、

秦の始皇帝は、秦の荘襄王の子なり。荘襄王、秦の為に趙に質子たり。呂不韋の姫を見、悦んで之を取る《めと》。始皇を生む。秦の昭王四十八年正月を以て、邯鄲《かんたん》に生る。生るるに及びて名づけて政と為す。姓は趙氏。年十三歳にして荘襄王死す。政、代りて立ちて秦王と為る。注(16)

とある。これによると、荘襄王は秦のために趙の国に人質にとられ、邯鄲にいた。呂不韋の家の婦人に心を奪われ、妻として娶った。こうして、始皇帝(政)は昭襄王の子として生まれたが、昭襄王が崩じたので秦王として即位したという。この箇所について、吉田賢抗氏は次のようにいう。

（秦始皇帝は）実は秦の荘襄王の子ではない。呂不韋伝によると、不韋は趙の都の邯鄲の大商人であった。美しい婦人で舞を善くする者の既に妊娠した女性を、秦の子楚、後の荘襄王にみせ、一目ぼれで好むようにして、これを荘襄王に娶らせた。その婦人の生んだ子が政である。[注(17)]

呂不韋伝の伝えるところは謀略である。

『源氏物語』における『史記』の引用について、田中隆昭氏は「秦本紀と秦始皇本紀では始皇帝は荘襄王の子とのみ記し、呂不韋がその父であると思わせるような記述はない」とされ、また「呂不韋列伝」では呂不韋は荘襄王に娘を献じたが、すでに「女が妊っていることをかくして」いた。やがて女は、政（始皇帝）を生んだ。「始皇帝が呂不韋の子であること」を伝えているという。すなわち「秦本紀と秦始皇本紀には秦王室に表向きに伝えられてきた王統譜がそのまましるされている」が、呂不韋列伝の方には始皇帝の出生の秘密として語られてきた裏話、あるいは世間で噂されていた公然の秘密が、そのままの形でしるされている」という。[注(18)]

このような指摘ののち、田中氏は、

系図上は荘襄王の子である始皇帝は、実は、相国となり、文信侯と呼ばれた呂不韋の子であるということを、確実性のある伝承として記録している。源氏物語はそれをもとにして、系図上は桐壺院の皇子である冷泉院が、実は光源氏が桐壺院の中宮藤壺に通じて生ませた子であるという事実を世間では知られていない秘事として語られるという物語になっている（同書、二五五頁）。

という。すなわち「呂不韋が自分の子をみごもっていた事実を匿して妾を荘襄王に献じ、王自身知らないまま王の子として成人したことは密通と同様の結果になっている」（傍点・廣田）という（同書、二五六頁）。とはいえ、呂不韋列伝と『源氏物語』の設定とはなお径庭がある。いかにも全面的な典拠とはいいにくい。というよりも、物語構成の実際の局面において、『史記』が参照軸として用いられた可能性はある。さらに、田中氏は『史記』に見える他の密通の事例として、斉太公世家、燕召公世家などの事例を挙げているが、[注(19)] これらと呂不韋列伝とでは次元が異なる。むしろ、ことの軽重はあるが、后を過つ事例は枚挙にいとまがないことだけはいえる。

そのように考えてくると、『河海抄』の挙げる4は、1、2の事例、「継母」という次元とは別のことだといえる。また、5の「御かどのみめをあやまつ」事例は、モティフやプロットの次元のことであり、物語の構成の大枠にわたる次元のことではない。つまり、3の「通会継母后」や4の「臣下に密通して所生」の方が、物語の深層にかかわる準拠といえる。いずれにしても、『河海抄』は物語の枠組みとしての準拠ばかりを求めてはいない。結果的にか、本来的にかは分からないが、物語の局面々々における事柄の準拠を探そうとしているとみえる。

六　まとめにかえて

『河海抄』が、料簡で光源氏造型に関して示す準拠は、人物像だけではなく話型をも含むものと了解できる。すなわち、その生きざまやその果てまでを考え合わせてのことであろうが、源高明、菅原道真、周公旦、白居易、藤原伊周などの名を準拠として挙げる。ただ、それらは政治的な勝利と敗北にかかわる存在である。一方『河海抄』は、「好色のかた」として、在原業平、交野少将などを挙げる。また、料簡にその名は見えないが、夕顔巻の某院や六条院の邸宅に、『河海抄』は源融河原院が襲うことを注している。ここで、これら多数の準拠の存在を、矛盾や混乱、もしくはばらばらのことと捉える必要はない。準拠を横並びの問題ではなく、仮に、次のように層をなすものと理解することはできないだろうか。

〈政治的敗北〉　〈后への犯し〉　〈皇位継承〉　〈后への犯し・皇位継承〉

源高明　／　在原業平　／　源融　／　秦始皇
菅原道真　　交野少将

左遷される。　后を過つ。　即位の野望。　后を過ち皇子を産ませる。

もう少し言い直せば、右は、人物の重層性を示すものではない。光源氏を主人公とする物語を支える話型の重層性である。例えば、源高明は確かにその伝記において、臣下に落され左遷されて後、帰京するという話型を背負う。これは光源氏の生涯と部分的に重なるが、帰京後の華々しい栄達はない。だから部分的なのである。道真は左遷されるが、死して神と祀られる。人として帰京することはない。道真は離京において光源氏の物語の話型と部分的なところで重なる。業平は東国への流離ののち都に戻るが、これも光源氏の物語の話型と部分的なところで重なる。一方、源融はその伝記において、臣下に落とされつつ皇位への可能性をうかがう存在であり、河原院を光源氏六条院が襲うものであることにおいて、光源氏の物語の話型と深くかかわる。

例えば、『河海抄』が某院に河原院を、と同時に、六条院に河原院をもって注することとは、一見不統一であり矛盾しているように見えるが、『河海抄』はおそらく注釈の全体について統一性をめざしているわけではない。『河海抄』が、源融を持ち出して注するのは源融が『大鏡』の伝えるような、臣下に落とされながら皇位を望む存在であるという点において、光源氏の事蹟を根底的に襲うからである。注(20)あるいは、もしかすると「六月晦大祓祝詞」にいう「母と子と犯せる罪」注(21)が物語の最も基層にあり、その罪は禊祓によって濯がれねばならないという論理が潜んでいるかもしれないが、ただそこには皇位継承の問題がない。その検討については今は措こう。

かくて、これらの人物の背負う話型が、光源氏の背負う話型と重なる。いずれもが部分的に、しかしさまざまに光源氏の生涯に重なる。つまり、右の表のごとく物語の重層性に対応するように準拠を重層的に整理することができる。

物語を支える枠組み——深層の話型に関与する存在と、表層に属する存在とを分けることができるとともに、逆に光源氏造型において準拠は重層的に統合されていると見ることができるのである。

ただそうだとして、『源氏物語』の方法を考えるに、准拠を指摘するだけではなお足りない。臣下に落とされた光源氏が后藤壺をあやまち、皇子を産ませる。あまつさえ皇子が光源氏の身代わりとして即位することによって、光源氏は自らが背負わされた運命に復讐するという物語として描いたところに『源氏物語』独自の方法がある、ということが逆に際立つのである。

印象的な批評で恐縮であるが、古代日本の政治官僚が『史記』を読んだことと、受領女が『史記』を読んだこととはきっと同じではない。官僚は『史記』を歴史として、もしくは規範として読むであろうが、受領女は在来の伝承を基盤（認識の基準）として『史記』を外つ国の物語として読んだであろう、と。『源氏物語』に描かれる出来事には、律令から史書五経などに代表される、唐から受容した近代的で合理的、政治的で官僚的な文化よりも遥か以前から在る、日本人の精神の古層が潜在している。おそらく平安時代の女性「作者」たちは、新しい外来思想の根本的な「洗礼」を受けなかったために、古い在来の伝統的な心性を保持していると考えられる。新しいものは、古いものを用いて新たに組み替えるところからしか生まれない。つまり、古代の物語である『源氏物語』には、古代の古代における神話的思惟、在来的な思想が横たわっており、古代における近代の思想、仏教思想のみならず、仏教への疑いといった紫式部の先鋭的な思惟と重層し、複合し、習合しているに違いないのである。注(22)

注

(1) 清水好子「準拠　一物語の時代」(『源氏物語論』塙書房、一九六六年、七四頁)

(2)「準拠　二延喜の聖主・源高明」七八頁。
(3)同書、「準拠　三準拠の意味」八四頁。
(4)同書、「準拠　六準拠と写実性」一〇〇頁。
(5)加藤洋介「中世源氏学における准拠説の発生―中世の「准拠」概念をめぐって―」(『国語と国文学』一九九一年三月)
(6)「准拠」『源氏物語玉の小櫛』『本居宣長全集』第四巻(筑摩書房、一九六九年、一七八頁)。適宜濁点を打った。
(7)注(5)に同じ。
(8)篠原昭二「桐壺の巻の基盤について」(『源氏物語の論理』東京大学出版会、一九九二年、二頁)。初出、一九八七年。
(9)浅尾広良『源氏物語の准拠と系譜』(翰林書房、二〇〇四年、九頁)
(10)玉上琢彌編『河海抄』(角川書店、一九六八年)。振仮名は除くとともに、適宜、濁点や句読点を付けた。
(11)廣田收「『源氏物語』の二重構造」(『文学史としての源氏物語』武蔵野書院、二〇一四年)
(12)注(10)に同じ、料簡、一八六～七頁。
(13)注(11)に同じ。
(14)『河海抄』が、この箇所だけ本文を掲出せず、「密通継母事」という標目を立てたことにどのような意味があるのか、今納得できる考えを得ない。
(15)玉上琢彌『源氏物語評釈』第四巻(角川書店、一九六五年、二一三頁)
(16)吉田賢抗『新釈漢文大系　史記(一)』(明治書院、一九六八年、三〇四頁)。訓読文による。
(17)同書、三〇五頁。なお、秦始皇本紀と呂不韋列伝との間の齟齬については、野口定男氏がひとつの解を示している(「始皇帝の出生と呂不韋」『史記を読む』研文出版、一九八〇年)。ただ私が一点、疑念をもつのは、『史記』の記述から唯一の歴史的事実を求めようとする姿勢についてである。異伝 variant や伝承 tradition といった視点からすれば、正史に対して異伝が存在するという見解も成り立ちうる。

(18) 田中隆昭『源氏物語 歴史と虚構』(勉誠社、一九九三年、二三八～九頁)。

(19) 田中氏には同様の指摘がある(「異伝・列伝・紀伝体」同書、三八五～九五頁)。なお、森田貴之氏は、延慶本『平家物語』が二代后の先蹤として則天武后に言及していることについて、「子の皇帝から見れば、結果として継母と通ずることになる」と捉え、中国の史書や『源氏物語』における光源氏と藤壺との関係、さらに『宝物集』における天竺から「皇后と恋した男の説話」、中国から「密通した皇后の例」、日本からと「いずれも密通し不邪淫を犯した高貴な女性の例」を挙げて論じている(森田貴之「女主、昌なり」神戸説話研究会編『論集 中世・近世説話と説話集』和泉書院、二〇一四年)。いわば、古代において、臣下が后を犯す事例は数多伝えられていたと考えられるから、『源氏物語』の物語設定をひとつに限定して出典や典拠に求めることは難しい。むしろ『史記』が、皆殺しと引き換えに帝が即位する記述に終始することを『源氏物語』が忌避していることを重視すべきである。

(20) 廣田収「『宇治拾遺物語』河原院考」(同志社大学人文学会編『人文学』第一九〇号、二〇一三年三月)

(21) 倉野憲司・武田祐吉校注『日本古典文学大系 祝詞』(岩波書店、一九五八年一一月、四二五頁)

(22) 廣田収「『源氏物語』における人物造型—若菜巻以降の光源氏像をめぐって—」(同志社大学人文学会編『人文学』第一九四号、二〇一四年一二月)

〔付記〕準拠論に関しては、忘れがたい数多くの論考がある。学ぶところ多大であるが、紙幅の上から触れることがかなわなかった。記して謝意を表したい。

大島本『源氏物語』本文注釈学と音楽史

上原作和

一　はじめに

わたくしはかつて『源氏物語』の音楽描写に関して、河内本本文の優位性を説いたことがあった[注(1)]。本稿は、その続編である。手続きとして、諸本を見渡しながら、音楽関連描写を中心に、諸本と大島本本文ならびに書入註記を検討し、本文史と注釈史の課題について考えることとしたい。

二　『輪台』と『青海波』

まずは、異文の考証の前提となる「青海波」について、その文学史的位置について確認しておく。「青海波」は左方唐楽の盤渉調の曲。最もポピュラーな雅楽曲であり、今日のメディアにおいても、雅楽といえばこの曲が流されることが多く、一般にも深く浸透している。輪台を「序」、青海波を「破」として一組曲を編成する。ただし、「急」にあたる曲はない。二人舞で、鳥兜を被り、紅葉や菊を挿頭にして、太刀を帯び、青海波の模様（大海賦）のついた袍の片肩を脱いで、袖の振りで波の寄せ返す様子を表す。中国伝来だが、仁明天皇の勅命で和邇部大田麿が編曲し、良岑安世が舞、小野篁が詠を作ったとも伝えられている。

いわゆる『第二次 奥入』には、多保行の定家宛書簡として小野篁「青海波詠之」が添付の形で補入され、「桂殿迎初歳　相楼媚早年　剪花梅樹下　蝶鶯画梁辺」の韻が加えられている。磯水絵は、『第一次 奥入』執筆の後に、音楽関係を多保行に教示を仰いだものとしているが、『奥入』成立の問題もあって、真義は判然としない。[注(2)]

詠は、舞いながらこの漢詩句の字音を四度朗唱し、この間、奏楽は止めている。さらに、詠が終わると垣代とよばれる舞人とともに庭に侍して垣のように居並んで演奏する楽人と、楽屋裏で演奏する楽人たちとが交互に演奏する。古代の「歌垣」の平安的な再編成でもあった。

朱雀院行幸の試楽でもこのあたりの舞台裏が、青表紙本を代表する大島本では「詠はてて、袖うちなほし給へるに、待ちとりたる楽のにぎははしさに」と見える（紅葉賀）。そもそも巻名の由来ともなったこの舞は、「（光源氏）詠などし給へるは、これや仏の御迦陵頻伽の声ならむ、と聞ゆ。……顔の色あひまさりて、常よりも光ると見え給ふ」とあって、この世のものとも思えぬ神さびた幻想の空間が現出したことを最大の讃辞で評して、光源氏の栄華の人生を象徴する舞姿となった。

さて、問題となるのは、垣代以下の描写の諸本の相違である。この部分、尾州家本に漢字を当てて表記すると、「輪台」とあるのは、河内本のみであり、これは楽書『教訓抄』にもある、嵯峨朝復古の古式ゆかしき編成であると浅尾広良は指摘する。[注(3)]

浅尾氏は、輪台を「序」、青海波を「破」として一組曲を編成するこの舞について、青表紙諸本は「序」にあたる

「輪台」を持たないことを重視した。この本文を保有するのは河内本だからである。ちなみに、『源氏物語別本集成』正続の底本は、陽明文庫本が後代補写の青表紙本のため、麦生本であるが、「宰相二人」を持たない。注(4) この巻はそもそも別本の少ない巻なのである。

『河海抄』（貞治年間（一三六二〜一三六七年）以降）が参照した狛近眞編『教訓抄』（一二三三年）を引く。

垣代四十人之内、序四人、破二人、左右舞人、関白左右大将御随身、滝口、北面、各取二反尾一。但、序破舞人不レ取レ之。『輪台』『青海波』近代作法者。

※反尾＝木で巴形に作った拍子を打つこと。

本文に見える「序」は「輪台」、「破」は「青海波」のことであるから、「輪台」は四人で舞う。河内本に見える、「衛門督、左兵衛督」の他、「上達部たちすぐしたまへるかぎり」中からさらに二名が選ばれたことになるから、これは河内本本文に合致していよう。

　さらに同書の『古今条々相違』は、以下の如くある。注(5)

一、古ハ、舞人四十人ノ内、序二人、破二人、垣代三十六人。

今ハ、破二人、楽四人、垣代三十人。

各取二反尾一。右膝突居、取二声歌末一、打二拍子一一。（二、三、略）

四、古ハ『輪台』後度詠了、両所作レ輪、改着二『青海波』装束一。此間、楽屋ニ吹二『輪台』一。度数無レ定。

今ハ初度作レ輪・序破舞人、同改着二装束一。無二再輪之儀一。仍『輪台』急吹四反而已。

五、古ハ『輪台』舞人入時、不レ置レ程、即吹二『青海波』一、立定時吹止、今ハ不二吹止一。

（六、七、略）

「古」「今」の「相違」は七箇条とある。このうち、「一、」の垣代の数は『源氏物語』諸本「四十人」とあり、これは前者の「古」の舞人の総数四十人に吸収される。

この舞の編成について、『教訓抄』巻第二「輪台」は、我が国・仁明天皇の時代に再編したとあるから、これを「古」の時代と見て良かろう。「輪台」「青海波」は連続して奏される組曲を本来、「青海波」と言い、これらが二つに分離されたのは「近代」、すなわち、『教訓抄』は、「今の「作法」と者《いへり》」と断言している。「近代」は、『教訓抄』の論理に照らして、狛家が分流する狛則高（九九九〜一〇七六）以降を指しているようである。ただし、則高の嫡流「光季ノ嫡々流」以外の楽家は相伝を持たなかったため、「青海波」を舞っても、相伝の必要な「詠」はしないなど、作法も異なることが『教訓抄』当該条から知られるのであった。

○尾州家河内本注(6)

—七毫源氏、高松宮、平瀬、（中業大学）大島本、一条兼良奥書本

垣代などには殿上人も地下も、心殊なり、と世の人に思はれたる有識のかぎり選らせたまへり。**輪台は衛門督、左兵衛督、みな上達部たちすぐしたまへるかぎり、手をつくしてとゝのへさせ給。舞の師どもなど世になべてならぬをとりつゝ、○《な》ん籠りゐて習ひける。**小高き紅葉の蔭に四十人の垣代、言ひ知らず吹き立てたるもの、音どもにあひたる**山の松風**、まことのみ山降ろしと聞こえて、吹きまよひ、**いろ〱さと散りまがふ紅葉**のなかより、青海波の輝きいでたるさまいみじうおそろしきまで見ゆ。

ただし、河内本本文の奏楽描写は、「古」の『輪台』の編成に関しては、解釈可能である。しかし河内本を以てしても、「四」「五」の「古」「今」の相違は、「言ひ知らず吹き立てたるもの、音ども」「さと散りまがふ紅葉のなかより、青海波の輝きいでたるさま」とある『源氏物語』本文に大きな異同がないため、これを読み込むことは不可能である。

○大島本注(7)
かいしろ《朱垣代》など殿上人地下も、心ことなり、とよ人に思はれたる有識のかぎりと、のへさせ給へり。**さい将ふたり、左衛門督・右衛門督、ひたりみきのかくのことをこなふ。まひの師とも、なと世になべてならぬをとりつゝ、をの〳〵こもりゐてなむならひける。**小高き紅葉の蔭に四十人の垣代、いひしらずふきたてたるもの、音どもにあひたる松風、まことの○《みイ》山降しときこえて、吹まよひ、色々にちりがふ木の葉の中より、青海波の輝きいでたるさまいとおそろしきまで見ゆ。

○陽明文庫・保坂本ほぼ同文　なお、各筆源氏には傍書あるも影印判読不能。注(8)
垣代など殿上人地下も、心殊なり、と世人に思はれたる有識かぎりと、のへさせ給へり。**宰相ふたり、左衛門督・右衛門督左右かくのごとおこなふ舞の師ともなどよになべてならぬをとりつゝ、をの〳〵こもりゐてなん習ひける。**小高き紅葉の蔭に四十人の垣代、いひしらず吹き立てたるもの、音でもにあひたる松風、まことのみ山降ろしときこえて、吹まよひ、いろ〳〵にちりかふ木葉のなかより、青海波の輝きいでたるさまいとおそろしきまで見ゆ。

物語は、後に准太上天皇となった光源氏の威光のもと、冷泉帝が朱雀院に行幸した際に、朱雀帝がかつての紅葉の賀宴を回想し、深い感慨を覚えている（藤裏葉）。また、紫の上主催の光源氏四十賀の薬師仏供養の祝宴で、夕霧と柏木が落蹲を舞うフィナーレの「入綾をほのかに舞ひて紅葉の蔭に入りぬる名残り」姿に、人々は往時の紅葉賀の宴を想起するとともに、時の推移を実感したのであった（若菜上巻）。注(9)

『源氏物語』以降になると、『源氏』を先例とする朝覲行幸と青海波の舞の組み合わせは、院政期にしばしば見出すことが出来る。とりわけ、平維盛による青海波は、平家一門の最後の光芒を放ったものとして人々に記憶され、藤原隆房による『安元御賀記』『平家公達草紙』にその優雅な舞いの描写が見られる。これはさらに『建礼門院右京大夫集』にも影響を及ぼし、ここにも『源氏』文化の転生が確認できる。注(10)

先の「紅葉賀」巻の本文異同は、「輪台」が忘れられた時代の「青海波」享受史の一面とも言える。つまりは、日本雅楽史の転換点を示しているとも言えるのであった。このような観点に照らして、この異同に関しては、青表紙本、つまりは定家の恣意的な「輪台」以下の改訂と見ておきたい。

三　『光源氏物語本事』の異文考証――「紅葉賀」巻

次は『光源氏物語本事』（文永年間（一二六四～一二七四年）ごろ）に当時から著名な異同として知られた本文「紅葉賀」と「須磨」の二カ所を引き、さらに大島本の書入注記から注釈史と本文史とを検討してみよう。注(11)

一　紅葉賀巻

・文君などいひけむ昔の人

これはわろき本と知べし

・・がくしうにありし女もかくやおかしかりけむ

これは紫式部自筆如レ此

宇治宝蔵本　比叡法花堂本以上がくしうと有

自余の古本文君とつねの事◯歟 孝行用之歟

このように青表紙本に軍配を挙げている。また「自余の古本」を「孝行が本＝河内本」がこれを用いたかとする考証を付していたのであった。当該本の発見者・今井源衛は紫式部自筆本の存在には懐疑的であるが、「宇治宝蔵本」「比叡法花堂本」もかくの如くであったという。注(12) ともに『山頂湖面抄』に、

二十六雲隠ヨリ末六帖ハ次第不レ同宇治宝蔵ニ被レ籠テ今世ニ不レ渡

とあることから、文永六年（一二六九）頃までにこれらの存在が知られていたことになるものである。注(13) しかも、本文の様態が今日の青表紙本系に分類されるものであることに言及していることは、看過し難い証言である。これを大島本の様態で確認しておこう。なお、保坂本、陽明文庫本に異同はないが、以下の三本のように混在することもある。

司馬相如妻 卓（×卑） 文君琴の上手也

高松宮家本――すこし心つきなき顎州《文君などいひし》にありけむ

伝為氏本――心つきなけれとうからんしのふ《うからん二「本」》な

各筆源氏本――かこし心つきなき《や》・かくしう《文君など》にありけむ

また、大島本本文と注記は以下の如くである。

二九オモテ

つきなき・がくしうにありけむむかしの
白氏文集夜聞歌者宿鄂州云　文君といひけむ昔ノ人もト有本ヲ不用之候御意也習侍り　山
人も・かくやおかしかりけむと・み丶どま
城歌をうたひたるを楽天ノ鄂州ノ歌ヲ聞シニ思よそへたる也
りてき丶給ふ・ひきやみて・いといたう
朱　あつまやのまやのあまりのあまそ丶き**われたちぬれぬと**の戸ひらかせ
思ひみだれたるけはひなり・きみ・あづま
かすかひもとさしもあらはこそそこのとわれさ丶めをしひらひてきませわれや人ツマ催馬楽東屋律二段
やを・しのびやかにうたひて・うちさへたるも

『光源氏物語本事』によれば、紫式部自筆本、宇治宝蔵本、比叡山法花本に「がくしう」とあり、「文君」を「わろき本」と断じていることから、わたくしは、前者に時代的先行性を認め、卓文君を注記の混入と見ておきたい。もちろん、「鄂州の女」は卓文君のことであるから、いずれの本も誤りではない。また、次の「須磨」巻の王昭君の異同も含め、河内本系本文は固有名詞、青表紙本系は、地名による提喩によって、固有名詞を暗示する方法を採用していることに留意すべきであろう。

さて、大島本書入者は、源典侍が催馬楽「山城」「瓜作りになりやしなまし――光源氏を諦めて卑しい男の妻になろうか」と琵琶を弾きながら謳ったところ、光源氏は『白氏文集』巻十「夜聞歌者　宿鄂州」を想起し、楽天が鄂州で聴いた若い女の歌声もかくや、と「思よそへ」た。光源氏は同じく、催馬楽「東屋」から「東屋に降りかかかる雨で濡れてしまった」と謳ったところ、老女・源典侍は、この詩句の一節から「おし開いて来ませ、われや人妻」と光源氏を誘うという、漢と和の融合的な引用から、好色な老女を造型している。この異同に関しては、日向一雅の詳細な考証があり、氏は『河海抄』『花鳥余情』の検討から、青表紙本に軍配を挙げる。注(14)ただし、いずれの文脈も、後掲の『光源氏物語本事』の異文に関する見解のように「両読の義」が存在する。つまり、決定的な文献のない限り、本文の優劣はつけがたいのである。

大島本の、いわゆる第一次「奥入」は以下の如くである。

文集巻第十　夜聞歌者　宿鄂州
夜泊鸚鵡州　江秋月澄徹　隣船有歌者　発調堪愁絶　歌罷継以泣　々声通復咽
尋声見其人　有婦顔如雪　独倚帆墻立　娉婷十七八　夜涙似真珠　雙々堕明月
借問誰家婦　歌泣何凄切　一間一霑中　低眉竟不説

律哥
あつまやの末《ま〈朱〉》やのあま利の曽のあまそゝぎわれたちぬれぬとのとひらかせ
かすかひもと左しもあらはこそそのとひらかせ
のとわれさゝめおしひらいてきませわれやひとつま

また、『河海抄』は以下のようにある。注(15)

此事、定家卿本には「かくしう」とあり。親行本には「文君などいひけむむかしの人も」とあり。両説何も証本也。各可レ随レ所レ好也。…案レ之顎州猶叶二物語意一歟。

『河海抄』は、対立する青表紙本、河内本両本を示して「好む所に随ふべきなり」と読者の判断に委ねつつも、『史記』の「司馬相如」伝から「顎州猶物語の意に叶ふか」と青表紙本に決している。日向氏は、「夜聞歌者」の卓文君が、「嫂婷十七八」であるとして、源典侍の物語であれば、文君が年老いてから詠んだ「白頭吟」がふさわしいとする『花鳥余情』の見解を敷衍したのであった。ちなみに、大島本に見える書入注記には、

文君といひけむ昔ノ人もト有本ヲ不レ用レ之候御意也習侍り

とあって、注釈史的には、『河海抄』の四辻善成説を「御意」として示している。
ただし、大島本の異本注記は、一条兼良（一四三〇～一五〇八）の子・前大僧正良鎮（?～一五一六）の説を吉見正頼が転写したものであるから、大島本内の論理として、「御意」とは良鎮の父・桃花老人兼良の相伝のこととなる。例えば、良鎮注記は大島本の巻末遊紙に「葵」「蛍」に「大殿」、「賢木」に「前関白殿」、「花宴」「乙女」に「師説」等とあるのみだが、「幻」巻の巻末注記は『花鳥余情』の「雲隠」の条の記述にほぼ一致することから、この「大殿」「師」「前関白殿」が兼良と判明するのである（兼良が関白を辞したのは、享徳二年（一四五三））。

宮河印有「帚木」後遊紙一オモテ

「任二庭訓一加二頭書一　但近年之御意相違事在レ之　所詮可レ用二異説一者也イ本　前大僧正良鎮」

宮河印有「花宴」十三ウラ

「任二師説一加レ首已下　良鎮」

宮河印有「葵」六十ウラ

「以二大殿仰一頭書　イ本　良鎮イ本」

宮河印有「賢木」六一ウラ

「源氏廿二三四歳事　以詞并歌為巻名イ本　任二前関白殿仰一加二首筆一者也　良鎮イ」

宮河印有「乙女」六十一ウラ

「以歌并詞為巻名源氏君卅二歳の三月より卅四の十月までの事みえたり　至極大事等多しよく〳〵可レ聞二師説一者也」

宮河印無「蛍」後遊紙一ウラ

「イ本　胡蝶同年事也　竪並也　以レ歌并詞為二巻名一　六条院卅六歳五月事在レ之
任二大殿御意一　加二首筆一者也　良鎮」

宮河印無「幻」二七オモテ

「廿六雲隠イ本　此巻は名のみありて其詞はなし。若其詞あらば六条院の昇遐の事をのすべきによりて雲がくれとはなづけ侍り。まぼろしの巻のおはりに越年の用意ありしか其程に六条院は頓滅し給ふを後にしるせるよし『紫明抄』には申侍れどもやどり木の巻に六条院世をそむき給て二三年ばかり嵯峨の院に隠居し給へるよし見えたれば此詞にて頓滅の事は『河海』にやふられおはりぬ。幻の巻にはかほる大将は五歳の時也。匂兵部卿巻のはじめに「光かくれ給しのち」といふ詞あり。匂の巻にかほる十四歳也故にかほるの六歳より十三までの間八箇年の事は物語のおもてに見え侍らず。しからば「雲隠」の巻の中にさが院に二三年隠居し給て崩御し給ふ事を此の巻に詞あらば」

二十七ウラ

「しるすべき也。抑巻の名ばかりありて詞をぬ事は天台四教の法門を例に引たれどなを物とをき心ちし侍り。書をもていはゞ『毛詩』の「小雅」の中に南陔白華に黍由度崇丘由儀の六篇は篇の名のみありて詩の詞はなし。これは逸詩といひてもとは詞ありてかうせたる也。これによりて東広微といひし人詩をつくり入て補言の詩と名付『文選』の第十の巻にのせたり。朱晦菴は笙の詩といひて楽曲の名なれば其詞はもとよりあるべからざると尺し侍り。いかさま篇の名のみ有て詞なき事は「雲かくれ」の名のみありてそのこと葉なきとおなじかるべし」

このことは、「夢浮橋」巻末に、さらに詳細な説明があり、良鎮説は兼良説と確定される。

「夢浮橋」十七ウラ・後遊紙

源氏一部五十四帖雖レ為二新写之本一、依レ有二数奇之志一附二属良鎮大僧正一者也

文正元年（一四六六）十一月十六日　桃華老人　在判

うつしをくわかむらさきの一本はいまもゆかりの色とやはみね

右光源氏一部五十四帖令レ附二属正弘朝臣一、以二庭訓之旨一加二首筆一、用二談義一之処秘本也、堅可レ被レ禁二外見一者也

延徳二年（一四九〇）六月十九日　前大僧正　在判

あはれこのわかむらさきの一本に心をそめてみる人もがな　右事書奥書異本

夢浮橋新御門跡様道澄御手跡也

長門府中長福寺御在寺候時也、同巻桐壺者大御門跡道増様御手跡也

聖護院殿様之事也

永禄七年（一五六四）七月八日　吉見大蔵太輔正頼　（花押）

これらの巻末奥書から現行大島本の成立過程を整理しておく。

大内政弘（一四四六～一四九五）の委嘱によって飛鳥井雅康（一四三六～一五〇九）が染筆したと言う奥書を有する完本（文明十三年（一四八一）九月十八日（関屋巻末））が作られ、その後、二種類の転写本が作成された。このひとつが宮河印十九冊である。

良鎮の異本注記の親本となった一条兼良本（河内本系本文であろう）は、文正元年（一四六六）に書写された。良鎮がこの写本から父相伝の異本注記をもとに自説を注記した本を作成したのが延徳二年（一四九〇）。この本も大内政弘の蔵書となる。前述したように、良鎮は父・兼良説を大島本巻末奥書では「前関白仰（賢木）」「師説（花宴巻）」「大殿御意（蛍巻）」と呼び慣わしている。とりわけ、「蛍」巻の巻名・年立説、並びに「幻」巻の「雲隠」説は『花鳥余情』（一四七二年）の引用である（「賢木」は若干表現が異なる）。

この後、吉見正頼（一五一三～一五八八）が、宮河印を含む、雅康筆本の転写本二種と良鎮書本とを入手した。さらに毛利・大友氏の間の和平調停のため、長門府中長福寺に滞在中の大御門跡・道増と聖護院殿・道澄に「桐壺」

「夢浮橋」巻それぞれの染筆を依頼して五四帖揃いの完本とした後、正頼自身も良鎮の異本注記と良鎮奥書を転写して現在の大島本の本文様態が完成したのが、永禄七年（一五六四）七月と言うことになろう。注(16) これは宮河印の有無に異本注記が二分されぬこと、兼良本、良鎮本に関しては「在判」「右本書奥書本」と転写であることが明示されていること、「幻」巻末注記は吉見正頼自筆と考えられること（前掲佐々木論文―⑩の注記）からの類推である。

ちなみに、四辻善成は二条良基の猶子となったことから、一条兼良の父・経嗣とは義兄弟の関係になる。注(17) 今日ように厳密な知的優先権のない時代のこととして、「大殿御意」相伝の理路を理解しておきたい。

四　『光源氏物語本事』の異文考証――「須磨」巻

ついで、「須磨」巻の異同について考える（「須磨」巻の本文的には前後する）。

一陬磨巻

・・王照君がこのくにへゆきけむ事おぼしいて、

　これ又わろき本也

・・むかしこのくに、つかはしけむ女の事おぼしいで、

…むかし胡の国といひて霰《霜》後夢などいへるたくみにたぐひなきことにぞ思入れ侍べき

これも同様に青表紙本と河内本の対立を示している。

大島本　四三オモテ　／朱合点

みたをのこひあへり・むかしこのくに〻につ

かはしけむ女をおほしやりて・ましていかなり

王昭君事

けむこの世に・よか思きこゆる人なとをさや

他の諸本本文にも異同があり、

○陽明文庫本　胡へわたりけん女をおぼしやりて

○保坂本　むかし胡のくに、つかはしけん女

○各筆源氏本　むかし胡のくに〻つかはしけん女

○河内本　王昭君かこのくにへゆきけむおもほしやりて

○河海抄所引本文

王昭君かこのくにへゆきけむおもほしやりて

尾州家河内本と『光源氏物語本事』には、「おもほしやりて」「事おほしいて〻」の異同があるが、宗本もしくは親本を同じくすると見てよかろう。十四世紀前半のこの時期、『源氏物語』には二種類の本文が流布していたことは確かである。ただし、河内本系諸本は、大島本の注記様態に見えるように、注記の混入である可能性もある。

もうひとつの「須磨」巻の異同に関しても、『光源氏物語本事』は従来説とは異なる見解と文献を提示している。まずは、大島本の本文と注記を示す。上洛する大宰の大弐の娘・筑紫五節と光源氏の和歌の贈答のくだりである。

四一オモテ

／朱合点　菅丞相ハ物しらぬ馬屋のをさに対シテ二歌作給へり
はおもはざりしはやとあり・むまやのおさにく
駅長莫驚時変改一栄一落是春秋　　五節
しとらする人もありけるを・ましておち

大島本の注記は、『源氏釈』以下の注釈史の依拠する『菅家後集』あるいは、『大鏡』時平伝を踏まえた伝統的な従来説で、『花鳥余情』に典拠とされる詩句は見えない。ところが、『光源氏物語本事』には別解、別文献が見えている。

一むまやのをさにくし《詩句》とらする
・庭云これ又通満《(ママ)》の事にや。伊『勘』等如レ此。菅家御一句、ことに勘合言はれたり。たゞし、駈仕せらるるといふ也。
・『山驛記』云、むかし大宰大弐なる人、むすめともなひて筑紫へ下りけり。世のはかなさは、かの大弐、筑前国やまのむまやといふ所にて失せにけり。このむすめ、すべきやうなくしてこのむまやに落ち留まりて、**むまやのおさに駈仕せられて年をへ侍りけり**。又、師にてくだる人、このむまやに留まれりける。あけがたの空、物おそろしげなるに、この女心をすまして琴をひき侍りける。聴くも心すみ侍るまゝに、「むまやのおさにかくし《(×)》せられ侍る人だに、かゝる琴の音を弾き侍りける。心留まりて、このむまやにおちとゝまり侍べき心地して」となむ。已下多也。
・・此山駅記は範兼刑部卿の『和歌童蒙抄』とて十巻の抄の中にくはしくのせたり。それをみるに《(脱)》くし《詩句》とらせ人

くし《駈仕》せらるる《カリツカハル》人

・もとより仮名書の物、むかしの手跡かよはしてよまるゝ事ありと、なげきし事に義をいで、定『近代』沙汰あるにや。『古今』仮名序に云「ふじの山もけぶりたゝずなり」。

・たえず　不絶

・たゝず　不起

両読の義おほきに参看（×差）せるもの也。たゞし、不㆓烟（×新）絶㆒の義也。

「庭云」の「庭」は、当時の『源氏物語』の有識であろうが、福田秀一は、反御子左家で知られる九条基家（一二〇三～一二八〇、号月輪、九条前内大臣）ではないかと推定する。注(18) また『山驛記』は『和歌童蒙抄』（藤原範兼著。久安元年（一一四五）ごろ）の巻六にも同名の書が引かれる逸書である。ただし、こちらの『山駅記』と『和歌童蒙抄』所引の「琴」にまつわる説話に関しては、今井源衛が「前半の要旨はこれと同じ」とするもの、注(19) 内容は「琴」で共通するのみで、まったく異なるものであると言える。注(20) ただし、この問題については、ここでは立ち入らない。

また、大島本書入注記は、『紫明抄』『光源氏物語抄』等の従来説のみが引かれる。注釈史として『光源氏物語本事』説が見えるのは『仙源抄』（弘和元＝永徳元年　一三八一））を待たねばならなかった。注(21)

くしとらする人

むまやのをさに……　くしとは「口詩」也。或説に「駈仕」也。愚案初説可㆑用㆑之。其上、『定』本には「く」なし。後説、いよ〳〵より所なし。霊廟の御ことまことにそのよせありて、あはれにきこゆ。又。「櫛」といふ人もある歟。五節につきたる了見なるべし。不レ可レ用。

ただし、本文に不審があり、長慶天皇の見た定家本には「く」がなかったと言う。つまり、「むまやのをさにしとらする」とあったことになるが、これに該当する伝本はない。この『仙源抄』の定家本については、中川照将に詳細な考証があるので、参照願いたい。[注22]

さて、伊行『源氏釈』、『紫明抄』、『河海抄』に代表される従来説の側に立てば、菅公・菅原道真も弾琴の経験があることはよく知られているし、このことは以前、『白氏文集』の琴詩受容の観点から考察したこともある。[注23] また、この引用の直前は「恩賜の御衣は今、是にあり」の著名な場面であるから、道真引用の連続する物語内容は看過しがたい。

『大鏡』時平伝を引いておく。[注24]

　また、播磨国におはしましつきて、明石の駅といふ所に御宿りせしめたまひて、駅の　長のいみじく思へる気色を御覧じて、作らしめたまふ詩、いとかなし。

　駅長驚クコトナカレ、時ノ変改、一栄一落、是レ春秋。

両文献とも「駅長（むまやのをさ）」は共通する。ただし、『大鏡』には、琴にまつわる言説はない。これに対し、『光源氏物語本事』所引「山駅記」は、筑紫の大弐の早世、ならびに、かの地に遺されて、琴の師とともに「むまやのをさ」の使用人となった娘の弾琴に、この音を聞いた人が感激して、ここに娘が留まった意味を知ると言う物語内容であって、「須磨」巻当該条の上洛する大宰の大弐の娘・筑紫の五節と、光源氏の和歌の贈答の物語に照らしてみると、話柄は若干ながら後者『光源氏物語本事』の方が引用故事としてはふさわしいように思われる。ただし、道真の漢詩もまた光源氏下向の心情に見合う有効な引用であることも確かであり、「両読の義おほきに参看せるもの也」とする、了悟なる人物の本文批評が、ここでも至当と言うべきなのであろう。

さて、了悟は「仮名書の物、むかしの手跡かよはしてよまるゝ事」を非難するくだりで、定家の『近代秀歌』を引くが、これは「本歌取り」を論じたくだりをさすように思われる。

父・俊成から定家は、「歌は広く見、遠く聞く道にあらず。心より出てみづからさとるものなり」と教えられただけであったとし、「ことばは、ふるきをしたひ、こころはあたらしきをもとめ」るものであると言う。[注25] これが定家歌論の核心と言えよう。つまり、了悟は定家の「本歌取り」の歌論に学びつつ、「物語取り」の方法を定義したのであって、そこでたどり着いたのが、『源氏物語』有力諸本の本文異同に関しても、「両読の義おほきに参看（×差）せるもの也」とする見解なのであった。

ところが、今井源衛によると、例示する富士の煙の「絶へず」「立たず」の対立を「後者をよしとしているが、この対立は、京極流と二条流の岐れる点であって、著者が二条流に立っていることを窺わせるのである」[注26]とする。これを「後者（不起）をよし」としたものか否か、「新」と翻刻して解釈した今井氏説に対し、わたくしは「烟絶へずの義なり」と認めることから、俄に賛同しかねるとのみ記しておく。[注27]

五　大島本『源氏物語』の音楽関係注記――「明石」巻

最後に、大島本『源氏物語』の注記史と本文生成史とに触れておきたい。すでに数次にわたって述べたところであるが、大島本注記は、注記者・良鎮。転記者・正頼の素養の問題とは別に、琴曲に関しては正鵠な注記を有する。注(28) 大島本注記は、従来の『源氏釈』以降の河内学派のそれであるにしても、「談義」講釈のために合理的な解釈を優先したことにより、仮名文の漢字表記変換に参与したことは確かである。

明石　十七ウラ

おもひあへり・かうれうといふ・てをあるかぎり　／朱合点　広陵　琴ノ秘曲

嵆康か花陽の亭にして神人に会て伝たる曲也神人し昔の伶倫の変化也

ひきすまし給へるに・かのをかへの家も

〇大島本＝陽明文庫本、保坂本、河内本異同なし。

かうれうといふてをあるかぎりひきすまし給へるにかのをかへのいへも松のひゞきなみのをとにあひて心ばせあるわかき人はみにしみておもふべかめり。

この「かうれうといふて」の書入注記は『花鳥余情』当該条におおよそ合致する。注(29)

六　大島本『源氏物語』の音楽関係注記──「若菜」下巻

若菜下巻　四六ウラ

輪前御也又一本りち
しきまてあいぎやうつきて・りむの手なと
すへてさらにいとかとある御ことのねなり・かへり
こゑにみなしらべかはりて・りちのかきあはせ
五ヶ調　掻手　片垂　小宇瓶《ウヘイ》　蒼海波　鴈鳴調《カンメイシラヘ》　一ハ胡笳
ともなつかしく・いまめきたるに・きんはこかの
しらべ・あまたの手のなかに・心とゞめてかな
万秋楽ノ破ニ五ノ帖六ノ帖アリ　破等
らずひき給つ《へ》き・五六のはち《羅イ》を・いとおもしろ
くすましてひき給・さらにかたほならす・
いとよくすみてきこゆ・春秋よろづのものに
かよへるしらべにて・かよはしわたしつゝ、ひき給・

陽明文庫本「五六のはち」
保坂本「五六のはら」
河内本「五六のはら」尾州家本、七毫源氏本、高松宮家本、鳳来寺本、
各筆源氏本「五六のは~~ゆ~~《ち 破》」
国冬本「五六のは―《破》ら」吉田本、一条兼良奥書本

特に後者は『新日本古典文革大系　源氏物語』三巻において、他書が「五ヶの調べ」とするのに対し、「胡笳の調べ」とする点、大島本尊重の姿勢から高く評価すべき点である。なお、残念ながら、大島本「五六のはち」は、「五六の潑剌」の意であるから、ここは異文注記「は羅」を据えるべきところであったことはすでに幾度か述べたところである。[注(30)]

以下、代表的な注釈書を確認しておきたい。[注(31)]

「青表紙本は『五六のはち』とあるが、河内本の中に『五六のはら』とするものがあり、これが正しいであろう。『はらは潑剌《ハツラツ》とかく。七徽の七部あたりにて六の絃を按《さ》へて、五六を右手人中名の三指にて内へ一声に弾ずるを撥《ハツ》とい云ふ。外へ弾ずるを刺《ラツ》と云。つめていへば発刺《ハラ》なり』（『玉堂雑記』）」

（『新潮日本古典集成』一九八〇年、一八四頁）

「『はち』は誤りか。河内本『五六のはら』。『はら』は『潑剌（はつらつ）』がつまったもので、五絃、六絃を三指でもって内へ弾じ、外へ弾じて一声の如くする奏法だという（山田孝雄説）」

（『新日本古典文学大系』一九九五年、三四七頁）

「これも古注釈以来諸説あるが不審。近時では、五絃・六絃を掻爪（撥）で手前に掻くこととする説が有力」

（『新編日本古典文学全集』一九九六年、二〇一頁）

ちなみに、当該条の大島本書入注記は、初稿本、龍門文庫本『花鳥余情』のいずれにも見えず、『原中最秘抄』『紫明抄』以下の初期河内学派の説であることに注意したい。

七　おわりに

『源氏物語』は、平安時代の決定的な本文が失われているという限界がある。

時間規準と言うことで言えば、最も古い本文を保有する徳川・五島本『源氏物語絵巻』詞書本文は、書写が荒いことで知られる上、注(32)抄出本文であること、中には画中説明と思われる本文もあり、古傳本系別本ではあっても参考程度にしかならない。

したがって、上來見てきたように、青表紙本と河内本の対立異同については、絶対的証本の存在がない以上、注釈に保存された本文によって、さらにこれを明らかにする必要がある。その意味で、大島本の書入注記は、一条良鎮書入の河内本との接触によって形成された本文注記として、さらなる精査をする必要がある。

今回、検証したところ、音楽関連本文は、当時の音楽史的知見からすれば、かくあるべし、と言う物語内容が仮想復原できた。すなわち、日本音楽史と言う「歴史的・構想的規準」に照らして見ると、注(33)河内本に理のある本文と、青表紙本に理のある本文とが拮抗し、別本は参照すべき本文を持たないことが明らかとなった。

ところが、現行の校訂本文は、青表紙原本の復原を志向するのに対し、注釈は四辻善成『河海抄』や一条兼良『花鳥余情』に代表される河内学派の源氏学、ならびに大島本に注記された『源氏釈』(本文は古傳本系別本)が折衷されたまま、今日の解釈基盤となっている。このことは、すでに『光源氏物語本事』で了悟なる人物が、鎌倉中期には指摘していたことであった。つまり、両説が拮抗しつつ混在し、かつ矛盾を孕んでおり、しかも、いずれの文章も甲乙付けがたいと言う状況が、今日にまで継続していると言うのが実際なのである。

今後は、『源氏物語』作家ならびに書写者の手許から離れた寛弘五年(一〇〇八)の段階で複数あった手稿本、清書本の存在を見据えつつ、古注釈作成段階の鎌倉・室町期の本文動態史、揺動史をも包括的に把握してゆく必要がある。それらの微細な本文の異同に照らして諸本を丹念に読み解く作業を続けてゆくほかないのである。注(34)

注

（1）上原作和「『源氏物語』の本文批判―河内本本文の本文批判をめぐって」（『光源氏物語學藝史―右書左琴の思想』翰林書房、二〇〇六年、初出二〇〇六年）

（2）磯水絵「『源氏物語奥入』に見える楽人、多久行について―『源氏物語』の音楽研究にむけて」（『源氏物語』時代の音楽研究―中世の楽書から』笠間書院、二〇〇八年、初出二〇〇二年）

（3）浅尾広良「嵯峨朝復古の桐壺帝―朱雀院行幸と花宴」（『源氏物語の准拠と系譜』翰林書房、二〇〇四年、初出二〇〇〇年、『テーマで読む源氏物語論／歴史と文化の交差』勉誠出版、二〇〇八年再録）

（4）源氏物語別本集成刊行会編『源氏物語別本集成』正続（おうふう、一九八九～二〇一〇年）。これに、加藤洋介「別本源氏物語校異集成（稿）」（http://www.let.osaka-u.ac.jp/~ykato/index.php/category/betsu）等、ならびに各種影印を参照した）。

（5）植木行宣校注『教訓抄』日本思想大系三七（『古代中世芸術論集』岩波書店、一九七三年）

（6）本文は『尾州家本源氏物語』、二巻、六巻（八木書店、二〇一一、二〇一二年）によった。

（7）古代学協会編『大島本源氏物語』（角川書店、一九九六年）。ならびに『大島本源氏物語ＤＶＤ版』（角川学芸出版、二〇〇七年）を参照した。

（8）本文は『陽明叢書　源氏物語』（思文閣出版、一九七九～一九八二年）。『保坂本源氏物語』（おうふう、一九九五～一九九六年）。『各筆源氏』（貴重本刊行会、一九八六年）の影印にそれぞれよった。

（9）松井健児『源氏物語の生活世界』（翰林書房、二〇〇〇年）の「青波海」関連諸論参照。

（10）上原作和「音楽・芸能」『中世王朝物語・御伽草子事典』（勉誠出版、二〇〇一年）所収。三田村雅子「青波海再演―

『記憶』の中の青波海」「中世王権の青波海―『記憶』の中の青波海②」(『記憶の中の源氏物語』新潮社、二〇〇八年)、初出はともに二〇〇〇年。

(11) 今井源衛「了悟「光源氏物語本事」翻刻と解題」(『今井源衛著作集　源氏物語文献考』第四巻、笠間書院、二〇〇八年)初出一九六一年。ならびに同氏編『源氏物語の周縁』(和泉書院、一九八九年所収)の影印を参照した。

(12) 田中貴子「比叡山に『源氏物語』の幻を見る」(「勉誠通信　特集【『源氏物語』一千年の時空】」第七号、勉誠出版、二〇〇八年五月)

(13) 今井源衛・古野優子編著『山頂湖面抄諸本集成』(笠間書院、一九九九年参照)

(14) 日向一雅「紅葉賀巻「鄂州にありけむ昔の人」と「文君などいひけむ昔の人」」(『源氏物語と白氏文集』新典社、二〇一二年)。日向氏は『光源氏物語本事』は参照されていないようである)。

(15) 本文は山本利達・石田穣二校訂『紫明抄・河海抄』(角川書店、一九六八年)による。

(16) 伊井春樹「大島本『源氏物語』書き入れ注記の性格」(『源氏物語論とその研究世界』風間書房、二〇〇二年)、初出一九八八年。藤本孝一「大島本源氏物語の書誌的研究」(『大島本源氏物語の研究』角川書店、一九九七年)、佐々木孝浩「大島本『源氏物語』の書誌学的考察」(『大島本源氏物語の再検討』和泉書院、二〇〇九年)、初出二〇〇七年。上原作和「佐渡時代の大島本『源氏物語』と桃園文庫」(『光源氏物語傳來史』武蔵野書院、二〇一一年参照)。付箋注記は『源氏釈』、本文注記は、「奥書」を信ずるなら一条兼良の子・良鎮所持本の注記を吉見正頼が抄出したものとなる。

(17) 小川剛生「四辻善成の生涯」(『二条良基研究』笠間書院、二〇〇五年)に、『河海抄』の成立とその後の相伝の様相が詳細に論じられている。

(18) 福田秀一「鎌倉中期反御子左派の古典研究」(『中世和歌史の研究』明治書院、一九七二年)、初出一九六五年。

(19) 注(11)今井論文参照。

(20) 久曽神昇編「和歌童蒙抄」(『日本歌學大系』別巻一、風間書房、一九五九年所収)

琴の音にかよひし響を聞ながらそならぬそれにあふはあふかは

是は『山鞞記』に、昔、もろこしより筝をよく弾く人渡れり。其曲調をならひうけんが為に、能其道を知れるものを勅使につかはす。程やう〳〵遠く成て山の中にあるむまやに留まれり。人ありて、「此鞞はあしきものありて、入とまる事なし」といへど、日も暮ぬ、行べきやうもなければ留まりぬ。所ざまさもいはんやうに物おそろし。もしの事もあらんにと思ひて、うるはしく冠をし装束して、月のあかければ火をとりやりて、琴を弾き鳴らして居たるに、心のすめること限なし。夜中にも過ぬらんと思ふ程に風打吹、たゞならぬ空のけしき也。とばかりありて、えもいはずなつかしきさましたる女房ゐざり出て居たり。「おそろし」とぞ思ふべきに、つゆさも見えず。あはれに受ゆる事書せず。

此女の云、「御琴のしらべのめでたさに参りたる也。たまはりて、むかしの琴わすれでもやとこゝろみん」といへば、琴をさしやりたるに、撥ならしたる手ざし、爪音、此世ならずめでたし。ちかくよりてあはれに打かたらふ。世にめづらしき曲調を此女にならひうくること数多かり。さて親しく成てふしぬ。らうあり心ざしふかし。明がたに成て、女いといたくなきて云、「我は大貮にて下りし人の娘なり。此むまやにて琴をひきしにより、山の紳にとられてかゝる所にあるなり。苦を受事多かり。願は我為に法華経を供養し給へ」。

明なんとすれば歸りなんとするに、此男かくても千とせをへんの心ざしあれど、とむべきにあらねば、おこしてやりつ。名残しも悲しうて落涙尽せず。日高く成ぬと、ともなるものいそがせば、爰を立たん事さへ、もものうく受ゆれど、限りある道なれば立ぬ。道すがらも忘るゝ、ひまなし。からくして筑紫に行着て、もろこしの人にあひて琴を受ながら、もろこしの人又ひかせて聞くに、此の騨に習へりし、しらべを聞て感じめづる事書せず。扨、かのいひしま丶に心をいたして経をかき、佛を供養し、扨、いそぎのぼる。もとくだりしむまやに行て、今一たびあはん事を思ふ。さて其むまやにとまりぬ。はじめのやうに火をとりのけて、琴をひきすまして、いまや〳〵と待に見えず。口をしく心うくおもふ事限りなし。夜明がたに成て、軒近く雲のたなびくやうに見ゆ。ありし曄にて、申しにかなひてうれしく、「善根を修せさせ給ひたりしちからにて、天人に生れて候なり」といひて去りぬ。いとく悲しき事たぐひなし。さて此歌をばむまやの壁に書つけてぞ立ちにける。京にのぼりて、もろこしのを習ひ受たるよりも、此騨にて習ひたりしをぞ、みかどよりはじめ目出度事にほめあへりける。これを思ひあはすれば、世説に王敬伯といふ人、淵渚のうちにとまれり。家にのぼりて宿れり。こよひ月あかく風すさまじ。敬伯、琴をひく。劉原明が亡女の霊いたりつきて、有さまいけりし時にたがふ事なし。敬伯琴をなで丶よくうたふといへるが、よく似たるこそあはれなれ。さかひはことなれど心は同じかるべし。

（二一七～二一九頁）

(21)『仙源抄』本文は、『源氏物語大成　研究資料篇』（中央公論社、一九五六年）、ならびに岩坪健『仙源抄　源氏物語古注釈集成』（おうふう、一九九六年）を参照した。

(22) 中川照将「淘汰された定家筆本『源氏物語』」（『源氏物語という幻想』勉誠出版、二〇一四年）参照。また、この本文を「詩とらする」と見て、開始楽を展開した陣野英則「『源氏物語』の本文校訂をめぐって―「須磨」巻の「くしとらする」攷」（『国文学研究』第一七四集、早稲田大学国文学会、二〇一四年十月）。ただし、最も伝本の多い古典である『源氏物語』において、異同のない本文の改訂は、現存語彙に用例が見えないとしても、あくまで今日まで保存されたごく一部の語彙サンプルに過ぎないから、禁じ手以外の何者でもない。

(23) 上原作和「心身に静好なるを得むと欲せば『聴幽蘭』―白楽天の〈琴〉から夕霧の《蘭》へ、『源氏物語』的文人精神の方

法」（『光源氏物語學藝史―右書左琴の思想』翰林書房、二〇〇六年）、初出二〇〇四年。
(24) 本文は、底本は、京都大学付属図書館蔵平松家旧蔵の古本系三巻本とする橘健二・加藤静子校注『新編日本古典文学全集　大鏡』（小学館、一九九六年）による。
(25) 本文は、橋本不美男校注『新編日本古典文学全集　歌論集』（小学館、二〇〇一年）によった。
(26) 注（11）今井源衛前掲論文参照。
(27) 注（18）福田秀一前掲書「源承和歌口伝の考察」「延慶両卿訴状の伝本と伝来」初出は共に一九七〇年参照。
(28) 注（16）各論文参照。
(29) 本文は『松永本花鳥余情　源氏物語古注釈集成』（桜楓社、一九七八年）、中野幸一編『花鳥余情 源氏和秘抄 源氏物語之内不審条々 源語秘訣 口伝抄　源氏物語古註釈叢刊』（武蔵野書院、一九七八年）、『龍門文庫本善本叢刊 別編二　花鳥余情』（勉誠社、一九八六年）を参照した。
(30) 上原作和注（1）論文、ならびに「「揺し按ずる暇も心あわたたしければ」―『源氏物語』作家の琴楽環境」（『日本琴學史』勉誠出版、二〇一五年刊行予定）、初出二〇〇六年。
(31) 石田穣二・清水好子校注『新潮日本古典集成』（新潮社、一九八〇年）、柳井滋・室伏信助ほか校注『新日本古典文学大系』（岩波書店、一九九五年）、阿部秋生・秋山虔ほか校注『新編日本古典文学全集』（小学館、一九九六年）参照。
(32) 上原作和「「廿巻本『源氏物語絵巻』」詞書の本文史―〈摂関家伝領本〉群と別本三分類案鼎立のために」（『光源氏物語傳來史』武蔵野書院、二〇一一年）、初出二〇〇九年。
(33) 概念としては、萩谷朴『本文解釈学』（河出書房新社、一九九四年）における、「対照法解釈の方法と諸規準の適用」に依拠している。

（34）上原作和「ふたつの『源氏の物語』—対立項としての〈喩〉と「刈り込み」の第三項」（『「記憶」の創生〈物語〉一九七一—二〇一二』翰林書房、二〇一二年）は、『源氏物語青表紙河内本分別條々』を用いた試みである。

平安時代の親王任官について

安田政彦

一　はじめに

『源氏物語』には兵部卿宮、式部卿宮などと親王が任官した呼称をともなって、物語上の主要人物となり、重要な役割を果たしているが、このような親王任官について歴史学の立場から実在の親王たちの動向に着目しておくべきことも必要と考える。

親王が律令制官職に任官するようになったのは、奈良時代後期の池田親王（弾正尹）、船親王（大宰帥）に遡る。しかし、親王の官職任官が本格化するのは桓武朝からで、桓武皇子が八省卿や大宰帥に任官するようになってからである。平安時代前期には、式部卿、中務卿、兵部卿、弾正尹、大宰帥のほか、大蔵卿や宮内卿、刑部卿、治部卿など幅広く八省卿に任官している。天長三年（八二六）には親王任国制が定められ、注(1)八省卿、大宰帥に三国太守への任官が加わるが、一方で、中央官への任官は式部卿、中務卿、兵部卿、弾正尹に限定されてくる。

その一つの転機となったのは宇多朝ではなかったかと思われる。宇多朝には蔵人式が定められ、蔵人所の機構が整備されている。また、検非違使式は貞観十七年（八七五）に制定されているが、寛平七年（八九五）、左右衛門府内に左右の検非違使庁が設置された。さらには後宮の制度が大幅に改革されたのも宇多朝である。注(2) こうした宇多朝における官制改革は、親王の任官にも何らかの影響を与え、その後の親王任官を既定したのではないかと推測する。

そこで、以下では宇多朝・醍醐朝以降の十・十一世紀における親王の任官を検討し、親王の任官にどのような傾向があったのかを明らかにするとともに、親王が任ずる官職にどのような特徴があったのかを述べてみたい。

二　親王任官史料の検討

まず初めに、親王の任官状況を明らかにするにあたって、史料記載で疑問と思われるものを取り上げ、検討しておく。注(3) ただし、校訂注の誤りと思われるものは取り上げない。

①『平安遺文』一―一九四「筑前国観世音寺資財帳」延喜五年十月一日文書に「帥三品兼中務卿親王〈在京〉」とある。延喜二年（九〇二）に敦慶親王（以下、「親王」を省く。）が在任しており、その後、延長二年（九二四）まで断続的に在任が確認出来るので、敦慶の可能性が高い。敦慶の品位は不明だが、敦固が三品直叙であったから、敦慶も同様であったとみられる。一方、『御記』延喜七年二月廿二日条の校訂注に敦固とあるが、これは敦慶の誤りであろう。敦固は延喜十年から延長二年まで断続的に大宰帥に在任したことが知られるが、元服してから同九年までの官歴は不明である。従って、ここでは、延喜五年の中務卿を敦慶とし、この時期、敦固に先だって大宰帥を兼任していたとみなす。

②『御記』延喜二一年十一月二十四日条に「於清涼殿元服。加冠右大臣。（中略）常明有明等親王同日元服。加冠（中略）兵部卿親王以下給酒。（中略）重明親王献物。」とある。この時期、中務卿は敦慶、大宰帥は敦固で

あったとみられるが、その他の任官は不明である。該記事は醍醐皇子の元服であり、血縁的にも近い者が召されたであろうことから、ここにいう「兵部卿親王」は宇多皇子であった可能性が高い。とすれば、この時期に任官の知られない敦実であろう。この時期の官歴が不明な清和皇子では、貞真が『本朝皇胤紹運録』（以下、『紹運録』）『一代要記』等に「三品兵部卿」とみえるが、いつのことか不明であり、ここでは取らない。

③『醍醐天皇実録』第二巻一〇七一頁に、皇子有明親王の事項として、『西宮記』十一　裏書、「天慶三年（九四〇）八月廿六日吏部王記因斎院公主請詣故中務卿孫王冠笄所、常陸親王又会、」を掲出し、「常陸親王」を有明親王とする。しかし、『吏部王記』天慶三年八月廿六日条の校訂注は、常陸親王を式明とする。どちらが正しいか、俄には判断しかねる。

④『御遊抄』臨時御会、延長三年正月三日に、「式部卿敦実親王」がみえる。しかし、延長八年に敦慶が二品式部卿で薨じ、その後をつぐように、承平元年（九三一）から断続的に式部卿がみられ、天暦四年（九五〇）に敦実が一品式部卿で出家している。式部卿は終身官であり、注(4)延長二年に貞保が薨じて後に、敦慶が任じ、敦慶の薨後に敦実が任じたとみるべきであり、『御遊抄』にいう式部卿は敦慶の誤りであろう。

⑤『九暦』承平七年正月十日条に「仍為取初献盃、両入同起、而中務卿重明親王、大納言執盃」とあるが、『吏部王記』同年二月十六日条「与中務卿君［代明］詣東八條院、因行明親王今日加元服」とあり、代明はこの年三月に中務卿四品で薨じている。従って、承平七年の中務卿は代明であり、『九暦』の記述は誤りである。

⑥『日本紀略』応和四年（九六四）六月十六日条に「式部卿元長親王。弾正尹章明親王。左右大臣。如旧可聴帯剣」とあり、また、康保元年（九六四）六月十七日辛酉条に「是日。三品弾正尹元利親王薨」ともある。これ以前の弾正尹は元利であり、元利が薨ずる前日に章明が弾正尹であるのは不可解である。日付の懸け誤りであ

るのか、十六日条の章明が元利の記載間違いであるのか判然としないが、あるいは、元利が少し前に出家して、章明が後任に任じ、元利は前弾正尹であったのであろうか。ここでは、元利の後、章明が任じたものとみなす。
⑦『小右記』長和二年（一〇一三）七月二十八日条に「上野太守致平親王」とあるが、致平は天元四年（九八一）に出家している。従って、『小右記』の記事は取らない。
⑧『権記』長徳四年（九九八）十一月十九日条に「去天暦七年王氏爵巡、相当於元慶［陽成］御後、氏是定式部卿元平親王」とあるが、この前後は村上皇子・為平の式部卿在任が知られるので、元平は為平の誤りである。なお、元平は貞元元年（九七六）に薨じている。
⑨『本朝世紀』長和四年十月廿二癸未条に「中務卿敦道親王」とみえる。これは故東三条院詮子八講会のために関係者が写経を奉納した記事であるが、こうした場合に名前を連ねる具平がみえない。この時期前後は具平が中務卿であるので、当該記事の中務卿も敦道ではなく具平であるべきであろう。従って、敦道の中務卿は取らない。

三　親王任官歴の検討

以下では、各親王の官歴を確定しておく。各天皇群ごとに検討するが、清和・光孝皇子については、残存史料が極端に少ないので、別個に扱うことなく、適宜関連する都度言及するにとどめたい。なお、親王の経歴については、その多くは『天皇皇族実録』（ゆまに書房、二〇〇七年）を参照し、官歴については、東京大学史料編纂所データベース検索を利用し、これを参照した。注(5)

Ⅰ　宇多皇子の任官歴の検討

斉中は七歳、行中は一三歳、雅明は一〇歳で薨じた。また、載明はまったく経歴が知られず、『紹運録』『尊卑分脈』第三篇（以下、『分脈』）等にも経歴の記載が無いことから、夭逝した可能性が高い。以上、四名の皇子には官歴が無く、残る五名の皇子について、表1を参照しながら、その官歴を検討する。

斉世は元服後三品を叙され、まもなく兵部卿に任官し、ついで上総太守に遷任して、延喜元年に出家した。

敦慶は中務卿に任じ、貞保薨後、式部卿に遷任し、薨ずるまで在任したとみられる。

敦固は元服から延喜一〇年までの官歴は不明だが、以後は大宰帥に長らく在任し、兵部卿に転じて薨去まで在任した。なお、『紹運録』『分脈』には「二品兵部卿」とあり、二品に昇叙したことがわかる。

敦実は元服後数年の官歴は不明だが、上野太守に任じ、ついで中務卿に遷任、敦慶薨後、式部卿に任じた。上野太守は、延喜一三年から同一八年までと、延長元年から同四年までの在任が知られるが、親王任国が任期四年を原則としたことから、注(6)二度の任官であった可能性もある。また、中務卿は敦慶の式部卿遷任を受けたものとみられるが、ついで醍醐皇子・代明が任官するまで在任したものとみられる。

これら宇多皇子の任官がみられる時期には、特に延長年間には、他に醍醐皇子四親王（後述）と清和皇子・貞固、貞辰、貞真がいる。清和皇子について簡単にみておくと、貞固は『紹運録』『分脈』に、「三品弾正尹大宰帥」とみえ、貞真は『紹運録』『一代要記』等に「三品兵部卿」とある。また、常陸太守、ついで三品大宰帥としてみえる。貞辰はまったく官歴がみえない。以上の点から清和皇子でこの時期に中務卿に任じていた者はいなかったとみられ、醍醐皇子四親王も中務卿への任官は知られないことから、この時期の中務卿は敦慶から敦実、ついで代明へと遷ったとみるのが妥当であろう。

延喜7	延喜8	延喜9	延喜10	延喜12	延喜13	延喜16	延喜17	延喜18	延喜19	延喜20	延喜22	延長1	延長2	延長3	延長4	延長5	延長6	延長7	延長8	承平1
907	908	909	910	912	913	916	917	918	919	920	922	923	924	925	926	927	928	929	930	931
															(紹・尊:三品弾正尹大宰帥)				薨	
		4薨	(紹・要:四品)																	
…	…兵											…式	2式薨(55)	(要:二品式部卿)						
					3薨															
						4薨(45？)	(紹:四品常陸太守、尊:上総常陸等太守中務卿兵部卿)													
																		4薨(56)	(紹・要:四品)	
						4薨(42)	(紹・要:四品、帝皇系図:常陸太守二品式部卿)													
					…常				…4						…常				…3帥	3常薨(56)
				…4							4薨(47)									

…式	…式			…式					1式出家
三品左中将大宰帥)									

																入道総薨	(紹:三品兵部卿)			
					…中	…中		…中	…中				…中	…式	…式		…式		2式薨(44)	
…中			…帥		…帥	…帥	…帥	…帥	…帥	…帥			…帥	…兵	兵薨	(紹・尊:二品兵部卿)				
元服③(13)					…野	…野	…野	…野				…野	…野	…野	…野	…中				…式
		薨(13)																		
																		薨(10)		

康保4
967
薨(75)

※「④」は叙四品。「4」は見四品。　※□は在任推測期間。

※「…」は親王名がみえる。「…4」は四品親王名。「…常」は常陸太守としてみえる。

※常=常陸太守、総=上総太守、野=上野太守、帥=大宰帥、尹=弾正尹、兵=兵部卿、中=中務卿、式=式部卿

※(　)は年齢を示す。　※紹=『本朝皇胤紹運録』、要=『一代要記』、尊=『尊卑分脈』

行明は『紹運録』『分脈』等に「四品上総太守」とあり、元服後数年の任官が知られないが、上総太守以外の任官はなかった可能性が高い。

以上、宇多皇子で任官が知られる親王は、元服後数年を経て任官し、一つの官職に長らく在任したことが知られる。敦慶は中務卿と大宰帥を兼ねた時期もあったが、それ以外に兼官は知られない。延喜・延長年間の常陸太守・上総太守、それに弾正尹の任官が不明であるが、常陸太守は、貞真が、延喜一三年、延長四年に在任しており、三品常陸太守で薨じていることから、貞真がたびたび常陸太守に任ぜられたことが知られる。また、貞固は弾正尹であった時期のあることが知られる。こうしたことを勘案すれば、醍醐天皇皇兄弟である宇多皇子が中央官に任官し、醍醐天皇とは血縁的に遠い清和皇子が主に地方官に任

【表1.清和・宇多皇子の任官歴一覧】

		元慶6	元慶8	仁和2	仁和3	仁和4	寛平1	寛平3	寛平4	寛平5	寛平7	寛平8	寛平9	昌泰1	延喜1	延喜2	延喜3	延喜4	延喜5	延喜6	延喜7
		882	884	886	887	889	889	891	892	893	895	896	897	898	901	902	903	904	905	906	907
清和皇子	貞固		叙四常	…常	任尹兼常																
	貞元				④任野																
	貞保	元服③野(13)																			…
	貞平								…野												
	貞純								任総			…野									
	貞辰																				
	貞数					元服(14)							…4	…常							
	貞真	(紹・要・帝系:三品兵部卿)																			
	貞頼																				
光孝皇子	是忠							親王③		…帥								…式		…式	…式
	是貞							親王④						…常			3薨	(紹:三品大宰帥左中将。分:三品左中			
宇多皇子	斉中						元服	薨(7)													
	斉世													元服	出家						
	敦慶												(紹・要:二品式部卿)			…中(16)			帥三品兼中務卿親王	…中	
	敦固							親王								元服③					…中
	斉邦							親王													
	敦実										親王						…式				元服③(13)
	行中																				
	雅明	延喜20生。醍醐皇子となす																			
	載明	醍醐皇子となす																			
	行明	延長4生。醍醐皇子となす																			

		承平2	承平4	承平7	天慶1	天慶2	天慶3	天慶4	天慶5	天慶6	天慶7	天慶8	天慶9	天暦1	天暦2	天暦3	天暦4				康保4
		932	934	937	938	939	940	941	942	943	944	945	946	947	948	949	950				967
宇多皇子	敦実	…式	…式	…2	…式	…式	…式	…式	…式	…式	…一式	…式	…式	…式	…式	…式	1式出家	(紹・尊:一品式部卿)			薨(75)
	行明			元服④(12)	…4						…4		…総		総薨(23)	(紹・尊:四品上総太守)					

ぜられたものとみることが出来る。なお、敦実が上野太守に任じられたのは、おそらく当時、他に任ずべき官職が空いていなかったからではなかろうか。

Ⅱ　醍醐皇子の任官の検討

兼明・盛明は、はじめ源氏賜姓され、村上朝に親王となった。以下、表2を参照して官歴をみていく。

克明は元服から一〇年弱は官歴が知られないが、弾正尹、ついで兵部卿に任じ、同年兵部卿三品で薨じた。

代明は元服後、常陸太守とみえ、ついで、弾正尹、中務卿に任じた。常陸太守は延長四年に貞真の在任が知られるので、延長三年までの在任であろう。また、弾正尹は克明が兵部卿に遷任した後を受けて任じたとみられる。中務卿は敦実が式部卿に遷任した後を受けた

承平3	承平4	承平5	承平6	承平7	天慶1	天慶2	天慶3	天慶4	天慶5	天慶6	天慶7	天慶8	天慶9	天暦1	天暦2	天暦3
933	934	935	936	937	938	939	940	941	942	943	944	945	946	947	948	949
兵部卿、要:三品式部卿)																
	…中		…中	4中薨	(紹・大裏:三品中務卿)											
			…尹 兼帥	4辞尹 /任中	…4中	…	…	…4	…四	③中	…中	…中	…三中	…中	…中	…中
			…野	…4		…					4薨 (39)	(紹:三品刑部卿、要:四品。)				
			…総			…	…常?	…		…	…4	…4	…帥			…
		…	…常	…4		…	…常?	…4	…		…4	…				…
…						…		…4			…4					
							元服③ (15)		任野	…野	…3帥 立太 子					
						元服 (16)					…	…	…前常			…

承平3	承平4	承平5	承平6	承平7	天慶1	天慶2	天慶3	天慶4	天慶5	天慶6	天慶7	天慶8	天慶9	天暦1	天暦2	天暦3
			…兵	…兵		…		…三		兵3薨 (54)	(紹・尊:三品兵部卿)					
				…3尹					…尹		…3尹	…尹	…尹		…尹	
						(紹・帝皇系図・尊:二品式部卿)					…3兵	…兵	…兵		…兵	
						…					…		…野	…野		

安和2	天禄2	天禄3	天延2	貞元1	貞元2	永観2	寛和2	永延1	正暦1
969	971	972	974	976	977	984	986	987	990
務卿)									
					親王 ②中		辞1中	薨 (74)	
…尹		…3				…尹		…2尹	2尹薨 (67)
…4野	…		…4				4薨 (59)		

	…2			薨 (76)
三品式部卿弾正尹				

※「④」は叙品品。「4」は見四品。　※□は在任推測期間。

※「…」は親王名がみえる。「…4」は四品親王名。「…常」は常陸太守としてみえる。

※常=常陸太守、総=上総太守、野=上野太守、帥=大宰帥、尹=弾正尹、兵=兵部卿、中=中務卿、式=式部卿

※(　)は年齢を示す。※紹=『本朝皇胤紹運録』、要=『一代要記』、尊=『尊卑分脉』、大裏=『大鏡』裏書

ものと思われる。

重明は元服して四品に叙された後、上野太守に任じられ、代明が中務卿に遷任するや、弾正尹に任じられている。承平六年には弾正尹兼大宰帥とみえ、翌七年に弾正尹を辞任している。ついで、同年十月に中務卿に任じ、三品式部卿で薨じた。元服後数年の官歴はしられないが、敦実の中務卿遷任の後を受けて上野太守に任じたとみられ、ついで代明の後を追って弾正尹から中務卿に遷任し、ついで敦実の薨去を受けて、式部卿に任じたとみられる。

常明は元服後一五年ほど官歴が知られない。上野太守の在任

【表2.醍醐・陽成皇子の任官歴一覧】

			延喜16	延喜17	延喜18	延喜19	延喜21	延長2	延長3	延長4	延長5	延長6	延長7	延長8	承平1	承平2	承平3
			916	917	918	919	921	924	925	926	927	928	929	930	931	932	933
醍醐皇子	克明		元服③（14）		…	…		…尹	…3尹	…3尹	任兵/薨	（紹・帝皇系図：二品兵部卿、尊：三品兵部卿、					
	保明	延喜4立太子															
	代明					元服（16）			…常	…4	…尹	…尹	…尹	任中	…中	…中	
	重明						元服（16）		…	…4		任野		任尹			
	常明						元服（16）							…			
	式明						元服（15）								…総		
	有明						元服（12）							…			
	時明								元服（16）		無薨（18）	（紹・尊：三品兵部卿、紀：無品9,20					
	長明								元服（13）					④	…		…
	兼明																
	成明																
	章明	延長2生	（紹：三品弾正尹兵部卿、帝皇系図：弾正尹二品）														
	盛明	延長6生															
陽成皇子	元良	延喜5（16）											…				
	元平													…4			
	元長			元服（17）										…4	…帥	…帥	
	元利			元服													

			天暦4	天暦5	天暦7	天暦8	天徳1	天徳2	天徳3	天徳4	応和1	応和3	康保1	康保3	康保4	安和1	安和2
			950	951	953	954	957	958	959	960	961	963	964	966	967	968	969
醍醐皇子	重明		…式	…式	…式	3式薨（49）	（紹・大裏：二品式部卿、尊・要：三品式部卿）										
	式明		…中		…中		…式	…中	…中			…中		3薨（60）	（紹・要：三品中務卿）		
	有明		…帥				…		…兵	…兵	3兵薨	（紹・帝系：三品兵部卿					
	長明				薨（41）	（紹・尊：四品）											
	兼明	（紹・尊・要：二品中務卿）															
	章明		…総						…帥			…兵	…尹	…尹	…尹		…尹
	盛明	（紹：四品上野太守、尊：上総上野太守）													親王④	…	…4野
陽成皇子	元平				…式			式3薨	（尊・帝系：三品弾正尹）								
	元長		…兵					…2					…式		…式		
	元利								…尹				3尹薨	（紹：三品弾正尹、尊：三品式部			

がみえるのみで、その後も官歴は不明。『紹運録』には「三品刑部卿」とみえるが、三品に昇叙した形跡が無く、また、文徳皇子・惟恒以来任官の無い刑部卿に任じたというのも不自然である。あるいは、『紹運録』常明の子、源茂親「従四上刑部卿」が誤転写された可能性もあるのではないか。従って、ここでは常明の刑部卿任官は取らない。常明が上野太守以外の官歴がみえないのは、病弱であったか、何か個人的理由によるのかもしれないが、それ以外にも、三国太守以外の親王が任ずる官職には、他の親王が任官していたため、任官すべき適当な官職

がなかったということもあるのではなかろうか。

式明は元服して四品に叙された。その後一〇年ほどの官歴は不明だが、上総太守に在任が知られる。ついで大宰帥としてみえる。その後、中務卿に在任が知られ、中務卿三品で薨じた。承平七年から天慶八年までは式明の名が散見するが、帯官が記載されておらず、任官した形跡が無い。一方、兵部卿・弾正尹にはこの時期、陽成皇子が任じており、式部卿敦実、中務卿重明が知られるので、中央官への任官は無い。あるいは三国太守に任じた可能性も否定できないが、ここでは散官であったと想定しておく。[注(7)]大宰帥は、成明の立太子の後を受けてしばらく後に任じたものと思われ、中務卿は重明が式部卿に遷任するにともなって任官したのではなかろうか。

有明は、承平六年前後に常陸太守に在任、あるいは、二期連続で常陸太守であったかもしれない。その後、一〇年近く任官は不明だが、式明のあとを受けて、大宰帥に任じたとみられ、ついで、兵部卿に任じた。兵部卿は恐らく、陽成皇子・元長の式部卿遷任を受けたものと思われ、天暦以前の有明も任ずべき中央官に空きはなかったものと推測される。

時明は『紹運録』『分脈』に「三品兵部卿」とあるが、元服後すぐに任官したとは思えず、誤りであろう。あるいは、有明の経歴と混同したものであろうか。

長明の官歴はまったく不明である。『紹運録』『分脈』に「四品」とあるのみで、官歴の記載は無い。儀式等に参列した記事はいくつかみられるので病床にあったわけではなかろうが、なぜ任官がしられないのかは不明。

兼明は貞元二年に源氏から親王となり、二品中務卿となった。その後、寛和二年（九八六）に一品で辞するが薨ずるまで中務卿であった。

成明は元服三品直叙で、上野太守に任じ、大宰帥に遷任したが、立太弟している。元服から初任までの期間が他の親王に比べて極めて短いが、これは皇太后藤原穏子腹であるための優遇であろう。

章明は元服数年にして常陸太守に任じ、ついで上総太守、大宰帥に任じたことが知られる。大宰帥には有明の後を受けた可能性もあり、兵部卿も有明が薨じた後を受けて任じられたとみられる。ついで、陽成皇子・元利の薨去を受けて弾正尹に遷任し、薨ずるまで在任した。三国太守や大宰帥の在任期間はそれほど長いとは思われないが、ごく短い兵部卿在任をはさんで、弾正尹には薨去するまで長らく在任している。しかし、代明や重明のように、さらに中務卿に遷任しえなかったのは、兼明が中務卿に任じたこと、兼明のあとは村上皇子・具平が任じたことによるのであろう。

盛明は、親王となってまもなく上野太守に任じ、その後、一〇年ほどは任官歴がみえない。少なくとも、この時期の中央官に任ずべき空きはなかったので、仮に任官があったとしても三国太守か大宰帥ということになるが、不明というほかない。

以上、醍醐皇子は、出生順に中央官から任官し、宇多皇子同様に長らく在任する例であったことがわかる。概ね、元服から数年して三国太守に任じ、中央官に遷任したようだが、中央官に空きが無い場合には三国太守に再び任ずることもあった。

Ⅲ　陽成皇子の任官の検討

陽成皇子はほぼ醍醐皇子と同年代であり、任官も、醍醐皇子とともにみなければならない。

元良は醍醐皇子よりも少し年長である。兵部卿の在任が知られるが、克明の薨後、兵部卿に任じた者が確認できないので、あるいは、克明の後を受けたものであろうか。それにしても、仮に元服が醍醐皇子の多くと同じように一六歳頃であったとすれば、克明が薨じた年まで二五年ほどもあり、その間、無官であったとは考えにくい。あるいは、元服後数年して三国太守に任じているのかもしれない。

元平はいつ元服したのか不明。弾正尹に在任したことがしられ、式部卿三品で薨じた。弾正尹には、重明が中務卿に遷任するに伴い任じたものとみられ、式部卿に遷任するまで在任したのであろう。式部卿は、重明の薨後に任じたとみられる。弾正尹以前の任官については不明。

元長は大宰帥に任じ、また、兵部卿の在任がしられる。その後、式部卿に在任している。大宰帥には貞真が延長八年に在任しており、その後を受けたものであろうから、承平元年から数年間の在任ということになる。兵部卿には元良薨後に任じられたとみられ、有明の兵部卿任官まで在任したとみられる。式部卿には、元平薨去を受けて任じ、薨去まで在任したと思われるので、兵部卿は式部卿に任じられるまで在任したのではなかろうか。元平も元服後一五年ほどの官歴は不明だが、元服後まもなく三国太守に任じた可能性はある。その後、大宰帥、兵部卿、式部卿と、ほぼ連続して任官したのではなかろうか。

元利は上野太守、のち弾正尹に在任がしられる。『分脉』には「三品式部卿弾正尹」とあるが、式部卿の任官状況からみて、元利が任ずべき期間は存在しないので、これは誤りであろう。元利は元服から三〇年近く任官歴がみえないが、まったく無官であったとも思われない。三国太守あるいは大宰帥に任じた時期があったかもしれないが不明である。なお、上野太守には成明が大宰帥に遷任した後を受けた可能性が高い。

以上、陽成皇子は元服から長らく任官状況が不明であり、延長年間（醍醐朝）は宇多皇子、醍醐皇子で年長の親王達が中央官に任じており、陽成第一皇子・元良が兵部卿に任じ、第二皇子・元平が弾正尹に任じたが、それは醍醐皇子の後を受けてであった。天慶年間（朱雀朝）には敦実の式部卿、重明の中務卿、元良の兵部卿、元平の弾正尹、元長の兵部卿とその他の親王の外官在任という構成で、天徳年間以降の村上朝末年には式明の中務卿、有明の兵部卿、元平の式部卿に、章明が弾正尹に在任した。式明や有明が長らく外官に任ずることはあっても中央官に任じられなかったのは、すでに年長者が中央官に在任したからで、年長者には陽成皇子も含まれる。式明の中務卿在任が知られるまで、元服から二九年、有明は兵部卿の在任が知られるまで三八年であるが、章明は中央官（兵部卿）在任がしられるまで二四年と少し短い。これは、年長親王の薨去と任官の関係で、中央官に空き状況が生まれた関係であろう。なお、行明は章明に比べて元服が若干早いが、上総太守の任官しかしられない。これは、行明が章明ほど長命ではなかったためであろう。

Ⅳ　村上皇子の任官の検討

昌平は六歳で薨去しているので除外し、以下、表3を参照して検討する。

広平は兵部卿三品で薨じている。元服後、数年にして兵部卿に任官したものと思われる。

致平は、『諸門跡伝』に、元服同年に兵部卿に任じたとみえる。注(8) しかし、元服と同時に任官した例はほかにみられないし、致平→広平→致平という任官のあり方もこれまでにないことである。『諸門跡伝』は、叙品とともに経歴を併記したもので、必ずしも元服の年のこととみなす必要はないであろう。その後、上総太守に任じ、兵部卿四品で出家している。すなわち、致平は元服後数年にして上総太守に任じ、広平の薨去を受けて兵部卿に任じたものとみることが出来る。

為平は元服三品直叙、その後、一品式部卿となった。式部卿は元平の薨去を受けたもので、貞元二年頃の任官であろう。若くして一品式部卿になったことから、為平が村上皇子の中でもかなり優遇された存在であったことがわかる。

永延1	永延2	永祚1	正暦1	正暦3	正暦4	長徳1	長徳2	長徳3	長徳4	長保1	長保2	長保3	長保4	寛弘1	寛弘2	寛弘3	寛弘4	寛弘5	寛弘6	寛弘7
987	988	989	990	992	993	995	996	997	998	999	1000	1001	1002	1004	1005	1006	1007	1008	1009	1010
(91))																				
…式	…式		…式				…式			…式		…式			…式					出家/薨(59)
守)																				
…兵			…中	…中	…中		…中			…中				…中	…中	…中	…②中	…中	2中薨(46)	
	兵4薨(24)	(紹・大裏：四品兵部卿)																		
(三条天皇)																				
		元服④(14)	2帥兼尹/野		…尹	…尹	…尹	…尹	…尹	…尹	…尹	…尹	尹薨(26)							
					元服④(13)/帥	…4	…帥	…帥		…帥	…帥		…中	…帥	…帥		③/薨(27)			

※「④」は叙品品。「4」は見四品。　※［　］は在任推測期間。
※「…」は親王名がみえる。「…4」は四品親王名。「…常」は常陸太守としてみえる。
※常=常陸太守、総=上総太守、野=上野太守、帥=大宰帥、尹=弾正尹、兵=兵部卿、中=中務卿、式=式部卿
※（ ）は年齢を示す。　※紹=『本朝皇胤紹運録』、要=『一代要記』、尊=『尊卑分脈』

皇后藤原安子腹であり、時の左大臣源高明女を妃とするなど、皇位継承にも近い存在であったことによろう。その後、源高明左遷事件によって不遇で在ったとはいえ、一条皇子・敦康、三条皇子・敦明が元服するまでは、為平を超える立場の親王は存在しなかった。

昭平は源氏賜姓され、貞元二年に親王となった。その後、永観二年（九八四）に出家。『紹運録』には「四品常陸太守」とみえるので、四品に叙されて間もなく常陸太守に任じたようである。

具平は元服後間もなく兵部卿に任じ、ついで中務卿に遷任して薨去まで在任したことが知られる。兵部卿は致平の出家を受けたものであろう。中務卿は兼明の薨去した後を受けたものとみられる。

永平は兵部卿四品で薨去した。兵部卿は具平が中務卿に遷任した後を受けたものと思われ、わずかに一年の在任であったとみられる。

村上皇子は兵部卿への任官が多いようにみえるが、元服後間もなくは三国太守に任じた可能性もないわけではない。式部卿を別にすれば、章明が長らく弾正尹に在任したこと、兼明が中務卿で

【表3.村上・冷泉皇子の任官歴一覧】

			応和1	応和3	康保1	康保2	康保4	安和1	安和2	天禄2	天禄3	貞元1	貞元2	天元1	天元2	天元4	永観2	寛和1	寛和2	永延1
			961	963	964	965	967	968	969	971	972	976	977	978	979	981	984	985	986	987
村上皇子	広平			元服③(14)				…		兵3薨(22)	(要・大裏：三品兵部卿)									
	憲平	天暦4立太子（冷泉天皇）																		
	致平					元服④(15)任兵			…4総		…	…帥	…		…	兵4出家	(紹：四品兵部卿/長久2薨(91))			
	為平	(紹・大裏：一品式部卿)				元服(16)③		…						…式	…式		…式	…式	…式	…式
	昭平	天暦8生											親王④				出家	(紹：四品常陸太守)		
	昌平		薨(6)																	
	守平	天徳3生					皇太弟	(円融天皇)												
	具平	(紹：二品中務卿)											元服(14)				…		…	…兵
	永平														元服④(15)					
冷泉皇子	師貞							誕生	立太子	(花山天皇)										
	居貞											誕生							立太子	(三条天
	為尊	(紹：二品弾正尹、要：三品弾正尹。『権記』正暦朝・・叙二品兼大宰帥。遷上野太守)																		
	敦道	(紹：三品、要：三品大宰帥)																		

			寛弘8	長和2	長和5	治安3	万寿1	万寿4	長元2	長元3	長元8
			1011	1013	1016	1023	1024	1027	1029	1030	1035
為冷泉皇子	清仁	(紹：弾正尹、尊・要：弾正尹四品)	元服④		…尹		…尹		…尹	尹薨	
	昭登	(紹・尊：四品中務卿)	元服④(14)	…	…4		…兵				中四薨(38)

あったことから、中央官では兵部卿に任ずる他なかったものとみられる。この時期、大宰帥はまったくみえないため、村上皇子が大宰帥に任じたかは不明。

Ⅴ 冷泉・花山皇子の任官の検討

清仁と昭登は花山出家後の誕生のため冷泉皇子とされたものである。

為尊は薨ずるまで弾正尹であった。ところで、『権記』長保四年（一〇〇二）六月十五日己卯条には、為尊の簡単な薨伝を記すが、そこには「元服年叙三品。後任弾正尹。正暦朝拝為威儀。叙二品兼大宰帥。遷上野太守」とみえる。しかし、元服後に叙されたのは四品であり、二品に昇叙したとは思われない。一方、『北山抄』十　勘出事には、「（長保三年正月）惟仲任帥之時。為尊親王任他官。」とあり、『冷泉天皇実録・円融天皇実録』二〇一頁には「長保三年正月ノ頃ニハ為尊親王帥ニ居給ヘリシコト北山抄ニ所見アレバ」とある。正暦年中に大宰帥を兼ね、長保三年正月の頃にも大宰帥であり、なおかつ上野太守に遷任したとすると、元服後間もなく弾正尹に任じ、正暦年中に大宰帥を兼ね、ついで上野太守に遷任し、再び正暦四年（九九三）頃より弾正尹に任じ、長保二年頃より三年正月まで再び大宰帥を兼ねたことになるが、『北山抄』は「任他官」とあるので、その後三国太守を兼任したのであろうか。薨ずるまで弾正尹であったことは確かであろうが、頻繁に外官を兼任したとすれば、これまでみられなかったことである。一条朝以降は、為平の式部卿、具平の中務卿以外に親王がおらず、大宰帥や三国太守に任ずべき親王がなかったことも背景の一つかもしれない。

敦道は大宰帥に任じ、三品で薨じた。敦道は元服によって為尊から大宰帥を引き継ぎ、六年ほど在任して、再び為尊が大宰帥に任じ、寛弘元年（一〇〇四）から再び大宰帥に任じたとみられる。なお、この間、長保三年から寛弘元年までは平惟仲が正任の帥に任じたとみられている。注(9)

冷泉皇子は元服ほどなく任官しており、これまで数年から十数年ほど任官が知られなかった諸皇子とは様相を異にする。これも任ずべき親王がいなかったことのほか、公卿子弟の任官が早まっていた影響もあるのではなかろうか。なお、この時期に兵部卿は貴族が任じており、冷泉皇子の任ずべき官職は上記のほか三国太守のみであったのである。

清仁・昭登は同時に元服して四品に叙された。清仁はまもなく弾正尹に任じた。為尊の薨後、藤原時光が弾正尹にあり、長和四年その薨去を受けて任じたものとみられる。昭登は兵部卿の在任が知られ、中務卿四品で薨じている。兵部卿には三条皇子・敦平が長和年間に任じているので、その後をついだものとみられるが、恐らく、清仁の弾正尹とともに、長和五年頃の任官ではなかろうか。中務卿には、同じく敦平が式部卿に任ずるまで在任したとみられるので、その後をついで長元三年（一〇三〇）頃に任じたのであろう。元服からしばらくの任官は不明だが、三国太守に任じたのであろうか。

いずれにせよ、冷泉皇子たちは、任官すべき親王数が少ない中で、生存していた村上親王の中央官任官以外の官職につき、三条朝以降は、敦康、三条諸皇子たちに任官が優先され、それ以外の官職に任じたものであろう。

Ⅵ　一条・三条皇子の任官の検討

敦明（小一条院）の王子、敦貞・敦昌・敦元・敦賢は三条天皇の子とされた。師明は一四歳で出家し、敦昌は親王宣下後に出家した。また、敦元は一〇歳で薨じている。以下、表4を参照して検討する。

敦康は一二歳で元服し三品直叙、翌年には一品に昇叙し、准三宮宣下を蒙った。叙一品後、間もなく大宰帥に任じ、敦明が長和五年に式部卿で立太子した後、式部卿に遷任した。一五歳で大宰帥に任じた例は、敦道があり、敦康もそれを踏襲したものであろうか。式部卿に任じたのは、敦明と同じ一八歳のときで、そもそも平安時代初期以来、一八歳が任官年齢であったことを鑑みれば、妥当な任官であったといえる。

敦明は三条即位とともに親王となり三品直叙、式部卿に任じている。いきなり式部卿に任官したのは、他に一八歳以上の親王がいなかったこと、今上第一皇子であったことによるのであろう。

敦儀は、元服三品直叙。ついで中務卿に任じ、式部卿に遷任し、三品式部卿で出家している。

敦平は、敦儀とともに元服して三品に叙された。元服間もなく兵部卿に任じ、ついで敦康の後を受けて大宰帥に任じ、敦儀の式部卿遷任にともない、中務卿に遷り、また、敦儀の出家にともなって式部卿に遷任した。この間、兄敦儀を超えて二品に叙されている。冷泉皇子とされた昭登に先駆けて、兵部卿、中務卿に任じていることから、当代親王が任官に際して優遇されていたことが知られる。

敦貞の元服の時期は不明だが、中務卿に任じ、ついで式部卿に遷任した。昭登の薨去を受けて中務卿に任じ、敦平の薨後、式部卿に遷任したものである。

治安3	万寿1	万寿2	万寿4	長元1	長元2	長元3	長元4	長元5	長元9	永承4	永承5	天喜1	天喜4	康平1	康平4	承保1	承暦1
1023	1024	1025	1027	1028	1029	1030	1031	1032	1036	1049	1050	1053	1056	1058	1061	1074	1077
…式	…式	…式	…式	…式		3式出家	(紹:式部卿、帝王系図:式部卿二品)										
…中	…中		…中②			任式(32)	…式			薨(51)							
									④/中(23)		任式				薨(48)		
					親王出家												
								薨(10)									
												親王(15)	④	任中	任式	③	薨(39)

敦賢は中務卿に任じ、ついで式部卿に任じた。敦貞と同じ官歴を有するが、後朱雀朝にはすでに小一条院皇子以外の親王はなく、親王の任官は、中務卿から式部卿というコースが出来ていたようにみえる。

四　親王の任官した官職の特徴

1　式部卿

一〇世紀以降の式部卿の補任とその意味については、前稿で述べた。注(10)式部卿には「第一の親王」が任じられたが、一〇世紀以降のそれは、天皇や権力者との血縁が重視される傾向にあり、九世紀の頃のような重みは希薄となったものの、生母・品位等で優越した親王が任じられたものである。ほとんど終身官であり、ほぼ間断なく任じられたことが知られる。従って、親王が任ずる官職としては最高に位置づけられるものとみることができよう。

2　中務卿

中務卿の任官が知られるのは、敦慶、敦実、代明、重明、式明、兼明、具平、昭登、敦儀、敦平、敦貞、敦賢の一二名である。なお、貞純は『分脈』に「上総常陸等太守中務卿兵部卿」とみえるが、中務卿

【表4.一条・三条皇子の任官歴一覧】

		寛弘3	寛弘5	寛弘6	寛弘7	寛弘8	長和1	長和2	長和3	長和4	長和5	寛仁1	寛仁2	寛仁3	寛仁4	治安1	治安3
		1006	1008	1009	1010	1011	1012	1013	1014	1015	1016	1017	1018	1019	1020	1021	1023
一条皇子	敦康				元服③(12)	①(13)		…帥	…帥	…帥	式(18)		薨(20)	(紹:一品式部卿)			
	敦成		誕生			立太子	(後一条天皇)										
	敦良			誕生								立太子	(後冷泉天皇)				
三条皇子	敦明	元服(13)				③(18)/式	…式	叙一	…式	…式	立太子						
	敦儀							元服③/任中(17)	…中	…中	…中	…中		…中	任式(24)	…式	…式
	敦平	(尊:式部卿兵部卿二品)						元服③/任兵(15)			…帥	…帥		…帥			…中
	師明												出家(14)				
小一条院皇子	敦貞	(紹:三式部卿中務卿、帝王系図:式部卿三品)															
	敦昌																
	敦元																
	敦賢																

※「④」は叙品品。「4」は見四品。　※□は在任推測期間。
※「…」は親王名がみえる。「…4」は四品親王名。「…帥」は大宰帥としてみえる。
※帥=大宰帥、兵=兵部卿、中=中務卿、式=式部卿
※(　)は年齢を示す。　※紹=『本朝皇胤紹運録』、要=『一代要記』、尊=『尊卑分脉』

に在任した記録はみえない。

敦慶は元服後の官歴が不明だが、一五歳で中務卿に在任しており、以後長らく中務卿であった。ついで遷任したのは式部卿である。敦実は上野太守から中務卿に遷任し、中務卿からは式部卿に遷任している。代明は弾正尹から中務卿に遷任し、薨ずるまで在任した。重明も弾正尹から中務卿に遷任し、ついで式部卿に遷任している。式明は中務卿以前の官歴がはっきりしないが、大宰帥からの遷任とみられ、薨ずるまで在任した。兼明は親王となって中務卿に任じ、薨ずるまで在任し、のちに「前中書王」と呼ばれた。具平は兵部卿から中務卿に遷任し、薨ずるまで長きにわたって在任し、「後中書王」と呼ばれた。昭登は兵部卿から中務卿に遷任したとみられ、薨ずるまで在任している。敦儀は元服してすぐに中務卿に任じ、ついで式部卿に遷任した。敦平は大宰帥から中務卿に遷任したとみられ、ついで式部卿に遷任している。敦貞は四品に叙されてすぐに中務卿に任じ、式部卿に遷任している。敦賢も同様である。

以上中務卿に任じた親王の、その前後の官歴をみると、中務卿には在任のまま薨ずるか、あるいは、式部卿に遷任する場合の

あったことが知られ、それ以外の他官に遷任した例はない。中務卿のまま薨じた親王の場合、式部卿の在任が明らかであり、式部卿に遷任し得ない場合には、中務卿を極官とするのが倣わしであったのではなかろうか。一方、中務卿の前歴はさまざまで、特に一定していないところをみると、中務卿の前歴として特に固定された官職があったわけではないのであろう。なお、兼明や具平のほか、重明も有職故実に詳しかったことが知られており、才能豊かな親王が任じたといえる。その後の式部卿遷任からも明らかなように、「第一の親王」となりうる可能性のある親王が式部卿以前に任じたものといえる。ただし、生母の身分に左右されないことは、后腹（敦慶ほか）もあれば、更衣腹（代明）もいることからもわかる。なお、『百寮訓要抄』（『群書類従』巻七十二）には、「（中務）卿。親王の任ずる官にてあれば。臣下の任る事はなし。親王なき時は欠にて可有。」とみえるが、その淵源は十世紀に遡ることがわかる。

3　兵部卿

兵部卿に任じた親王は、仁明皇子・本康、文徳皇子・惟恒、貞保、敦固、克明、有明、章明、元良、元長、広平、致平、具平、永平、昭登、敦平の一五名が知られる。なお、貞真は『紹運録』等に「三品兵部卿」とみえるが、兵部卿の在任は知られず、三品常陸太守で薨じているので疑問が残る。

さて、本康は貞観五年に任じ、上総太守や大宰帥を兼任、ついで式部卿に遷任した。惟恒は三国太守や治部卿、弾正尹に任じた後、兵部卿で上野太守を兼任（以上、『日本三代実録』）、延喜四年に兵部卿三品で薨じている。貞保は延喜八年に在任が知られ、のち式部卿に任じている。惟恒の後任であろうか。敦固は長らく大宰帥に在任し、延長三年兵部卿に在任し、翌年在任で薨じた。なお、延喜二一年の「兵部卿」は敦実であった可能性が高い。とすれば、この時期に任官の知られない敦実は二期の上野太守の間に兵部卿に任じたことになる。克明は弾正尹から兵部卿に遷任し、在官で薨じた。有明の官歴ははっきりしないが、常陸太守、大宰帥を経て兵部卿に任じ、三品兵部卿で薨じている。章明は常陸・上総太守、大宰帥を経て、兵部卿の在任が知られ、ついで弾正尹に遷任した。元良の官歴は不明だが、承平六年から兵部卿の在任が知られ、三品兵部卿で薨じた。元長は、大宰帥を経て、三品で兵部卿に在任、のち式部卿に任じている。広平は元服後の官歴は不明だが、三品兵部卿兼大宰帥で薨じている。致平は元服後、上総太守に任じ、兵部卿四品で出家した。具平は、元服後の官歴は不明だが、まもなく兵部卿の在任が知られ、中務卿に遷任した。永平も元服後の官歴は不明で、四品兵部卿で薨じている。昭登は元服後数年して兵部卿に任じ、のち中務卿に遷任した。敦平は元服後三品兵部卿となり、まもなく大宰帥に遷任した。

兵部卿後の官歴をみると、兵部卿で薨じた（出家した）者八名（惟恒・敦固・克明・有明・元良・広平・致平・永平）、式部卿に遷任したもの三名（本康・貞保・元長）、中務卿に遷任した者二名（具平・昭登）、弾正尹、大宰帥に遷任した者各一名（章明、敦平）である。約半数が兵部卿のまま薨じており、若くして薨じた広平や永平、出家した致平は別として、かなり年配で兵部卿に任じた者が多いといえる。より長命であった者は他官に遷任していくのだが、式部卿に遷任したのは醍醐朝までで、以降は兵部卿から直接に式部卿に遷任することはなかったとみられる。元長の場合は、式部卿があいついで薨じたための空白によるもので、特別であったとみてよい。また、兵部卿からの遷任は、特に定まっていた様子はみえないが、具平が中務卿に遷任し、ついで昭登も同様であり、敦平は大宰帥をはさむが、中務卿に遷任していることから、一条朝以降は兵部卿から中務卿への道筋が出来つつあったのかもしれない。なお、章明の弾正尹遷任は元利の薨去を受けたものとみられるが、兵部卿からわずかに一年での遷任は、この時点で弾正尹が兵部卿に優越する官職であった可能性を示している。敦平の大宰帥遷任は敦康のあとを受けたもので、この時点で大宰帥が兵部卿に優越していた可能性があろう。

兵部卿任官以前は、三国太守、弾正尹、大宰帥であるが、大宰帥からの遷任は敦固、有明、章明、元長にみられ、弾正尹は本康、惟恒、克明にみえる。村上皇子以降は多く元服からまもなくの兵部卿任官であり、その前歴は知られない。康保以降は村上皇子たちが元服を迎えるのだが、他に在世している親王がほとんどなかったこともあってか、村上皇子たちにとっては、兵部卿が最初の中央官任官となったのであろう。一条朝以降はより親王数が限定されるに従って、初めての任官もより多様化するのだが、村上皇子の一特徴といってよい。村上皇子たちが任官するようになる頃までは、その前官との関係からみて、兵部卿は弾正尹や大宰帥と並ぶ親王任官職の一つであったようだが、村上皇子たちが最初に任ぜられた中央官が兵部卿であったことから、しだいにその官職としての重みは低下したのではなかろうか。ことに永平は、『大鏡』左大臣師尹に「この女御の御はらに、八宮とて男親王一人むまれたまへり。御皃などはきよげにおはしけれど、御心きはめたる白物とぞきゝたてまつりし」とある親王で、彼が任じたことは官職としての兵部卿の地位を軽からしめたのであろう。

ところで、永平が薨じて以降は藤原氏が任じられている。永祚二年（九九〇）には従三位参議藤原佐理が任じ、長和二年六月に権中納言正三位藤原忠輔が薨ずるまで続く（『公卿補任』）。永祚元年には為尊が元服して四品に叙されているが、兵部卿には任じておらず、まもなく弾正尹に任ずるのは、藤原佐理の任官との関係であろう。藤原忠輔の薨後は昭登が兵部卿に任じている。

村上皇子が元服を迎えた時期、ついで為尊が元服する頃には、元利、ついで章明が長らく弾正尹にあったため、村上皇子が弾正尹に任ずることは出来なかった。従って、最初の中央官は兵部卿となったものである。為尊は章明の薨後を継いだものである。従って、藤原氏が兵部卿に在官した時期は他に任ずべき適当な親王がなかったのである。

4 弾正尹

弾正尹に任じたのは、本康、惟恒、貞固、克明、代明・重明、章明、元平、元利、為尊、清仁の一一名である。本康は貞観二年に任じ、上総太守を兼ね、その後、兵部卿に転任した。惟恒は、弾正尹で上総太守を兼ね、翌年上野太守を兼任、ついで兵部卿で上野太守を兼ねた。貞固は、常陸太守に任じたが、ついで弾正尹に任じて常陸太守を兼ねた（以上、『日本三代実録』）。その後の官歴は不明であるが、大宰帥に任じたかもしれない。注(11)克明は弾正尹、ついで兵部卿に任じている。代明は元服後、常陸太守、その後、弾正尹に在任、ついで、中務卿に任じた。重明は上野太守に任じ、ついで代明の後をついで弾正尹に任じた。大宰帥を兼任した時期があり、代明の薨去をうけて中務卿に転任した。章明は、常陸太守、上総太守、大宰帥、兵部卿に任じ、康保元年より弾正尹の在任が知られ、二品弾正尹で薨じた。元平は三品弾正尹としてみえ、その後、式部卿で薨じている。元利は上野太守、のち弾正尹に在任、三品弾正尹で薨じた。為尊は大宰帥兼弾正尹、ついで上野太守となったとされるが、正確なところはわからない。少なくとも、正暦年中から弾正尹にあり、長保四年に薨ずるまで在任したとみられる。清仁は、元服後五年たった長和五年に弾正尹としてみえ、弾正尹で薨じている。

弾正尹に在官のまま薨じたのは、章明、元利、為尊、清仁の四名で、その他の親王の弾正尹後の官歴は、兵部卿（本康・惟恒・克明）、大宰帥（貞固）、中務卿（代明、重明）、式部卿（元平）である。一方、弾正尹の前官は不明な者、元服後まもなく任じた者以外では三国太守、兵部卿がしられる。醍醐朝以降は概ね、克明──代明──重明──元平──元利──章明──為尊と任じられたものとみられ、式部卿や中務卿に遷任しえない場合は、概ね終身官となったのではなかろうか。同じ中央官である兵部卿との関係は、先にも述べたように、章明が任じた村上朝頃からは兵部卿に比して弾正尹を重視する傾向にあった可能性はある。為尊が元服後すぐに弾正尹に任じたのは、他に任ずべき親王がなかったからであり、為尊薨後は藤原時光が任じ、時光の薨後に清仁が任ずるのである。

5　大宰帥及び三国太守

大宰帥に任じた親王は、不確かながら、『紹運録』等に「三品弾正尹大宰帥」とみえる貞固、三品常陸太守で薨ずる前年に在任が知られる貞真、延喜五年に「大宰帥三品兼中務卿親王」としてみえる敦慶、敦固、弾正尹で大宰帥を兼任したことが知られる重明、式明、有明、三品で在任し、立太子した成明、章明、元長、敦道。敦道はその後、長徳二年から長保二年、寛弘元年から同四年に三品で薨ずるまで在任がしられる。この間、長保三年から寛弘元年までは平惟仲が正任の帥に任じたことは先に述べた。その後、敦康。敦平が任じ、この後、親王の任官はみられなくなる。注(12)

以上、一三名が大宰帥に任じたことが知られるが、他にも官歴の不明な時期の多い親王が少なからずおり、彼らが任じた可能性も否定できない。また、一人が何度かにわたって任じられるということもありうる。例えば、敦道は、元服してから薨ずるまで在任したようにみえるが、平惟仲が途中に任じており、間をおいて二期を務めたことになる。敦固の場合も連続して長期にわたって在任したのか明らかではない。また、大宰帥が原則任期五年とすれば、醍醐皇子の場合、成明が立太子した後、式明→有明→章明というふうに、連続して任じられたことも想定しうる。

さて、大宰帥後の官歴は、常陸太守（貞固）、兵部卿（敦固・有明・章明）、中務卿（式明・敦平）、式部卿（敦康）である。貞固が大宰帥に任じたのか明らかではないので、常陸太守を後の官歴としてみるべきか疑問なしとしない。敦康や敦平の場合は、他に親王がなかったという事情もあるので、これも特別な事例ということになろう。とすると、兵部卿もしくは中務卿への転任がありえたということになる。少なくとも弾正尹への転任は確認されないことは注意してよい。このことは弾正尹と大宰帥が同等の官職と認識されていたことを示しているのかもしれない。

ところで、大宰帥は外官であるので中央官との兼官もありうるのだが、敦慶の中務卿との兼任、重明・為尊の弾正尹との兼任がみえる。敦慶の中務卿兼任がこの時期だけだったのか、なぜ他の親王（この場合、清和皇子）が大宰帥に任じなかったのか不明といわざるをえない。重明もこの時期に兼任した理由は明らかでは無いが、他に生存していた親王では、長明を除いた親王はいずれかの官職についており、大宰帥に任ずべき適当な親王がいなかったことによるものであろうか。しかし、なぜ重明が兼任したのかはわからない。為尊の場合、先に述べたように『権記』の記載が不確かであり、間違いなく兼官であったかは不明とせざるをえない。

同じく外官であった三国太守については、前稿で述べた。任期は四年が原則であったとみられるが、貞観期以降は参議兼国的意味しかもたなくなったと推測される。しかし、俸禄制の衰退にかわって年給制が一般化すると、三国太守の俸禄的意味も希薄となったためか、宇多朝以降には三国太守と中央官との兼官はほとんどみられない。清和皇子は中央官への任官がほとんど知られず、三国太守への任官が断片的にみえるのみである。宇多皇子・敦実は長らく上野太守であったとみられるが、あるいは、四、五年の任期で二期であったとみられる。醍醐皇子は、三国太守に任じた後に中央官への任官がみえるが（陽成皇子の多くは元服後長らく任官が不明）、村上皇子は元服からそれほど遠くない時期に中央官に任じている。冷泉皇子以降の皇子たちには三国太守への任官はみえない。

これらをみると、天皇の血縁から遠い清和皇子たちは、ほとんど中央官には任ぜずに三国太守を歴任し、しだいに三国太守は親王が任ずべき官職のなかで最下層に位置づけられていったのではなかろうか。三国太守への任官がみえなくなるのは、親王が少なくなり、中央官への任官が優先された結果であろう。そうした中で敦実が長らく上野太守であった理由は明らかではないが、この時期、克明が弾正尹に任ずるまで、弾正尹がみえないことから、『紹運録』等に「三品弾正尹大宰帥」とみえる貞固が弾正尹であった可能性も否定できない。とすれば、敦実が任ずべきは兵部卿のみであったが、それも上野太守の二期の間に任ぜられたものとみられ、なぜ兵部卿からまた上野太守に任ぜられたのかはわからない。このことは、この時点ではまだ三国太守が中央官と並列する官職であったことを示しているのであろう。

五　おわりに

十世紀以降の親王の任官と官職について検討を加えてきた。『官職秘抄』や『職原抄』に親王の任ずる官職としてみえる式部、中務、兵部卿、弾正尹、大宰帥が固定されるのは醍醐朝以降のことであることがみてとれる。式部卿については前稿で述べたので省略するとして、中務卿は、式部卿につぐ親王の任ずる官職であったのであり、式部卿に転ずることがなければ中務卿を極官とした。それに任ずるのは式部卿に準じた親王であったとみられる。兵部卿は村上皇子が任じて以降、官職としての地位を低下させた。それは藤原氏が任じられたことでもわかる。弾正尹は式部卿や中務卿に遷任しえない場合は、概ね終身官であった。大宰帥は中央官との兼官もありえたが、概ね弾正尹と同等の官職として認識されていたようである。三国太守は天皇から遠い血縁の親王、元服間もない親王が任ずることが多く、しだいに親王の任ずる官職で最下層に位置づけられていったようである。

こうした親王の任ずる官職の序列化は、貴族子弟の昇進コースの形成の影響もあって、しだいに形成され、一条朝以降は親王数の減少もあって、明確になっていったものと思われるのである。

注

（1）『類聚三代格』巻五、天長三年九月六日太政官符。

(2)『国史大辞典』『平安時代史事典』等による。

(3)『三代御記逸文集成』(以下、『御記』)は所功編、国書刊行会、一九八二年。『吏部王記』米田雄介・吉岡真之校訂、史料纂集、一九八〇年。『九暦』大日本古記録、一九八四年。『小右記』大日本古記録、一九八七年。『権記』渡辺直彦校訂、一九八八年、等を使用した。

(4)拙稿「平安時代の式部卿」(『平安時代皇親の研究』所収、吉川弘文館、一九九八年)

(5)その他、『日本紀略』『権記』『吏部王記』『御記』等を参照している。以下に掲載する表はこれらに基づくが、本文とともに、親王の経歴については、煩雑を避けるため、いちいち注を付さない。

(6)拙稿「親王任国」(前掲書所収)

(7)天慶三年の常陸親王が式明とすれば、上総太守後に常陸太守に任じ、ついで大宰帥に任じたことになる。

(8)『諸門跡伝』入道悟円親王「康保二年叙四品任兵部卿。安和二年敕授帯剣」。

(9)『平安時代史事典』下一五六〇、黒板伸夫執筆「大宰帥・権帥」。

(10)注(4)参照。

(11)『紹運録』「三品弾正尹大宰帥」。

(12)『国史大辞典』九―一五三、平野邦雄執筆「大宰帥」。

延喜7	延喜8	延喜10	延喜13	延喜16	延喜17	延喜18	延喜20	延喜21	延長1	延長2
907	908	910	913	916	917	918	920	921	923	925
							一品出家		貞保	二品薨
	貞保			兵部卿				兵部卿		
										三品克明
		敦固								敦固
			貞真							
			三品敦実						三品敦実	

天慶5	天慶6	天慶7	天慶9	天暦2	天暦3	天暦4	天暦7	天暦8	天徳2	天徳3
942	943	944	946	948	949	950	953	954	958	959
					一品敦実	重明		三品薨	三品元平薨	元長？
					三品重明	式明				
	三品薨	三品元長								有明
		三品		元平						元利
	成明	立太子	式明			有明				章明
			有明							
			行明	四品薨		章明				
成明			元利							

天禄2	貞元2	天元1	天元4	永観2	寛和2	永延1	永延2	永祚2	正暦1	正暦4
971	977	978	981	984	986	987	988	989	992	993
	二品薨	一品為平								
	二品兼明				一品辞				具平	
三品広平薨			四品致平出家			具平	四品永平薨			
								二品薨		為尊
									為尊？	敦道
	四品昭平									
				前・盛明					為尊？	

寛仁3	寛仁4	治安3	万寿1	万寿2	万寿4	長元3	長元4	長元8	長元9	永承5
1019	1020	1023	1024	1025	1027	1031	1032	1035	1036	1050
	三品敦儀					三品出家	敦平			敦貞
	三品敦平				二品			四品昭登薨	四品敦貞	
			四品昭登		昭登					
			四品清仁			薨				
				帥						

【別表】10・11世紀における親王の推定任官状況一覧

	寛平1	寛平4	寛平5	寛平9	昌泰1	延喜1	延喜2	延喜3	延喜4	延喜7
	889	892	893	897	898	901	902	903	904	907
式部卿	**本康**	―	―	―	―	一品薨		是忠	―	―
中務卿							敦慶	―	―	―
兵部卿									三品惟恒薨	
弾正尹										
大宰帥			是貞？							
常陸太守					貞数/是貞					
上総太守		貞純								
上野太守		貞平		貞純	四品國康薨					

	延長3	延長4	延長5	延長6	延長8	承平1	承平6	承平7	天慶3	天慶5
	926	927	928	928	930	931	936	937	940	942
式部卿	敦慶	―	―	―	二品薨	敦実	―	―	―	―
中務卿		敦実 ―	―	―	四品代明	―	―	薨/ **四品重明**	―	―
兵部卿	敦固	敦固二品薨	**克明**薨				元良 ―	―	―	―
弾正尹	―	克明	代明 ―	―	四品重明	―	―	辞/元平	―	―
大宰帥					貞真	元長				
常陸太守	代明	貞真				三品貞真薨	有明		有明	
上総太守						式明 ―	―			
上野太守	―	敦実		重明			四品常明			成明 ―

	天徳4	応和1	応和3	応和4	康保1	康保2	康保3	康保4	安和2	天禄2
	960	961	962	964	964	965	966	967	969	971
式部卿	―	―	―	―	―	―	―	元長 ―	―	―
中務卿	式明	―	―	―	―	―	三品薨			
兵部卿	―	有明三品薨	章明			四品致平				三品広平薨
弾正尹	―	―	―	―	三品元利薨		章明 ―	―	三品 ―	―
大宰帥										
常陸太守										
上総太守										
上野太守										

	長保4	寛弘4	寛弘6	寛弘7	長和1	長和2	長和4	長和5	寛仁2	寛仁3
	1002	1007	1009	1010	1012	1013	1015	1016	1018	1019
式部卿	―	―	―	為平薨	三品敦明	―	―	立太子/**敦康**	一品薨	
中務卿	―	―	二品具平薨			三品敦儀	―	―	―	―
兵部卿	…	…	…	…	…	三品敦平 ―	―	―	―	―
弾正尹	為尊二品薨 …	…	…	…	…	…	…	…	…	…
大宰帥	平惟仲	三品敦道薨				敦康	―	敦平 ―	―	―
常陸太守										
上総太守										
上野太守						致平				

※―：推定在任期間　　…藤原氏在任期間

あとがき

本書の原稿集約が最終段階にさしかかっていた二〇一四年一二月は、清水好子という稀有な研究者が亡くなってからちょうど十年の歳月が経過したこととなった。この年には、没後十年という区切りの年に合わせるように、山本登朗・清水婦久子・田中登という最適の編者を得て『清水好子論文集』全三巻（武蔵野書院）が刊行されたのだが、それはこの研究者の仕事がすぐれて今日的な意味を持ち続けていることを示している。本論集においても、秋澤亙、横井孝、栗山元子、廣田收等々が、まるで競うかのようにそれぞれの論文の冒頭に清水好子を引用することから筆を起こしていることは、紛れもなくそのことの証左である。その意味で、本論集の本当の編者は清水好子であると言っても良いかもしれない。以下、清水に代表される優れた先学の論考と切り結ぶ、本書所収の各論を簡単に紹介する。

秋澤亙「『源氏物語』の時代構造」は、この物語における桐壺・朱雀・冷泉・今上の御代が、現実の醍醐天皇・保明親王・朱雀天皇・村上天皇の時代とほぼ合致することを述べ、このように「現実の歴史との一体化が志された時間軸」と、それとは対照的に「歴史上に実在したそれらとの異化が目指されていた」ことに、この物語の秘密があるとする。いわば、歴史その儘と歴史離れ、を図式的に当てはめた感がないでもないが、そうした批判を強引に封じ込めるだけの状況証拠の列挙がなされる、力感あふれた論考である。『源氏物語』と史実を平行した形で年表にまとめたことも斬新なアイディアである。また『源氏物語』の朱雀朝を、夭折した保明親王（とその子の慶頼王）の「幻の六十一代」の御代と位置づけたのは実に面白い見解である。

横井孝「桐壺帝をめぐる「風景」――『源氏物語』のひとつの状況として――」は、与謝野晶子の『新訳源氏物語』に見られる「陛下は二十になるやならずやの青年である」という独自の文章を突破口として、桐壺朝の状況、特に桐壺更衣をめぐる帝の対応を分析する。口語訳の中に埋もれていたこの行文に最初に着目したのは、清水好子の師でもある玉上琢彌であった。玉上の後を襲った藤本勝義や田坂の論考と、横井孝の本論との間には、講演ではあるが学会誌『中古文学』九二号に掲載された神野藤昭夫の「始発期の近代国文学と与謝野晶子の『源氏物語』訳業」もあり、近時、相次いでこの問題が取り上げられていることからも、与謝野晶子が桐壺院の年齢を推定することでこの物語に肉薄しようとしたことがいかに重要であるかが認識されよう。横井は先行研究を的確に整理し、史実の検討を踏まえた上で、桐壺帝が桐壺更衣への対応において、極めて危機的な状況にあったことを見事に浮き彫りにしてみせる。

栗山元子「一世源氏としての光源氏の結婚――『河海抄』の注記から見えてくるもの――」は、表題にもある一世の源氏が執政の大臣に婿取られることは親王の場合と比べて稀少であり、能力を評価されてのことで、『河海抄』が高明を光源氏の準拠とすることに着目する。この間の資料操作は極めて緻密で鮮やかである。その一方で『河海抄』のあげる『うつほ物語』の源正頼に関連する記述をも視野に捉え、近時、栗山たちが精力的に調査している『光源氏物語抄』との関連も踏まえた上で、『河海抄』がどのような注釈を志向していたということまで論述する。古注釈書の記事から出発しながらも、最終的にその注釈書を相対化する視点をも確立するに至る、極めてバランスの取れた好論文である。

松岡智之「女御の父の地位――『源氏物語』の女御観――」は、『源氏物語』を講義などで取り上げる時に誰もが漠然と疑問を感じていた、大臣以上の娘が女御で大納言以下の娘が更衣という、一般的な注釈書に見られる説明を根本から問い直したもの。嵯峨・淳和朝、仁明〜宇多朝、醍醐〜村上朝に大別して、各天皇の女御の父親について網羅的に調査を行う。禁欲的なまでに抑制のきいた好論で、導き出された結論は極めて信頼度が高い。したがって、従来の注釈の論拠の一つであった明石尼君の発言なども含めて、「身分差を物語展開の軸とする『源氏物語』の創作原理のもたらす現実からの離陸」という結論は説得力をもつ。それにしても本論を読むと、桐壺帝の時代を醍醐朝と重ねる時代設定の意味を痛感させられるのである。

斎藤正昭「「輝く日の宮」巻の存否――欠巻Xの発表時期――」は、風巻景次郎・高橋和夫らが考究した重要な問題を、改めてじっくりと取り上げる。失われた欠巻Xの内容は、朝顔姫君、筑紫五節、花散里らの内容を含むものとする結論は穏当である。斎藤の持論でもある、桃園式部卿宮の家系と代明親王の家系を結びつける点はとりわけ魅力的である。斎藤の著書のうち、『源氏物語　成立研究』（笠間書院、二〇〇一年）『紫式部伝』（笠間書院、二〇〇五年）らと併読することによって著者の立場は一層鮮明になるので、参看されることを編者としても希望する。

浅尾広良「少女巻の朱雀院行幸」は、物語三四年二月の朱雀院への行幸の持つ問題を鋭く剔抉する。歴史上の朝観行幸の用例を精査し、「王権の分裂回避」「孝敬を尽くす儀礼」「皇統の一体の確認」などの要素を厳密に抽出する。そして澪標以降の、冷泉王朝における旧体制（朱雀朝以来の左右大臣）の一定の影響力や、承香殿腹の東宮の存在などとのバランスを取りながら摂政太政大臣や光源氏側は政権運営を行わなければならず、その中で、絵合に代表される聖代演出、中宮立后による冷泉帝の正統化の流れという流動的な政治状況の中に、この朱雀院行幸を置いてみることによって何が見えてくるのかを明らかにする。それは「王権分裂を回避する朝覲行幸」として最終的に位置づけられるのであるが、史実の解析と物語の分析が見事に調和していて、「史実の回路」の論集にふさわしい鮮やかな論理展開を見せてくれる。「冷泉帝と光源氏の赤色袍」の意味するものの位置づけも説得力に富む。

袴田光康「六条院と蓬莱──庭園と漢詩をめぐって──」は、主題から予想されるごとく、胡蝶巻の春の町の記述から、六条院の内実に切り込む。田中隆昭、小林正明らの指摘のある重要な視点であるが、袴田は改めて日本の漢詩文における「蓬莱」の用例に立ち戻り、悉皆調査に近い形で比喩的用法の変遷を見事に跡づけて見せた。そして蓬莱に代表される神仙世界を模した風景の賛美が、庭園の所有者や詩宴の主催者への賛美につながっていることを指摘する。特に『扶桑集』『本朝麗藻』以下の一条朝に近い時代の用例では「内裏・後院」「殿上」を示唆する派生的な用例が、本来的な使用方法数を上回ることを指摘したことは重要である。こうした緻密な作業の上に立ち、胡蝶巻の「亀の上の山」の和歌が、六条院の両義性、秋好中宮を擁立する摂関家的な立場と、冷泉帝の実父という隠された立場ともつながることを指摘する。緻密な用例の積み重ねを作品論へと見事につないで見せた好論である。

「『源氏物語』朱雀帝の承香殿女御の死」は、二十代の仕事を『源氏物語の帝　人物と表現の連関』（おうふう、二〇〇九年）として見事にまとめ上げた春日美穂らしい手堅い論考である。『源氏物語』に登場する三人の承香殿女御を俯瞰した上で、朱雀院の承香殿女御が今上の即位を見ずになくなったことの意味を解析する。歴史上の皇太后位を追贈された女性と比べてみると、朱雀院の承香殿女御の特異性が浮かび上がってくることを指摘した上で、承香殿女御の死によって「今上帝の御世」が「国母不在」となり、そのことが第二部から第三部にかけて物語を大きく規定することを明らかにする。「国母不在」という観点は、前述した浅尾論文が取り上げた「皇統の家父長的権限を持つ上皇が宮外の別の場所」に住することの問題と突き合わせることによって、一層大きな意味を持ってくると思われる。

宇治十帖を直接取り扱ったものは、辻和良「〈新たな姫君〉としての宇治中の君」と久下裕利「宇治十帖の執筆契機──繰り返される意図──」の二編である。まったく対照的なアプローチであるが、ともに宇治十帖の根幹に関わる問題をあぶり出している。

辻論文は「中の君」「中の宮」の呼称の揺れを切り口に、「「中の宮」の呼称は、「自己判断する」姫君としての特殊な位置付けを表出している」とする。それはこれまでの物語内の姫君たちが持ち合わせていないもので、「他の男たちを巻き込んで示威行動をおこそうとする」と読み解く。テキストの徹底的な読みに拘泥することによってのみ生み出される斬新な視点である。たとえば、中の君・若宮・匂宮・六の君の関係が、創作が史実を先取りした形ではあるが、延子・敦貞親王・小一条院・寛子と相似形であることを論じることなども可能であるのだが、そうした方向に広げることを敢えて避けることによって、鋭い論理構成を可能としている。久下論文は、辻論文とは正反対のスタイルを取る。寛弘六年の後中書王具平親王の不可解な死と、具平親王女隆姫と頼通との婚儀が『御堂関白記』に記載されない不自然さを、宇治十帖の構成や執筆契機と結びつけた好論である。その一方で副題「――繰り返される意図――」とある如く、空蝉や末摘花の物語と宇治の物語に代表される物語内の照応も浮き彫りにする。久下論文の懐の深さは、紫式部と具平親王、紫式部と道長・彰子の関係を中核に据えつつ、史書・日記・家集・古注釈書に幅広く目配りをしつつ、快刀乱麻の如く複雑な方程式を解きほぐしていく点にある。本論集中最長の論文であるが、視野の広さを支えるためにこれだけの紙幅を必要としたと言えよう。

廣田收「『源氏物語』の方法的特質――『河海抄』「准拠」を手がかりに――」は『河海抄』の「准拠」の概念という、この注釈書の本質を考える上では避けては通れぬ問題に肉薄する。当然先行研究の累積はあるが、それらを巧みに俯瞰した上で、「料簡」の記述と「准拠」の用例に再検討を加えた好論。廣田論を根底で支えているのは、冒頭に記される、史実を「純粋客観的」事実と捉えることに対する違和の表明である。「正史にしても日記にしても」「言葉によって捉えられたもの」であり「言葉は認識であり、思考であり、表現である」という文言は万金の重みを持つ。私家集の記述などを歌人の伝記研究に無批判に使用していないか、稿者などは襟を正して危座して廣田の言を受け止めた。

上原作和「大島本『源氏物語』本文注釈学と音楽史」では、論文冒頭から紅葉賀巻朱雀院行幸の場面の青海波に関する表現で、河内本諸本に共通する「輪台」の本文について重要な指摘がある。この表現を欠く青表紙本は定家の「恣意的な」「改訂」と見るのである。秀歌選や勅撰集においては和歌表現を改訂することの少なくない定家が、こと『源氏物語』に関しては（たとえそれが河内本の方法と比べて相対的にというカッコつきであっても）、特定の古本を尊重して書写しているという見方に対しての重要な異議申し立てである。個別の指摘に関しても、「文君といひけむ昔の人」（紅葉賀巻）「むまやのおさにくしとらする」（須磨巻）「五六のはら」（若菜下巻）など、本文対立があったり解釈困難な箇所に鋭く切り込んでいる。上原も再評価する『光源氏物語本事』の行文は改めて注目される必要がある。

安田政彦「平安時代の親王任官について」は『平安時代皇親の研究』（吉川弘文館、一九九八年）以来この方面の研究の先頭を走っている著者が、宇多、醍醐、陽成、村上、一条・三条皇子の任官歴を悉皆調査したもの。各天皇群ごとの分析に加えて、官職ごとの分析を組み合わせており、今後の基礎資料としても極めて重要な意味を持つ。個別の分析についても、兵部卿が、村上の皇子たちが元服から間を置かず任官されることが多いためその重みが失われたこと、特に八宮永平親王の任官がその地位を軽くしたことの指摘は重要である。官職の比重は一定ではなく、常に相対的であるからである。花山朝以降も、関白を返上した藤原頼忠が太政大臣位に座り、関白兼家の下風に立つような形となったことが太政大臣の地位を低下させたことなどが想起されよう。もちろん兵部卿の地位が低下したと言っても、それは史実におけることであって、匂兵部卿宮の造形以降、後期物語や擬古物語で兵部卿が独自の色彩で描出されることはまた別の問題である。

冒頭に清水好子の名前を出すことから書き始めたが、田坂の「『源氏物語』前史――登場人物年齢一覧作成の可能性――」も、清水が梗概執筆という形で参加している『源氏物語事典』（東京堂、一九六〇年、池田亀鑑編）所収の「主要人物官位・身分年齢一覧」（稲賀敬二作成）と同様のものが、物語の前史においても成り立つのではないかいう見通しの下に書いたものである。

ここで特筆大書しておきたいことは、共同編者として稿者は名前を連ねているが、企画の骨子から、執筆者の選定、入稿に至るまでの執筆者とのやりとり、原稿の排列・全体の構成の確定から出版社との交渉などすべて久下裕利の力によるということである。栗山・廣田論文等との関連から『河海抄』の書影をカバージャケットに決定したこともここに含めて良いであろう。稿者はこの間何をしていたかというと、数名の執筆候補者を追加したことぐらいである。それも稿者が当然推薦するであろう最適の候補者を、あえて数名残していてくれたとおぼしい。そうした下準備を完璧に行った後で、「あとがき」の執筆を稿者に求めてきたのである。それぐらいは手伝うべきであると強要する姿勢を見せるようで、その実、これらの優れた論文群を最初に、じっくりと読むことのできる機会を譲ってくれたのである。稿者の非力ゆえ、卓越した諸氏の論文の良さを十二分に伝えることができなかったのではないかという恐れと、やはり久下こそが、この解題の執筆者として最適であったという思いを抱くのである。

最後に、多忙な中にもかかわらず力作論文をお寄せいただいた執筆者各位、編集の仕事の大変な部分をすべて担った久下裕利氏、そして、人文学への逆風の中こうした論文集の刊行にご理解を得た武蔵野書院社主前田智彦氏に、厚く御礼を申し上げます。

二〇一五年　三月三十日

田　坂　憲　二

執筆者紹介（論文掲載順、＊は本書編者）

＊田坂憲二（一九五二年生）
慶應義塾大学教授・博士（文学）
著書　『源氏物語享受史論考』（風間書房、二〇〇九年）、『紫明抄』（源氏物語古注集成18）』（おうふう、二〇一四年）
論文　「『校異源氏物語』成立前後のこと」（『もっと知りたい　池田亀鑑と「源氏物語」』1、新典社、二〇一一年）、「図書検索システムの問題点」（『藝文研究』一〇四、二〇一三年六月）、「伝聖護院道増筆断簡考―新出賢木巻断簡の紹介から道増の用字法に及ぶ―」（『王朝文学の古筆切を考える―残欠の映発』武蔵野書院、二〇一四年）

秋澤亙（一九六二年生）
國學院大學教授・博士（文学）
著書　『源氏物語の准拠と諸相』（おうふう、二〇〇七年）、『考えるシリーズ③　源氏物語を考える　―越境の時空』（共編　武蔵野書院、二〇一一年）
論文　「『源氏物語』の皇女―女源氏の視点から―」（『志能風草』復刊一号、二〇一三年三月）、「頭中将の変貌・再考」（『活水日文』五五号、二〇一四年一月）

横井孝（一九四九年生）
実践女子大学教授・修士（文学）
著書　『紫式部集大成』（共著　笠間書院、二〇〇八年）、『源氏物語の風景』（武蔵野書院、二〇一三年）、『紫式部集からの挑発―私家集研究の方法を模索して―』（共著　笠間書院、二〇一四年）
論文　「宇治十帖のうち第一の詞」―源氏物語における注釈世界―」（『源氏物語　注釈史の世界』青簡舎、二〇一四年）、「『夜の寝覚』末尾欠巻部断簡の出現―伝後光厳院筆物語切の正体―」（『王朝文学の古筆切を考える―残欠の映発―』武蔵野書院、二〇一四年）

栗山元子（一九七〇年生）
早稲田大学・千葉経済大学短期大学部非常勤講師
著書　『源氏釈・奥入・光源氏物語抄』（『源氏物語古註釈叢刊』第一巻　共著　武蔵野書院、二〇〇九年）
論文　「『源氏物語』絵合巻の表現方法」（『源氏物語と王朝世界』武蔵野書院、二〇〇〇年）、「『光源氏物語抄』編者考」（『平安文学の古注釈と受容』第二集、武蔵野書院、二〇〇九年）

松岡智之（一九六八年生）
お茶の水女子大学准教授・博士（文学）
論文「須磨の嵐―海宮遊行神話と住吉神―」（『文学 隔月刊』第16巻・第1号、岩波書店、二〇一五年一月）、「物語のストーリーとその射程―長編性と短編性―」（土方洋一ほか編『新時代への源氏学1 源氏物語の生成と再構築』竹林舎、二〇一四年）

斎藤正昭（一九五五年生）
元いわき明星大学教授・博士（日本文学）
著書『源氏物語 展開の方法』（笠間書院、一九九五年）、『源氏物語 成立研究―執筆順序と執筆時期―』（笠間書院、二〇〇一年）、『紫式部伝―源氏物語はいつ、いかにして書かれたか』（笠間書院、二〇〇五年）、『源氏物語の誕生―披露の場と季節』（笠間書院、二〇一三年）、『源氏物語のモデルたち』（笠間書院、二〇一四年）
論文「昭和の源氏物語研究史を作った十人 六 武田宗俊」（紫式部顕彰会編『源氏物語と紫式部―研究の軌跡 研究史篇』角川学芸出版、二〇〇八年）

浅尾広良（一九五九年生）
大阪大谷大学教授・博士（文学）
著書『源氏物語の准拠と系譜』（翰林書房、二〇〇四年）
論文「時代設定と准拠―『源氏物語』の斎宮・斎院―」（『新時代への源氏学』第1巻、竹林舎、二〇一四年五月）、「桐壺院追善の法華八講」（『国語と国文学』第九一巻第一一号、二〇一四年一一月）

袴田光康（一九六四年生）
静岡大学教授・博士（文学）
著書『源氏物語の史的回路』（おうふう、二〇〇九年）
論文「物語の素材とモデル―「高麗人」と「鴻臚館」について―」（『源氏物語の生成と再構築』竹林舎、二〇一四年）、「六条院の春―「胡蝶」巻の蓬莱と浄土―」（『国語と国文学』第91巻第11号、二〇一四年十一月）

春日美穂（一九七八年生）
大正大学専任講師・博士（文学）
著書『源氏物語の帝―人物と表現の連関―』（おうふう、二〇〇九年）
論文「『源氏物語』「野分」巻の冷泉帝 ―「御前の壺前栽の宴」を中心に―」（『中古文学』第八十九号、二〇一二年六月）、「『源氏物語』「薄雲」巻における太政大臣の死」（『文学・語学』第二〇七号、二〇一三年一一月）

辻　和良（一九五六年生）

名古屋女子大学教授・博士（文学）

著書　『源氏物語の王権―光源氏と〈源氏幻想〉―』（新典社、二〇一一年）

論文　「『大鏡』「兼通伝」を考える―「流布本系増補記事」の存在を契機として―」（『中古文学』第九二号、二〇一三年一一月）、「女三の宮母「藤壺女御」という存在」（『国語と国文学』第九一巻第一一号、二〇一四年一一月）

＊久下裕利〈本名・晴康〉（一九四九年生）

昭和女子大学教授

著書　『平安後期物語の研究』（新典社、一九八四年）、『狭衣物語の人物と方法』（新典社、一九九三年）、『源氏物語絵巻を読む―物語絵の視界』（笠間書院、一九九六年）『物語の廻廊―『源氏物語』からの挑発』（新典社、二〇〇〇年）、『王朝物語文学の研究』（武蔵野書院、二〇一二年）、『物語絵・歌仙絵を読む　附『歌仙絵抄』『三十六歌仙歌合画帖』』（武蔵野書院、二〇一四年）

廣田　收（一九四九年生）

同志社大学教授・博士（国文学）

著書　『『源氏物語』系譜と構造』（笠間書院、二〇〇七年）、『家集の中の「紫式部」』（新典社、二〇一二年）、『『紫式部集』歌の場と表現』（笠間書院、二〇一二年）、『文学史としての源氏物語』（武蔵野書院、二〇一四年）

上原作和（一九六二年生）

桃源文庫日本学研究所教授・理事・博士（文学）

著書　『光源氏物語學藝史　右書左琴の思想』（翰林書房、二〇〇六年）、『光源氏物語傳來史』（武蔵野書院、二〇一一年）

論文　「諸本分類の歴史的規準―附・池田亀鑑「佐渡と源氏物語」」「古代文学研究　第二次」（古代文学研究会、二〇一四年十月）、「「ついたちごろのゆふづくよ」の詩学―桃園文庫本「浮舟」巻別註と木下宗連書入本」「国語と国文学」（東京大学国語国文学会、二〇一四年十一月）

安田政彦（一九五八年生）

帝塚山学院大学教授・博士（歴史学）

著書　『平安時代皇親の研究』（吉川弘文館、一九九八年）、『平安京のニオイ』（吉川弘文館、二〇〇七年）、『災害復興の日本史』（吉川弘文館、二〇一三年）

論文　「醍醐内親王の降嫁と醍醐源氏賜姓」（『続日本紀研究』第三七四号、二〇〇八年）、「貴族官人の「夜」の活動―長保2年における藤原行成の活動―」（『古代文化』第六三巻第二号、二〇一一年）、「緒嗣と冬嗣」（『続日本紀と古代社会』塙書房、二〇一四年）

考えるシリーズⅡ
②知の挑発　源氏物語の方法を考える――史実の回路

2015年5月20日 初版第1刷発行

編　　者：田坂憲二
　　　　　久下裕利
発 行 者：前田智彦
装　　幀：武蔵野書院装幀室
発 行 所：武蔵野書院
〒101-0054
東京都千代田区神田錦町 3-11 電話 03-3291-4859　FAX 03-3291-4839
印　　刷：モリモト印刷㈱
製　　本：㈲佐久間紙工製本所

ISBN 978-4-8386-0284-1 Printed in Japan

考えるシリーズ 2

物語絵・歌仙絵を考える

——変容の軌跡

ISBN 978-4-8386-0426-5
定価 本体３０００円＋税
四六判上製カバー装

久下裕利 編

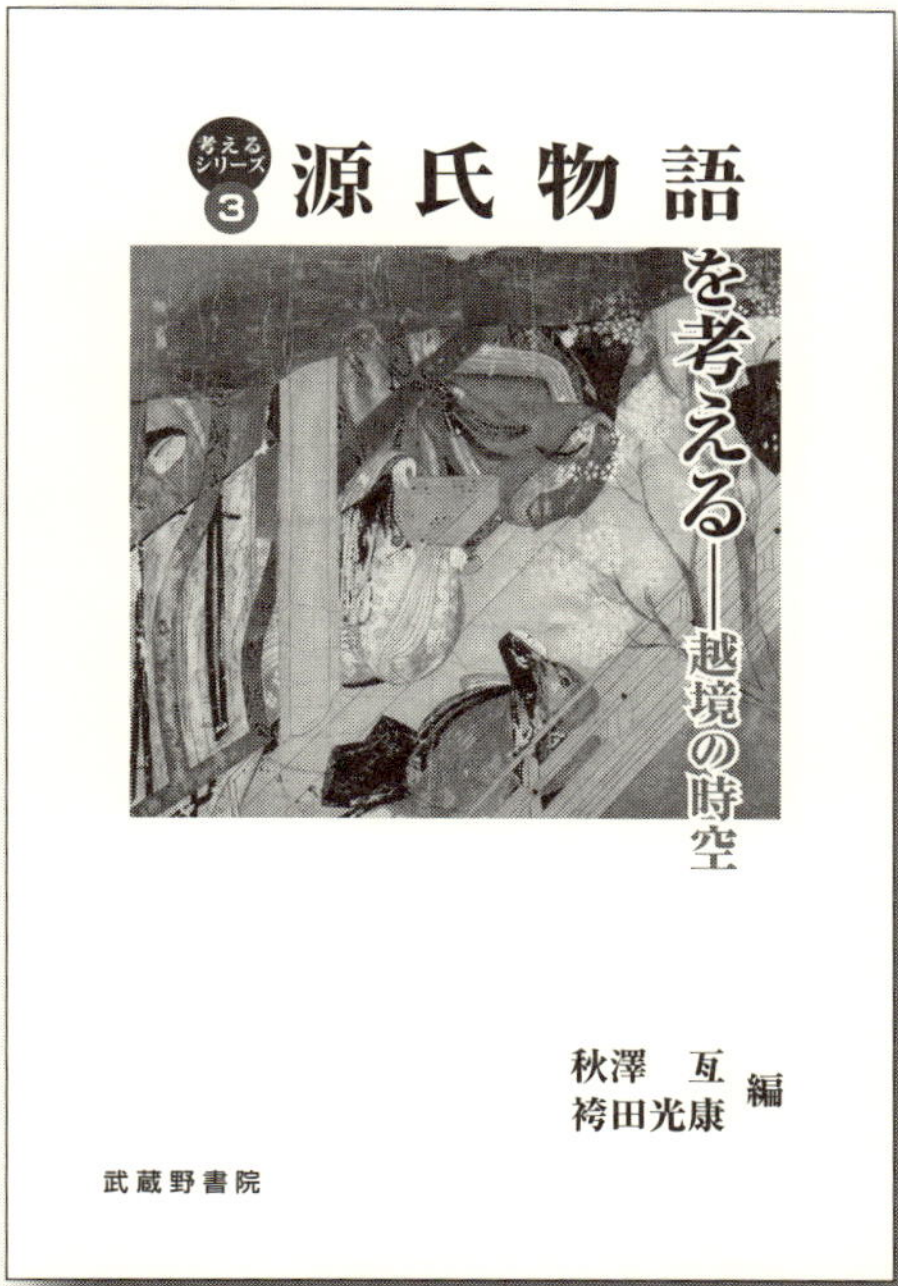

考えるシリーズ 3

源氏物語を考える

——越境の時空

ISBN 978-4-8386-0431-9
定価本体3000円＋税
四六判上製カバー装

秋澤 亙・袴田光康 編

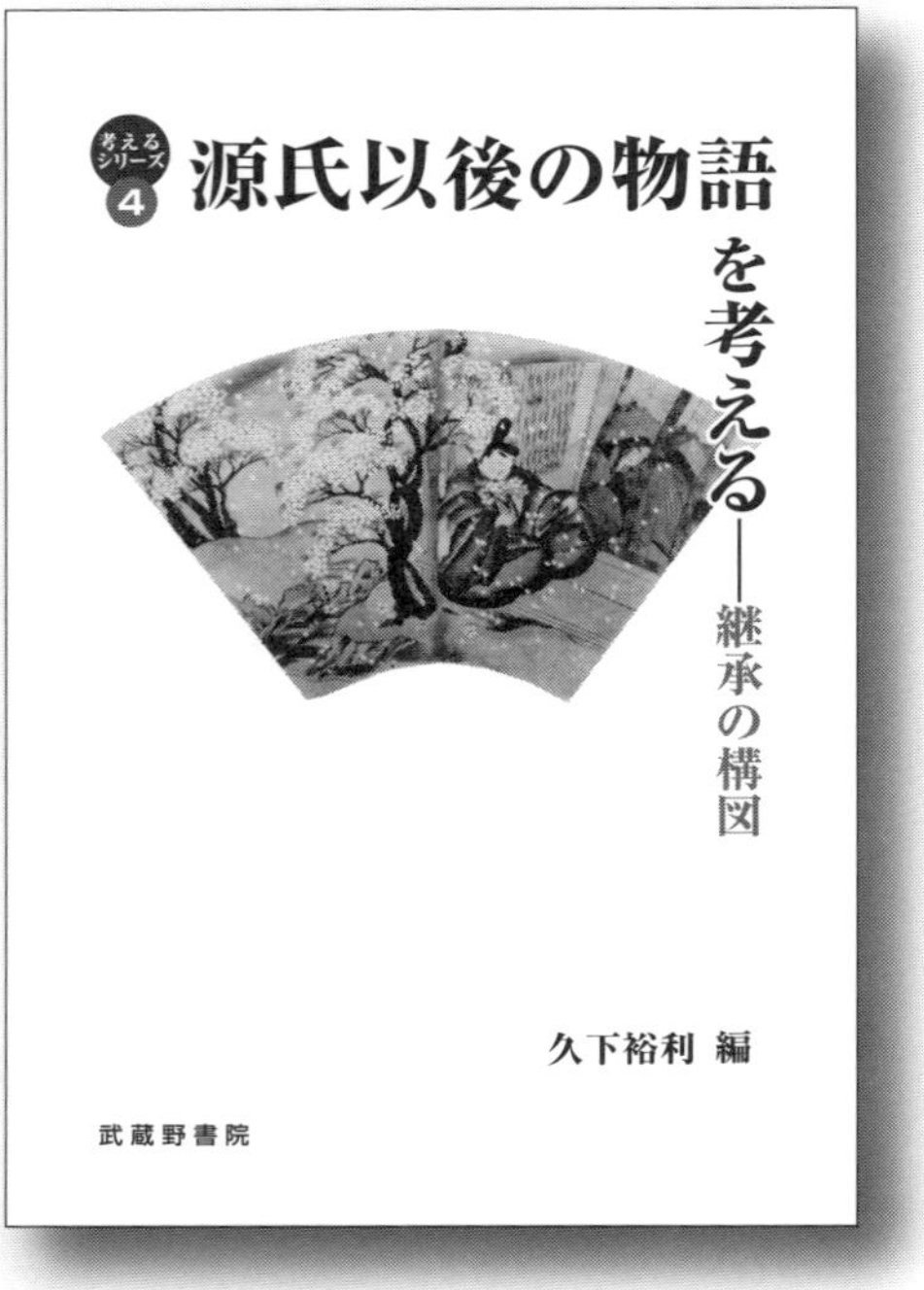

考えるシリーズ 4

源氏以後の物語を考える

――継承の構図

ISBN 978-4-8386-0432-6
定価本体3000円+税
四六判上製カバー装

久下裕利 編

後期物語創作の基点
――紫式部のメッセージ――・久下裕利

『夜の寝覚』の女君
――かぐや姫と楊貴妃と――・大槻福子

『浜松中納言物語』・『狭衣物語』の終幕
――『竹取物語』における〈永訣〉の構図の継承と展開――・井上新子

「むねいたきおもひ」の果て
――『御津の浜松』最終巻読解のための覚書――・辛島正雄

『堤中納言物語』「はいずみ」前半部の機知と諧謔・陣野英則

『はなだの女御』の〈跋文〉を考える
――『堤中納言物語』の本文批判と解釈――・後藤康文

頼通の時代と物語文学
――『とりかへばや』から考える――・西本寮子

按察家の人々
――『海人の刈藻』を中心として――・横溝　博

『雲隠六帖』は『源氏物語』の何を補うか・妹尾好信

あとがき――『狭衣物語』の世界・久下裕利

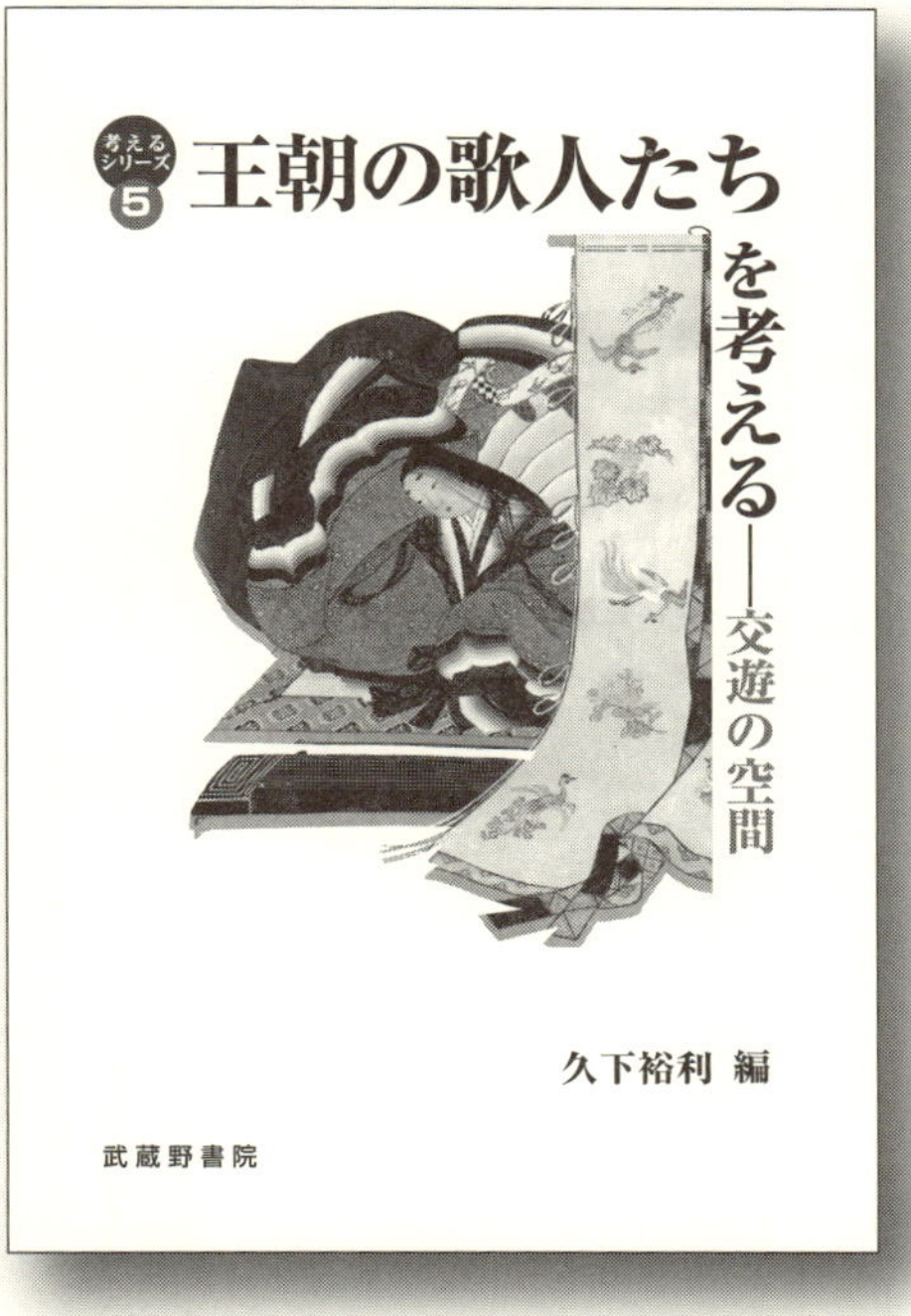

考えるシリーズ 5

王朝の歌人たちを考える
——交遊の空間

久下裕利 編

ISBN 978-4-8386-0446-3
定価 本体3000円+税
四六判上製カバー装

読売新聞平成26年5月27日（火）朝刊社会面に

“「夜の寝覚」幻の最終部 発見 南北朝断簡　平安王朝文学　復元へ道”

と報道された、今、一番ホットな話題である論文「『夜の寝覚』末尾欠巻部断簡の出現—伝後光厳院筆物語切の正体—」をはじめ、古筆切に関する秀逸な論文を多数収録した！　さらに、幻の『巣守』巻の謎に迫る座談会をも再録！必読です。口絵には新出伝後光厳院筆『夜の寝覚』断簡（実践女子大学蔵）とその極め札、さらに同梱付属文書を二頁カラーで掲載！

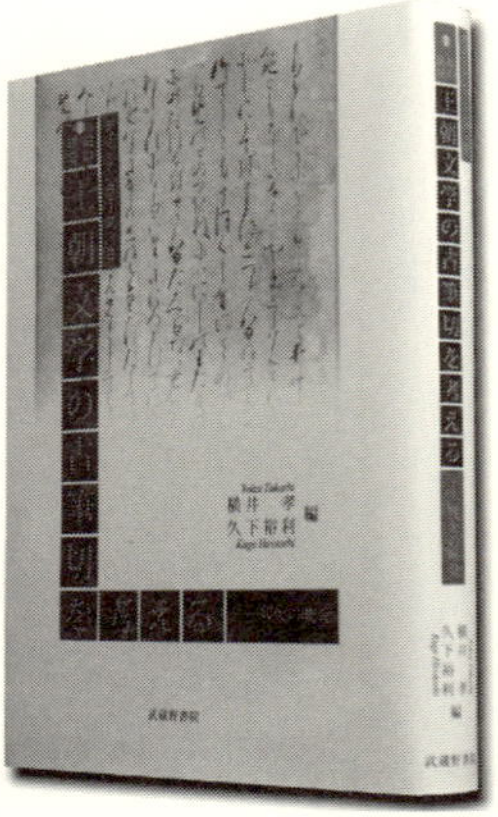

考えるシリーズII

❶ 知の挑発

王朝文学の古筆切を考える

—残欠の映発

横井　孝
久下裕利　編

定価：本体
10,000円＋税
A5判上製カバー装
328頁
ISBN
978-4-8386
-0271-1